カイロ三部作 3

夜明け

ナギーブ・マフフーズ 著

塙 治夫 訳

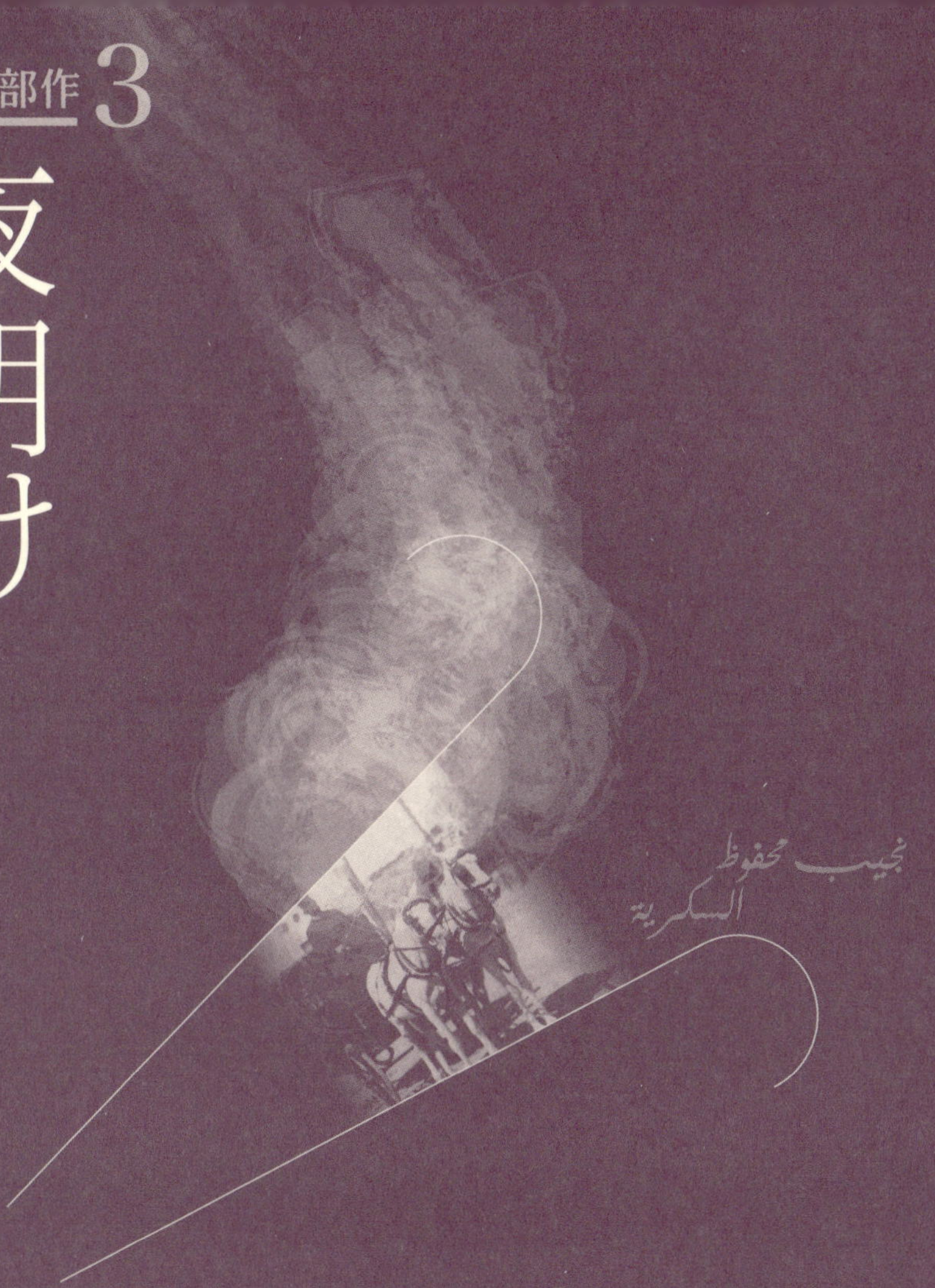

国書刊行会

▲壮年期のタバコを吸うマフフーズ

▲マフフーズがノーベル文学賞を受賞した翌年、一九八九年に訳者塙治夫氏はマフフーズを訪ねた。カイロのアリババ喫茶店にて。（一九八九年六月一六日）

▶マフフーズがノーベル文学賞を受賞する以前から訳者塙治夫氏はマフフーズと交流があった。アフラーム新聞社にて。（一九七四年一二月）

目次

挿画　ひらいたかこ
装幀　柴田淳デザイン室

1　家族の歳月

囲炉裏のまわりに頭が寄り添い、その燃え火に手が広げられた。アミーナの痩せて筋張った両手、アーイシャの化石のような両手、ウンム・ハナフィーの亀の甲羅のように見える両手。一方真っ白できれいな両手はナイーマのものだ。一月の寒気は居間の隅々で氷となって固まりかけるほどであった。居間は彩色された茣蓙《ござ》と、四隅に配置された長椅子とともに昔の状態を留めていたが、ただガス・ランプの古い灯火が消えて、代わりに天井から電灯が垂れていた。また場所が変わり、コーヒーの座は一階に戻った。いや、アフマド旦那の便宜のため、上階のすべてがこの階に移っていた。もはや彼の心臓は、高い階段をあがることに耐えられないのだ。

変化は家の住人たち自身にもおよんでいた。アミーナの体は萎《しぼ》み、頭はすっかり白くなった。彼女は六〇に届いていないというのに、一〇歳は老けて見えた。しかしアミーナの変化はアーイシャに起きた荒廃と崩壊に比べれば、何でもなかった。

髪がまだ金色で、目が青色であるのは、皮肉を、あるいは同情を誘うものであった。しかしこの無気力な眼差しときたら生命を示唆していない。青ざめた顔色は何かの病気を発散させているのか？　骨が突き出て、両目と両頬が窪んだ顔は三四歳の女の顔なのか？

ウンム・ハナフィーについては、年月の経過にもかかわらず、見たところそれは彼女の本質を損なっておらず、肉と脂にほとんど影響せずに、それは皮膚の上と首と口のまわりに埃か樹皮のように堆積していた。ただ彼女の重苦しい両眼は家族の沈黙の悲しみに参加しているように見えた。

ナイーマ一人がこのグループの中で、墓地に植えられたバラのようであった。彼女は一六歳の美しい少女に成長し、髪に金色の後光を帯び、碧眼で顔を飾り、青春時代のアーイシャのようであるか、もっと魅力的な美女であった。しかし痩せていて、影のように細かった。両眼は温順で夢想的な眼差しを映し出し、それが清浄と純真と、この世からの違和感を滴《したた》らせていた。彼女は母から一瞬たりとも離れていたくないかのように、母の肩にくっついていた。

ウンム・ハナフィーが囲炉裏の上で両手をこすりながら

言った。

「建築職人たちが一年半もかかった仕事のあと、今週には建物から降りるそうですよ」

ナイーマが皮肉っぽい声音で言った。

「果汁屋のバユーミー小父さんの建物ね」

アーイシャはウンム・ハナフィーの顔へと囲炉裏から一瞬目をあげたが、一言もコメントしなかった。かつてムハンマド・リドワーン氏の家であった家が壊され、それから果汁屋バユーミー小父さんの名義で四階の建物に建て替えられることを、彼らは以前に知っていた。あれは古い思い出だ。マルヤムとヤーシーン。だがマルヤムはいったいどこにいるのか。マルヤムの母、相続と購入によって家を手に入れたバユーミー、そして人生が人生であり、心が安穏であった日々！

ウンム・ハナフィーが再び言った。

「お嬢さん、建物の中で一番きれいなのはバユーミー小父さんの新しい店ですよ。清涼飲料、アイスクリーム、菓子。鏡と電気だらけで、ラジオは昼夜かけっ放し。床屋のハサネイン、煮豆屋のダルウイーシュ、牛乳屋のフーリー、炒り種屋のアブー・サリーアが可哀想。あの人たちは彼らのぼろ店から古い友達の店と建物を眺めるんだわ」

アミーナは両肩のまわりにショールを巻き付けながら言った。

「お恵みを授けてくださる主に栄光を」

ナイーマが母の首に両腕を回しながら、再び言った。

「建物の壁がそっちのほうからあたしたちの屋上をふさぐわ。もし居住者でいっぱいになったら、あたしたちはどのように屋上で時間を過ごすことができるの？」

アミーナは何よりもまずアーイシャの気持ちへの思いやりから、美しい孫が向ける質問を無視することができずに言った。

「居住者はお前に関係ないよ。好きなようにお遊び」

アミーナは自分の優しい答えの印象を知るため、アーイシャを盗み見た。というのもアーイシャのことをひどく心配するあまり、彼女を恐れるかのようになっていたのだ。しかしアーイシャはこの瞬間、旦那の部屋と彼女の部屋のあいだにある鏡台を見ることにかまけていた。鏡を見る習慣が、もはやその意味がなくなったのに、まだ彼女を去らなかったのだ。時の経過とともに、やつれた顔の眺めは彼女を怖がらせなくなっていた。内なる声が、

「昔のアーイシャはどこにいるの？」

ときくたびに、

「ムハンマドとオスマーンとハリールはどこにいるの？」と、彼女は無頓着に答えた。

アミーナはそれを観察し、心を滅入らせた。滅入りはたちまちウンム・ハナフィーに伝染した。彼女は家族の悩みを受け継ぐまでに、家族に溶け込んでいたのである。

ナイーマは応接室と食堂のあいだに置かれたラジオに向かって立ちあがり、スイッチを回しながら言った。

「レコード放送の時間だわ、ママ」

アーイシャは煙草に火をつけ、深く吸った。アミーナは囲炉裏の上に軽い雲を広げる煙を見つめはじめた。ラジオから、

「麗しい過去の仲間よ、戻ってくれないか」

と歌う声が響いてきた。

ナイーマはローブで体のまわりをくるみながら座席に戻った。彼女は――往時の母のように――歌が好きだった。どのように聞き、どのように覚え、どのように美声でそれを繰り返すかの才能に恵まれていた。彼女の全感情を支配していた宗教的感覚はこの好みを損なわなず、彼女は礼拝を励行し、一〇歳に達して以来ラマダーン月に断食し、未知の世界をしばしば夢見、祖母に誘われれば、限りない喜びでフセイン・モスクの参詣を歓迎する。しかし同時に歌への愛好を捨てず、自分の部屋とか風呂場で一人になるたびに歌うのだ。

アーイシャは、暗い地平線に輝く希望である一人娘のなすことすべてに満足し、彼女の声を賛嘆するように、彼女の信仰深さを賛嘆していた。少女のふるまい――限界を越えているように見えるあのふるまい――についてすら、彼女はこれを奨励し、これを愛し、それについてはどのようなコメントも聞くことに耐えられなかった。それどころか、彼女は全体として批判を嫌がった。それが軽いものであり、善意から出たとしてもである。そのあげく、座ること、コーヒーを飲むこと、煙草を吸うこと以外に、家には彼女の仕事がなくなった。母が仕事への参加を誘った場合には――彼女の助けを必要としているからでなく、彼女を考え事からそらす慰めを与えるために――彼女は不機嫌になり、

「何さ、あたしと娘のことは放っておいて」

と、周知となった文句を吐いた。彼女はナイーマには仕事に手を染めることを許さなかった。ナイーマのことでは最も小さな動作でも心配しているかのようで、代わりに礼拝することができたら、そうすることによって、ナイーマのために礼拝の努力を省いてやりたかった。

母はこのことについて、ナイーマが「花嫁」に成長したのであり、「家庭の主婦」の義務を心得る必要があると言いながら、何度アーイシャに話したことだろう。すると彼女は、

「あの子が影のように見えないの？　あたしの娘はどんな努力にも耐えられないわ。あたしと娘のことは放っておいて。あたしにはこの世でナイーマ以外に希望はなくなったの」

と苛立ちを示す声で言う。

アミーナは言葉を繰り返せなかった。アーイシャへの悲しみから心が千切れてしまうのである。アーイシャを眺めると、彼女が失望の権化と見えた。生命の意味すべてを失った彼女の不幸な顔を見ると、アミーナの気持ちは悲嘆に打ちひしがれた。そのため彼女を不愉快にさせることを恐れた。またそれ故に、彼女から漏れる返事の冷たさやコメントの過酷さに、度量の広い胸と寛容な同情で耐えることが習慣となった。

ラジオの声は依然として、「麗しい過去の仲間よ」と歌っていた。アーイシャは煙草を吸い、耳を傾けはじめた。彼女がかつて好きになり、今でも好きなこの歌。悲しみと絶望はこの感覚を殺しておらず、それどころかたぶん歌が、普通繰り返す悲哀と慨嘆の意味合いによってそれを強めたことだろう。たとえ存在する何物も麗しい過去の仲間を連れ戻すことができなかったとしても。いや、彼女はこの過去は夢でも幻想でもなく、真実であったのかとときどき自分に尋ねる。それではにぎやかな家はどこにあるの？　寛大な夫はどこにいったの？　オスマーンとムハンマドはどこにいるの？　あの過去から彼女を隔てるのは八年の月日だけなの？

アミーナがこういう歌に安堵することは滅多になかった。彼女の見るところでは、ラジオの第一の長所は聖コーランとニュースを聞かせてくれることである。一方歌については、その悲しい意味を受け止めるとき心配になり、娘がそれを聞くことを懸念して、一度ウンム・ハナフィーに、

「あれは葬式での泣きじゃくりではないかね？」

と言ったほどである。

アミーナはアーイシャのことを飽きることなく考え続け、自分自身を襲いはじめた血圧の症状やその難儀をほとんど忘れかけた。彼女が慰めを見つけられるのは、フセインや聖者たちの墓所を詣でるときだけであった。もはや彼女に足止めをせず、彼女の好きなようにアッラーの家々に

行くに任せたアフマド旦那に感謝あれ。彼女もまた、もはや過ぎた時代のアミーナではなかった。

悲しみと体の不調が彼女をひどく変えていた。時とともに、労働への不思議な勤《いそ》しみと片づけや清掃ややりくりの異常な能力を失った。旦那とカマールの身辺のこと以外については、何も気にしなくなったのだ。竃部屋と物置はウンム・ハナフィーに任せ、監督だけで満足し、監督さえもないがしろにした。ウンム・ハナフィーへの信頼は無制限であった。彼女は家と家族にとって他人ではなく、そのうえに生涯の相棒であり、禍福の伴侶であった。彼女は家族に溶け込んだあげく、その一部と化し、彼女の心のありったけで家族の悲喜を体現した。

歌が彼らの意識を独占したかのように、しばらく沈黙が支配した。やがてナイーマが言った。

「今日通りで友達のサルマーを見かけたわ。小学校であたしと一緒だったの。来年中等教育終了試験を受けるのよ」

アーイシャがいまいましげに言った。

「お前の御祖父さんが勉学の継続を許してくれたら、彼女を追い越したのにね。でも許してくれなかった！」

「でも許してくれなかった」という言葉が意味した抗議に気づき、アミーナは言った。

「御祖父さんには譲歩できない意見があるんだよ。教育には疲労が伴うというのに、お前は彼女がそれを継続することを歓迎するのかい？　彼女は疲労に耐えられないか弱い愛娘だよ」

アーイシャは言葉を発せずに頭をふり、ナイーマのほうは慨嘆して言った。

「教育を完了できたらと願っていたの。この頃はすべての女の子が、男の子のように勉強しているわ」

ウンム・ハナフィーが軽蔑して言った。

「そういう女の子は花婿を見つけられないから、勉強しているんですよ。でもお嬢さんのような美人は」

アミーナは同意して頭をふり、それから言った。

「お前は教育を受けているよ、娘や。小学校卒業証書を手に入れている。これ以上何が欲しいの？　お前は職業を必要としていない。アッラーにお前を強くし、お前の魅力的な美しさを健康と、肉と脂肪で装ってくださるようお祈りしましょう」

アーイシャが鋭く言った。

「あたしは娘に肥満ではなく、健康を望むわ。肥満は特に女の子にとって欠点よ。私は娘時代、美しくて評判の娘と言われたけど太っていなかったわ」

アミーナは微笑して、ナイーマに優しく言った。

「ナイーマ、本当にお前のお母さんは若いとき、美しくて評判だったんだよ」

アーイシャは溜息をつきながら言った。

「それから娘の時代の戒めとなってしまった！」

ウンム・ハナフィーがつぶやいた。

「主がお恵みであなたを喜ばしてくださいますように」

アミーナはいとおしげにナイーマの背を軽く叩きながら言った。

「アーメン、世界の主よ」

彼女たちは沈黙と、「毎日あんたに会いたい」と歌う新しい声を聞くことに戻った。

そのとき家の扉が開き、それから閉じた。ウンム・ハナフィーが、

「大旦那ですよ」

と言って、階段のランプをともすため急いで外に向かって立ちあがった。

まもなく耳慣れた杖のコツコツという音が聞えてきた。それから彼の姿が居間の入り口に現れた。彼女たちは皆、礼儀を示して起立した。彼は少し立ち止まり、息をあえがせながら彼女たちを眺め、それから、

「今晩は」

と言った。彼女たちは、

「幸せな晩を」

といっせいに挨拶を返した。

アミーナは彼の部屋へ先に行き、明かりをつけた。男は老年の白い威厳の後光に包まれながら、彼女のあとから進み、息を整えるため腰を下ろした。

時間はまだ午後九時を過ぎていなかった。彼の優雅さは昔と同様に保たれていた。ラシャのグッバ、サテンのクフターン、絹のクーフィーヤ[1]は昔のままであった。一方この白く縁どられた頭、銀色の口髭、中につまるものを失った痩身のすべては——彼の早い帰宅と同様に——新しい時期の異変であった。この時期の異変の一つに、晩飯として用意されたヨーグルトとオレンジのどんぶりがあった。酒も、つまみも、肉も、卵もなしにだ。もっとも彼の大きな碧眼のきらめきは彼の生命欲がまだ衰えず、弱まっていないことの印であった。

彼はいつものようにアミーナの助けを借りて衣服を脱ぎはじめた。ウールのギルバーブを着て、ローブをまとい、布帽をかぶり、長椅子の上にあぐらをかいた。彼に晩飯の盆が出され、彼は熱意なく食べた。それからアミーナが半

分まで水を満たしたコップを差し出した。彼は薬瓶を取り出し、六滴をコップに垂らし、顔を不快げにしかめて飲み干した。それから「万有の主、アッラーに称賛を」とつぶやいた。

医者は薬が一時的なものであるが、「規定食」は恒常的なものだと、何回となく彼に言い、無鉄砲や不注意について何回となく彼に警告した。血圧は高進し、心臓はその影響を受けていた。軽視の結果さんざんひどい目に遭ったあと、経験が彼に医者の指示を信じることを強制した。一度でも限界を越えると、たちまち罰を受けた。とうとう彼は医者の判決に屈服し、許されたものしか飲まず、食べず、九時以後は夜を外で過ごさなくなった。しかし彼の心はいつか――どんな力によるにせよ――健康を回復し、結構で静かな人生を楽しむことの希望を失っていなかった。過去の人生は永久に去ってしまったとしてもである。

彼の耳はラジオから流れてくる歌に安らかに向けられた。アミーナは座ぶとんの上の席から、今日の寒さと午前に激しく降った雨について彼に話しかけた。彼はアミーナに注意を払わず、嬉しそうに言った。

「今夜古い歌の一部が放送されると聞いた」

女は歓迎して微笑した。というのも、この種の歌を好んでいたからであり、たぶん何よりも旦那の好みに従ってのことであった。数瞬間喜びが男の目に輝いていたが、やがてたるんだ。喜ばしい感情については、留保なしに、あるいは突然それが逆転して彼が現実と衝突しながら夢から覚めることなしに、それを楽しめなくなっていたのだ。現実はすべての方角から彼を包囲している。

一方、過去は夢であった。親しい集いと歌の楽しみと健康が永久に去ってしまったのに、何について喜べるのだ？うまい食べ物と飲み物と愉悦は消えた。かつて彼は駱駝のように大地を闊歩し、大音声で心底から哄笑したものだが、それはどこに行ったのだ？そして種々の歓楽に酔いながら夜明けを迎えたことは？今日、彼は一〇時に寝るため九時に夜の外出から帰るように、そして医者のノートに記録された細かい計算によって飲食と散歩をするように、定められている。

彼が中心であり大黒柱である家に、このようにして時は憂鬱をもたらした。不幸なアーイシャは彼の横腹に突き刺さった棘で、彼女の台なしになった人生を修復してやることができなかった。彼女の状態にはとうてい安心できない。明日がふたを開けたら、父も母もおらず、ただ一人惨めに取り残されることがないといえようか？また彼は自分の健康への心配に悩まされていた。それは余病で脅かされていたのである。

彼が最も恐れていることは、力を失い、生きながら死人のように寝たきりになることだ。多くの友人や愛人たちのようにだ。蝿のように彼の周囲を飛び回るこういう考え。彼はその邪悪から守ってくださいとアッラーに願う。そうだ、古い歌を聞かねばならぬ、たとえそのメロディーで眠ってしまっても。

「ラジオをつけっ放しにしておいてくれ、もしわしが眠ったとしても」

アミーナは微笑しながらうなずいた。彼は溜息をつき再び言った。

「階段はわしにとって何ときついことか！」

「旦那様、踊り場ごとにお休みなさいな」

「だが階段の空気は湿度がひどい。この冬の何と呪わしいことよ……（それから問いかけて）今日はこんなに寒くとも、お前がいつものようにフセイン・モスクに参詣したと、わしは賭けよう」

彼女は恥じらい、狼狽しながら言った。

「この参詣のためなら、あらゆる困難がたやすくなりますよ、旦那様」

「責任はわし一人にある！」

彼女はなだめるように言った。

「あたしは清らかな墓所の周囲を巡り、あなたのために健康をお祈りしていますの」

彼は誠実な祈りをどんなに必要としていることか。すべてのよいことが彼から去っていく。毎朝体をさわやかにしていた冷たいシャワーも、それが彼の血管に危険だ——そう聞かされた——として禁じられた。

〈もしすべてのよいことが有害となったら、われわれにアッラーのお慈悲あれだ〉

少し時間が経過し、家の扉のがたんと閉まる音が部屋に聞こえてきた。アミーナは、

「カマール」

とつぶやきながら目をあげた。

数分とたたないうちに、黒い外套を着たカマールが部屋に入って来た。その外套は彼が痩せて、長身であることを示していた。彼は金縁の眼鏡越しに父のほうを見ている。角張って、ふさふさした黒髭が彼に威厳と男らしさを加えていた。彼は挨拶のため父の手の上に体をかがめた。

父は彼に腰を下ろすよう勧め、いつものように微笑しながら尋ねた。

「どこにいたのかね、先生?」

長く年齢を重ねたあとになってやっと手に入れたこの懇ろで優しい口調を、カマールは好いていた。彼は長椅子に腰をかけながら答えた。

「友人たちと喫茶店にいました」

いったいどんな種類の友人たちか? ただ彼は年齢以上に謹厳で、重厚に見えた。それに彼は大部分の夜を書斎で過ごしている。彼とヤーシーンとのあいだには大きな違いがある。もっとも双方に欠点があったが。彼は微笑して再び尋ねた。

「今日ワフド党の会議に出たかい?」

「はい、ムスタファー・アンナッハースの演説を聞きました。大盛会でしたよ」

「重要な出来事であったとの話しだ。だがわしは出席できず、招待状を友人の一人に譲ってあげた。健康が疲れに耐えられなくなったのだ」

カマールは同情を覚えてつぶやいた。

「主が父さんを強くしてくださいますように」

「事件は起きなかったか?」

「いいえ、今日は無事にすみました。警察は普段と違い、監視で満足していました」

男は安堵して頭をふり、それから意味あり気な口調で言った。

「古い話題に戻ろう。まだお前は個人授業について間違った意見に固執しているのか?」

父の意見との相違を明らかにせざるを得ない自分を見いだすたびに、彼は相変わらず狼狽と当惑を感じていた。彼は優しく言った。

「この問題は終わったはずです」

「毎日、友人たちが彼らの息子たちの個人授業を引き受けてくれとわしに頼むのだ。合法的な収入を断るな。個人授業は教師たちにとって大きな収入源だ。お前に頼んでいるのはこの界隈の名士たちだ」

カマールは顔で丁寧な拒否を現していたが、一言も口に出さなかった。男は残念そうに言った。

「終わりのない読書と無料の書き物で時間を浪費するため、個人授業を断っている。お前のような賢明な男にこれは適当なのか?」

ここでアミーナがカマールに話しかけて言った。

「お前は学問を好むようにお金を好まなければね。(それから誇らしげに微笑しながら旦那に話しを向け)カマールは御祖父さんのように知識への愛を何事とも同等に見ないんですよ」

旦那はいまいましげに言った。

「話しが御祖父さんに戻ってしまった！　御祖父さんはイマーム・ムハンマド・アブドゥだったとでも言いたいのか？」

彼女はイマームについて何も知らなかったけれども、熱心に言った。

「なぜそうじゃないんでしょう、旦那様？　隣人のみんなが宗教と現世の事柄について彼の意見を求めにきてました！」

旦那はユーモアの精神に打ち負かされ、笑いながら言った。

「彼みたいな人は今や一山一銭さ！」

女の抗議は舌でなく、顔で示された。カマールは同情と狼狽で微笑し、辞去の許可を求め、それから部屋を去った。居間ではナイーマが新しい服を見せようと、彼の道をふさぎ、それを持ってくるために出ていった。

彼はアーイシャの側に腰かけて待った。彼は——家族の他の連中と同様に——ナイーマのことでアーイシャの歓心を買おうとした。しかし彼はそれに加え、美しい娘に対し、昔彼女の母に抱いたと同様の賛美の念を抱いていた。ナイーマは服を持参して、彼の両手の上に広げた。彼は称賛を示しながら点検しはじめ、そして服の持ち主を同情と愛を込めて見つめた。彼女の静かで、素晴らしい美しさに魅惑されながらである。それは純粋さと繊細さからの華やかな輝きを帯びた美しさであった。

彼は憂いを秘めた心でその場を去った。家族が老いるまで同居することは、悲しみを誘うものである。傲慢で暴虐であったあとに弱くなった父を見ること、あるいは萎《しな》びて老齢の陰に消え入る母を見ること、また衰弱し荒廃したアーイシャを見ることは、たやすいことではなかった。不幸と終末の警告が充満したこの雰囲気。

彼は階段を上の階——彼が自分のアパートと呼ぶところ——へあがった。彼はそこで寝室と宮殿通り《バイナル・カスライン》を見下ろす書斎のあいだに一人で暮らしていた。彼は服を脱ぎ、ギルバーブを着て、ローブをまといながら、書斎に向かった。それは張り出し窓に接した大きな机とその両脇にある二列の本棚から成っていた。

彼はベルグソンの『宗教と道徳の二源泉』という本の少なくとも一章を読み、たまたまプラグマティズムをテーマに『思想』誌に書いた彼の月評を、最終的にチェックしたかった。夜半まで続く哲学に捧げられたこの短い時間は、彼の一日で最も幸せな時であった。それは——彼の表現によれば——人間であると感ずる時間であった。一方残りの時間はシラフダール小学校の教師としての仕事か、人生の必要な諸要求の充足に費やされた。後者の旋回軸は彼の中に潜む獣性であり、その目標は常に自我の確保と欲望の実現であった。

彼は自分の公職を好まず、尊敬もしなかった。しかし不満を公言せず、特に家においてはそうであった。彼の不幸を笑う人がいてもである。それにもかかわらず、彼は優秀な教師で、高い評価を得ていた。校長は学校活動の一部を彼に任せていた。彼はおどけて自分を奴隷的と非難したほどである。好きでない仕事を申し分なくこなすのは奴隷ではなかったか？　実際、幼時より慣れ育った優越への熱望が、努力と卓越に向け彼を情け容赦なく追いやったのだ。彼は最初から生徒と教師のあいだで尊敬される人格となることを決意していた。そして望み通りになった。それどころか、彼は尊敬され、同時に愛される人格であった。彼の偉大な頭と鼻にもかかわらずである。彼を畏敬される人格に作りあげたこの決意が、この二つ——彼の頭と鼻——の、あるいはそれらについての苦痛の意識のおかげであったことは疑いない。彼は頭と鼻が自分の周囲にトラブルを惹起することを知っていて、その二つと彼から意地悪どもの悪さを防ごうとの決意を固めた。そうだ、彼は時折授業中に、あるいは校庭で、目配せや後ろ指から免れなかった。彼は攻撃を断固たる厳しさで受け止めていた。それから生来の思いやりでそれを和らげた。加えて彼は説明し、理解させる能力を示し、ときどき民族主義や革命の思い出に触れる、面白くて熱のこもった話題を取りあげた。これらすべてが生徒のあいだの「世論」を彼になびかせた。それは必要な時に敢然と反応する断固さとともに、トラブルを未然に防止することを保証したのである！　棘のある目配せは最初ひどく彼を苦しめ、忘れていた彼の悲しみを甚だしく刺激した。ただ彼は最後には、賛美と愛と尊敬をもって彼を見あげる子どもたちの気持ちに占めるに至った高い地位を喜んでいた。

『思想』誌における彼の月評に関連して、彼は別のトラブルに直面した。「教師」の責任と合致しない形で信条や道徳を批判する新旧の哲学をときどき披露することにつき、校長や教師たちからきかれることを、今回は恐れたのである。しかし幸運にも、責任者の誰も『思想』の読者でなかった。それにあとでわかったことだが、雑誌は千部以上印刷されず、その半分はアラブ諸国に輸出されていた。

それが彼と彼の職業を安全にし、同誌への投稿を奨励した。

この僅かな時間の中で、「シラフダール小学校英語教師」は思索を制限されることなく四海を周遊する旅行者と化す。彼は本を読み、観察を記録し、そのあとそれを月評にまとめる。彼に勉励を促すのは、知識欲、真理への愛、理論的冒険精神、慰めへの郷愁、彼を覆う憂鬱な雰囲気の軽減、そして彼の心底に潜む孤独感であった。彼はスピノザにおける実存の一体化によって寂寥から逃れ、あるいはショーペンハウアーの欲望への勝利に参加することによって自己の卑小さを慰め、あるいは悪の解釈に関するライプニッツの哲学を一飲みすることによってアーイシャの不幸への感覚を軽くし、あるいはベルグソンの詩人性によって愛に渇く心を潤すのかも知れなかった。

ただ彼の絶え間ない勉励も拷問の域に達する当惑の鉤爪を切り取るのに役立たなかった。真理は人間の恋人に劣らず、媚びを売り、ひじ鉄を食わせ、理性を弄び、所有と接合への激しい誘惑とともに疑惑と嫉妬をそそる恋人である。それは人間の恋人のように、いくつもの顔と浮気と気紛れの持ち主だ。多くの場合、悪賢さと欺瞞と残酷さとうぬぼれにも事欠かない。彼は当惑に襲われ、努力に疲れると、

「僕は本当に責め苛まれているのかもしれない。だが僕は生きている。生きている人間だ。この名前に値する人間生活は代価なしにはあり得まい！」

と、自分を慰めて言うのであった。

注

（1）頭巾。

2　老番頭の引退

帳簿の見直し、勘定の照合、前日の収支の整理。これらすべてをアフマド・アブドルガワードは昔からの習慣である几帳面さで最善にこなしてきた。だが今日は高齢と病気に捕らわれる前には気づかなかった難儀を覚えながら、それをこなしている。アッラーの御名の下にと書かれた額の下で帳簿の上にうずくまる彼の眺め、顔のやつれによって巨大さを増したでかい鼻の下に隠れかけている銀色の口髭。この眺めは同情に値するものであった。

もっとも彼の番頭であり、助手であり、七〇に手の届かんとするガミール・アルハムザーウィーの眺めは悲嘆に値していた。彼は顧客の相手を終わるや否や、息をあえがせながら椅子の上に崩れ落ちた。

アフマド旦那は少し不快げ気に、

「もしわしたちが役人だったら、年金がこの年での労苦と仕事からわれわれを解放してくれたろうに！」

と内心で独り言していた。旦那は帳簿から頭をあげて言った。

「まだ商いは経済の不況からいくぶん影響を受けている」

ハムザーウィーの青ざめた唇に不快感が浮かんだ。彼は言った。

「疑問の余地はないですね。ただ今年は去年よりましで、昨年は一昨年よりましでした。いずれにしてもアッラーに称賛あれです」

一九三〇年とそれに続く数年、当時の商人たちが恐怖の日々と呼んでいたこの期間。イスマーイール・シドキー(1)が政治を専断し、沈滞が経済生活を支配したとき、人々は明日が何を隠しているか訝りながらお手あげという状態だった。旦那は窮境に毎年脅かされたが、破産に至らなかったのだから、疑いもなく運のよい連中の一人であった。

「そうだな、いずれにしてもアッラーに称賛あれだ」

彼はガミール・アルハムザーウィーが奇妙な眼差しで彼を見つめているのに気づいた。その眼差しには躊躇と困惑がある。いったい彼に何が起きたのだ？　男は立ちあがり、彼の椅子を帳場に近づけ、それから狼狽の微笑を浮かべながら腰を下ろした。太陽が輝いているのに、冷気は厳しかった。風が強く吹き、扉と窓が震え、ピューピューという音が高鳴った。旦那は彼の席で姿勢を正しながら言った。

「胸の内を打ち明けなさい。わしはあんたが大事なことを言うと確信している」

ハムザーウィーは目を伏せて言った。

「わたしは困った状態にあり、どのように話したらよいかわからないんです」

旦那は元気づけて言った。

「だがわしはあんたと一緒に暮らしてきた。家族と一緒に暮らした以上にな。あんたは心の中にあるものを、何でもわしに打ち明けることができるんだよ」

「一緒の暮らし、それがわたしの立場を難しくするんです、旦那さん」

一緒の暮らしが？　それは彼の頭に浮かんだことがない。

「そうしたいのか？　本当に！」

ハムザーウィーは悲しく言った。

「わたしの辞める時が来ました。アッラーは人に耐えられることしか課しません」

旦那の心は沈んだ。ハムザーウィーの仕事からの引退は彼の引退の前兆だ。このように病弱で高齢の彼が、どのように店の仕事の重荷を担って行けるのか？　彼は当惑して番頭を眺めた。

男は感情に動かされながら言った。

「本当にすみません。でもわたしはもはや仕事に耐えられなくなりました。その時は去ってしまったのです。ただわたしはやりくりをしました。あなたを一人だけにはしませんよ。わたしの場所をもっと有能な者が埋めるでしょう」

ハムザーウィーの正直さへの信頼が、彼の肩からトラブルの半分を取り除いていた。六三歳の男が日の出から日没まで店に張りつけになる状態に戻ることがどうしてできよう？　彼は言った。

「だが仕事から引退し、家に引きこもることは人間の衰弱を急がせる。年金を受けている役人たちにその例を見なかったかい？」

ハムザーウィーは微笑して言った。

「引退の前に衰弱が存在していますよ」

旦那は話し出す前にまず感じた当惑を隠すかのように、突如笑った。

「老いぼれよ、ずるいやつだな。あんたは息子のフォアードのせがみに応えて、わしを見捨てるんだな」

ハムザーウィーが感情を高ぶらせて叫んだ。

「アッラーよ、わたしをお守りください。わたしの健康状態は誰にも隠せません。それが最初にして、最後の理由です」

誰が知ろう？　検察官のフォアードや彼の類いは、自分の父が商店のささやかな使用人として留まっていることに安心しないのだ。たとえ彼が検察で出世するための道をならしてくれたのが、店の主人であったとしても。しかし旦那は彼の直言が善良な番頭を傷つけたと感じ、後退して優しく尋ねた。

「フォアードがカイロに転勤するのはいつかな？」

「今年の夏か、遅くとも来年の夏です」

沈黙の時間が当惑に満たされて過ぎた。やがてハムザーウィーが旦那に調子を合わせて、優しく言った。

「もし彼がカイロでわたしと暮らすのなら、彼の結婚を考えてやらねばなりません。旦那さん、そうじゃありませんか？　娘が七人いる中で彼はわたしの一人息子です。どうしても結婚が必要です。それを考えるたびに、あなたのお孫さんの洗練されたご令嬢が頭に浮かびます」

彼は旦那の顔を探るように盗み見て、それからつぶやいた。

「もちろんわたしたちは身分が違います」

旦那はやむを得ず言った。

「アッラーのお許しをだよ、ガミールじいさん。わしたちは昔からの兄弟だ」

フォアードが探りを入れるよう彼をそそのかしたのだろうか？　検察官は偉大な存在だ。そして家柄で大事なのは善良な人たちだということだ。しかし今は結婚について話す時なのか？

「まず第一にわしに話してくれ、あんたが仕事からの引退を決意しているのかどうか？」

そのとき、店の入り口から話しかける声が聞こえてきた。

「千回も良い朝をね」

旦那は彼にとって大事な話題が中断されたことに困惑したものの、礼儀上微笑して言った。

「いらっしゃい……（それから彼はハムザーウィーがあけた椅子を指して）どうぞ」

ズバイダはたるんだ体で腰かけた。顔は白粉で覆われていた。一方金の装飾品は首にも、耳にも、両腕にも、もはや跡形がなかった。昔の美しさを残す場所もなかった。

旦那はすべての顧客に対していつもする程度に彼女を歓迎した。だが心ではこの訪問に安心していなかった。彼女は何回も来訪しては、そのたびにいろいろ要求して彼を疲れさせた。彼は彼女の健康について尋ね、彼女は意味もな

く、

「アッラーに称賛あれ」

と答えた。彼は少し沈黙のあと、

「いらっしゃい……いらっしゃい」

と言った。

彼女は感謝して微笑したが、彼の礼譲の中に潜む熱のなさを察したように見えた。そして彼女を包む雰囲気を無視しながら笑った。月日は彼女に冷静さを教えていた。それから彼女は言った。

「忙しいあんたの時間を無駄にさせたくないわ。でもあんたはあたしが一生のうちに知った一番気高い人よ。もう一度あたしにお金を貸してくれるか、あたしの家の買い手を見つけてくれるかのどちらかだわ。あんたが買い手だったら、とてもいいんだけどね！」

アフマド・アブドルガワードは嘆息しながら言った。

「わしが？　そうできたらね。時代は変わってしまった、スルターナ。お前さんにはずっと真実を率直に話してきた。だがお前さんは信じていないように見えますな、スルターナ」

彼女は笑いながら失望を隠して言った。

「スルターナは破産してしまった。どうしたらいいの？」

「前回わしにできるだけのものを差しあげた。だが状況はそれを繰り返すことを許してくれない」

彼女は不安になって尋ねた。

「あたしの家に買い手は見つけられないの？」

「買い手を探してあげますよ。それは約束する」

彼女は感謝して言った。

「それをあんたから期待していたの、気前のよい旦那中の旦那よ。（それから悲しげな口調で）変わったのは世の中だけじゃなくて、人々も大変わりだわ。アッラーよ、人々をお許しあれ。栄光の日々、あたしの靴を接吻するため競い合っていたのに、今では道のこちら側であたしを見かけると、あちら側に移ってしまうのよ」

人間に対しては何かが、いや多くのことが冷たく心変わりすることは避けられない。一方栄光の日々、メロディーと愛の日々と世の中の人々とかが。健康とか、青春とか、世の中きたら、それらはどこに行ったのか？

「別の面から言えば、スルターナよ、お前さんは来る日々のため計算をしなかった」

「そうね、あたしは、娘の処女で商いをし、金と家々を集めているあんたの姉さんのガリーラのようじゃなかったわ。それに加え、アッラーが不良どもの試練にあたしをさらし、あげくの果てハサン・アンバルは――コカインが市場に乏しくなったとき――その一つまみを一ポンドであたしに売りつけるほどまで堕落したの！」

「アッラーの呪いを」

「ハサン・アンバルに？　千の呪いをだわ！」

「いや、コカインに」

「アッラーにかけて、コカインは人間より情け深いわ」

「いや……いや、お前さんがその悪に陥ったのは、本当に悲しいことだ」

彼女は降参し、絶望して言った。

「あたしの力はつぶされ、あたしの財産は失われてしまった。それがどうしたのよ。いつ買い手を見つけてくれるの？」

「アッラーがお望みになれば、最初の機会に」

彼女は立ちあがりながら、たしなめて言った。

「聞いてちょうだい。もしあたしが次に訪ねたときは、あんたの心から笑っておくれ。すべての侮辱には平気でいられるけど、あんたの側から来るものは別よ。あたしはあたしの頼みであんたに迷惑をかけていることを知っているわ。でもあたしはアッラー以外ご存じないほど困っているのよ。あたしの見るところでは、あんたは一番気高い人なの」

彼は謝りながら言った。

「わしにないことを想像しないでください。実はお前さんが来たとき、わしは大事な問題で忙しかった。商人の悩みは尽きないものですよ、お前さんも知っての通りにね！」

「アッラーがあんたの悩みを除いてくださいますように」

彼は感謝して頭を下げながら、彼女を送り出し、それから別れを告げて言った。

「いつでも心から歓迎しますよ」

彼は彼女の目に悲嘆のあふれる失望の眼差しを認め、彼女が気の毒になった。彼はうっとうしい気分で自分の席に戻り、ガミール・アルハムザーウィーのほうをふり向いて言った。

「浮世だな」

「アッラーがあなたからその悪を防ぎ、あなたにその益を恵んでくださいますように」

ただハムザーウィーが言葉を継いだとき、彼の語調は厳しくなっていた。

「でもあれはみだらな女にとっての公正な結末ですよ！」

アフマド・アブドルガワードは、この説教の残酷さに沈黙の抗議を表明するかのように、急いで頭をちょっとふった。それからズバイダの来訪によって中断された声音に戻って尋ねた。

「わしたちを見捨てるとの意見に決意を固めているのかね?」

男は当惑して言った。

「見捨てるのじゃなくて引退です。わたしは心からすまないと思っていますよ」

「それはわしがズバイダをごまかすため一分前に使った言葉だ!」

「アッラーのお許しを。わたしは自分の心から話しているんです。旦那さん、高齢がわたしをほとんど無能にさせているのに気づきませんか?」

それから顧客が店に入り、ハムザーウィーはそちらに行った。すると古い声が入り口から高く響き、恋を語るように言った。

「帳場のうしろに月のように座っているのは誰かね?」

シェイフ・ムトワッリー・アブドルサマドが色あせてぼろぼろの、目の粗いギルバーブを着て現れた。破れた革靴をはき、らくだの毛で編んだ襟巻きで頭を包み、杖に体を預けながらである。彼は旦那に視線を当てていると考えながら、帳場に接した壁のほうに視線を当てて、赤い目をしばたいていた。

旦那は彼の悩みにもかかわらず、微笑しながら言った。

「こちらへお出でください、ムトワッリー老師。お元気ですか?」

男は歯の一本も残っていない口の中を見せて叫んだ。

「高血圧よ、去れ。健康よ、旦那中の旦那に戻れ」

旦那は立って、彼のほうに向かった。シェイフの視線は彼を直視したが、同時に逃亡者のように退いた。それから自分の周囲を回りはじめ、四方を指しながら、

「ここから救済を得られるぞ、ここから救済を得られるぞ」

と叫び、それから通りに向きを変えて言った。

「今日ではない、明日、あるいは明後日じゃ。アッラーが一番ご存じと言え」

彼はよれよれの外見には不釣り合いの大股で歩いていった。

注
(1) ワフド党に敵対した政治家。一九三〇年首相になり、反動的政策を強行、一九四八年没。

3　孫たち

金曜日にはいつものように、古い家は子どもや孫でにぎわった。それは彼らがやめたことのない幸せな習慣であった。アミーナは昔そうであったように、金曜日の女主人公ではなくなっていた。ウンム・ハナフィーが台所で一等席を占めたが、アミーナはウンム・ハナフィーが彼女の一番弟子であることをみんなに想起させることに飽きなかった。彼女は褒められるのが好きで、自分が褒められるのにあまり値しないと感ずるたびに、あえてその好みを明らかにするのであった。加えてハディーガが――客の立場であるのに――手助けを惜しまなかった。

旦那が店へ行く直前、客たちは彼の周囲に集まった。イブラーヒーム・シャウカトに彼の二人の息子アブドルムネイムとアフマド、ヤーシーンに彼の息子のリドワーンと娘のカリーマ。あの恭順が彼らを包んでおり、それが笑いを微笑にし、話しを囁きにした。旦那は彼らの来訪に喜びを感じ、年を取るにつれ、それへの愛着を増した。彼はヤーシーンが金曜日の訪問で満足し、店への訪問をやめたことで、彼をたしなめた。彼がいつもヤーシーンに会いたがっていることを、この驃馬は理解したくないのか？

ヤーシーンの息子のリドワーンは端正な容貌で、ぱっちりした黒目とバラ色の皮膚を持っていた。彼の美貌は種々の色彩を反映しており、時にヤーシーンを、時にヤーシーンの母ハニーヤを、三番目には彼の親友ムハンマド・エッファトを彼に思い出させた。リドワーンは彼の心にとり最も愛《いと》しい孫であった。彼の妹のカリーマは八歳の小さな娘で、彼女の黒目――母であるザンヌーバの目だ――が示すように、素晴らしく成熟するであろう。彼女の目に対して、彼は羞恥と思い出で潤う微笑を脳裏に浮かべた。

アブドルムネイムとアフマドについては、彼らの顔に彼の大きな鼻の少なからぬ面影とハディーガの小さい目を見るだけで十分であった。ただ彼らは他の孫よりも旦那に大胆に話しかけた。彼らの全部――これらの孫たち――が勉学の道を成功のうちに突き進んでおり、それがアフマド旦那の誇りを誘っていた。

しかし彼らは祖父よりも自分たちのことで忙しかった。彼らは彼の生命が断絶しておらず、これからも断絶しないであろうことで彼を慰める一方、彼の人格がかつて独占していた注目の的から徐々に後退していることを彼に想起させている。それは彼を悲しませるものではなかった。齢を重ねることは衰弱と病気をもたらすと同時に、知恵をもたらす。しかしそれは思い出の奔流を邪魔するにはほど遠かった。

彼がこの連中のように人生の門出にいたとき、それは一八九〇年であったが、少し勉強してはガマーリーヤの遊び場とアズバキーヤの盛り場のあいだを行き来して、大いに遊び回った。彼と一緒にムハンマド・エッファト、アリー・アブドルラヒーム、イブラーヒーム・アルファールが走り回っていた。彼の父が店に頑張り、一人息子を少し怒鳴りつけては、大いに可愛がった。人生は巻かれた書き物の頁で、希望に満ちていた。それからハニーヤがいた。だが待つがよい、思い出に軽々と押し流されてはならないのだ。

彼は午後の礼拝をするため立ちあがった。それが外出の合図であった。それから服を着て、店へ出かけた。彼らはコーヒーの座のため、気の合った同士のおしゃべりの雰囲気で囲炉裏の周囲に揃った。

主な長椅子はアミーナとアーイシャとナイーマによって占められた。右側の長椅子には、ヤーシーンとザンヌーバとカリーマが座った。左側の長椅子にはイブラーヒーム・シャウカトとハディーガとカマールが腰を下ろした。一方リドワーン、アブドルムネイム、アフマドは電灯の下の居間の中央に置かれた椅子に席を取った。イブラーヒーム・シャウカトは時の流れによっても変わらない習慣で、気に入った種々の食べ物に言及した。もっとも最近彼の言及は優秀な弟子に対する先生の徳に限られていた。

ザンヌーバはこだまのように称賛を繰り返した。彼女は夫の家族の誰かに取り入ることのできる機会をおろそかにしなかった。実際のところ、夫の家族が彼女に門戸を開き、彼らと交わる機会が許されて以来、彼らとの関係を親密にするため巧みに努力した。追放された者の孤立の中で暮らした数年ののち、彼女の地位が認知されたと見なしたからである。ヤーシーンの幼児の死は、彼の家族が弔問に彼の家を訪れた真の理由であった。彼女の結婚以来はじめて、彼らの手が彼女の手を握った。それに勇気づけられて、彼女は砂糖小路《スッカリーヤ》を訪ね、それから旦那の病気が募ったとき、宮殿通り《バイナル・カスライン》を訪ねた。それどころか、彼の部屋への訪問にさえ踏み切り、二人は歴史を共有しない新しい人間同士のように会った。こうしてザンヌーバはアフマド家に溶け込み、アミーナに話しかけて、おばさんと言い、ハディーガを呼んで姉さんと言うようになった。そしていつも慎ましさの模範のように見えた。家族の女たち自身と違い、家の外で着飾ることを避けたので、実際より老けて見えるほどであった。やつれが彼女の美に時期尚早に訪れ、ハディーガは彼女が三六歳であることを決して信じなかった。

しかし全員から良好な証言を取りつけることができた。アミーナがある日、

「彼女の先祖、たぶん遠い先祖は善人だったことは疑いないよ。それはともかく、彼女はよい娘だわ。ヤーシーンと長く暮らすことのできた唯一の女だものね」

と言うほどまでにである。

ハディーガは彼女の脂肪と肉のためヤーシーンより巨大に見えたが、彼女がそれで幸せなことを否定しなかった。アブドルムネイムやアフマドや、一般的に成功している夫婦生活で幸せであったように。ただ彼女は凶眼のたたりを防ぐため、一日たりとも不平をこぼすことを止めなかった。彼女のアーイシャに対する態度は完全に変わり、八年のあいだずっと冗談にもせよ嘲りとか無礼を意味する言葉一つ発しなかった。それどころか、彼女を親切に扱い、彼女の機嫌を取り、彼女に優しくすることに全力をあげた。彼女の不幸に対するおののきと彼女に定められたものを課した運命への恐れと、悲嘆にくれる女が両者の運を比較することへの心配からである。ハディーガは寛大にも、イブラーヒームが死んだ弟の遺産からの合法的な権利をナイーマに譲るよう仕向け、その結果全遺産がアーイシャとナイーマに移った。ハディーガは彼女の善行がいずれ思い出されることを希望したが、アーイシャは放心していて、姉の寛大さに気づかなかった。それはハディーガがアーイシャにあふれるような同情と慈愛と寛容を抱くことを妨げず、あたかもアーイシャにとっての第二の母に変身したかのようであった。彼女はアッラーより恵まれた幸運の原因に安堵するため妹の満足と好意以上を高望みしなかった。

イブラーヒーム・シャウカトは煙草の箱を取り出し、アーイシャにそれを差し出した。彼女は感謝しながら一本を取り、彼も一本取って、二人は喫煙をはじめた。アーイシャが過度に喫煙し、コーヒーを飲むことはしばしば種々のコメントの対象となったが、普通彼女は肩を揺すって、それに反応するだけであった。母のほうは、「主が娘に忍耐を与えてくださいますように」と祈りの口調で言うだけで自足している。

ヤーシーンのほうは、アーイシャへの助言では家族の中で一番大胆であった。ヤーシーンの幼児の死が、彼にその資格を与えたかのように。ただアーイシャは彼が彼女ほど

は被害者であると見なしておらず、苦難の民の国家において彼に顕著な位置を与えることを惜しんだ。というのも、オスマーンやムハンマドと違い、彼の息子は一歳未満で死んでいたからである。実際災難の話しは、しばしば彼女好みの気晴らしであるように見えた。あたかも彼女が不幸の世界での卓越した段階を誇りにしているかのようにである。

カマールはリドワーンとアブドルムネイムとアフマドのあいだに交わされる将来についての話しを聞き、微笑しながら耳を澄ました。リドワーン・ヤーシーンがこう言っていた。

「僕たちはみんな文科系だ。僕たちにとって選択に値する学部は法学しかない」

アブドルムネイム・イブラーヒーム・シャウカトが確信を込めた口調と、力強い声音で答えた。若者たちの中で彼をカマールに最も似せたでかい頭をふりながらである。

「理解できる、理解できる。だが彼は理解したがらない！」

彼は最後のところで、唇に嘲りの微笑を浮かべた弟のアフマドを指していた。イブラーヒームはその機会を捕え、やはりアフマドを指しながら言った。

「望むなら文学部へ入るがよい。だがその価値に納得すべきだ。僕は法学部なら理解できるが、文学部は理解できないな！」

カマールは悲哀に似た思いで視線を伏せた。法学校と師範学校についての古い議論のこだまが彼によみがえったからである。彼はまだ古い希望の空気の中で呼吸していた。ただ生活が毎日過酷な衝撃を彼に加えていた。たとえば検察官は定義を必要としないが、たぶん『思想』誌の論文の書き手は、彼の曖昧な論文以上に定義を必要とした！アフマド・イブラーヒーム・シャウカトは彼が当惑に陥っているのを放置せず、小さな出目で彼を眺めながら言った。

「僕は回答を叔父さんに譲るよ」

イブラーヒーム・シャウカトは困惑を隠すため微笑し、一方カマールは淡々と言った。

「君の才能に適すると感ずるものを学びなさい」

アフマドは顔に勝利感を現し、優雅な頭を兄と父のあいだに往復させた。ただカマールが口を継いで言った。

「だが法学部は卓越した実際生活の分野を君に開いてくれるが、文学部にはそれができないことを知るべきだ。もし君が文学部を選んだら、君の将来は教育に求められようが、それは名誉とは縁のない厳しい職業だよ」

「いや、僕はジャーナリズムの仕事に進みます」

「ジャーナリズム！（イブラーヒーム・シャウカトはそう叫んで）彼は何を言っているのかわからないんだ」

アフマドがカマールに話しかけて言った。

「僕たちの家族では思想を指導することと、馬車を動かすこととが同じなんだ！」

リドワーン・ヤーシーンが微笑して言った。

「わが祖国において、思想の最大の指導者は法学部出身者だよ」

アフマドが誇らしげに言った。

「僕が意味する思想は別物だ！」

アブドルムネイムが渋面を作って言った。

「それは恐ろしい破壊的なものだ。僕はそれを知っており、お前が意味することを残念に思う」

イブラーヒーム・シャウカトは、他の連中を彼の言わんとすることの証人とするかのように、彼らを眺めながらアフマドに再び言った。

「踏み切る前に考えるんだ。お前はまだ四学年目だ。遺産の取り分は年間に一〇〇ポンドを越えないだろう。僕の友人の中には、大学出の子どもらが職を見つけられないとか、僅かな給料で事務員の仕事をしているとか、苦情を言う者がいる。それからあとは、お前は自由に選べばよい」

ヤーシーンは議論に介入して、提案しながら言った。

「ハディーガの意見を聞くことにしよう。彼女はアフマドの最初の先生だ。彼女は俺たちより法学部と文学部のあいだの選択をする能力がある」

人々の唇は微笑であふれた。コーヒー沸かしに余念がないアミーナまでが微笑した。それどころか、アーイシャすらも微笑した。ハディーガはアーイシャの微笑に勇気づけられて言った。

「みんなに面白い話しを聞かせましょう。昨日、夕方を少し過ぎた頃――みんなも知っての通り、あたりは冬なのでどんどん暗くなっていたの――あたしはダルブ・アルアフマルから砂糖小路《スッカリーヤ》へ帰るところだった。あたしは何だか男につけられているように感じたの。するとその男は、ムトワッリー門の円蓋の下で、〝どこへ行くの、美人さんよ〟と言いながら、あたしを追い越したの。あたしは、〝家へよ、ヤーシーンさん！〟と言いながら、彼のほうをふり向いたわ」

居間は爆笑に包まれた。ザンヌーバは批判と絶望を示す、意味あり気な眼差しで彼を眺めた。ヤーシーンは笑っている連中に手をふり、やがて沈黙が戻った。そこで彼は尋ねた。

「僕がそこまで盲目になるなんて、理屈にかなうことかね？」

イブラーヒーム・シャウカトが警告して言った。

「舌には気をつけたほうがいいよ！」

カリーマは父の手を握って、八歳の娘なのに叔母の話しの意図を理解したかのように笑った。ザンヌーバはすぐコメントして言った。

「最悪の事態は人を笑わせるものね」

ヤーシーンは、

「僕を穴に陥れたな、こいつめ」

と言いながら、憤慨の眼差しでハディーガを睨んだ。ハディーガが言った。

「ここにいる人の誰かが文学的教養の必要があるとしたら、それは正気を失ったかのような息子のアフマドでなくて、あんただわ！」

ザンヌーバが彼女の言葉に相づちを打った。一方リドワーンは父を弁護し、濡れ衣を着せられていると称した。アフマドはカマールに希望を託しているかのように、彼を眺め続けた。

アブドルムネイムのほうは、白いバラのように母にぴったりと寄り添っているナイーマを盗み見た。彼女は彼の小さな目を感ずるごとに、青ざめた繊細な顔を赤らめた。

やがてイブラーヒーム・シャウカトが話題を変えながら、アフマドに向かって言った。

「法学部と、それがハムザーウィーの息子を偉い検察官にしたありさまを見るがいい」

カマールはこの言葉が彼の人格に向けられた苦い批判であるかのように感じた。アーイシャがはじめて言った。

「彼はナイーマとの婚約を望んでいるの」

ニュースを受け止めた沈黙の間合いに、アミーナが言った。

「昨日彼の父が御祖父さんに切り出したの」

ヤーシーンは真剣にきいた。

「父さんは同意したのかな？」

「それは時期尚早だわ」

イブラーヒーム・シャウカトがアーイシャを眺めながら、慎重に尋ねた。

「アーイシャ奥さんの意見はどうです？」

アーイシャは誰のほうも見ずに言った。

「わからないわ」

ハディーガは彼女の様子をじっと探り見ながら言った。

「でもすべてあんた次第だよ」

カマールは彼の友人のため、よい証言をしてやりたいと望んで言った。

「フォアードは本当に優秀な青年だ」

イブラーヒーム・シャウカトは疑問を持つ人のように慎重に言った。

「彼の家族は庶民だと思うが？」

アブドルムネイム・シャウカトが強い声で言った。

「そうです。彼の母方の叔父の一人は驢馬引きで、もう一人はパン屋だ。彼の父方の叔父は弁護士の書記だ。（それから弱々しく言い繕って）だがこれは人間の価値を減ずるものじゃない。人間は家族によってではなく、彼自身によって決まるのです！」

カマールは甥がそのあいだの矛盾にもかかわらず、信じている二つの真実を確認したいと望んでいることを悟った。第一にフォアードの出自の卑しさ、第二に出自の卑しさは人格の価値を減じないということである。いやそれ以上に、彼が第一にフォアードを攻撃し、第二に彼の強い宗教的信条を満足させるため不当な攻撃を懺悔していることを悟った。不思議なことに、この二つの真実の確認はカマールを気楽にさせ、彼が自分でそれを暴く罪悪を省いてくれた。彼は甥と同様に階級差を信じておらず、甥と同様にフォアードを攻撃し、フォアードの地位にけちをつけることに傾いていた。彼はその地位の重大さとそれと比較しての自分の卑小さを知っていたのだ。

アミーナはこの攻撃に安心していないことは明らかで、彼女は言った。

「彼の父はよい人だよ。一生のあいだ、正直に、忠実にあたしたちに仕えてくれたわ」

ハディーガは勇気を出して言った。

「でも――この結婚が成立したら――ナイーマはそうする資格のない人たちと、たぶん一緒に暮らすことになるんだわ。出自がすべてよ」

誰も期待しない方面から支持が来た。ザンヌーバが言ったのである。

「本当ですよ。出自がすべてです！」

ヤーシーンは混乱し、ハディーガを素早く盗み見た。妻の言葉が彼女の精神に与えた反響、彼女の内心のコメント、そしてそれが誘う歌姫や楽団の世界についての彼女の考えを訝りながらである。そのあげく彼は心中でザンヌーバの「大ぼら」を呪い、妻の言葉を取り繕うために余儀なくしゃべった。

「みんなは検察官について話していることを覚えてくれ」

ハディーガがアーイシャの沈黙に勇気づけられて言った。

「彼を検察官にしたのは父さんよ。彼を作ったのはあたしたちのお金よ！」

アフマド・シャウカトが故ハリール・シャウカトを想起させる突き出た目に嘲りを表しながら言った。

「彼の父が僕たちのおかげを被っている以上に、僕たちは彼の父のおかげを被っているさ！」

ハディーガが人差し指を彼に向けながら、批判に満ちた口調で言った。

「お前はいつも理解できない言葉をあたしたちに投げつける」

ヤーシーンが話題を終えたい人の口調で言った。

「みんな、悩むのはよしたらいい。最後の言葉は父さんにあるんだから」

アミーナがコーヒーのカップを配った。若者たちの目はナイーマが母に寄り添って座っている場所に向けられた。

リドワーンは自分に言った。

〈優しくてきれいな娘。彼女と親しくなり、友達づきあいができたらなあ。二人が一緒に道を歩いたら、男たちはどちらがより美しいかと迷うことだろう！〉

アフマドも自分に言った。

〈とてもきれいだ。だがまるで膠《にかわ》で伯母さんに張り付けられているようだし、教養も不十分だ〉

一方アブドルムネイムは思った。

〈きれいで、家庭の主婦向きで、大変信心深い。欠点は虚弱なことだけだが、虚弱の状態すらもきれいだ。フォアードにはもったいない〉

それから彼は内心の話しを飛び越えて、彼女に尋ねた。

「ナイーマ、あんたの意見を僕たちに聞かせてくれ」

青ざめた顔が赤らみ、渋面を作り、それから微笑した。彼女は緊張しながら、微笑と渋面の両方から解放されるため、その二つの混じった表情をした。それから恥じらいと絶望の状態で言った。

「あたしには意見はないわ。あたしのことに構わないでちょうだい！」

アフマドが皮肉っぽく言った。

「偽りの恥じらいだ」

しかしアーイシャが訝しげに口を挟んだ。

「偽りの？」

彼は取り繕って言った。

「恥じらいは古いファッションです。あんたは話すべきだ。でなければ、あんたから人生が失われる」

アーイシャは苦々しく言った。

「あたしたちはそんな話しを知らないわ」

アフマドは彼の母の警告する視線を意に介せず、不平を鳴らして言った。

「僕たちの家族は、現代から四世紀遅れていると賭けてもいい！」

アブドルムネイムが皮肉っぽく彼に尋ねた。

「なぜ四世紀と限定したのかね？」

彼は無頓着に言った。

「慈悲からさ！」

するとハディーガがカマールに話しを向けてきいた。

「お前は！　お前はいつ結婚するの？」

カマールは質問に不意を打たれ、逃げ腰で言った。

「古い話しだ！」

「新しくもあるわ。アッラーがお前を良家の娘と一緒にさせてくれるまで、あたしたちはその話しをやめないからね」

アミーナは倍増する関心をもって話しの最後の部分を聞いていた。カマールの結婚は彼女の最も大切な願望であった。彼女の一人息子の、血をわけた孫で目を楽しますことができるよう、彼女の願望をかなえてくれと、何度彼に頼んだことか。彼女は言った。

「父さんが最良の家族からの花嫁を勧めたのに、彼ときたらあれこれの口実で言い逃れする」

「薄弱な言いわけだよ。君の年齢は今いくつだったかな、カマールさん？」

イブラーヒーム・シャウカトが笑いながらきいた。

「二八歳です！　もう遅いですよ」

アミーナは信じたくないかのように、驚いて年齢の数に耳に澄ませた。ハディーガのほうは激して言った。

「お前は年齢を多くすることが大好きなんだから！」

そうだ、彼は末弟だ。彼の年齢をばらすことは、彼女の年齢を間接的にばらすことになる。彼女の夫は六〇歳になったが、彼女は自分が三八歳であると想起させられるのを嫌った。カマールときたら何と言ったらよいかわからなかった。彼の見るところでは、問題は一言で片づけられる類のものではない。しかし彼は自分の立場を明確にするよう求められていると常に感じていた。彼は弁解の口調で言った。

「僕は昼は学校で、夜は書斎で忙しいんだ！」

アフマドが熱心に言った。

「偉大な生活ですよ、叔父さん。しかし人間はそれにもかかわらず結婚すべきです」

みんなの中でカマールを最も知っているヤーシーンが言った。

「お前は真実なるものの〝探求〟を邪魔されないため、煩わしいことを避けているんだ。だが真実はこれらの煩わしいことの中にある。お前は書斎の中で人生を知ることはないだろう。そうでなくて真実は家庭と路傍にある」

カマールはひたすら逃避して言った。

「僕は給料を最後のミッリームまで使うことに慣れてきた。僕には貯金がない。どうして結婚できるんだい？」

ハディーガが彼を追いつめながら言った。

「一度結婚の意志を固めたら、どのようにそれに備えるかがわかるだろうよ」

ヤーシーンが笑って言った。

「お前は結婚しないために、給料を最後のミッリームまで使うんだ」

どちらも同じようなものだ。しかし状況が整い、両親が望んでいるのに、なぜ結婚しないのか？　確かに愛の陰で一時期が過ぎた。結婚は戯れの一種であった。別のものが愛に代わった一時期がそのあとに来た。それは思想で、彼の生活を貪欲に飲み込んだ。最大の喜びは美しい本を手に入れたり、論文を発表する機会を得ることであった。思想家は結婚せず、またそうすべきでないと、彼は自分に言い聞かせた。彼は上を仰ぎ、結婚は彼に下を眺めさせるものと思っていた。生活の力学への融合から逃亡する分だけ、傍観者的、瞑想者的立場を、かつて楽しんでいたし、現在も楽しんでいた。けちんぼうが自分の金を惜しむように、彼は自分の自由を惜しんでいる。

それから女については、満たせばよい肉欲しか残っていなかった。これらすべてに加え、思想の喜悦と肉体の享楽を伴うことなく一週間が過ぎるわけでない以上、青春が無駄に費やされているのではなかった。それから彼は当惑しており、すべてに対し疑問を抱いているが、結婚は信仰の一種なのだ。彼は言った。

「みんな、気を楽にしてください。僕は結婚を望むときに、結婚するさ」

ザンヌーバは微笑を浮かべ、それによって一〇年前を想起しながら尋ねた。

「なぜ結婚を望まないの？」

カマールは倦怠に似た気持ちで言った。

「結婚は針小なものなのに、みんなはそれを棒大にする」

しかし彼は心底では結婚は棒大なもので、針小なものでないことを信じていた。彼が結婚に屈従する日、彼の運命は終末を迎えるであろうとの奇妙な感情に取りつかれていた。

アフマドの声が彼の立場を救った。アフマドは言った。

「僕たちが書斎にあがるときが来たよ」

彼はアフマドの呼びかけを歓迎しながら立ちあがって、外に向かって進み、アブドルムネイムとアフマドとリドワーンがあとに従った。彼らは古い家に訪問者として来るたびの習慣として、何冊かの本を借りるために書斎の部屋にあがったのだ。

カマールの机は部屋の中央に位置し、電灯の真下にあって、二列の書架に挟まれていた。彼は机に向かって腰をかけつつ、若者たちが棚に揃えられた本の題目を眺めているのを見ていた。それからアブドルムネイムが「イスラム史に関する講演」という本を選び、アフマドは「哲学の原理」という本を持ってきて、彼の机のまわりに立った。彼は黙って彼らを見回していたが、やがてアフマドが不満そうに言った。

「僕は少なくとも一つの外国語をマスターするまでは、好きなように読書できないだろうな」

アブドルムネイムが本の何頁かを読みながらつぶやいた。

「誰もイスラムの真の姿を知らない」

アフマドが腹立たしげに言った。

「兄さんはハーン・アルハリーリー[1]の、目が見えないも同然の男からイスラムの真実を教わっているんだ」

アブドルムネイムが叫んだ。

「黙れ、無神論者め！」

カマールはリドワーンを眺めて尋ねた。

「君は本を欲しくないのかい？」

アブドルムネイムが代わって答えた。

「彼の時間はワフド党の新聞を読むことで手一杯なんです！」

リドワーンはカマールに向かって身ぶりをしながら言った。

「この点では叔父さんと一致します！」

彼の叔父は何も信じないが、それでもワフド派だ！　また彼は一般的に真理を疑っているが、それでも人々や現実とつきあっている。彼はアブドルムネイムとアフマドを見比べながらきいた。

「君たちもワフド派だが、それに何の不思議がある？　すべての愛国者はワフド派だ。そうじゃないかね？」

アブドルムネイムが確信を込めた声で言った。

「ワフドは疑いもなく最善の政党です。だがそれ自体、もはや人を完全に説得させるものではなくなった」

アフマドが笑いながら言った。

「僕はこの意見については兄さんに同調するよ。換言すれば、これ以外の意見では、同調しない。たぶん僕たちはワフドに関する満足の度合いでは相違するでしょう。それ以上に、愛国主義自体が疑問符の対象とならねばならない。確かに独立はすべての対立を超越したものです。一方そのあとで愛国主義の意味は発展し、より総合的で、より高遠な意味の中に消滅するに至るべきです。今われわれが部族や家族のあいだで発生する愚かな争いの犠牲者を眺めるように、将来愛国主義の犠牲者を眺めることは、あり得ないことではありません」

〈愚かな争いだって、馬鹿者が！　ファフミーは愚かな争いで殉死したのではなかった。だが確信の根拠はどこにある？〉

このような想念にもかかわらず、カマールは鋭く言った。

「自己を超越したもののために殺された人は誰でも殉死者だよ。物事の価値は変わるだろう。だがそれに対する人間の立場は変わることのない価値だ」

彼らは机のある部屋を去った。リドワーンはアブドルムネイムのコメントに答えながら、彼に話しかけて言った。

「政治は社会で最も重大な職業だよ」

彼らがコーヒーの座に戻ったとき、イブラーヒーム・シャウカトがヤーシーンに言っているところであった。

「こうしてわれわれは育て、指導し、助言するが、すべての息子は書斎に入り込む。それはわれわれから独立した世界だ。そこでは他人がわれわれと競合する。われわれは彼らについて何も知らない。いったいわれわれに何ができるのかね？」

注

（1）フセイン・ムスク付近の狭い通りで、観光客用の土産物屋が密集している。

4　銃弾の悪夢

　電車は混雑していて、立つ場所もないほどであった。カマールは立っている人々のあいだにつめ込まれ、痩せた長身によって彼らを見下ろしているかのようである。彼らは彼と同様に、愛国記念祝日――一一月一三日(1)――の会場を目指しているように見えた。彼は好奇心と歓迎の気持ちで彼らの顔を見回した。

　実際のところ、彼はこれらの祝日の最も熱心な信者としてそれに参加している。同時に彼には何の信念もないと確信していたけれども。人々は目標の一致と彼らの心に親近感を抱かせた「ワフド主義」の紐帯《ちゅうたい》だけで満足しながら、以前知り合ったこともないのに、情勢についてのコメントを語り合っていた。彼らの一人が言った。

「今年の闘争記念日は文字通りの闘争記念日であるか、そうあるべきものだ」

　他の一人が言った。

「この際ホール(2)と彼の不吉な声明に反論すべきだ」

　三番目の男がホールへの言及に激高して叫んだ。

「犬畜生めは言った。われわれは一九二三年憲法も、一九三〇年憲法も復活しないよう忠告したとな。あいつは俺たちの憲法と何の関係があるんだ？」

　四番目の男が答えた。

「彼はその前に、〝もっともわれわれは、彼らから相談を受けたときに忠告した〟などと言ったことを忘れてはいけない」

「そうだ、彼に相談したのは誰だい？」

「客引きどもの政府にそれをきくがいい！」

「タウフィーク・ナシーム(3)……もう十分だ！　君たちは彼を忘れたのか？　だがなぜワフドは彼と休戦したのだ？」

「すべてに終わりがある。今日の演説を待つんだ」

　カマールは彼らに耳を傾けた。いや、彼らの話しに参加した。それより不思議なことは、彼が熱情で彼らに劣っていなかったことである。これは彼が出席する八回目の闘争記念日だった。彼は他の連中と同様に、過去の年月が残した政治的実験の苦々しさで心を満たされていた。

〈そうだ、憲法を更新可能の三年間停止に持ち込み、沼地や湿地の埋め立ての約束と引き替えに人民の自由を奪ったムハンマド・マフムード(4)の時代を、僕は経験した。またイスマーイール・シドキーが国に押しつけた恐怖の年月を生きてきた。人民は彼らを信用し、彼らを為政者として望んだが、いつも自分たちの頭上にあの忌まわしい鞭打ち人を見出した。イギリス人警官の混棒と銃弾が彼らを守っていた。彼らはさっそく人民に対し、諸君は未成年の国民で、われわれが後見者だと、あれこれの言葉で言う。人民は間断なく闘争に飛び込み、そのたびに息をあえがせて引き返す。やがて最後に人民は忍耐と冷笑をモットーとする消極的立場を取る。一方からはワフド、他方からは暴虐者を除き、戦場は空になってしまった。人民は傍観者の席で満足し、彼らの代表たちに援助の手を差し伸べることなく、小声で応援するようになった〉

　彼の心は人民の生活を無視することはできない。疑問の霧の中に迷う彼の理性にもかかわらず、心は常に彼らとともに脈打っている。

　彼はサアド・ザグルール通りで電車を降り、国民の家(5)の隣に立てられた祝賀用大テントのほうへ向かう無秩序な行列の中を歩いた。一〇メートルごとにイギリス人警官の指揮する一団の兵卒が彼らを迎える。彼らの顔はいかめしさと愚鈍さを告げていた。大テントの少し手前でアブドルムネイムとアフマドとリドワーンと彼の知らない青年に出会った。彼らは立ち話しをしていたが、彼に近づいて挨拶し、しばらく一緒にいた。一月ほど前からリドワーンとアブドルムネイムは法学部の学生のあいだに席を占め、アフマドは高校の最終学年に進級した。

　彼は家において姉や兄の子どもらに過ぎない彼らを見るときと違い、通りにおいて「大人」の彼らを見る。リドワーンの何とハンサムなことよ！　同様にヒルミー・エッザトという名で紹介された彼の友人もハンサムであった。類は友を呼ぶといった者は正しい。

　アフマドは彼を喜ばせてくれた。彼はアフマドから奇妙で、面白い言葉とか、それに劣らず奇妙な行動を常に期待している。皆の中で彼の精神に最も近い人物だったのだ。一方アブドルムネイムときたら、背丈が低く、太ってさえいなければ、何と彼に似ていることか。それだけでこの若者を愛するに十分であった。だが若者の信念とそれへの偏執の何と軽蔑すべきことか！

　彼は巨大なテントへ近づき、集った群衆の膨大な数を喜びながら、彼らにさっと一瞥を加え、まもなく人民の声が高々とあげられる演壇をじっと見つめ、それから自分の席に着いた。このような大群衆の中にいることで、孤独に沈潜した自己の奥底から、新しい人格が解き放たれ、それが生気と熱情をまき散らしている。ここでは理性は一時のあいだ壺に閉じ込められるが、やがて抑圧された精神力が飛び出す。それは情緒と感性にあふれた生命にあこがれ、闘争と希望へと彼を駆り立てる。

そのとき彼の生命は更新され、本能は蘇生し、孤独は雲散する。彼は民衆と接合し、彼らの生活に参加し、彼らの希望と苦痛を抱擁する。彼の性格からこの生活を固定した生活にすることには耐えられないが、日常の生活、民衆の生活との縁が切れないために、ときどきこれを必要とする。物質と精神と自然と超自然の問題は先送りしよう。これら民衆が好悪するもの……憲法とか、経済危機とか、政局とか、愛国主義問題とかに対する関心で気持ちを満たそう。それ故に、彼が存在の戯れと生命のはかなさを瞑想して一夜を過ごしたあとの朝、「ワフドは国民の信条だ」と叫んでも不思議ではなかった。理性はその主から休息の恵みを奪う。それは真理に恋し、純潔を愛し、寛容にあこがれ、疑惑と衝突し、本能と激情との永遠の争いで不幸になる。疲れた者は彼の血を更新し、熱気と若さをくみあげるため、群衆の懐に身を寄せる時がなければならぬ。

書斎には、ダーウィン、ベルグソン、ラッセルのような少数の卓越した友がいる。この大テントには何千人という友がいて、理性を有しないように見えるが、彼らの社会で自覚ある本能の名誉を代表している。彼らは最終的には事件と歴史の創造において前者に劣るものではない。この政治的生活において、カマールは愛したり、憎んだり、満足したり、怒ったりしたが、すべては価値がないように見える。彼の生活でこの矛盾に直面するたびに、彼は不安に揺さぶられた。しかし彼の生活で矛盾を、従って不安を欠かない場所は一つもない。

それ故に彼の心は完全と幸福を特徴とする調和の取れた統一体をひどく恋しがった。しかしこの統一体はどこにある？　彼に思考する理性がある以上、理性的生活は彼にとり不可避であった。だがそれは彼が他の生活にあこがれることを妨げず、休止し、抑圧されているすべての力が彼をそれに追いやる。それは救命の岩であった。

おそらくそれが故に、この集団は素晴らしく見えた。人数が増すほどに､素晴らしさは増した。こうして彼の心は、他の連中と同様の熱意と苛立ちで指導者の出現を待っている。

アブドルムネイムとアフマドは隣合った席に座った。一方リドワーンと彼の友人のヒルミー・エッザトは大テントをよぎる通路を行きつ戻りつ歩き回り、あるいは入り口に立って、祝賀行事の世話係たちと話しを交わしている。二人は何と影響力のある若者であることよ！　群衆のささやきが集まって、全体的な騒音を起こしていた。他方で若者たちが占めた場所からはやかましい声があがり、叫び声がそのあいだを縫った。それから外から意味あり気な強い叫び声が聞こえてきた。人々は大テントの裏口に首を伸ばし、いっせいに立ちあがり、耳を聾する歓声が轟いた。それからムスタファー・アンナッハースが輝くような微笑と強い両腕で、何千人もの群衆に挨拶しながら演壇の上に現れた。

カマールはしばらく懐疑の眼差しの消えた目で彼を仰いだ。彼はすべてが信じられなくなったあと、どのようにしてこの男を信ずるのかと訝った。彼が独立と民主主義の象徴だからか？　どうであるにせよ、男と人民のあいだの熱烈な共感は注目に値する現象だ。それは疑いもなくエジプト民族主義の建設に歴史的役割を演ずる重大な力だ。

雰囲気が激情と熱気で充満した。世話係たちは苦労して会場に静粛を広めた。コーラン読みがコーランの適当な章句を朗唱し、

「預言者よ、信者たちを戦に駆り立てよ」(6)

と繰り返すのを、群衆に聞かせるためにである。群衆はこの呼びかけを待っており、歓声や拍手が起こったので、一部の生真面目な連中がアッラーの書物への敬意から沈黙するように要求したほどであった。昔彼がこのような生真面目な者の一人と数えられていた頃の古い思い出を、彼らの言葉が心中にかき立てた。彼は唇に曖昧な微笑を浮かべながら、たちまち彼個人の生活を思い起こした。それは矛盾に満ち、矛盾の相克から空虚であるかのように見えるものであった。

指導者は起立して、演説をはじめた。彼は朗々たる音声と効果的な雄弁で演説を行い、二時間を費やした。それから露骨な激しさで革命への呼びかけを公言して演説を締めくくった。群衆の激情は頂点に達し、彼らは椅子の上に立ちあがり、正気を失ったかのような熱烈さで叫び出した。カマールは激情と叫びにおいて彼らに劣らなかった。彼は自分が威厳を求められる教師であることを忘れ、昔聞いたことがあるが、年齢が彼の参加を阻んだ栄光の日々に戻ったかのように思った。演説というのはこういう力強さでするものなのか？　人々はこういう激情でそれを受け止めるものなのか？　そのためには死も容易になるのか？　ファフミーがこのような立場から出発したことに疑いない。それから死へ突進した。永遠へか、それとも滅亡へか？　カ

マールのような懐疑者が殉死することは可能か？

〈たぶん愛国主義は――愛のように――たとえわれわれが信じていなくとも、われわれを屈従させる力なのだ！〉

熱狂の噴出は激しく、歓声は熱っぽく、威嚇的であった。椅子はその上の人々で揺れ動いた。次の一歩は何だろう？　気がついてみると、群衆が外に向かっていた。彼は自分の席を去った。そのとき身内の若者たちを探しながらざっとあたりを見渡したが、彼らの跡形も見つけられなかった。彼は脇の出口から大テントを去った。それから群衆を追い越すため、早足でカスル・アルアイニー通りに向かって歩いた。途中国民の家を通り過ぎた。彼はそこを通り過ぎるたびに、視線を留め、歴史的なバルコニーと最も偉大な愛国的思い出を目撃した中庭とのあいだに目を巡らしたものである。そうだ、この家には彼の精神にとり魔力のようなものがあった。ここにサアドが立っていたし、ここにファフミーと彼の仲間が立っていたのだ。彼が今歩くこの道に、かつて銃弾が殉死者たちの胸に落ち着くため飛び交っていた。国民は彼らの復興を邪魔しようと待ち構える暴圧の波に抵抗するため、革命を常に必要としている。悪疫に対するワクチンの役をなす定期的な革命を必要としている。実際圧政こそ彼らに深く根づく病気であった。

このように愛国記念日への参加は彼の再生に成功した。その瞬間彼の関心は、エジプトがホールの声明に対する致命的打撃として断固たる回答を与えることだけであった。彼の痩せた長身が背を伸ばし、彼の大きな頭が上を向き、偉大な出来事と重大な行動を想像しながらアメリカ大学の前を歩む彼の足音が強まった。教師ですら時には生徒と一緒に反乱すべきである。彼は憂鬱めいた気分で微笑を浮かべた。頭が大きく、英語の基本を――それによって多くの秘密に接しているにもかかわらず――基本だけを教えることを運命づけられた教師、彼の体が大地を埋める雑踏の些少な一部を占めている。一方、彼の想像力は自然の閉ざされた秘密で囲まれた渦巻きの中で動揺する。朝には一つの言葉の意味と別の言葉のスペリングを探し求め、夜には彼の存在の意味を、二つの謎のあいだに挟まれたあの謎を尋ねる。朝にはまた彼の心はイギリス人に対する反乱で燃え、夜には苦悩する一般的な兄弟への愛――人類への兄弟愛――が宇宙の謎の前で協力するよう彼を誘う。

彼はこれらの想念を追い出そうとするかのように、少し激しく頭をふった。イスマーイーリーヤ広場に近づいたとき、耳に歓声が聞こえてきた。彼はデモ隊がカスル・アルアイニー通りに着いたことを悟った。胸を満たす闘争心が彼に立ち止まるよう呼びかけた。彼が何らかの形で一一月一三日のデモに参加できるかも知れないからである。打撃を辛抱強く受ける者の立場が、祖国にとって余りにも長く続いた。今日はタウフィーク・ナシーム、昨日はイスマーイール・シドキー、一昨日はムハンマド・マフムード。これは有史以前にさかのぼる圧政者の不吉な連鎖だ。〈自分の力にだまされたすべての犬野郎は、彼が選ばれた後見者であり、人民は未成年者であると、われわれに対し主張する〉

待てよ！　デモは沸騰し、奔出する。しかしこれは何だ？　カマールは混乱して背後をふり向いた。彼の心を揺さぶる音を聞いたのだ。注意して耳を澄ますと、音が再び彼の耳を打った。それは銃弾だ。遠くでデモ隊が大混乱に陥っているのを見たが、実態は彼にはわからなかった。しかしいくつものグループが広場のほうに、他の連中は脇道へと走っている。多数のイギリス人騎馬警官が大地を駆け抜ける。叫喚があがり、怒りと悲鳴の声と混じり合い、銃声が激しくなった。彼の心臓は高鳴り、そのたびにアブドルムネイムとアフマドとリドワーンを案じた。彼は混乱と怒りでいっぱいになった。左右をふり向くと、遠くない歩道の脇に喫茶店を見つけ、そちらへ向かった――そこは戸口を半分閉めていた――中に忍び込んだとたん、はじめて銃声を聞いたフセイン地区のバスブーサ店を思い出した。

混乱があらゆる場所に広まっていた。銃弾が恐ろしく大量に、次いで断続的に発射された。ガラスの割れる音や馬のいななきが続き、怒声の高まりは騒乱の群がかすめるような速度で場所から場所へ移動していることを示していた。老人が店に入り、何があったか人からきかれる前に、

「警官の銃弾が学生の上に雨あられと降っている。犠牲者の数はアッラーが一番ご存じだ」

と言った。それからあえぎながら腰を下ろし、震える声で、

「無実な者たちを裏切った。もしデモの解散が狙いなら、遠くの位置から空中に発砲したはずだ。だが彼らは見せかけの静かさでデモに付き添って歩き、そのあいだに道の出口という出口に散開して、突然拳銃をふりあげ、発射した。急所をめがけ容赦なく発砲したんだ。少年たちが倒れ、血の海にのたうち回った。イギリス人は野獣だ。だがエジプト人の兵隊も彼らに劣らず野蛮だった。神よ、これは計画された虐殺です！」

と言葉を継いだ。

喫茶店の奥から声があがり、

「俺には今日が無事に済むまいとの予感があったよ」と言った。別の人が、

「凶事を警告する日々だ。ホールが声明を発表して以来、人々は重大な事件を予期していた。これは戦闘で、今後多くの戦闘が続くだろう。君たちにそう確言するよ！」と答えた。

「犠牲者はいつも学生だ。国民の最も大事な子どもたちだ。ああ、残念だ！」

「だが発砲は静まった、そうじゃないか？　耳を澄ましてくれ」

「本来のデモは国民の家のところだ。あそこでは発砲が何時間も続くだろう！」

　しかし沈黙が広場を支配した。時間が重く、緊張をはらんで過ぎた。暗闇が迫り、やがて喫茶店の灯りがともされた。それから広場とそれを囲む道路に死が降りたかのように、もはや声が聞こえなくなった。喫茶店の戸口がいっぱいに開かれ、歩行者や乗り物が消えた広場が望見された。それから鋼鉄製のヘルメットをかぶった騎馬警官の行列が来て、イギリス人の上官を先頭に広場を一巡した。

　カマールの内心は依然として甥たちの運命を知りたがっていた。広場に動きが広まったとき、彼は急いで喫茶店を去った。彼は砂糖小路《スッカリーヤ》と慕情の館横町《カスル・アッシャウク》に立ち寄って、アブドルムネイムとアフマドとリドワーンの無事に安心するまでは家に戻らなかった。

　彼は悲しみと嘆きと怒りに満ちた心で書斎に引きこもった。彼は一字も読まず、一言も書かなかった。彼の頭は国民の家の地域に、ホールと革命的演説と愛国的歓声と銃声の音と犠牲者の悲鳴に置き去りにされたままであった。彼は自分が昔隠れたことのあるバスブーサ店主の名前を思い出そうとしているのに気づいたが、記憶力が彼を助けてくれなかった。

注

(1) 一九一八年の一一月一三日、サアド・ザグルールがエジプトの独立を求め、イギリスの高等弁務官と会談した。第一巻第四八章の注を参照。
(2) 当時のイギリス外相。一九三五年一〇月エジプトの立憲政治復活に反対を表明。
(3) 当時のエジプト首相。宮廷派の政治家で、それ以前二回首相となった。
(4) 一九二八年首相となったとき、議会を解散し、憲法を停止した。
(5) ザグルールが住んでいた邸宅で、彼の没後「国民の家」と呼ばれた。
(6) コーラン第八章六五節。

5　老人たち

ガマーリーヤにあるムハンマド・エッファトの家の眺めは、アフマド・アブドルガワードにとって、なじみの好ましい眺めの一つであった。外部からは古い隊商宿の入り口であるかのように見えるこの木製の大扉、そびえる樹木のこずえを除きその背後にあるものを隠している高い塀、一方桑とグンマイズ[1]が木陰を作り、ヘンナやレモンやフッル[2]やジャスミンをあしらった庭園ときたら、不思議なものであった。不思議と言えば、その中央にある池もそうである。それから庭園の幅に沿って延びた木製のベランダ。

　ムハンマド・エッファトはベランダの階段の上に立って、来客を待っていた。彼は家で着るローブを体にまきつけていた。アリー・アブドルラヒームとイブラーヒーム・アルファールのほうは、隣合った椅子に腰をかけていた。アフマドは仲間に挨拶してから、ムハンマド・エッファトに従ってベランダの中央にある長椅子に向かい、そこに一緒に座った。彼らの肥満は皆から去っていた。例外はムハンマド・エッファトで、肉がだぶついているようであり、また顔がひどく赤みを帯びているように見えた。アリー・アブドルラヒームの頭は禿《は》げ、他の連中の頭には白髪が増え、皆の顔面は皺《しわ》だらけとなった。アリー・アブドルラヒームとイブラーヒーム・アルファールは最も老化が進んでいるように見えた。だがムハンマド・エッファトの顔の赤みはより鬱血《うっけつ》に似ていた。

　アフマドは痩せて、白髪が増えたにもかかわらず、交じり気のない端正さを保っていた。アフマドはこの集いが大好きであった。彼はまたガマーリーヤを見下ろす高い塀まで広がる庭園の眺めが好きであった。彼は大きな鼻にフッルとジャスミンとヘンナの芳香をたっぷりかがせようとするかのように、頭を後《うし》ろに少し傾けた。桑やグンマイズの枝の上で戯れる小鳥のさえずりを聞くことに専念するため、ときどき目を閉じたことだろう。ただこの瞬間彼の心に交錯した最も高貴なものは、これらの男たちに抱く兄弟愛と友情の感情であった。彼は高齢に痛めつけられた彼らのいとしい顔を大きな碧眼《へきがん》で見つめ、彼の心は彼らと自分への哀惜であふれた。彼は過去とその思い出への愛着が仲間の中で最も強かった。青春の美しさ、情感の発露、若者の冒険について思い出、すべてが彼を魅了した。

イブラーヒーム・アルファールが近くのテーブルのほうへ立ちあがり、彼が持参したバックギャモン[3]の箱をその上へ置いて、皆に尋ねた。

「誰がわしと遊んでくれるかね?」

滅多に遊戯に加わらないアフマドがたしなめて言った。

「遊びは少し延期しろよ。われわれは座席に着いてすぐそれで忙殺されるべきではない」

ファールは箱を彼の席に戻した。それからヌビア人が紅茶のカップ三個とウイスキー・ソーダのグラス一個をのせた盆を持ってきた。ムハンマド・エッファトが微笑しながらグラスを取り、他の三人が紅茶のカップを取った。毎晩繰り返されるこの配分はさんざん彼らを笑わせた。ムハンマド・エッファトは手のグラスをふり、彼らの手にするカップを指しながら言った。

「君たちを教育してくれた日々を、アッラーがお許しになりますように!」

アフマド・アブドルガワードが嘆息して言った。

「それはわしたち全部を教育してくれた。君が中でも一番手だった。それでも君は柄が悪かった」

同じ年の似た時期に飲酒を慎むようにとの医者の同じ命令が彼らに下りていた。ただムハンマド・エッファトの医者は一日一杯のグラスを彼に許した。アフマド・アブドルガワードはそのとき、その医者が友人に寛容であるのに、彼の医者は自分に厳しくしていると思い、その医者に診てもらったが、医者は真剣に厳然として、

「あなたの状態はあなたの友達の状態とは違う」

と言いながら彼に警告した。彼がムハンマド・エッファトの医者に行ったことがばれてしまい、長いこと議論と冗談の種となった。アフマドは笑って再び言った。

「君は医者にこのグラスを許してもらうため、たんまりわいろを贈ったことは疑いない!」

ファールはムハンマド・エッファトの手にあるグラスを見つめながら、ぼやいて言った。

「アッラーにかけてだが、わしはその酔いを忘れかけてしまったわい!」

アリー・アブドルラヒームがふざけて言った。

「君の懺悔はこの言葉で台なしだ、飲んだくれめ」

ファールはアッラーに許しを求め、それから降参してつぶやいた。

「アッラーに称賛あれ」

「わしたちはグラス一杯を妬《ねた》むようになった! 酔いはどこに……どこに去ったんだ?」

アフマド・アブドルガワードが笑って言った。

「もし後悔するなら、善行にではなく、悪事について後悔するがいい、犬野郎どもめ！」

「君は他の説教師すべてと同じで、舌は浮世に、心はあの世にある」

するとアリー・アブドルラヒームが声を一オクターブ張り上げて、話題の流れを変えることを警告しながら言った。

「男どもよ！　ムスタファー・アンナッハースをどう思う？　病気の老王の涙に動じなかった男は、〃一九二三年憲法を〃という彼の崇高な要求を一瞬たりとも忘れることを拒否したぜ」

ムハンマド・エッファトは指を鳴らし、嬉しそうに言った。

「でかしたぞ……でかしたぞ！　彼はサアド・ザグルール自身より頑強だ。強力な国王が病んで、泣くのを見ながら、誰がこの稀なる勇気をもって彼の前に毅然と立ち、〃最初に一九二三年憲法を〃と言いながら、彼に指導者の地位を与えた国民の声を堂々と繰り返したろうか？　こうして憲法が戻った。誰がこれを想像したろうか？」

イブラーヒーム・アルファールが感心して頭をふりながら言った。

「この情景を想像して見たまえ。病気と老齢に打ちのめされたフォアード王が、大変な親愛を込めてムスタファー・アンナッハースの肩に手を置いている！　それから連立内閣の組織を彼に呼びかける。ナッハースはこういうことすべてに動ぜず、誠実な指導者としての義務を忘れず、王の涙が覆い隠しかけた憲法を一瞬たりともないがしろにしない。彼はこういったことのどれにも動ぜず、勇気と頑強さをもって言う。最初に一九二三年憲法をです、陛下と」

アリー・アブドルラヒームは同じ口調を真似て言った。

「さもなければ最初に串刺しの刑をです、陛下！」

アフマド・アブドルガワードが笑いながら言った。

「ウイスキーを目前に見ながら、それを避けるよう運命づけられた者にかけてだが、それは偉大な局面だ！」

ムハンマド・エッファトはグラスの残りを飲み、それから言った。

「われわれは一九三五年にいる。サアドの死後八年、大反乱後一五年が過ぎた。イギリス人はまだ到るところにいる。兵営に、警察に、軍隊に、省庁に。すべての犬畜生の倅を怖い旦那にする外国人特権はまだ効力を持つ。この悲しむべき状態は終わらねばならない」

「イスマーイール・シドキーやムハンマド・マフムードやイブラーシー(4)のようなむち打ち人たちを忘れるなよ！」

「イギリス人が去れば、こういう連中の誰にも重要性は残るまい。そして政変は過去の話しになるだろう」

「そうだ、王が裏で画策しても、彼を支持する者を見つけられまい！」

ムハンマド・エッファトが再び言った。

「王は二つのどれかに直面するだろう。憲法の尊重か、それともあばよと言うかだ！」

イブラーヒーム・アルファールが疑惑めいた口調で言った。

「彼がイギリス人の保護を求めたら、連中は彼を見捨てるかね？」

「もしイギリス人が撤退に同意したら、なぜ王を保護するんだい？」

ファールがもう一度言った。

「イギリス人は本当に撤退に同意するかな？」

ムハンマド・エッファトが自分の政治的教養を誇りにする者の自信をもって言った。

「彼らはホールの声明でわれわれを急襲し、その結果デモが起きて、殉死者が出た。殉死者にアッラーのお慈悲あれ。それから連立内閣への呼びかけがあり、それから一九二三年憲法が戻った。イギリス人は今交渉を欲していると、君たちに確言するよ。どのようにこの窮境が晴れ間をみつけるか、どのようにイギリス人が引き揚げ、あるいは在留外人たちの影響力が終了するのか、確かに人間にはわからない。だがムスタファー・アンナッハースへのわれわれの信頼には限度がない」

「五三年間の占領がテーブルを挟んで少し話しただけで終わるものかね？」

「清らかな血が流されたあとの話しだ」

「それであってもだ！」

ムハンマド・エッファトは目配せして言った。

「彼らは重大な国際的情勢の中で厄介な立場に置かれているのに気づくだろう！」

「彼らは支援者を常に見付けられるよ。イスマーイール・シドキーは生きており、まだ死んでいない！」

ムハンマド・エッファトが識者の口調で再び言った。

「多くの消息通と話して、彼らが楽観的であるのを見つけたよ。彼らは世界が激しい戦争に脅かされており、エジプトは砲口の上に乗っていて、名誉ある合意が双方の利益になると言っている」

それから太鼓腹をなでたあと、自信と安心をもって話しを続けた。

「君たちに大事な話しがある。わしは次の選挙でガマーリーヤ区からの候補者となるとの約束を得た。ヌクラーシー[5]自身がそう約束した」

友人たちの顔が喜びで輝き、それからコメントの段階が来て、アブドルラヒームが真面目さを装って言った。

「ワフドに欠点はない、時々代議士の名で獣《けだもの》を候補者に立てることを除いては！」

アフマド・アブドルガワードはワフドの欠点を弁護して言った。

「ワフドは何をしようとするのか？　それは全国民を代表しようとする。良家の息子たちも、下層民の息子たちもだ。獣以外に誰が下層民を代表するかね？」

ムハンマド・エッファトは彼の横腹を小突きながら言った。

「厚かましい老いぼれめ、君とガリーラは同じ人間だ。どちらも厚かましい老いぼれだよ！」

「わしはガリーラが立候補するなら満足する。彼女は必要があれば。王自身すらもミラーヤで包んであげるだろう！」

ここでアリー・アブドルラヒームが微笑して言った。

「一昨日、路地の前で彼女と会ったよ。まだ御輿みたいだったが、老齢が彼女を食い荒らし、彼女の上に小便を垂らしてしまった！」

ファールが言った。

「彼女は有名な女ボスになった。彼女の家は昼夜稼働している。笛吹きは死んでも、指が奏でている」

アリー・アブドルラヒームが長いこと笑ってから言った。

「彼女の家の前を通っているとき、そこへ忍び込む男を見た。監視者から安全と考えてね。誰だと思うかい？（それからアフマド・アブドルガワードのほうへ目配せをして答えた）大事な息子さん、シラフダール学校の先生、カマール・アフマド様だよ」

ムハンマド・エッファトとファールは高々と笑った。一方アフマド・アブドルガワードは驚きと困惑で目を大きく見開き、驚いて尋ねた。

「息子のカマール？」

「ああ、そうだよ。外套で身を包み、金縁の眼鏡をかけ、ごつい髭を生やし、威厳を見せて、堂々と歩いていた。重々しく、威風あたりを払うように歩いていたので、〝道化役者〟

の息子のようには見えなかったよ。同じ威厳をもって、彼はその家のほうへ曲がるようにね。メッカの大モスクのほうへ曲がった。わしは胸のうちで彼に言った。自分をすり減らすなよ、出来損ないの息子さん！」

笑い声が高くあがった。アフマド・アブドルガワードのほうはまだ自失から覚めていなかったが、笑いに加わることによってそれを和らげようとした。ムハンマド・エッファトがアフマドの顔を見つめながら、意味あり気な口調で言った。

「それに何の不思議がある、彼はお前さんの息子じゃないかね？」

アフマド・アブドルガワードは不思議そうに頭をふりながら言った。

「礼儀正しく、教養があって、静かな性格、それがわしのいつも知っている彼だった。書斎で読み書きしているとき以外の彼を見たことはなく、ついにわしは彼が一人で引きこもり過ぎていること、益のない仕事に没頭していることを心配したほどだ」

イブラーヒーム・アルファールがふざけて言った。

「誰にわかるかね、たぶんガリーラの家に図書館の支部があるんだろう！」

アリー・アブドルラヒームが言った。

「それともたぶん書斎で『シェイフの復帰』を読むため、そこに引きこもるんだろう。人間の起源が猿だとの報告で人生を開始した男から何を期待するんだね？」

皆は笑い、アフマド・アブドルガワードも一緒に笑った。経験上、このような場合に真面目な対応すると、彼が冗談と物笑いの標的となることを知っていたからである。それから彼は言った。

「だからドラ息子は結婚について考えないんだな。わしはいろいろ疑ってしまったよ！」

「今大事な息子さんの年齢はいくつだい？」

「二九歳だ」

「おやまあ！　彼を結婚させねばならぬ。なぜ彼は結婚を嫌っているのかね？」

ムハンマド・エッファトはげっぷをしてから、太鼓腹をさすりながら言った。

「これは新しい流行さ。今の若者たちは結婚しないんだ」

「単なる流行だけじゃない。今日の娘たちは往来にわんさと繰り出しており、彼女たちへの信頼は衰えた。〝正気を失ったかのようなことをよく見ることだ。旦那と奥さんが美容室で一緒だよ〟とシェイフ・ハサネインが歌っているのを聞かないかね？」

「経済危機と若者たちが直面する将来の暗さを忘れてはいかん。大学卒業生はわずか一〇ポンドで役人になっている。幸運にも役人の仕事が見つかればだがね！」

アフマド・アブドルガワードは見るからに不安気に尋ねた。

「わしは心配だ、ガリーラがかつてわしの女友達であったことが彼にばれないか、あるいは彼がわしの息子であることが彼女にばれないかとね！」

アリー・アブドルラヒームが笑いながら問いただした。

「彼女が顧客を尋問すると思うかね？」

ムハンマド・エッファトが目配せして言った。

「小賢しい女が彼の身分を知ったら、彼の父の行状を一部始終話して聞かせたろうよ！」

アフマド・アブドルガワードが鼻を鳴らして叫んだ。

「アッラーよ、そんなことを禁じてください」

イブラーヒーム・アルファールが尋ねた。

「自分の始祖が猿であることを知り得る者が、父が女たらしの密通者であることを知り得ないと思うかね？」

ムハンマド・エッファトが高々と笑ったあげく、せき込み、数瞬間沈黙してから言った。

「実際カマールの外見は人を誤解させる。重厚で、静かで、くそ真面目。文字通りの先生だ」

アリー・アブドルラヒームがなだめるような口調で言った。

「旦那よ、主が彼を守り、長生きさせてくださるさ。父に似た者は悪くならないんだ」

ムハンマド・エッファトが再び言った。

「大事なことは彼が父のように、〝色男〟であるかだ？つまり女どものあしらいとたらしこみが上手であるかだ？」

アリー・アブドルラヒームが言った。

「この点については、そうは思わないな。彼は重厚さと威厳を保って進む。彼と選ばれた女の背後に扉が閉まるまでだ。それから同じ重厚さと威厳で衣服を脱ぎ、彼女の上にのしかかる、至って真面目に、そして渋面を作ってだ。それから衣服を着て、真面目で重厚な目つきで去る、まるで重大な講義を聴かせるかのようにだ！」

「色男の腰からぐず男が生まれた！」

アフマド・アブドルガワードは憤慨に似た気持ちで訝った。〈なぜ物事はわしに奇妙に見えるのか？〉

彼はそのニュースを忘れたふりをする決心をした。ファールがバックギャモンの箱に向かい、それを持って戻るのを見て、遊びの時間が来たとためらわずに言った。ただ彼の考えは新しいニュースの周辺をまわり続けた。彼は自分を慰めながら内心で言った。彼はカマールを育て、立派にやりとげた結果、カマールは大学卒業証書を手に入れ、ちゃんとした教師になった以上、自分の好きなようにするがいい。細い胴体とでかい頭と鼻にもかかわらず、どうやって遊ぶか知るようになったのは、たぶん幸運なことだ。もし運が公平であったら、カマールは数年前に結婚していただろう。そしてヤーシーンは決して結婚しなかったろう。だが誰がこのような謎を解く力を主張できるのか？　と。そのときファールが彼に尋ねた。

「ズバイダを最後に見たのはいつかね？」

アフマドは思い出してから答えた。

「去る一月だ。つまりおおよそ一年前だな。わしに家を売ってもらうために店を訪れた」

イブラーヒーム・アルファールが言った。

「ガリーラがそれを買った。それから正気を失ったかのような女は馬車の御者との恋に落ちた。彼は彼女を貧窮のうちに残して去った。今彼女は女歌手スーサンの家の屋上の部屋に住んでいる。哀れなほど痩せ衰えてな！」

アフマド・アブドルガワードは気の毒そうに頭をふってつぶやいた。

「スルターナが屋上の部屋に！　恒常の神に栄光あれ」

アリー・アブドルラヒームが言った。

「悲しむべき最後だ、ただそれは予期されていた」

ムハンマド・エッファトから同情の笑いが漏れた。

「この世を信ずる者にアッラーのお慈悲を！」

それからファールがゲームを呼びかけ、ムハンマド・エッファトが彼に挑戦した。たちまち皆がバックギャモンの周囲に集まった。そのときアフマド・アブドルガワードが言った。

「いったい誰がガリーラのようになるか、誰がズバイダのようになるか、見ることにしよう」

注

（1）イチジク科、ごつごつした太い幹と四方に張る枝を持った木。
（2）エジプト・ジャスミン。
（3）西洋すごろく。
（4）フォアード国王の側近。一九三四年王が病気になると、強大な権力をふるった。
（5）ワフド党の有力政治家でのちにナッハースと対立して党を割る。

6　かつての友

アフマド・アブドゥ喫茶店の部屋の一つで、カマールとイスマーイール・ラティーフが座っていた。そこはカマールが青春時代の初期にフォアード・アルハムザーウィーと同席していた同じ部屋であった。一二月の寒さにもかかわらず、喫茶店の空気は暖かかった。というのも入り口を閉めることによって、地上への唯一の通路をふさいでいたからで、暖かくなるのが当然であった。もっとも皮膚に感じられるほど湿気が内部に広がっていた。

イスマーイール・ラティーフは、カマールに調子を合わせようとする気持ちがなかったら、この喫茶店に座ることもなかったであろう。生活の資への要求が商学部卒業後の彼を会計専門家としてタンタ(1)へ送ったにもかかわらず、彼はカマールとの縁が切れたことのない古い友人であった。彼は休暇でカイロに戻ると、シラフダール学校のカマールに電話で連絡し、ここの古めかしい一隅で会う約束を取りつけるのだ。

カマールは旧友を眺めはじめ、引き締まった外貌と鋭角的な顔貌《がんぼう》をそこに見た。カマールは彼が重厚で、礼儀正しく、品行方正な人柄になり、それがかつて厚顔と軽佻《けいちょう》と粗野の見本であった彼を夫と父の模範としていることに驚いていた。

カマールは友のカップに、次いで自分のカップに緑茶を注ぎながら、微笑して言った。

「アフマド喫茶店は君の気に入らないようだな！」

イスマーイールは見慣れたやり方で頭をあげて言った。

「奇妙なところだよ、本当に。だがわれわれはなぜ地上の場所を選ばないんだね？」

「いずれにしても君たちのような品行方正な連中にとって、ここは最適の場所さ」

イスマーイールは降伏して頭をふりながら笑った。かつていろいろやらかしたあの彼が品行方正の徳目に真に値するようになったことを認めるかのようにである。

そのときカマールが礼儀として尋ねた。

「タンタはどうだね？」

「結構だ。昼間は役所で働きづめで、夜は妻子と過ごしている」

「息子さんたちは元気かい？」

「アッラーに感謝している。彼らの安楽はいつもわれわれの労苦の犠牲の上に成り立つ。だがどんな場合にもアッラーを称賛するよ」

カマールは家族の話しが一般的に彼の気持ちにそそる好奇心に押されて尋ねた。

「識者が言うように、家族に真の幸福を見つけたかい？」

「ああ、家族はそういうもんだよ」

「苦労にもかかわらずか？」

「すべてにもかかわらずだ！」

カマールはもっと激しい好奇心で友を眺め出した。一九二一年から一九二七年にかけて友達づき合いをしたイスマーイール・ラティーフとはほとんど何の関係もないこの新しい人間。その頃はカマールが全身全霊をもって生きた人生の特異な時期で、その時間の一分たりとも深い喜びか、ひどい苦痛なしには過ぎたことはなかった。それはフセイン・シャッダードに象徴された真の友情の時代、アーイダに結晶された誠実な愛の時代、素晴らしいエジプト革命の松明《たいまつ》からくみあげた燃えるような情熱の時代、それから疑惑と無分別と色情により投げ込まれた激しい実験の時代であった。このイスマーイール・ラティーフは最後の時代の象徴であり、重要な案内人だったのだ。今日、彼は往時の彼からどう違ってしまったのだ？

イスマーイール・ラティーフがいくぶん不満気に再び言った。

「ただ常にわれわれの頭を悩ませる事柄がある。新しい職員制度や昇給と手当の凍結のように。君は僕が父の膝元で裕福な暮らしに慣れていたのを知っているだろう。だが父は遺産を残さなかった。母は母で年金を全部使い果たしている。だから糧を得るためにタンタで働くことを了承したんだ。さもなければ僕のような者がそれを了承したかね？」

カマールは笑って言った。

「君のような者は何事をも了承しなかったな！」

イスマーイールは彼の自発的選択によって捨てたにぎやかな過去への誇りから自慢めいた微笑を浮かべた。

カマールが彼に尋ねた。

「過去の何かを繰り返そうという気持ちに誘惑されることはないかね？」

「いいや、僕はすべてに満腹した。僕は新しい生活にまだ飽きていないと言うことができる。僕に必要なことは時々いくらかうまく立ち回り、母から少し金を手に入れることだ。同様に妻は彼女の父に対し同じ役割を果たす必要がある。というのも僕は依然として裕福な生活を愛しているからだ」

カマールは思わず笑って言った。

「君は僕たちに教え、そして僕たちを道に捨てた、仲間もなくね」

イスマーイールは高声で笑ったが、それが彼の重厚な顔に過去の悪賢い表情の多くを取り戻した。彼は言った。

「君はそれを後悔しているのかい？　とんでもない。君は驚くべき忠実さでこの生活を愛している。ただ君は穏健な人間だ。僕は数年の道楽の時代に、君のような者が一生かけてもしないようなことをした。（それから真面目な口調で）結婚して、君の生活を変えろよ」

カマールはふざけた口調で言った。

「それは思案に値する事柄だ！」

一九二四年と一九三五年のあいだに、珍品マニアが訪れるに値する新しいイスマーイール・ラティーフが創造されたのだ。いずれにしても、彼は残された旧友である。フセイン・シャッダードときたら、フランスによって祖国から誘拐された。同様にハサン・サリームは住居と生活の場を国外に置いている。残念なことに二人は彼の心に結び付きを持たなくなった。イスマーイール・ラティーフはかつて魂の友であったことはない。しかし彼は不思議な過去の生きた思い出だ。それ故に彼はカマールが誇りとするに値する。

〈僕はまた彼の信義の故に彼を誇りにする。彼と一緒にいることに魂の喜びはない。だが彼は過去が幻想ではなかったことの生きた証拠だ。その真実を証明することに、僕が人生自体に対すると同様の熱意を注ぐあの過去。いったいアーイダは時間のこの一瞬に何をしているのだろう？　彼女は場所の世界のどこにいるのだ？　どのようにして心は彼女への愛の病から癒えることができたのか？　これらすべては不思議なことばかりだ〉

「僕は感心しているよ、イスマーイール旦那。君はあらゆる成功に値する人格だ」

イスマーイールは周囲に視線を投げ、天井、ランタン、いくつかの部屋、夢見るような顔、おしゃべりと遊戯に没頭している連中を見回し、それからきいた。

「この喫茶店の何が君の気に入っているんだい？」

カマールは彼の質問に答えずに、残念そうな口調で言った。

「知らなかったかい？　近く壊され、その残骸の上に新しい建物が築かれることになろう。そしてこの旧跡が永久に消えることになろう！」

「いい厄介払いだ。その上に大勢の住む新住宅が建てられるため、この墓は消えてしまえ」

〈彼は真実を発言したのか？　たぶんな。だが心にはその愛着がある。いとしい喫茶店よ、お前は僕自身の一部だ。お前のところでたくさん夢を見て、たくさん考えた。お前のところにヤーシーンが数年通い、ファフミーがよりよき世界のため考え、行動しようと革命家と会合した。それに僕はお前が夢の材料で作られているが故にお前を好きだ。だがこういうことすべては何の役に立つ？　過去への郷愁の価値は何なのだ？　おそらく過去は心を持つ人のアヘンであり続けるのだろう。恋しがる心と疑い深い理性を持つことこそ、最大の不幸なのだ。何も信じない以上、どんな言葉でも言うがよい〉

「その点については君は正しい。僕はピラミッドの石に将来の役に立つ何かがあれば、ピラミッドを破壊することを提案するよ！」

「ピラミッドだって！　アフマド・アブドゥ喫茶店にピラミッドが何の関係があるんだい？」

「つまり旧跡ということさ。つまり今日と明日のためすべてを破壊するということさ」

イスマーイール・ラティーフは笑い、首を伸ばして——かつて挑戦するときにはいつもしたように——それから言った。

「君はときどきこの言葉と矛盾する話しを書く。君も知っての通り、僕は君への敬意から『思想』誌を時折読む。前に僕の意見を君に直言したことがある。そうだよ、君の論文は難解なんだ。雑誌全体が無味乾燥だ。アッラーに助けを求めたいよ。僕はその購読を継続することができない。妻がその中に読みたいものを見つけられないからだ。僕を咎めないでくれ。これは彼女の言葉なんだ。僕は君の書くものに、君が今言うことの正反対をときどき見つけると言っている。だが僕は君の書くもののうち多くを——ここだけの話し、その少しをも——理解しているとは主張しない。ついでだが、人気作家が書くように、君も書いたほうがよくはないか？　もしそうしたら、大勢の読者を見つけ、たくさんの金を稼げたろうな」

カマールは過ぎた昔、かたくなに、そして反抗的に、このような意見を軽蔑したものだ。今でもそれを軽蔑している。だが反抗的にならずにだ。だがまたこの軽蔑を疑っている。それが正当でないとの疑念からではなく、彼が書くものの価値をときどき疑わしく思っているからだ。たぶん疑惑そのものを疑わしく思っているのだろう。彼がすべてにうんざりしてしまったこと、世界が意味を消滅した古い語句のように時々見えることを、彼はたちまち内心で告白した。

「君は僕の理性に満足したことは一度もない！」

イスマーイールは大笑いしながら、

「覚えているかい？　何という日々だったことか！」

過ぎ去った日々。もはやその火は燃えていない。だが大事な遺体のように、あるいはアーイダの結婚式の夜以来隠されていた菓子箱のように、それは元の場所に安置されている。

「フセイン・シャッダードかハサン・サリームのことで何か聞いていないか？」

イスマーイールは濃い両眉をあげて言った。

「君のおかげで思い出したよ！　カイロから遠く過ごした昨年、いろいろなことが起きた」

それからいっそう熱心に続けた。

「タンタから帰ったらすぐ、シャッダード家が終わったことを知った」

カマールの心の中で圧倒的な関心の反乱が爆発した。彼はその痕跡が表に出るのを抑えようとひどく苦労した。それから尋ねた。

「どういうことだい？」

「母の話しでは、シャッダード・ベイは破産した。株式市場が彼の所有する最後の一ミッリームまで飲み込んでしまった。シャッダードは終わった。それから彼は衝撃に耐えられず、自殺した！」

「何というニュース！　いつそれは起きたんだい？」

「数ヵ月前だ。他の財産とともに大きな屋敷が失われた。われわれがその庭園で忘れ得ぬ一時を生きたあの屋敷がだ」

どんな時、どんな屋敷、どんな庭園、どんな思い出、どんな忘れられた苦しみ、どんな痛々しい忘却、上流の家庭、偉大な男、大きな夢。この興奮は状況が必要とする以上におおげさではないか？　心が生み出すこの高鳴りは忘却が消した思い出が値する以上に激しくはないか？

カマールは悲しい声で言った。

「ベイが自殺し、屋敷が失われた。だが家族の運命はどうだい？」

イスマーイールがいまいましげに言った。

「われわれの友人の母には宗教施設への寄贈財産から得られる月額一五エジプト・ポンドしかない。彼女はアッバーシーヤの質素なアパートへ移った。僕の母が彼女を訪ね、帰宅したとき、泣きながら彼女の様子を説明した。想像もできない心地よい生活の中での暮らしを経てきたあの奥さんがだ。覚えていないかい？」

疑いなく覚えている。それとも彼が忘れたと思っているのか？　彼は庭園と東屋とそよ風が口ずさんでいた幸福を覚えている。喜びと悲しみを覚えている。それどころか、彼は今本当に悲しい。涙が目の奥からあふれそうだ。消滅に脅かされているアフマド・アブドゥ喫茶店を嘆くことは、今後彼には許されまい。すべてはひっくり返るべきなのだ。

「それは悲しいことだ。われわれが弔問の義務を果たしていないことが悲しみを倍増する。ところでフセインはもはやフランスにいないのだろうか？」

「事件後彼が帰ったことは疑いない。ハサン・サリームとアーイダもだ。だが彼らの誰一人今エジプトにいない」

「どのようにしてフセインは家族をそんな状態のままに残して戻ってしまったのだい？　父の破産後彼はどこから支出できるのだい？」

「彼はあちらで結婚したと聞いたよ。フランスでの長い滞在のあいだに仕事を見つけたとしてもおかしくない。だが僕はそれについて何も知らん。われわれが一緒に彼を見送って以来、僕は彼に会っていないんだ。それからどのくらいたつかな？　おおよそ一〇年、そうじゃないか？　それは古い歴史だ。どんなに僕の憂いをそそることか！」

どのくらい、どのくらい。一方彼はまだ涙が目からこぼれそうだ。彼の涙腺はあの時期以来開かれたことはなく、錆ついていた。彼の心は悲しみを滴らせる。彼はそれによって悲しみを印に選んだ心を思い出す。このニュースは彼を激しく揺さぶり、彼から現在のすべてを払いのけるほどだ。それは純粋の愛、純粋の悲しみであった古い人間を明るみに出す。これが古い夢の終焉なのか？　破産と自殺！あたかもこの家族は没落した神々の道徳を、彼に教えることを運命づけられているかのようだ！　破産と自殺。もしアーイダが夫の地位のおかげで相変わらずぜいたくな暮らしをしていたとしても、彼女の天使のような気位には何が起きたろう？　事件は彼女の小さな妹……の身にもおよんだだろうか？

「フセインには小さな妹がいた。何という名前だったか？僕は時に思い出すが、しばしば忘れてしまう！」

「ブドールだ。彼女は母と一緒に住み、新しい生活の苦労をわけ合っている」

〈つつましい生活をしているアーイダの家族を想像して見よ！　われわれの周囲のこういう人たちのようにだ。ブドールはいつの日か継ぎをした靴下をはいて歩くようになるのだろうか？　彼女は電車を乗り物にするようになるのか？　どこかの省庁の役人と結婚するのだろうか？〉

だがこんなことすべてが彼に何の関係がある？

〈ああ……お前は自分を欺いてはいけない。お前は今日悲しい。お前の頭に階級とその格差についてのどんな意見があるにせよ、この逆転の結果に恐ろしい絶望を感じている。お前の最高の模範が泥にまみれているのを聞くのは辛い。いずれにしても愛の名残りが何もないことを祝うがよい。そうだ、古い愛から何が残ったのか？〉

彼が何もないと言ったとしても、あの時代の歌のどれかを聞くとき、その歌詞や意味や曲の陳腐さにもかかわらず、彼の心は不思議な郷愁で動悸する。それは何を意味するのか？

〈だが待てよ。それは愛の思い出であって、愛自体ではない。あらゆる場合に、特にそこに愛がない場合に、われわれは愛を愛する。一方この瞬間、僕は愛恋の海におぼれているかのように感ずる。というのも、隠れた病気が突然の衰弱の時に、その毒をまき散らすからだ。どうすればよいか？　真実をすべて揺るがした疑惑も、愛の前では慎重に立ち止まっている以上はだ。それが疑惑を超越しているからではなく、悲しみへの敬意から、過去の真実への配慮からだ〉

イスマーイールは悲劇に話しを戻し、いろいろと詳述し、そのうちそれにうんざりしたように見えた。彼は物語りのすべてを終えたい人の口調で言った。

「永遠はアッラーのもの。本当に悲しむべきことだ。だがわれわれには、われわれの苦労だけでたくさんだ」

カマールはそれ以上を彼に求めようとしなかった。彼が言ったことで十分であった。加えて、カマールは沈黙と沈思への願望を感じた。彼は目に見えない涙を心から流しながら黙って泣いていた。これは病気から治癒した古い病人としての彼を驚かした。彼はあきれて自分に言った。九年か一〇年になる！　何と長く、何と短いことか。ところで今アーイダの姿はどうだろうか？

あの魅惑的な過去の秘密に触れるために、いや彼自身の秘密を知るために、彼女をしみじみと眺めて見たいと、彼はどんなに望んだことか。今彼は繰り返される古い旋律の中に、あるいは石鹸の広告に出る写真として、あるいは眠りの中から恐ろしそうに「これが彼女だ！」とささやくときに、ちらと彼女のイメージを見るだけであった。しかしそれは実際のところ映画スターの容貌の一部か、忍び込んできた思い出に過ぎない。目覚めるがいい、そして現実は？　彼は座席から遠いところにいると感じた。彼の気持ちは未知の世界における冒険旅行にあこがれた。彼はイスマーイールに言った。

「安全ですてきな場所で二杯飲もうとの僕の招待を受けるかい？」

イスマーイールは高笑いして言った。

「妻が僕と一緒に彼女の叔母を訪問するため僕を待っているんだ」

彼は招待が断られたことに頓着しなかった。彼自身が彼の飲み友達である以上はである。二人は話しを、何かの話しを交わしながら場所を出た。そのあいだカマールは自分に言っていた。

〈われわれは愛が存在するときはそれに悩まされるが、愛が去ればそれをひどく懐かしむ〉

注

（1）カイロの北方九三キロの地方都市。

7　中年になったヤーシーン

〈上等だぞ、この座席は。ただ懐が寂しい。この暖かい場所からお前はファールーク通り、ムスキー、アタバに行き来する人たちを見ることができる〉

一月の厳しい寒ささえなかったら、この女好きは反対側の歩道の上の喫茶店に属する素晴らしい一隅を渋々捨てて、喫茶店のガラスの背後に隠れはしなかったであろう。

〈だが春はいつかやって来る。そうだ、それはやって来るが、手元が不如意だ。一六年かそれ以上も、お前は七等級の囚人だ。ハムザーウイー地区にあった店はべらぼうな安値で売ってしまった。グーリーヤの集合住宅はどでかいくせに数ポンドしか実入りがない。慕情の館《カスル・アッシャウク》横町の家ときたら、俺の住居であり、寝ぐらだ。リドワーンには金持ちの祖父がいるが、カリーマには家族の長で、色好みの俺しか養う者がいない。だが残念なことに懐が寂しい〉

突然彼の途方に暮れた目が、四角の髭を生やし、金縁の眼鏡をかけた、痩せて長身の男に行き当たった。その男は黒い外套をまとい、ムスキーからアタバへ向かって、大股に歩いていた。彼は微笑し、立ちあがろうとするかのように上半身を起こしたが、座席を離れなかった。青年が急いでさえいなかったら、彼は歩いて行き、一緒に座るよう誘ったことだろう。退屈しているときには、カマールは最善の話し相手だ。カマールは三〇に手が届こうとしているのに、結婚の意志がない。

〈なぜ俺は時期尚早の結婚を急いだのだ？　なぜ最初の打撃から回復する前に、またその中に陥ったのか？　だが独身だろうが、結婚していようが、苦情を言わない者がどこにいる？　アズバキーヤは避難所であり、娯楽場であった。そののち荒れ果ててしまい、落ちこぼれや下層民の集まる盛り場となった。お前にとって歓楽の世界から残ったものは、この道路の交差点から眺める楽しみと、それから安っぽい獲物だけだ。最高の獲物は外国人の家族の元で働いているエジプト人のメイドである。それは概ね洗練された外見の清潔な女だ。彼女の最大の長所ときたら、誰にも劣らず道徳観念が弱いことだ。彼女はアズハル広場の野菜市場で最もしばしば見つけられる〉

彼はコーヒーをすすり終わっていた。閉められたガラス窓の背後に座って、道路の交差点に視線を送り、すべての美人を眺め続けているので、彼の目のレンズには外套やミラーアをまとった女たちの姿が焼きつけられている。彼は疲れを知らない辛抱強さで彼女たちの全体や部分を見ている。ときどき彼は座したまま一〇時までそこにいることもあった。別のときにはたぶんコーヒーを飲むまでしか長居せず、それから相手から手ごたえと安あがりを感じた獲物の跡を追うため、急いで立ちあがったことだろう。

あたかも彼は廃物回収の商人のようであった。しかしたいがいは見るだけで満足していた。たぶん本気からでなく美人たちを尾行したこともあったろう。本当に乗り出す場合は、ふしだらなメイドとか四〇歳以上の未亡人をあさった。それは間を置いて、また非常に慎重に行われた。というのも、彼はもはやかつての男ではなかったのだ。収入が負担に耐えかねているからだけではない。招待も許可もなく、客として彼に訪れた四〇という年齢のためである。何という恐るべき真実！

〈両鬢の白毛については、何度も床屋にその処理を命じた。床屋は毛一本の問題は簡単ですが、白髪がまもなく爆発するように広がりますよと言った。床屋と白髪よ、くたばってしまえ。男は有益な白髪染めを処方してくれたが、俺はそれに頼りはしないぞ。だが父は毛一本白くならずに五〇歳に達した。俺は父に比べてどうなんだ？　白髪だけではない。彼は四〇歳で青年だった。五〇歳で青年だった。一方俺ときたら！　主よ、俺は父がした以上には放蕩に溺れませんでしたよ。この女を眺めることで、考え事から お前の頭を休めよ。頭を休め、心をこき使え。

ところでハールーン・アッラシード(1)の生活は本当に言い伝えの通りだろうか？　ザンヌーバはこれらすべてに比べたらどうなるのか？　結婚の一側面は性悪女の欺瞞だ。だがお前が生きているあいだは欺瞞を受け入れるほどに、それは力強い。今後もいくつもの国が興亡し、時代が変転するだろうが、いつの時代も道を行く女と真剣に彼女のあとをつける男を生み出す。若さは呪いだが、中年は呪いだらけだ。心の安息はどこに、どこにある？　この世で最も惨めなことは、驚いて俺はどこにいると自問する日が来ることだ〉

彼は九時半に喫茶店を出て、ムハンマド・アリー通りへ向かい、アタバをゆっくりと横切った。それから「ヌグマ」酒場へ立ち寄り、バーの背後にいつものように立っている「ハーロウ」に挨拶した。男は黄色く歯並びの悪い口を見せた満面の微笑で彼の挨拶に応えた。それから彼の友達が待っていると告げるかのように、顎で内部の部屋を指した。バーの前には廊下が延びて、どんちゃん騒ぎの響く三つ並んだ部屋につながっていた。彼はその最後の部屋に進んだ。そこにはマーワルーディー横町に面する鉄格子付きの窓が一つあるだけで、三卓のテーブルが隅々に離れて並べられていた。二卓は空で、三卓目を囲む友達が歓声をあげて彼を迎えた。毎晩するようにである。

ヤーシーンは――彼の苦情にかかわらず――彼らの中で最年少であった。最年長は年金受給者の独身男であった。座席で彼の隣に座っているのは、宗務省の主任書記、大学事務局の人事課長、それから財産家で働く必要のない弁護士であった。酒びたりは彼らの容貌にぼんやりした眼差しや赤みを帯びた、あるいはひどく青ざめた顔色として現れていた。彼らは八時から九時のあいだに酒場にやって来て、真夜中にならないと立ち去らないのであった。彼らは質が最悪で、効き目が最強で、値段が最低の酒を飲んだ。ただヤーシーンははじめから終わりまで彼らの側にいるわけではなく、あるいは稀にしかそうしなかった。それ以外の場合は、そのときの都合で彼らと二、三時間を一緒に過ごしていた。

例によって年寄りの独身男が彼を迎えて言った。

「ハッジ・ヤーシーン、よく来たな」

老人は彼のめでたい名前[2]への敬意からハッジと呼ぶことに固執していた。弁護士のほうはもっと深酒をしていて、こう言った。

「遅れたぜ、英雄よ。われわれは君が女に引っ掛かり、彼女が君を今夜中われわれと付き合わせてくれまいと言っていたところだ」

独身の老人が哲学者ぶって弁護士の言葉にコメントした。

「男と男とのあいだを割くのは女だけさ！」

ヤーシーンは彼と宗務省主任書記のあいだに座ってから、ふざけて言った。

「その点で、あんたは心配なしですね」

老人は杯を口にあげながら言った。

「悪魔的瞬間を除いてはな。そういうときは一四歳の少女でもわしを刺激する」

主任書記が言った。

「一月に言うことと、一月にすることは別だよ！」

「君がその冷たい言葉で何を言いたいのかわからんな」

「わしもわからん！」

ハーロウがグラスとルピナス豆を運んできた。ヤーシーンがグラスを取りあげながら言った。

「今年の一月がどんなふうか見なさいよ」

人事課長が言った。

「アッラーの創造されることは種々雑多だ。一月は冷気とともに来たが、タウフィーク・ナシームを永遠に取り除いた[3]！」

弁護士が叫んだ。

「われわれを政治から助け出してくれ。われわれは相変わらず酔いながら、政治を酒のつまみにしているが、そのうちわれわれの息が途絶えてしまうぞ。別の話題を見つけてくれ」

人事課長が言った。

「われわれの生活は実際のところ政治であり、それ以外の何物でもない」

「あんたは六等級の人事課長だ。あんたには政治と何の関係があるんだ？」

課長が激して言った。

「わしは昔から六等級だ、すまんがね。サアドの時代からだよ！」

独身の老人が言った。

「わしはムスタファー・カーミルの時代から六等級だ。だから彼の思い出に敬意を払い、その等級で引退したんいかね？」

ヤーシーンはグラスを飲み干しにかかりながら言った。

「最初に酔いましょうや、おやじさん」

ヤーシーンは彼の人生において、深い友情の恵みを享受したことはなかった。しかし彼にはあらゆる集いに――喫茶店であれ、酒場であれ――友達がいた。彼はすぐ親しくなり、またそれ以上に早く親しまれた。この酒場を――物質的状態の成り行きから――気に入った夜ごとの集いに選んで以来、このグループを知り、彼らとのあいだにおしゃべりの縁が結ばれた。ただ彼はそのうちの誰とも外では会わなかったし、そうしようと試みもしなかった。彼らのあいだを取り持ったのは、飲酒の習慣と安あがりの必要であった。人事課長は地位が一番高かったが、家族が大勢いた。一方弁護士がこの酒場に来たのは、よい酒が滅多に彼に効かなくなってから、ここの強い酒の評判のあとを追ってのことで、それからこの酒場に慣れ親しんだ。この場所で吹き荒れ、その四隅にぶつかって轟《とどろ》くどんちゃん騒ぎの中に、ヤーシーンは身を投じて、飲んだりしゃべったりしだ。みんな、聞いてくれ。酔って、歌ったほうがよくはなた。彼は独身の老人をグループの中で一番気に入っていた。男はヤーシーンとの冗談話しに飽きを見せず、特に性的なほのめかしに関することでそうであった。男は度を過ごさないよう彼に警告し、家族的な責任を彼に思い出させた。ヤーシーンはそれを軽視し、

「俺たちはそのために創られた一族です。父がそうです。その前に祖父もそうでした」

と自慢する。彼はこの言葉をその夜の話しの中で繰り返した。弁護士がふざけてきいた。

「母さんは？　やはりそうだったかい？」

彼らは大いに笑い、ヤーシーンも笑ったが、内心では傷ついて沈み込み、飲酒に溺れた。酒によって陶酔していたものの、彼には自分が崩壊しつつあるように思えた。場所は彼の場所でなく、酒は彼の酒ではなく、日は彼の日ではない。

〈どこでも人々は俺のことで陰口を交わしている。父さんと比べて、俺はどうなっているんだ？　お前の年齢が増え、お前の金が減るほど惨めなことはない。ただ飲酒の慈悲は広大で、お前に人付き合いを恵んでくれる。すべての災難を軽くしてくれる優しい人づき合いと素晴らしい慰めをだ。

俺の喜びの何と大きいことよと言え。失われた不動産は戻りはしない。過ぎた青春もだ。だが酒は一生を通じ最善

の伴侶となるにふさわしい。みずみずしい若者のときそれを飲んで育った。こうして今それは男盛りの俺を慰めてくれる。やがて白髪に飾られた頭はそれのために興に乗って揺れ動くだろう。苦労があっても、俺の心はそれによって愉快になる。明日リドワーンが一人前の男になり、カリーマが花嫁として優雅に歩くとき、アタバ・アルホドラ広場で幸福を祈って乾杯しよう。俺の喜びの何と大きいことよ〉

そのときグループが、

「恋の囚人は何という屈辱を味わうものよ」

と歌い、それから騒々しい雰囲気と酔い狂った声で、

「隣の谷間の娘よ」

と歌った。他の部屋や廊下から人々が歌を繰り返した。それから沈黙があたりを圧して広がった。

人事課長がタウフィーク・ナシームの辞任について再び話し、リビアに居座っている重苦しい隣人イタリアの危険からエジプトを保護することを目的とした条約につき質問した。するとグループはただもう、

「カーテンをまわりに下ろしましょう……隣人にのぞかれないように」

と一斉に歌い出すのであった。老人は飲酒と狂騒に度を過ごしていたにもかかわらず、この破廉恥な答えに抗議し、真面目さがふさわしいときに、たわごとを述べていると非難した。彼らは、

「あんたの反論は本気なの、それとも冗談なの」

といっせいに歌うことで答えた。老人も思わず笑い出し、再び遠慮なく彼らの騒ぎに参加するほかなかった。

ヤーシーンは夜半に酒場を去り、午前一時頃、慕情の館横町の家に着いた。毎夜の習慣で、あたかも巡察をするかのように、彼のアパートの部屋部屋を通り過ぎ、リドワーンが彼の部屋で勉強をしているのを見つけた。青年は父と微笑を交わすため、法律の本から頭をあげた。二人のあいだの情愛は深かった。尊敬もである。リドワーンは父がこの時間に酔っ払ってしか帰らないことを知っていたにもかかわらずだ。一方ヤーシーンは息子の美貌をこの上なく賛美していた。彼の利発さと努力についてもそうであった。ヤーシーンは息子に将来の検察官を見ていた。それは彼の立場を引きあげ、彼の誇りの種となり、多くのことで彼を慰めてくれる職業であった。彼は息子にきいた。

「お前の勉強はどうだね?」

彼は「俺たちはここにいる」と言おうとするかのように、自分を指した。リドワーンは微笑し、彼の中で祖母のハニーヤの黒く縁どりをした目が微笑した。父は再びきいた。

「俺が蓄音機をかけたら、お前の迷惑になるかな?」

「僕についてはならないよ。でも隣人はこの遅い時間には眠っている」

彼は部屋から遠ざかりながら、ふざけて言った。

「彼らの安眠を祈る!」

子ども部屋を通り過ぎると、カリーマが小さなベッドで眠りこけており、部屋の反対側にあるリドワーンのベッドは空で、彼の勉強が終わるの待っているのを認めた。一緒に戯れるため彼女を起こそうとの考えが一瞬浮かんだ。しかしこの時間に起こすことがもたらす苦情を想起し、その考えを捨てて、自分の部屋に向かった。本当にこの家で最も楽しい夜は、この聖なる休日である金曜日の前夜であった。彼は——帰宅する時間が何時であろうと——ためらわずに居間にリドワーンを招き、それからカリーマとザンヌーバを起こし、蓄音機を回し、彼らとのおしゃべりを——そしてふざけ合いを——深夜まで続けた。彼は家族——特にリドワーン——に首ったけであった。確かに、彼は彼らの監督と指導を続けるために自ら労することはなく——あるいは彼にその時間はなく——彼らのことはザンヌーバの世話と本能的な知恵に任せていた! いずれにしても、かつて父が彼に対して演じた過酷な役割を、彼らに対し演ずることは、彼には一瞬たりとも耐えられず、またかつて彼が父に見いだした畏敬と恐怖の感情をリドワーンの心に生み出すことを、彼は心底から嫌った!

実際のところ、彼が欲したとしても、そうすることはできなかった。彼が夜半過ぎに彼らを自分のまわりに集めるとき、彼らへの熱愛を遠慮なくぶちまけていた。彼は酒と愛で陶酔していた。彼らとふざけ合い、互いにしゃべり、あるいはまた酒場で出会った酔漢の奇談を彼らに話して聞かせたかも知れなかった。無邪気な精神にそれが与える影響を意に介せず、ザンヌーバがそれとなく示す抗議を軽視し、あたかも自分を忘れたかのように、無警戒、無頓着で天衣無縫にふる舞った。

彼の部屋ではザンヌーバが——例によって——眠っているくせに、眠っていないのを見つけた。いつもこうだった。部屋に入る前には彼女のいびきが聞こえていたが、彼が部屋の中央に達すると、彼女は動き、目を開いて、皮肉っぽい口調で、

「無事な帰宅をアッラーに感謝しましょう」

と言ってから、彼が服を脱ぎ、それを片づけるのを手伝うため起き出した。彼女は自然の姿だと実際の年齢より一〇歳年上に見え、しばしば彼女が彼と同年配に思えた。しか

し彼女は彼の伴侶となり、彼女の根は彼の根と交錯した。

この往年の美女は以前どの夫人も成功しなかった彼との同棲に成功し、彼の夫婦生活を強固な基礎の上に確立していた。確かにはじめ彼らの生活はときどき喧嘩に見舞われ、彼女の怒声が張りあげられた。しかし彼女は常に彼らの夫婦生活を極めて大事にした。日々の経過とともに、彼女は母となり、子を失い、カリーマだけが彼女に残った。だがそれは彼女に夫婦生活への執着を倍増させた。特に容色の衰えが彼女を脅し、早すぎる老いが彼女を襲ってからはだ。

それから月日が忍耐と妥協心を身に着けることを、立派な「夫人」の役割を演ずることを彼女に教えた。彼女はそうすることに徹底し、家の外で派手に着飾ることをやめたほどで、そのあげくついに宮殿通り《バイナル・カスライン》と砂糖小路《スッカリーヤ》の尊敬を、ある程度勝ち得たのだ！　彼女の上手な政策の一つは、極度の優しさと好意でリドワーンを親切に遇したことである。彼に対し、特にヤーシーンとのあいだに生まれた一人息子に先立たれたあと、愛情を感じなかったにもかかわらずである。彼女は容姿が変わっても、きちんとした身なりと上品さと清潔さを保つことにひどく気を使った。ヤーシーンは彼女が鏡の前で髪をすき直しているのを微笑しながら見守った。ときどき苛々するほどまで彼女にうんざりすることがあったけれども、それでもなお彼女が彼の生活にとって貴重な存在となり、どんなことがあっても彼女を欠かせないことを実感していた。

彼女は肩かけを持ってきて、寒さに震えながらそれをまとい、苦情を言った。

「何とひどい寒さ！　冬は夜遊びをやめてあんたの体をいたわったらどう？」

彼は嘲って言った。

「お前も知ってのように、酒は季節を変えるんだ。なぜしんどい思いをして起き出すんだい？」

彼女は息を吐いて言った。

「しんどい思いをさせるのは、あんたの行動とあんたの言葉よ！」

彼はギルバーブを着て飛行船のように見えた。彼は安心して女に近づきながら、太鼓腹を手でさすった。彼の両眼は燃えていた。それから彼は突然笑って言った。

「俺が巡査と挨拶を交わしているところを、お前が見たらな！　深夜の巡査は俺の親友となったんだ！」

彼女は嘆息しながらつぶやいた。

「何と嬉しいこと！」

注

（1）バグダードを首都に広大なイスラム帝国を築いたアッバース朝の最盛期に君臨したカリフ（在位七八六—八〇九）で、千夜一夜物語にも登場する。

（2）コーランの第三六章はアラビア語の二文字、「ヤー」と「シーン」で始まっている。

（3）タウフィーク・ナシーム首相は一九三八年一月に辞任した。

8　美青年

グーリーヤをゆっくりと歩くリドワーンの姿は、本当に人目を引くものであった。年齢は一七歳であった。ぱっちりした黒目、中ぐらいの背丈で小太り、派手なまでに優雅な服装をしていた。バラ色の皮膚はエッファト家に属している。彼は華やかさと輝きを発し、彼の動作は自分の美貌を知っている者の虚栄心を示していた。

砂糖小路《スッカリーヤ》を過ぎたとき、彼は微笑めいたものを浮かべて頭をそちらに向けた。叔母のハディーガと彼女の二人の息子、アブドルムネイムとアフマドをすぐ想起し、彼らを思い出したことに、いくぶん冷淡さを含む感情を覚えた。実際彼は親類の一人を正しい意味での友とすることに——一度も——気が進んだことはない。たちまち彼はムトワッリー門を通過し、ダルブ・アルアフマルへと曲がった。やがて古い家の扉にたどり着くと、それを叩いて待った。

扉が開かれ、幼なじみで現在は法学部での学友であり、美男の点で彼の——どうやら——ライバルであるヒルミー・エッザトの顔が見えた。彼を見てヒルミーの顔は笑顔で輝き、それから会ったときの習慣で、互いに抱擁し、接吻を交わした。二人は一緒に歩きながら階段をあがった。そのあいだにヒルミーは友人のネクタイが彼のシャツと靴下と同色なことに言及した。二人は優雅さと趣味のよさで模範とされていたのである。加えて服装と流行に対する二人の関心は政治と法律の勉強に対する関心に劣らなかった。

二人は天井の高い大きな部屋に入った。家具と机があって、そこが就寝と勉強の両方に供されていることを示していた。実際二人はそこでしばしば夜遅くまで一緒に勉強したものだった。それから黒い支柱と蚊帳の付いた大きなベッドに並んで寝た。

リドワーンの外泊は目新しいことではなかった。幼年時代から数日を過ごすため、祖父のムハンマド・エッファトのガマーリーヤにある家、あるいはムハンマド・ハサンと結婚しても、彼以外に子を生まなかった母のムニーラにある家のように、いくつかの家に招かれていた。そのためと父ヤーシーンの無頓着気味と、彼を少しでも自分の家から遠ざけるものすべてに対する義母ザンヌーバのひそかな歓迎のせいで、勉強の季節に彼が友人宅に泊まることへの反対を彼の家で見出せなかったのである。それから物事は普通となり、誰もそれに注意を払わなかった。

ヒルミー・エッザトも同様に無頓着な雰囲気の中で育った。父は——警察署長であったが——一〇年前に亡くなった。そのとき彼の六人の姉妹は結婚していた。彼は老母と二人で暮らした。はじめ女は彼を支配するのに困難を覚えたが、それからまもなく彼が家全体の支配者になった。女は夫のわずかな年金と彼女の古い家の一階の賃貸しで暮らしを立てていた。家族は父の死亡以来、安易な生活を知らなかった。しかしヒルミーは法学部に入るまで学校生活を継続することができた。そのあいだ、彼の人生が必要とする尊敬の外見をすべて保持しながらである。ヒルミーが友人と会うときの喜びに匹敵する喜びはなかった。リドワーンなしでは、仕事の時も休養の時も楽しめなくなっていたのである。そのためリドワーンの存在は彼の精神に活気と熱情をかき立てた。

彼はリドワーンを張り出し窓への扉に接した長椅子にかけさせて、自分は隣に座った。彼は話題を選ぶため思案したが、彼の話題ときたらいくらでもあった。ただリドワーンの目に現れた憂鬱な眼差しが彼の熱情の流れを遮った。彼は問いかけるようにリドワーンをのぞき込み、それから何があったか推量してつぶやいた。

「君の母さんを訪ねたのかい？　君はそこから来たんだと賭けよう」

リドワーンは友人の推量が彼の顔色によるものと信じた。彼は目に焦躁感を現し、言葉を発せずに頭をふってうなずいた。ヒルミーが尋ねた。

「母さんの様子は？」

「上等だよ」

それから嘆息して、

「だがあのムハンマド・ハサンと称する人間は！　君の母さんに君の父でない夫がいることの意味はわかるまいな！」

ヒルミーは慰めて言った。

「それはよく起こることだ。それに恥ずべきことはない。しかも古いことだ！」

リドワーンが怒って叫んだ。

「そうじゃない、そうじゃない、そうじゃない。彼はいつも家にいる。省での仕事に行くとき以外家を離れないんだ。一度母さんを訪ねたときに、母さんが一人でいるのを見たい。彼は父と教導者の役割を演ずることが好きなんだ。くそ食らえだ。機会があるごとに、彼が記録文書部で父の上司であることを僕に思い出させる。彼は父の仕事ぶりを批判することをためらわない。だが僕としては黙っていない」

興奮が静まるまで一分間の沈黙があった。それから彼の話しを続けた。

「母さんは馬鹿だよ。あの男との結婚に満足したのだから。父のもとへ帰ったほうがましじゃなかったのか？」

ヒルミーはヤーシーンの有名な行状の多くを知っていて、微笑しながら言った。

「愛欲には多くの悲しみありだ！」

リドワーンは強情に手をふって言った。

「それでもだ！　女の趣味は恐るべき秘密だ。それ以上の災難は母がどうやら満足していることだ！」

「君の気持ちを乱すもののあとを追うなよ」

リドワーンは悲しげな語調で言った。

「おかしなことだよ。僕の人生の大きな部分は惨めさであふれている。僕は母さんの夫が嫌いで、父さんの妻を好まない。憎悪で充満した雰囲気だ。父さんは——母さんのように——選択が上手じゃなかった。だが僕に何ができる？　父さんの妻は僕を親切に扱うが、僕を好きとは思えない。この生活の何という卑しさ！」

年老いた給仕が茶を持ってきた。道で二月の厳しい風に悩まされたリドワーンは、涎《よだれ》を流すように喜んだ。二人が砂糖を溶かすあいだ沈黙があたりを支配した。リドワーンの表情が変わり、悲痛な伝記の終焉を告げた。

ヒルミーはそれを歓迎し、安堵して言った。

「君との勉強に慣れたので、どうしたら一人で勉強したらよいかわからないよ」

リドワーンはこの優しい感情に応じて微笑したが、突然きいた。

「交渉団結成の勅令を読んだかい？」

「うん。だが多くの連中は交渉の雰囲気に悲観的で、不満を鳴らしている。どうやらイタリアが――われわれの国境を脅かしている国だ――交渉の本当の焦点らしい。イギリス人のほうは合意に失敗したら大変と脅している！」

「殉死者の血はまだ乾いていない。われわれには新しい血がある！」

ヒルミーは頭をふって言った。

「それはよく言われる言葉だ。戦闘は静まり、言葉が始まった。君はどう思うかね？」

「どちらにしてもワフドは交渉団の中で圧倒的多数を占める。僕が母の夫のムハンマド・ハサンの意見を聞いているところを想像してくれ。〝イギリス人がエジプトから出て行くと本当に幻想しているのかね？〟と、彼は嘲るように言った。母さんが夫として満足したこの男がだ！」

ヒルミー・エッザトは高々と笑い、彼に尋ねた。

「君の父さんの意見はそれと違うのか？」

「父さんはイギリス人が嫌いだ。それで十分さ」

「心底からイギリス人が嫌いなのか？」

「父さんが心底から嫌ったり、好いたりするものは何もない！」

「僕は君の意見をきいている。君は安心しているのか？」

「なぜそうじゃないんだ。いつまで問題は懸案のまま残るのか？　占領が始まって五四年だ。畜生。惨めなのは僕一人だけじゃない！」

ヒルミー・エッザトはカップの残りをすすって、微笑しながら言った。

「彼の目が君を見つけたとき、君は今のような熱情をもって僕に話していたように思える！」

「誰だい？」

ヒルミー・エッザトは奇妙な微笑を浮かべて言った。

「君が熱狂すればするほど、君の顔は紅潮し、君の美貌が最高に現れる。この幸福な瞬間のどれかに彼は君を見た。そのとき君が僕に話していたことは疑いない。学生代表団が団結を訴えて国民の家へ行った日のことだ。その日を覚えていないかい？」

リドワーンは関心を隠そうともせずに尋ねた。

「ああ。だが誰のことだい？」

「アブドルラヒーム・エイサー・パシャだ！」

リドワーンは少し考えて、それからつぶやいた。

「遠くから一度見た」

「彼のほうは、その日君をはじめて見たんだ」

リドワーンの顔に疑問の印が浮かんだ。ヒルミーが再び言った。

「君が去ったあと、彼は君のことを僕にきき、機会がありしだい君を紹介するよう僕に頼んだ！」

リドワーンは破顔して言った。

「何もかもはっきり言ってくれ」

ヒルミーは友人の肩を軽く叩きながら言った。

「彼は僕を呼び、ひょうきんに――ちなみに彼はとてもひょうきんなんだ――〝君に話していたあの美人は誰だい？〟ときいた。僕は彼が法学部の同級生で、古くからの友人であり、名前はこうこうと答えた。彼は熱心に、〝いつわしに紹介してくれるかね？〟ときいた。僕は彼の狙いを無視して、逆に〝パシャ、なぜですか？〟と問い返した。彼は怒ったかのように爆発して――ときどき彼のひょうきんさはこんなふうになるんだが――、〝彼に宗教の教訓を与えてやるためさ、畜生め〟と言った。僕も笑ったが、そのうち彼は僕の口を手でふさいだ」

沈黙が一瞬あたりを支配し、そのあいだ外で風が鳴り、窓の半扉が樹木にぶつかる音が響いた。それからリドワーンが声をあげて尋ねた。

「彼のことはいろいろ聞いた。彼は世間のいうような男かい？」

「それ以上だ」

「だが老人だ」

ヒルミー・エッザトの表情が声もなく笑いを告げた。彼は言った。

「それは重要性において最後に位置する。彼は地位の高い男だ。愉快な人で、影響力がある。たぶん彼の高齢は若さよりも益が多い」

リドワーンは微笑を戻し、それから尋ねた。

「彼の家はどこにあるの？」

「ヘルワーンにある静かなヴィラだ」

「ああ、全階級からの陳情者で混み合っているんだろう！」

「僕らは彼の弟子に加わるんだ。なぜそうじゃないのか？彼は政治の先輩で、われわれは後輩だ！」

リドワーンはいくぶん警戒して尋ねた。

「彼の奥さんと子どもたちは？」

「何という無知。彼は独身で、一度も結婚せず、そういう生活を好まない。彼は一人息子だった。彼は樹木から切り放されたように、使用人と一人で暮らしている。君が彼を知ったら、決して彼を忘れないよ」

彼らはにこやかな眼差しを長く交わしたが、それは密謀に満ちていた。やがてヒルミー・エッザトが少し苛々して言った。

「いつ彼を訪問するか僕にきいたらどうだい？」

リドワーンはカップに残る茶を眺めながら言った。

「いつ彼を訪問するんだい？」

9　男色の有力者

ヘルワーン[1]のナジャート通りの一隅にあるアブドルラヒーム・パシャ・エイサーの家は質素と優雅の典型に見えた。一階から成る茶色の別荘風の家で、高さは地上三メートル、花園に包まれ、サラームリクが前面にあった。家と通りと周辺の地域は心地よい沈黙に沈んでいた。門の側のベンチには門番と自動車の運転手が腰をかけていた。門番はヌビア人で、彫りの深い端正な顔立ちとすらりとした肢体を持っていた。運転手は若い盛りで、両頬が赤みを帯びていた。

ヒルミー・エッザトはサラームリクに視線を伸ばしながら、リドワーンの耳に囁いた。

「パシャは約束を守った。今日は僕たち以外に訪問客はいないよ！」

ヒルミー・エッザトは門番や運転手と顔見知りで、二人は丁寧に彼を迎えるため起立した。彼が冗談を言って二人をからかったとき、彼らは遠慮なく笑った。

空気は乾燥していたにもかかわらず、身を切るように冷たかった。二人はすこぶる豪勢な応接ホールに入った。中央には礼装のサアド・ザグルールの大きな肖像画があった。ヒルミー・エッザトは右側の壁の中央の天井まで伸びた鏡に近寄り、自分の姿に詮索の視線をとっくりと当てた。リドワーンはためらわずに彼に従い、自分の姿を彼と同様の視線で試した。やがてヒルミーが微笑しながら言った。

「二つの月が服を着て、トルコ帽をかぶっている。預言者の美貌を愛する者はみな彼のために祈るべきだ！」

金泥で塗られ、柔らかい青色のカバーを付けた長椅子に、二人は並んで座った。数分が過ぎ、サアドの写真の下の大きな扉の上に垂れたカーテンの背後から、動作の音が聞こえて来た。リドワーンの頭はそちらに向き、彼の心臓は興奮から動悸した。まもなく男が優雅な黒い服を着て、芳香をまわりに漂わせながら現れた。皮膚は浅黒く、顔は髭がそられており、体は痩せて、いくぶん背が高く、年齢により作られた繊細な顔立ちをし、目は小さく、萎んでいた。一方トルコ帽は前に傾き、両の眉に触れるほどであった。彼はきちんとしてゆったりした足取りで、静かに威厳をもって進んできた。彼の様子は青年の心に畏敬と安心感を投影した。

彼を迎えるため起立した二人の青年の前に立つまで、彼は沈黙を続けた。それから鋭い眼差しで二人を調べ見たが、それがリドワーンの上に長く留まったので、リドワーンの瞼が引きつったほどであった。それから彼は突然微笑した。古めかしい顔に親近感と魅力が広がり、それが彼と二人のあいだを隔てる距離を近づけ、やがてその存在を消した。ヒルミーは手を差し伸べ、相手はそれを受けて、自分の手に引き留めてから、唇を突き出した。ヒルミーは相手の意図を察し、ただちに彼の頬を差し出し、相手はそれに接吻した。それからリドワーンのほうを眺め、優しい声で言った。

「気にしないでくれ、息子や。これがわしにとって挨拶の仕方なのじゃ」

リドワーンは恥じらいながら手を差し伸べ、男がそれを受け取り、笑って尋ねた。

「君の頬は？」

リドワーンの顔は赤らんだ。ヒルミーは自分を指しながら声をあげた。

「パシャ閣下、後見者と話し合ってください！」

アブドルラヒーム・パシャは笑い、リドワーンとの握手で満足した。それから二人に座るよう勧め、彼は二人の近くの大きな椅子に腰かけて、微笑しながら言った。

「この君の後見者はひどいやつだよ、リドワーン。それが君の名前じゃなかったかな？　よく来てくれたね。君がこの悪童と一緒にいるところを見たよ。君の礼儀ある態度が気に入り、君に会いたいと願った。こうして君はわしと会うことをけちったりはしない」

「あなたと知り合う光栄に浴して幸せです。パシャ閣下」

男は左手の薬指にはめた大きな金の指輪を回しながら言った。

「アッラーのお許しを乞うよ、息子や。敬語や尊称を使わないでもらいたい。わしはこういうことすべてを好まんのでな。わしに大事なことは、素敵な魂と澄んだ気持ちと誠意だよ。パシャ閣下とかベイ閣下とか言っても、われわれは皆アダムとイブの子孫なのだ。実際君の礼儀ある態度が気に入り、君をわが家に招けたらと思ったわけだ。よく来てくれてたね。君は法学部でヒルミーの友人だ、そうじゃなかったかね？」

「はい、先生。僕たちはハリール・アガー小学校時代からの友人です」

男は感心して白い両眉をあげながら言った。

「竹馬の友か！（それから頭をふって）結構、結構。恐らく君も彼と同様フセイン地区の生まれかな？」

「はい、先生。僕はガマーリーヤにある祖父ムハンマド・エッファトの家に生まれました。今は慕情の館横町《カスル・アッシャウク》の父の家に住んでいます」

「カイロ本来の地区、結構な場所だ。君はどう思うかね、わしが亡き父と一緒に一時期ビルグワーンで暮らしたことを。わしは両親の一人っ子で、やんちゃ坊主だった。しばしば子どもたちを集めて行列めいたものを作り、路地から路地へと押しかけ、道々を荒らし回ったものだ。病人にとり災いなるかなだ、もし彼が運命により、われわれの行く手に投げ出されたとしたら。父は激怒し、杖を持ってわしのあとを追いかけたものだ。息子や、君の祖父はムハンマド・エッファトと言ったね？」

リドワーンは誇らしげに言った。

「はい、先生」

パシャは少し考えて、それから言った。

「わしはガマーリーヤの議員の家で一度彼を見た記憶がある。名望家で、誠実な愛国者だ。次回選挙に議員として推薦されかけたが、最後の瞬間に彼の友人である古参議員のためはずされてしまった。昨今の連立は選挙において友情を必要としている。仲間の自由立憲党員がいくつかの議席を獲得できるようにな。ところで、君は法学部でヒルミーの友達だって！　結構だ。法律は全科目の主だ。その研究にはきらめく才知を必要とする。将来については、ひとえに君の努力次第だ！」

話しの最後の部分では、口調に約束と奨励を示唆するものがあり、リドワーンの心に大望と情熱が脈打った。彼は言った。

「僕たちは勉学生活において一度も失敗したことはありません！」

「ブラボー。それこそが基礎だ。そのあとは検事、次いで裁判官の番が来る。努力する者の前には、閉ざされた扉を開けてくれる人が常にいるだろう。裁判官の生活は偉大なものだ。その主な柱は目覚めた智恵と生きた良心だ。わしはアッラーのおかげで真面目な裁判官の一人だったが、政治で働くため司法を去った。愛国主義はわれわれの愛する仕事を捨てるよう、ときどきわれわれに要求する。しかし今日に至るまで、われわれを公正と清廉の模範として挙げる者がいる。努力と清廉を君の眼目としなさい。そうしたあとは君の私生活で君は自由だ。君の義務を果たし、そして好きなことをしなさい。だが義務を怠った場合には、世人は君の欠点しか見ないだろう。詮索好きな連中の多くにとっては、某大臣はこの病に、某詩人はあの病にかかっているということ以外気に入らないのを見ないかね？　それはよい。だがすべての病人が大臣や詩人ではない。まず大臣や詩人になれ。そのあとは好きなことをするがいい。この教訓が君の智恵から欠けてはいかんぞ、リドワーン先生」

そのときヒルミーがずる賢そうに言った。

「高潔な男は欠点を数えられることで十分なり(2)、そうじゃありませんか、パシャ閣下？」

男は頭を彼の右肩のほうへ曲げて言った。

「もちろん。完全なる御方一人に称賛を。人間は非常に弱いものだ、リドワーンよ。だが彼は他の面では強くなければならない、わかるかな？　君が望むなら、国の高官たちについて話してあげようが、誰一人として弱点のない者を見つけられまい。今後長いこと話し合い、教訓を一緒に学ぼう、われわれが完全と幸福に恵まれた生活を送れるようにな」

ヒルミーがリドワーンを眺めながら言った。

「パシャの友情は無限の宝だと、僕は君に言わなかったかい？」

アブドルラヒーム・エイサーは、彼からほとんど目をそらせないでいるリドワーンに話しかけて言った。

「わしは知識を愛し、人生を愛し、人々を愛する。わしの習慣は若い者が育つまで彼の手を引いてやることだ。この世で愛以上に結構な何があるかね？　もしわれわれが法律的難問に直面したら、一緒に解決しなければならぬ。もし将来について考えるならば、一緒に考えねばならぬ。もしわれわれの気持ちが安らぎを求めたら、いっしょに休まねばならぬ。わしはハサン・ベイ・エマードほど賢明な男を見たことはない。今日彼は数少ない優れた外交官の一人だ。彼がわしの政敵の一人だということは忘れてくれ。だが彼が研究に専念すれば、それを究めてしまう。もし興に乗れば、裸で踊る。この世は素晴らしい。君が賢明で、広い心を持っていることを条件にじゃ！　君は広い心を持っているのじゃなかったかね、リドワーン？」

ただちにヒルミー・エッザトが彼に代わって答えた。

「もし彼がそうでなかったら、われわれは彼の心を広げさせる用意があります！」

パシャの顔はあどけない微笑に輝き、それが快楽への際限ない願望を示した。彼は言った。

「この子どもは悪い餓鬼だよ、リドワーン。だがわしに何ができる？　彼が君の竹馬の友とは、幸運なやつよ。類は友を呼ぶと言ったのはわしじゃない。君も悪い餓鬼に違いないな。君が誰なのかわしに告げてくれ、なあ、リドワーン。君はわしをべらべらしゃべらせるに任せて、老練な政治家のように沈黙を決め込んでいる。リドワーンよ、君は何が好きで、何が嫌いか、言ってくれ」

そのとき給仕がコーヒー盆を持って入ってきた。彼は門番や運転手のように髭をそった若者であった。彼らはオレンジの花の香りを付けた水を飲んだ。パシャは言い出した。

「オレンジの花水はフセイン地区の住民の飲み物だ、そうじゃなかったかな？」

リドワーンは微笑しながらつぶやいた。

「はい、そうです」

パシャは楽しそうに頭をふって言った。

「フセイン地区の住民よ、助けてくれ！」

全員が笑い、給仕さえもホールを去るとき微笑した。パシャは言葉を続けて尋ねた。

「何が好きかな？　何が嫌いかな？　率直に話してくれ、リドワーンよ。わしに君の返事を容易にさせてくれ。君は政治に関心を持っているかな？」

ヒルミー・エッザトが言った。

「僕たちは二人とも学生委員会のメンバーです」

「それはわれわれのあいだを近づける第一の理由だ。君は文学が好きかな？」

ヒルミー・エッザトが答えた。

「彼はシャウキーとハーフィズとマンファルーティー[3]が大好きです」

パシャは彼を叱って言った。

「君は黙っていろ。兄弟よ、わしは彼の声が聞きたいのじゃ」

彼らは笑った。リドワーンは微笑して言った。

「僕はシャウキーとハーフィズとマンファルーティーを死ぬほど好きです」

パシャは感心して言った。

「〝死ぬほど好き〟とは何という表現だ。ガマーリーヤでしか聞けまい。それはガマール[4]と関係があるのかな、リドワーン。それでは君は『白金』や『人気のない夜に』や『誰あらん』や『一枝を折り、一枝を下ろす』といった詩句の愛好者かな。アッラーよ、アッラーよ。これはわしたちのあいだを近づける別の理由だ、ガマーリーヤよ。君は歌が好きかな？」

「彼は大好きなんです」

「君は黙りなさい」

彼らはもう一度笑った。リドワーンが言った。

「ウンム・クルスームをです」

「結構だ。たぶんわしは古いタイプの歌を愛する。だが歌はすべて結構だ。マアッリー[5]が言うように、わしは重いものも軽いものも好きだ。君が言うように、死ぬほど好きだ。たいへん結構だ。今夜は素晴らしい」

電話のベルが鳴り、パシャはそちらへと立ちあがった。彼は「ハロー」と言いながら受話器を耳に当てた。

「これは、これは。パシャ閣下」

「……　……　……」

「それに何の不思議がありましょう！　イスマーイール・シドキー自身すら、今日は祖国の領袖の一人として交渉団の席に座っているじゃないですか？」

「……　……　……」

「わたしは自分の意見を率直に総裁に述べましたよ。それはマーヘル[6]やヌクラーシーの意見でもあります」

「……　……　……」

「申しわけありません、パシャ。わたしにはできません。わたしはフォアード国王がかつてわたしの昇任に反対したその人であることを忘れません。フォアード国王は道徳について語るのに最も不適当な人です。いずれにしても明日クラブでお会いしましょう。さようなら、パシャ」

男は顔をしかめて戻った。しかしリドワーンの顔を見るや、再び上機嫌となり、話しを続けて言った。

「そうじゃ、リドワーンさん。わしたちは知り合ったが、それはたいへん結構なことだった。君には努力するよう忠告する。義務と理想を捨てないよう忠告する。それからあとは歌謡と悦楽について君に話すことにしよう」

そのときリドワーンは時計を眺めた。パシャの顔に苛立ちが現れ、彼は言った。

「それだけはいけない！　時計は親睦の席の敵じゃ」

リドワーンは少しうろたえてつぶやいた。

「でも僕たちは遅くまでお邪魔しました、パシャ閣下」

「遅くまでだって！　わしの年では遅くなったと言うのかな！　君は間違っている、息子や。わしは依然として一時過ぎまで夜話と美と歌を好む。夜会はまだ始まっていない。われわれは〝慈悲あまねく慈愛深きアッラーの御名において〟[7]としか言っていない。反対しないでくれ。自動車は朝まで君たちの自由になる。君は勉強するため外泊すると聞いた。一緒に勉強しよう、なぜ駄目なのかね？　わしが法律概論やイスラム法の何かに戻れることは素晴らしい。ところで誰が君たちにイスラム法を講義しているのかな？　シェイフ・イブラーヒーム・ナディームかい。アッラーが彼によい晩をお恵みくださいますように。彼は偉大なキャプテンだ。驚かないでくれ。いつの日かわれわれは当代の全要人の伝記を書くことだろう。君はすべてを理解しなければならぬ。今夜は愛と友情の夜だ。ヒルミーよ、今夜に最もふさわしい飲み物は何か、わしに告げてくれ」

ヒルミーは安心して言った。

「ウイスキーとソーダと焼き肉です」

パシャは笑って言った。

「焼き肉は飲み物かな、悪童よ」

注
（1）カイロの郊外で、療養所や温泉がある。
（2）中世の有名な詩人ムタナッビーの詩句。
（3）シャウキーとハーフィズは大詩人で、マンファルーティーは美文で知られる作家。
（4）ガマールはガマーリーヤの語根で、「美」という意味を持つ。
（5）マアッリーはシリア生まれの盲目の詩人で哲学者。
（6）アフマド・マーヘルはマフムード・ファフミー・ヌクラシーとともにワフド党の重鎮。
（7）しばしばコーランの章はこの句をもって始まる。一般にムスリムが物事をはじめる前に言う常套句。

10　イブラーヒーム・シャウカト家

木曜日の昼食後、ハディーガの家族はいつもと変わらない形で一堂に会する。こうして居間は父のイブラーヒーム・シャウカトとアブドルムネイムとアフマドを集めた。ハディーガが仕事をしないでいることは稀であったので、彼女は一緒に座りながらテーブル・クロースに刺繍していた。イブラーヒーム・シャウカトには長い果敢な抵抗のあと、ようやく老いが現れ、髪が白くなり、肉が少したるんだが、それを除けば人の羨む健康を保持していた。彼は煙草を吸いながら、二人の息子のあいだに静かに、安心して場所を占めていた。彼の出張った両眼は無気力と、いつもの無関心を映し出しており、二人の若者のほうは話しをやめなかった。ときに二人のあいだで、ときに父と仕事から頭をあげずに話しに加わった母とのあいだで。

ハディーガは脂と肉の巨大な塊に見えた。もはや雰囲気にはハディーガの気分を害するものは存在しなかった。姑が亡くなって以来、彼女の家の主権を争う者は残っていなかったのだ。彼女は決して倦むことのない気力で自分の義務を果たし、彼女の美しさのすべての本質である肥満体に精一杯気を配り、父と二人の息子の全員に彼女の後見を押しつけようと試みていた。男は服従したが、アブドルムネイムとアフマドは、母の愛を頼りに彼女の支配欲を防ぎながら、それぞれ好きなようにわが道を切り開いた。

彼女は数年前から夫に宗教の伝統を尊重させることに成功していた。男は礼拝と断食を実行し、それらに慣れた。アブドルムネイムとアフマドは以前からそれに従って青年に育った。ただアフマドは二年前から義務の励行をやめ、母から尋問されるたびにそれから逃げ、あるいは何かの言いわけで弁明した。

イブラーヒームは二人の息子をこよなく愛し、彼らがひどく気に入り、あらゆる機会をとらえ、彼らの相次ぐ成功に言及した。その成功はアブドルムネイムを法学部に、アフマドを高校最終学年に導いたのである。この点について、ハディーガは自慢たらしく言っていた。

「これはすべてあたしの熱意の果実よ。もしあんたに物事を任せておいたら、二人のどちらも成功せず、一角の人間にもならなかったわ」

最近、彼女が読書の初歩的知識を用いなかったためにそれを忘れていることがはっきりし、そのことでイブラーヒームは彼女をからかい、そのあげく息子たちに彼女が自慢する恩を返すため、彼女の忘れたことの勉強を手伝うよう提案した。彼女は少し怒り、大いに笑い、それから状況を一言で要約して言った。

「女にはラブレターを書くことがない限り読書の必要はないわ！」

彼女は家族の中で幸福で、満足しているように見えた。たぶんアブドルムネイムとアフマドの食欲は彼女をあまり喜ばせず、また彼らの痩せぎすは彼女を憤慨させた。彼女はがっかりして言った。

「お前たちは食欲を増進するためまずカミツレ(1)を口に入れなければならないと、あたしは千回もいったわ。お前たちはよく食べなければならない。父さんがどんな風に食べるか見たことないの？」

二人の若者は父のほうを眺めながら微笑した。男は言った。

「なぜ自分を例に引かないんだい？　お前は碾《ひ》き臼《うす》のように食べるのにね」

彼女は微笑して言った。

「あたしは二人に判決と選択をまかせるわ」

イブラーヒームは抗議して言った。

「ばあさんや、お前の凶眼が僕に命中したよ。だから医者は僕に歯を抜くよう勧めたんだな」

目に優しい眼差しを浮かべ、彼女は言った。

「心配しないで。それはその凶悪さとともに去ることになるわ。アッラーがお許しになれば、あんたはそのあと苦痛をこぼすことはないでしょうよ」

そのときアフマドが彼女に話しかけて言った。

「二階に住む隣人が家賃の支払いを来月まで延ばすことを希望している。彼は階段で僕に会い、それを懇望した！」

彼女は眉をしかめて彼を眺めながら尋ねた。

「お前は彼に何と言ったの？」

「父さんに話すことを約束したよ」

「父さんに話したの？」

「こうして僕は母さんに話している！」

「あたしたちは彼のアパートに同居しておらず、彼はあたしたちの生活の糧を共有することは許されないわ。あたしたちが彼を優しく扱ったら、一階の住人が真似するわよ。お前は世間の人を知らないんだから、自分に関係ないことに介入しては駄目」

アフマドは父を眺めながら尋ねた。

「父さんの意見はどうなの？」

イブラーヒーム・シャウカトは微笑して言った。

「どうか僕に頭痛を起こさせないでくれ。お前には母さんがいるよ」

アフマドは母に言葉を戻して言った。

「困窮している人を優しく扱っても、僕たちは飢えはしないよ」

ハディーガはいまいましげに言った。

「彼の奥さんがあたしに話し、あたしは彼女のために支払いを延ばしてあげたの。お前は安心したらいいわ。だけど家賃は飲食費のように義務だと彼女に理解させたの。それに間違いがあって？　あたしはときどき隣人を友達にしないと非難されるけど、世の中の人々を知る者は孤独でいることをアッラーに感謝することよ」

アフマドは目配せをしながら再び尋ねた。

「僕たちは世の中の人々よりましなのかな？」

ハディーガは渋面を作って言った。

「そうよ、お前の気持ちに別の意見がない限りはね！」

アブドルムネイムが言った。

「彼の気持ちにある意見は彼が他の人々全部よりましで、彼の意見以外に意見はなく、知恵は彼の頭が独り占めしているということだよ！」

ハディーガが皮肉って言った。

「人々は家賃を支払わずに家を借りるというのも彼の意見だわ！」

アブドルムネイムが笑って言った。

「彼はまた一部の人々が、そもそも家を所有する権利があるということに納得していないんだ」

ハディーガは頭をふって言った。

「くだらない意見を哀れむわ」

アフマドは怒りの目で兄を見つめた。アブドルムネイムは軽視して両肩を揺すりながら言った。

「怒る前に自己を反省しろよ」

アフマドは抗議して言った。

「僕たちは一緒に議論しないほうがいい！」

「いや、お前が大きくなるまで待て」

「あんたは僕より一歳年長なだけだ」

「お前より一日年長な者はお前より一年以上のことを知っている」

「僕はその諺を信じない！」

「聞いてくれ。僕の関心事はただ一つ。お前が僕と一緒に礼拝に戻ることだ」

ハディーガは遺憾そうに頭をふって言った。

「お前の兄さんの言ったことは正しいわ。人々は大きくなるにつれ、賢くなる。だがお前ときたら、アッラーよ、お助けを。お前の父さんでさえ礼拝し、断食しているわ。お前はどのようにして自分でそんなことをしでかしたの？　あたしは日夜訝っているんだよ！」

アブドルムネイムは自信に満ちた強い声で言った。

「率直に言って、彼の頭は内部からの浄化を必要としている」

「それは……」

「母さん、聞いてよ。この若者は宗教を持たない。それは僕が確信したことだ」

アフマドは怒ったように手をふり、反問しながら叫んだ。

「人の心に判決を下す権利を、どこからあんたに与えられたんだ？」

「行動が腹の中を明かしているさ。（それから微笑を隠しながら）なあ、アッラーの敵よ！」

イブラーヒーム・シャウカトが静けさと安心から抜け出すことなく言った。

「お前の弟を不当に非難してはいかん」

ハディーガはアフマドを見ながら、アブドルムネイムに話しかけて言った。

「お前の弟から人間が所有する最も大事なものを奪うんじゃないよ。どんな風に彼が信者ではないと言うんだい？　彼の母の家族は宗教家となるのに、ターバンが欠けていただけよ。彼の祖父は正真正銘の宗教家だった。あたしたちが育つとき、まわりにいる人たちが礼拝し、信仰するのも見つけたわ。まるであたしたちはモスクにいるみたいだった！」

アフマドが皮肉って言った。

「ヤーシーン伯父さんみたいに！」

イブラーヒーム・シャウカトから笑いが漏れた。ハディーガは怒ったふりをして言った。

「伯父さんについては丁寧に話しなさい。彼がどうしたというの？　彼の心は信仰でいっぱいよ。アッラーが彼をお導きくださいますように。お前の祖父と祖母をご覧なさい」

「カマール叔父さんは？」

「カマール叔父さんはフセインの寵児よ。お前は何も知らないのね」

「世の中には何も知らない人もいるさ」

カイロ三部作3

夜明け

国書刊行会
東京都板橋区志村 1-13-15
TEL03(5970)7421
FAX03(5970)7427 〒174-0056

ナギーブ・マフフーズの三部作

加賀 乙彦

七〇年代に河出書房新社がナギーブ・マフフーズの長編『バイナル・カスライン』の出版を企画したとき、訳稿を読んで感心し、下巻の最後に解説めいた文章を書いた。その後、塙氏から実はこの長編はカイロ三部作の第一部であって三部作全部を出版したいと手紙がきて、第二部と第三部の翻訳原稿が送られてきた。私はそれを持って、河出書房新社をはじめ文芸出版社を数社回ったが、エジプト文学は日本の読者の関心を引かないという理由で断られた。そこに突然、国書刊行会からの三部作の出版の報告があり、私はやっと肩の荷が降りた感じで、東大の教室で開かれた記念講演会に喜んで出かけたのだった。

『バイナル・カスライン』は今度の訳では、『張り出し窓の街』という名前となっていて、両者を読み比べてみると、後者には、精密な推敲がほどこされていて、読みやすく、しかも登場人物の個性がはっきり表現されて、複雑な人間関係をくっきりと描き出している。

カイロのある一家の物語である。一家の長であるアフマドの像がとくに見事に彫り上げられている。この大兵肥満の男が家長として君臨し、女房たち、子供たちを律している。主人の前では家人は黙っているが、心中では反逆している。その部分は人物の内部の心理描写として描かれている。また女たちや子供たちは、家長のいないところでは、親しく愉快に笑い暮らしている。この表向きの沈黙と裏側での野放図な饒舌が、一種のリアリズムを作りだしているところが日本や西欧の小説と違った味わいで面白い。

日常会話や挨拶に「アッラー」が頻発するので驚かされるがこれも、日常会話の慣習と思えば、エジプト人の信仰の厚い証拠とはならない。現に厳格な家長も外にいけば、好き勝手な自堕落な生活をしているのだ。

男女差別が明確にあり、女は男、とくに家長に絶対服従であるし、外出も許可なしにはできない。女が一人で外に行っただけで家庭内は大騒ぎになるのだ。

この長編三部作の翻訳完成は、エジプトという国の人々の生活や思想を学ぶ恰好の機会を日本人が持つことができた慶事である。私は今のところ第二部を読み終わったにすぎないが、ぜひとも第三部を読んでみたいと思う。

三部作の完全出版によってマフフーズの名前が日本の読書界に広く知られるようになるだろうし、塙氏の名訳はエジプト文学の金字塔を紹介した名著として残るだろう。（かが　おとひこ・作家）

カイロ三部作の名場面

師岡カリーマ・エルサムニー

名作と呼ばれる小説にはどれも、読み終わった後も長く読者の心に残り、鮮やかな映像となって繰り返しよみがえってくるような名場面がある。ナギーブ・マフフーズの超長編小説「カイロ三部作」にも数多くの名場面があり、お気に入りのシーンは人それぞれだと思うが、私にとって最高の名場面は第三部の後半にある。ネタを明かすわけにはいかないのでどのシークエンスかは伏せておくが、そこには年老いた家長のアフマド・アブドルガワードとその妻アミーナ、そして末息子カマール他が登場するということだけ述べておこう。それは第一部から多くの読者の中で、そして恐らく一部の登場人物の中でも、ずっと胸にひっかかっていた疑問や矛盾のようなものが、極めて人間的な微妙さと圧倒的な深みでもって一つの解決を見るとても感動的な場面だ。その場面を含む第三部が今回、塙治夫さんの完訳によって、『夜明け』の邦題でようやく日本の読者にも読んで頂けることになったということは、私個人にとっても非常に嬉しいことなのである。

これまで、「カイロ三部作」の第一部はすでに塙さんの邦訳で『バイナル・カスライン』として出版されていた。私は数年前からこれを大学の授業で必須課題として取り上げてきたが、読前読後の学生の態度の違いには毎年嬉しい驚きを感じている。

ただでさえ活字離れが激しい若者たちには、分厚い上下巻の外国文学を読まされるというだけで、相当気が重いことだろう。しかも「カイロ三部作」は大河ドラマであって、明確な起承転結によって読者をひきつけるタイプの小説ではない。細やかな心理描写を伴う何気ない場面や台詞のやりとりを重ねていくうちに、いつの間にか様々な変化が紡がれていく時間の経過を丹念に追っていくという作業は、二十歳そこそこの今時の若者には難儀だろう。

しかも彼らにとっては長くて覚えにくい人物名が多く、会話では「アッラーに称賛あれ」といった信仰に基づいた聞き慣れない台詞も連発され

る。ギブアップする学生が続出しそうなものだが、いざディスカッションをしてみると、

「翻訳ものは苦手だがこれは読み易く、楽しめた」

「小説を読むのは初めてで、最初はとっつきにくかったが、だんだん夢中になった」

と言って、多くの学生がちゃんと読了してくるだけでなく、なかなか深く読みこんでいる。普段はつついてもつついてもなかなか発言しない学生たちが、我れ先にと感想を発表したがり、暴君アブドルガワードとなぜか黙って彼に従う家族たちをめぐって様々な意見が飛び交い、毎回実に活気のある授業になる。そのたびに私は訳者の塙さんに対して感謝の念を新たにするのであるが、第一部の幕切れで一家の希望の星である次男ファフミーが英軍の銃弾に倒れ、

「そんなバカな!」

とショックを受ける学生たちにその後の展開を自ら読んでもらうことができないということが、唯一無念であった。三部作はこれまで様々な言語に翻訳されているが、

「英語訳で三作とも読んだ」

という発言があろうものなら、悔しそうに唇を噛む学生さえいた。だからこそ、今回の完訳は私にとって、二重にも三重にも嬉しい事件なのである。


塙さんは長年にわたって精力的にマフフーズ文学を日本の読者に紹介して来られたが、全般的にみると、アラブ文学の邦訳はまだまだ限られているのが現状である。これまでは作品を選ぶ訳者も、ページをめくる読者も、純粋に楽しむための読書というよりは、アラブという日本から見ると異質な世界を理解する一つの手段としてアラブ文学と向き合うことが多かった。

ではマフフーズ文学はどうか。「カイロ三部作」は、20世紀前半のエジプト激動の時代を背景に描

かれているとはいうものの、物語の中心となるアブドルガワード家はけっしてありふれたエジプトの家庭とは言えず、家長アフマドはエジプト人から見ても極端にエキセントリックな一面を持っている。必ずしも典型的なエジプトの家族ではないこの一家の、しかしいかにもエジプト的な日常のやりとりが、カイロの下町独特の雰囲気の中で交わされていくその先にあるのは、あえてエジプトやイスラーム世界云々で説明するには及ばない普遍的な人間の姿である。アラブ理解の手段であるということに存在理由を求めなくとも、翻訳を通して味わう価値がある世界文学としてのマフフーズ。だからこそそのノーベル賞受賞であろう。今回の三部作完訳を機に、「理解するためのアラブ文学」ではなく、「楽しむためのアラブ文学」が日本でも定着していくことを強く期待している。

（慶應大学・獨協大学非常勤講師、ＮＨＫラジオ日本アラビア語放送キャスター）

——マフフーズ特集が組まれた雑誌『アラビー』

▲表紙

▲エジプトで発行されたカイロ三部作の表紙。右から『バイナル・カスライン』、『スッカリーヤ』、『カスル・アッシャウク』（雑誌『アラビー』所収）

写真で見るマフフーズ

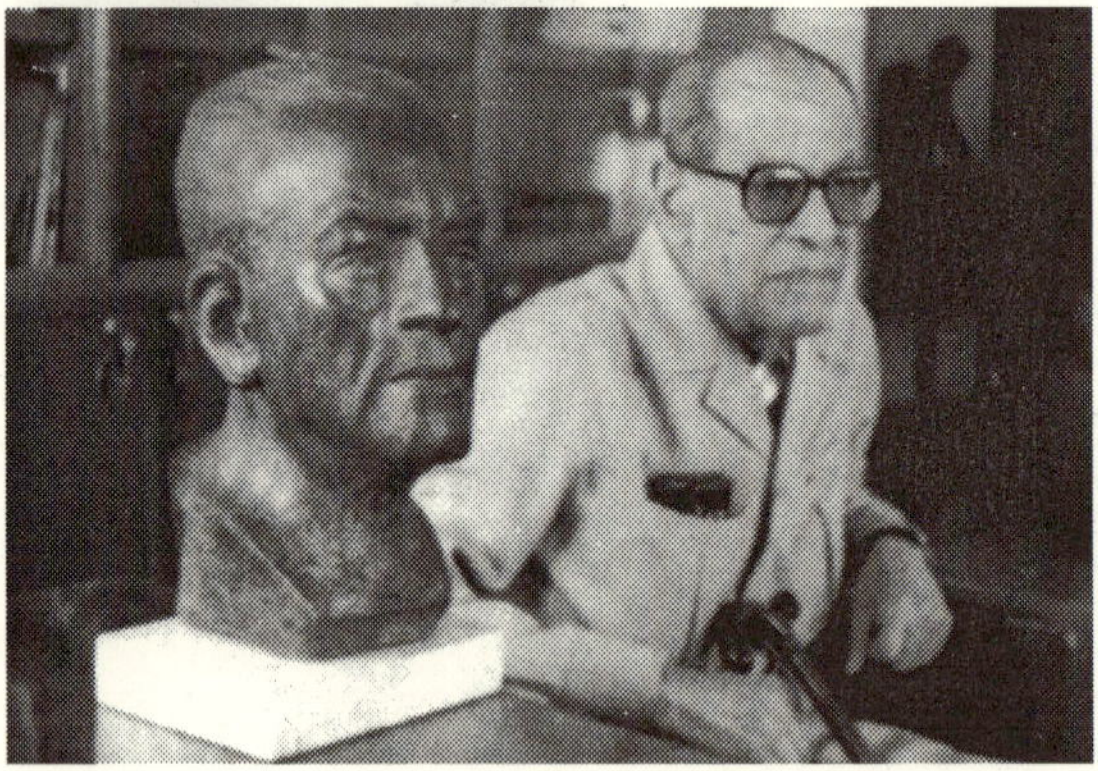

▲ マフフーズがノーベル文学賞を受賞した翌年、1989 年に訳者塙治夫氏はマフフーズを訪ねた。カイロのアリババ喫茶店にて。（1989 年 6 月 16 日撮影）

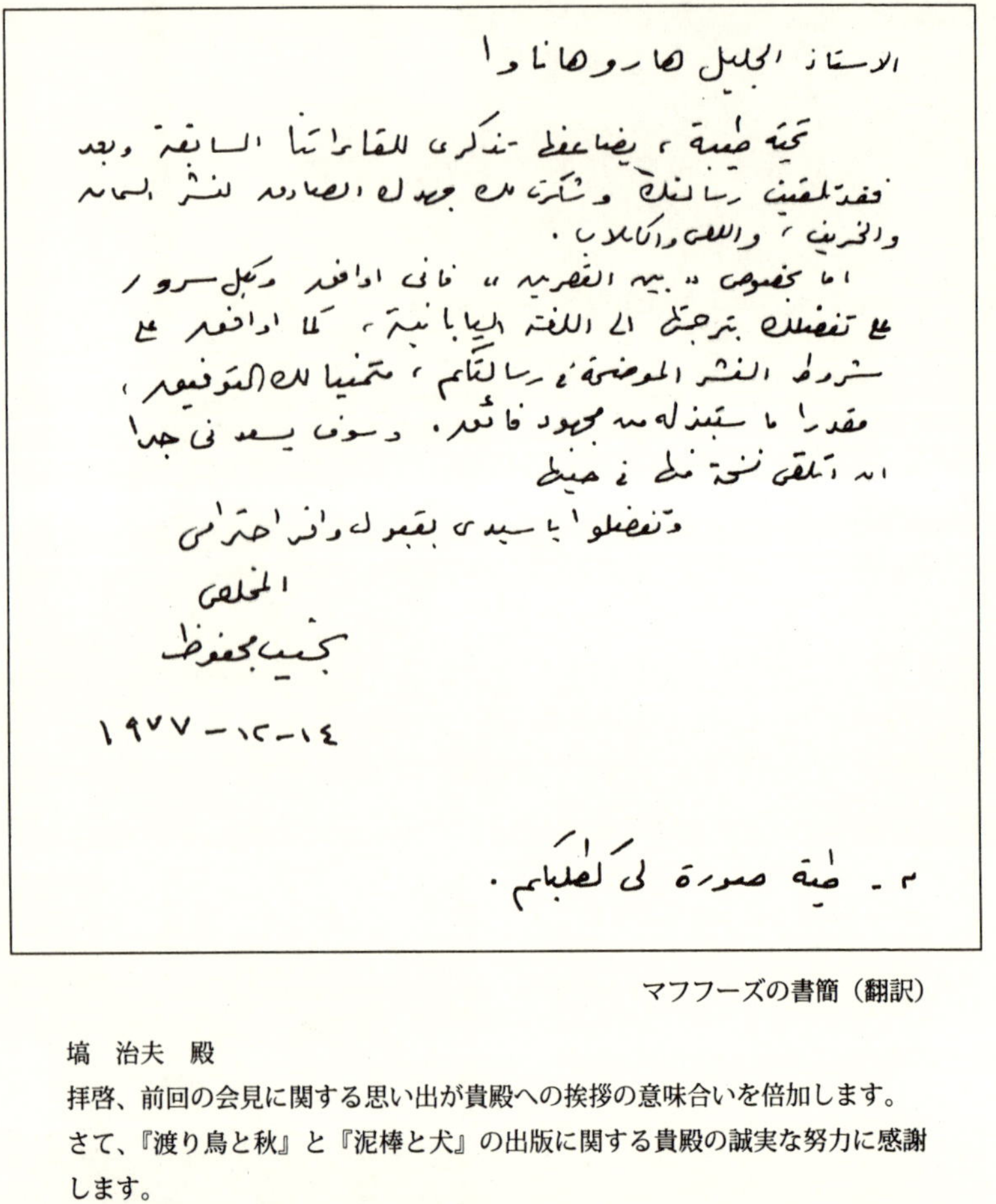

الاستاذ الجليل هارو هاناوا

تحية طيبة، يضاعفها تذكرى للقاءاتنا السابقة وبعد
فقد تلقيت رسالتك وشكرت لك جهودك الصادقة لنشر السمان
والخريف، واللص والكلاب.

اما بخصوص "بين القصرين" فانى اوافق وبكل سرور
على تفضلك بترجمتها الى اللغة اليابانية، كما اوافق على
شروط النشر الموضحة في رسالتكم، متمنيا لك التوفيق،
مقدرا ما ستبذله من جهود فائقة. وسوف يسعدنى جدا
ان اتلقى نسخة منها في حينه

وتفضلوا يا سيدى بقبول وافر احترامى

المخلص

نجيب محفوظ

١٩٧٧-١٢-١٤

م. طيه صورة لى كطلبكم.

マフフーズの書簡（翻訳）

塙　治夫　殿

拝啓、前回の会見に関する思い出が貴殿への挨拶の意味合いを倍加します。
さて、『渡り鳥と秋』と『泥棒と犬』の出版に関する貴殿の誠実な努力に感謝します。

『バイナル・カスライン』については、貴殿による日本語訳に喜んで同意します。また貴殿の手紙に示された出版の条件に同意するとともに、貴殿の成功を希望し、貴殿が払うであろう並はずれた努力を評価します。追って、その一部を受け取ることができたら、大変幸せです。

どうぞ私の大いなる尊敬をお受け取り下さい。

ナギーブ・マフフーズ

1977 年 12 月 14 日

なお、貴殿の依頼に応じ、私の写真を同封します。

アブドルムネイムが激してきいた。

「人々がみんな宗教をないがしろにしたとしても、それがお前の言いわけになるのかい?」

アフマドが静かに言った。

「どちらにしても安心してくれ。兄さんは将来、僕の罪で非難されはしないさ!」

そのときイブラーヒーム・シャウカトが言った。

「二人とも口論はもう十分だ。お前たちが従兄弟のリドワーンのようになって欲しいな」

ハディーガはリドワーンが彼女の息子たちよりましと見なされることが辛いかのように、絶望の眼差しで彼を睨んだ。イブラーヒームが彼の意見を説明して言った。

「あの若者は政界の大物とコネを持っている。賢い若者だ。それによって素晴らしい将来を保証されたのだ」

ハディーガが怒って言った。

「あたしはあんたの意見にくみしないわ。リドワーンは不運な若者で、不運によって母の世話を受けられないすべての若者と同様なの。ザンヌーバ〝奥さん〟は実際には彼のことを構わないんだわ。あたしは彼女が彼を上手に扱っていることで騙されないよ。それはイギリス人の政策のような政策だわ。だから可哀想に彼は落ち着き場所がなく、大部分の日々を外泊している。大物とのコネは意味ないわ。彼はアブドルムネイムと同じ学年の学生よ。この大げさな口出しの意味は何なの? あんたはどのように例を引くのか知らないんだわ」

イブラーヒームは、

「お前は僕の意見を認めることができないんだ」

と言うかのような眼差しで彼女を見つめ、それから彼の意見の説明を続けて言った。

「今日の若者たちは昔の連中とは違う。政治が全部を変えた。すべての大物は若者たちの中に支持者を有する。人生において道を切り開こうとする野心家は頼りになる大物が必要だ。お前の父さんの大した身分は大物たちとの密接なコネによる!」

ハディーガは誇らしげに言った。

「父さんには世間の人々が知り合いとなりたいと近づくのであって、父さんのほうからは誰にも近づこうとしないわ。政治については、あたしの息子たちはそんなものに関係ない。二人が殉死した叔父さんを見ることができたら、あたしの言葉の意味を自分で理解したはずよ。誰々万歳、誰々打倒の合間で人々の息子たちが滅びるの。故人のファフミーが生きていたら、今日最も偉い裁判官になっていたわ」

アブドルムネイムが言った。

「皆はそれぞれの道があるんだ。僕らは誰の真似もしないよ。もし僕らがリドワーンのようになりたいと望んだら、そうなっていたさ」

ハディーガが言った。

「でかしたわ！」

父は微笑して言った。

「お前は母さんのようだ。二人ともユニークだよ」

扉が叩かれた。女中が来て、一階に住む隣人の女の訪れを告げた。ハディーガが立ちあがりかけて言った。

「何の用だろうかね？　もし事が家賃の支払い延期なら、あたしたちのあいだで決着をつけるのはガマーリーヤ署だけだわ！」

注
（1）キク科の植物で、その花は煎じて消化剤や解熱剤として使われる。

11　兄弟の齟齬

ムスキー通りはひどく混雑していた。住民で満ちあふれていたが、その何と大勢なことか。しかも今日はアタバ方面から押し寄せた人の波が新たに加わった。四月の澄んだ太陽が炎を投げつけていた。アブドルムネイムとアフマドは汗をかきながら、かなりの努力で雑踏をかきわけて進んだ。兄と腕を組んでいたアフマドが言った。

「兄さんの感情を僕に話してくれよ」

アブドルムネイムは少し考えて、それから言い出した。

「わからないんだ。死は恐ろしい。まして国王の死[1]ときたらどう思う。葬儀への道は以前に見たこともないほどの混みようだ。僕はサアド・ザグルールの葬儀を見ていないので、二つの葬儀を比較できない。だが大部分の連中は何らかの形で感情を動かされているようだ。女たちの中には泣いている者もいる。われわれエジプト人は情緒的国民なんだよ」

「しかし僕がきいているのは兄さんの感情だよ！」

アブドルムネイムは人々とぶつかるのを避けながら再び考えて、それから言った。

「僕は彼を好きではなかった。これはわれわれ全部の感情だ。僕は悲しまないが、同時に喜びもしない。僕は心のこもらない目で柩を見送った。彼の味方でも、敵でもない。ただ柩に入った暴君という考えは僕の感情を動かした。こんな眺めが僕の感情を動かすことなく、通り過ぎることはあり得ない。すべてを支配する王権はアッラーにある。アッラーは生きておられ、存続されたまう。ただ既存の政治状況が変化する前に、国王が死んでいたら、多くの人が、とても多くの人が歓声をあげていたろう。君の感情はどんなだい？」

アフマドは微笑して言った。

「僕は政治状況がどうであれ、暴君は好まない」

「それは結構。だが死の眺めは？」

「病んだロマンチシズムも好まない！」

アブドルムネイムはうんざりして反問した。

「それじゃ喜んでいるのか？」

「名前や形容の相違にかかわらず、すべての暴君から解放された世界を見るまで、僕は長生きしたいな」

二人は少し沈黙した。彼らはすっかり疲れていた。それからアフマドが再び問いかけた。

「このあとはどうなるだろう？」

「ファールークは少年だ。彼には父の抜け目なさも、老練さもない。もし物事が順調に進み、交渉が成功し、ワフドが政権に復帰すれば、情勢は安定し、陰謀の時代は終わるだろう。どうやら将来はよさそうだよ」

「イギリス人は？」

「もし交渉が成功すれば、彼らは一転して友人になるさ。従って王宮とイギリス人のあいだに現存する反人民同盟は断たれる。国王は憲法を尊重せざるを得まい」

「ワフドは他よりもましだな」

「疑問はない。ワフドは、その能力の度合いがわかるほど、長く支配していない。近いうちに実験が真の可能性を明らかにするさ。僕はワフドが他よりましであることに同意する。だがわれわれの大望はそこでとどまらない！」

「もちろんだよ。僕はワフドの政治がもっと偉大な発展へのよい出発点だと確信する。それが今あるすべてさ。だがわれわれは本当にイギリス人と合意するのかな？」

「合意、さもなくばシドキー時代への逆戻りだ。わが国民には裏切り者の無尽蔵の予備軍がいる。ワフドがイギリス人に〝ノー〟と言ったとき、ワフドをこらしめるのが常に彼らの任務だ。彼らは待機している。たとえ今日国民の側に参加したとしてもだ。シドキーやムハンマド・マフムードやその他の連中が待機している。これは悲劇の一つだ」

　新道に達したとき、二人はサーガ通りへ向かっていた祖父のアフマド・アブドルガワードと突然出くわしていた。彼らは祖父の前に進み、恭しく挨拶した。祖父は微笑して彼らに尋ねた。

「どこからどこへ？」

　アブドルムネイムが言った。

「フォアード王の葬儀を見物していたんです」

　唇から微笑を絶やさずに男は言った。

「お前たちの参加は感謝されよう！」

　それから彼は二人と握手し、それぞれの道を進んだ。アフマドは彼を少し目で追い、それから言った。

「御祖父さんはしゃれていて優雅だな。芳香で僕の鼻を満たしたよ」

「御祖父さんの暴君ぶりについて、母さんは驚くべき話しを語ってくれるよ」

「彼が暴君とは思わないな。それは信じられないことだ」

「フォアード王ですら末期には優しく、善良に見えた」

二人は一緒に笑い、アフマド・アブドゥ喫茶店へ向かった。噴水に面した部屋で、アフマドは顎髭を垂らした目の鋭い老人を見た。一群の若者たちが彼を取り巻き、熱心に彼を仰いでいた。彼は立ち止りながら言った。

「あんたの友人のシェイフ・アリー・アルマヌーフィーだ。〝大地がその重荷を投げ出した[2]〟よ。僕はここにあんたを残して行かねばならない」

「来いよ。僕たちと一緒に座ろうぜ。僕はお前が彼と座り、彼の話しを聞いて欲しいんだ。好きなように彼と議論したらいい。彼のまわりにいる連中の多くは大学生だよ」

　アフマドは兄の腕から自分の腕を抜きながら言った。

「いやだよ、兄さん。一度彼と取っ組み合いをしかけたことがある。僕は狂信者を好まない。さよならだ」

　アブドルムネイムは批判の眼差しで彼を睨み、それから鋭く言った。

「さよなら。アッラーがお前をお導きくださいますように」

　アブドルムネイムはフセイン小学校校長のシェイフ・アリー・アルマヌーフィーの座席に近づいた。男は彼を迎えるため立ちあがり――彼を囲んで座っていた者全部が一緒に立ちあがった――二人は抱擁した。それからシェイフが座り、皆もそうした。シェイフはアブドルムネイムを鋭い目で詮索しながらきいた。

「昨日は君を見なかったな？」

「勉強があったんです」

「努力は受け入れられる言いわけだ。君の弟はなぜ君を残して、去ったのか？」

アブドルムネイムは微笑し、答えなかった。シェイフ・アリー・アルマヌーフィーが言った。

「主は導いてくださるお方じゃ。それに驚いてはいかん。われわれの教導者[3]は君の弟の同類多数と出会ったが、彼らは今日彼の宣教に最も忠実な人たちじゃ。というのもアッラーが民に導きを望まれたら、彼らの上に悪魔が権力をおよぼすことはないのだから。われわれはアッラーの兵士じゃ。アッラーの光を広め、アッラーの敵と戦う。われわれは人々に先んじてアッラーに魂を捧げたのじゃ。アッラーの兵士の何と幸せなことよ」

同席者の一人が言った。

「でも悪魔の王国は大きいですよ！」

シェイフ・アリー・アルマヌーフィーはたしなめて言った。

「アッラーが一緒にいてくださるのに悪魔の世界を恐れる者を見よ。彼に何と言うかの？　われわれはアッラーと共におり、アッラーはわれわれと共におられる。われわれは何を恐れるのじゃ？　地上の兵士のうち誰が諸君の力を享受しているかの？　どんな武器が諸君の武器より鋭いかの？　イギリス人、フランス人、ドイツ人、イタリア人、彼らは物質文明に全面的に依存している。一方諸君は誠実な信仰に依存している。信仰は鉄をも鈍くする。信仰は世界で最強の力じゃ。諸君の清らかな心を信仰で満たせ。さすれば世界が諸君に従うであろう」

もう一人が言った。

「われわれは信者ですが、弱い国民です」

シェイフは拳を丸め、それに力を込めて叫んだ。

「君が弱さを感ずるなら、君の知らぬ間に欠陥が君の信仰を歪めているのじゃ。信仰は力を創造し、力を送り出す。われわれの手のような手が爆弾を作る。それは力の理由である前にその果実じゃ。預言者はどのようにアラビア半島の住民に勝利したかの？　アラブはどのように世界を征服したかの？」

アブドルムネイムが熱狂して言った。

「信仰――信仰」

だが第四の声があがった。

「しかしイギリス人は信者でないのに、どのようにしてこんな力を有するのでしょう?」

シェイフは指で顎髭《あごひげ》をすきながら微笑して言った。

「すべての勢力はそれぞれの信仰を有する。彼らは祖国と権益を信じている。一方アッラーの信仰はすべてを超越する。アッラーの信者は現世の信者より強くなって当然なのじゃ。われわれイスラム教徒の手の下には埋もれた弾薬があり、われわれはそれを掘り出さねばならぬ。イスラムを最初に広めたときのように、広めねばならぬ。われわれは名前だけのイスラム教徒だが、実際にもイスラム教徒にならねばならぬ。アッラーはわれわれに御書をお恵みになった。われわれはそれを無視し、屈辱の報いを受けた。御書に戻ろう。それがわれわれのスローガンじゃ。コーラーンへの復帰。教導者がイスマーイリーヤでそう呼びかけた。そのとき以来、彼の宣教は人々の魂に広まり、至るところを席巻中だ、人々の心全部を満たすまでな」

「しかし政治を避けるのが賢明ではないでしょうか?」

「宗教は信条であり、法律であり、政治なのじゃ。アッラーは人類の最も肝要な事柄を法制化も、指導もなく放置されるよりも慈悲深い。これが実際のところ今夜のレッスンじゃよ」

シェイフは甚だしく情熱的であった。彼のやり方はある事実を認定し、それからその事実をめぐり弟子の質問とそれに対する彼の回答を通じて議論を展開することであった。彼の回答の大部分はコーランとハディース(4)の引用に依存していた。彼は演説するかのように、喫茶店に座っている者全部に演説するかのように話していた。

アフマドは一番奥に座って、緑茶をすすり、唇に苦笑を浮かべながら聞いていた。そして彼とこの熱狂的なグループのあいだの溝を驚きながら測り、彼らに対し軽蔑と怒りを感じていた。一度は挑戦したくなり、喫茶店の常連の安息を乱さないように声を低くしてくれとシェイフに求めかけた。しかし彼らのあいだに兄がいることを思い出した瞬間に、やりかけたことから身を引いた。結局喫茶店を去るほかないと見てとり、憤然と立ちあがってそこを去った。

注

(1) 一九三六年四月フォワード王が逝去し、彼の息子のファールークが一七歳で王位を継ぐ。
(2) コーラン第九九章第二節。現在の秩序が壊滅され、新しい世界が出現するときの情景を指す。
(3) ハサン・アルバンナ。一九二九年スエズ運河沿いの町イスマイリーヤでイスラム原理主義団体ムスリム同胞団を創設し、その最高指導者となった。
(4) 預言者ムハンマドの言行に関する伝承。

12　アブドルムネイムと恋する少女

アブドルムネイムは午後八時ごろ砂糖小路《スッカリーヤ》に戻った。大気はその怒りを静まらせて、和らぎを帯び、春の優しさをいっぱいに漂わせていた。レッスンが彼の頭で成長を続け、心の中で反響していたが、努力と思考が彼を疲労させた。真っ暗な家の中庭をよぎり、それから階段に向かった。その瞬間一階の扉が開き、アパートの中から漏れる明かりを背に人影が外に忍び出てから、背後の扉を閉め、階段に先行した。彼の心臓は動悸し、暑気に刺激された虫が騒ぐように血が熱く流れた。

彼女が最初の踊り場で待っているのを闇の中で見た。彼女が彼のほうを見つめ、彼も彼女のほうを見つめて、頭を彼女からそらせないでいた。どのようにして子どもが大人を出し抜くのか、彼は驚いていた。この少女は隣人を訪ねるとの口実で家を出た。隣人を訪ねるだろうが、暗闇に隠れた階段の踊り場での重大な冒険を経たあとにである。そのとたん彼は頭が空っぽになったのに気づいた。彼の内部で争っていた想念が飛び散り、彼の神経と肢体を不眠に陥らせていた肉欲を満たしたいとの願望だけが彼をとらえた。一方あの誠実な信仰は怒って退去したか、恨めしく愚痴をこぼしながら胸の奥深く沈んでしまったように見える。しかし愚痴の声は燃え盛る火の音の中に失われた。

彼女は彼の女ではなかったか？　そうだ。中庭の曲がり角や階段の下や砂糖小路を見下ろす屋上の一隅がそれを証言している。彼女は疑いなく適当な瞬間に彼と会うため彼の帰宅を監視していたのだ。まさに彼のためにこの苦労をしている！　彼は急いで注意深く進み、踊り場の上で彼女と向かい合った。二人のあいだを遮るものはほとんどない。彼の鼻に彼女の髪の香りが広がり、彼の首を彼女の息の弾みがくすぐった。

彼は優しく彼女の肩をなでて囁いた。

「この上の踊り場にあがろう。ここより安全な場所にいられる」

彼女は口をきかずに先頭に立ち、彼は警戒しながらあとに続いた。二人は一階と二階のあいだの第二の踊り場に着いた。彼女は壁に背をもたせかけて立ち、彼は彼女の前にたたずみ、それから両腕で彼女を抱いた。彼女は習慣で一秒ほど抵抗し、それから彼の胸の中で静かになった。

「僕の恋人よ」

「窓際であなたを待っていたの。ママはシャンム・アンナシーム(1)の準備で忙しいのよ」

「今年もおめでとう。君の唇のあいだで僕にそよ風をかがしてくれ」

二人の唇が長い飢えた接吻によって合わされた。それから彼女が尋ねた。

「どこにいたの?」

彼はとっさにイスラムにおける政治のレッスンを想起した。しかし彼は答えた。

「喫茶店で一部の友人たちと」

彼女は抗議をほのめかす口調で言った。

「喫茶店? 試験まで一ヵ月しか残っていないのに」

「でも僕は自分の義務を知っているよ。君が僕を誤解した罰としてもう一度接吻だ」

「あなたの声は高いわ。あたしたちがどこにいるのか忘れたの?」

「僕たちはわが家、わが部屋にいる。この踊り場が我が部屋だよ!」

「夕方あたしは叔母さんの家に行くとき、窓辺にあなたを見られるかと上を眺めたの。そしたらあなたのお母さんが路地を見下ろしていて、あたしの目が彼女の目とかち合ったの。あたしは恐怖で震えてしまった」

「何を恐れたんだい?」

「彼女はあたしが誰を探しているかを知り、あたしの秘密を悟ったように思えるわ」

「僕たちの秘密のことかい? それは僕たちを結び付ける一つのものだ。僕たちは今一つじゃないかい?」

彼は荒々しい欲望で激しく彼女を抱いた。それは同時に、彼の深奥のかすかな反対の声から、絶望的な降伏の状態で懸命に逃亡しようとしているかのようであった。燃え狂う火炎が彼を焼き、二つを一つの渦巻きに溶かすことのできる力が彼を包んだ。

沈黙から嘆息が、次いで息の弾みが漏れた。やがて彼が彼であり、彼女が彼女であること、暗闇が二つの人影を抱いていることを感じた。それから彼女の優しい囁きが恥ずかしそうに言うのが聞こえた。

「明日会える?」

彼は不快感を抱きながら、それをできるだけ隠して言った。

「うん……うん。その時になったらわかるさ」

「今あたしに教えて」

不快感が彼の心に重みを加える中で、彼は言った。

「明日僕の時間がどうなるかわからないんだ！」

「なぜ？」

「無事に戻りなさい。声が聞こえたよ！」

「いいえ、声なんてないわ」

「こんなところを誰にも見つかってはいけない」

彼は汚れたぼろに触れるかのように彼女の肩をなで、わざとらしい優しさで彼女の両腕から抜け出し、それから急いで階段をあがった。両親は居間に座ってラジオを聞いていた。書斎の扉は閉められ、のぞき穴が電灯で明るく、アフマドが勉強していることを示していた。彼は両親に晩の挨拶をし、服を脱ぐため寝室へ向かった。彼は水を浴び、禊をして、部屋に戻り、礼拝した。それから礼拝用の絨毯の上にあぐらをかき、深い瞑想をはじめた。


彼の両眼は悲しげな眼差しを浮かべ、胸は痛恨で燃え、気持ちは泣きたがっていた。彼はアッラーに悪魔を彼の行く手から追い払い、誘惑に抵抗する彼を支えるよう祈った。娘の姿で彼の邪魔をし、彼の血の中で荒々しい欲望となって突進するあの悪魔をである。

常々彼の理性はノーと言い、彼の心はイエスと言う。それから恐ろしい争いが彼を捕らえ、敗北と後悔で終わるのだった。毎日が実験で、すべての実験は地獄だ。この拷問はいつ終わるのか？　彼の霊的闘争のすべてが廃墟になると脅かされていた。あたかも空中に楼閣を築くかのようで、泥におぼれる者に堅い底は見つからないであろう。後悔が過ぎた時を戻すことができたらよいのだが……。

注

（1）イースターの翌日に当たる月曜日、エジプトでは春の祭日となる。

13　アフマドの進路

アフマド・イブラーヒーム・シャウカトは、やっとガムラにある『新しい人間』誌の建物にたどり着いた。建物は電車の停留所と停留所の中間に位置しており、二つの階と地下室から成っていた。上の階のバルコニーにぶら下がる洗濯物が示す通り、その階が住居であることを、彼は一見して悟った。

一階には雑誌の名前を記した表札が扉に張り付けてあった。地下室は印刷所に当てられ、その機械が窓の鉄格子越しに見えた。彼は一階へと四段あがり、最初に出会った人——ゲラ刷りを運ぶ職工であった——に雑誌社の主アドリー・カリーム先生のことを尋ねた。男は家具のないサロンの奥の閉じられた扉を指した。そこには編集長の表札が見えた。彼は受付にでも会えるかと周囲をふり向きながら進んだが、扉の前に一人でいるのに気づき、一瞬ためらってからそっと扉を叩くと、中から「お入り」と言う声が聞こえ、扉が開いたので中に入った。彼の目は部屋の奥で白毛まじりの濃い眉の下から物問いた気に彼を凝視する大きな目とかち合った。

彼は扉を背後に戻し、詫びるように言った。

「すみません、一分だけでも」

男は優しい声で言った。

「どうぞ」

アフマドは本や書類が積み重なった机に近づき、それから彼を迎えるため立ちあがった先生に挨拶した。それから男が座り、彼も許しを得て腰を下ろした。彼は過去三年間、著作と雑誌の双方を通じ、光明と恩恵を受けてきた大先生を見つめながら、安堵と誇りを感じた。彼は青ざめた顔を目いっぱいに眺めはじめたが、相手の髪は白くなり、老いがその顔に現れ、若々しさの印としては鋭いひらめきで輝く深い両眼しか残っていなかった。この人が彼の先生であり、あるいは彼の称するところによれば、彼の精神的な父なのだ。今彼は霊感の部屋にいる。そこには壁はなかったが、本棚が天井まで高く伸びていた。

先生は尋ねる人の口調で言った。

「ようこそ。ご用は?」

アフマドは如才なく言った。

「購読料を収めにきました」

彼の言葉が相手に与えた好印象に安心したとき、彼は言葉を続けた。

「僕が二週間前雑誌に送った論文の運命を伺いたいのです」

アドリー・カリーム先生は微笑して尋ねた。

「お名前は?」

「アフマド・イブラーヒーム・シャウカト」

先生の額に思い起こそうとする皺が刻まれ、それから彼は言った。

「君を覚えています。君は僕の雑誌の最初の購読者でした。そうです。三人の購読者を誘ってくれました。でしょう? シャウカトの名前を覚えています。僕は雑誌の名前で感謝の手紙を送ったと思いますが?」

アフマドは見事に思い出してくれたことに感謝しながら、安堵して言った。

「先生から手紙が届き、その中で先生は僕を〝誌友第一号〟と見なしてくださいました!」

「それは本当です。新しい人間誌は主義の雑誌で、グラビアや独占的雑誌の群れる中で道を切り開いて行くためには信条を持った友がいなければなりません。君は雑誌の友です。よく来てくれました。でも君は、これまで来訪してくれたことはありませんね?」

「ええ。僕は大学進学資格を今月取ったばかりです」

アドリー・カリームは笑って言った。

「大学進学資格取得者しか雑誌を訪れないと、君は理解しているんですね?」

アフマドはあわてて微笑し、そして言った。

「そうじゃありません、もちろん。僕は年少だったと言いたかったんです」

先生は真剣に言った。

「年齢を年の数で計るのは『新しい人間』の読者にはふさわしくありません。わが国には六〇を越えても、まだ若々しい頭脳を持った老人がいます。また青春の盛りだが、頭脳の面では——千年あるいはそれ以上も——老齢の若者がいます。これがオリエントの病弊なのです。(それからもっと優しい口調で)以前にもここに論文を送って来ましたか?」

「三本です。それらの運命は軽視でした。それから最後の論文、僕はそれが掲載されることを高望みしていました!」

「何についてですか? 悪く思わんでください、僕は毎日何十という論文を受け取るもので」

「ル・ボンの教育に関する見解と僕のコメントです！」

「いずれにしても秘書室——僕の部屋の隣室ですが——でそれを探せば、その運命がわかるでしょう」

アフマドは立ちあがろうとしたが、アドリー先生は彼にそのまま腰をかけているように合図しながら言った。

「雑誌は今日半休状態です。いっしょに話すため僕と少しいてください」

アフマドは深い安堵でつぶやいた。

「はい、大いに喜んで、先生」

「君は今年大学進学資格を取得したと言いましたね。何歳ですか？」

「一六歳です」

「若々しいですね。結構です。雑誌は高校で広まっていますか？」

「いいえ、残念なことに」

「それを知っています。読者の大部分は大学にいます。エジプトでは読書は安っぽい娯楽です。読書の死活的必要性を信ずるまでは、われわれは進歩できないでしょう」

それから少し沈黙したあと、

「生徒たちの状態はどうですか？」

アフマドはその言葉の十分な説明を求めるかのように、物問いたげな目で彼を眺めた。男は言った。

「他の側面よりはっきりしているものとして、政治的側面についてきいているのです」

「生徒の圧倒的多数はワフド派です」

「だが新しい運動について何か話しは？」

「青年エジプト[1]ですか？　それに重みはありません。指で数えられる程度のグループです。他の政党には幹部の親戚以外支持者はいません。政党全部について関心を持たない少数派がいます。他の連中——僕はその一人ですが——ワフドを他よりましと思います。でもそれより完全なものを待望しています」

男は安堵して言った。

「それをきいていたんです。ワフドは民衆の政党です。それは重大な、かつ自然な発展の一歩です。愛国党はトルコ的、宗教的、反動的政党でした。一方ワフドはエジプト民族主義の結晶したもので、不純物や汚点を消毒したものです。加えてそれは愛国主義と民主主義の学校でした。しかし問題は祖国がそれで満足していないこと、この学校で満足すべきでないことです。われわれは発展の新段階を望んでいます。なぜなら独立は最終目的ではなく、社会的学校を望んでいます。

得るための手段だからです」

アフマドは熱狂して叫んだ。

「この言葉の何と美しいことでしょう！」

「しかしワフドが出発点であるべきです。一方青年エジプトはファシスト的、反動的、犯罪的運動です。危険なことでは宗教的反動主義に劣りません。それは力を信奉し、専制主義に立脚し、人間性の価値と人間の尊厳を軽蔑するドイツ、イタリア軍国主義の反響に過ぎません。反動主義はコレラやチフスのようにオリエントの風土病であり、これを根絶すべきです」

アフマドが再び熱狂して言った。

「『新しい人間』のグループはそのことを全面的に信じていますよ」

男は残念そうに大きな頭をふりながら言った。

「それだから当誌はあらゆる種類の反動主義の標的になっています。彼らは僕を、青年を腐敗させるものだと非難するのです！」

「以前にソクラテスを非難したように」

アドリー・カリームは安堵の微笑を浮かべて言った。

「君の行く先は？　つまりどの学部を志しているのですか？」

「文学部です」

先生は姿勢を正して言った。

「文学は解放の大きな手段の一つです。しかし反動主義の手段となることもあります。君の進路を識別しなさい。アズハルとダール・アルウルーム[2]から病的な文学が現れ、幾世代にわたり理性を凍結し、精神を殺すことに努めてきました。いずれにしても――文人のうちに数えられる男がこの意見を君に率直に告げることに驚かないでください――科学は現代生活の基礎であり、われわれは科学を学ぶべきであり、科学的理性を精一杯吸収すべきです。科学に無知な者は、たとえ天才であっても、二〇世紀に住む人ではありません。文人も科学から彼らの取り分を得なければなりません。科学はもはや科学者の独占物ではありません。そう、習熟、徹底、研究、発見は彼らのものです。しかしすべての知識人は科学の光で自らを照らし、その原理と法則を採用し、その方法論を身に着けるべきです。科学が古い世界における神託と宗教に取って代わるべきです」

アフマドは彼の先生の言葉に相づちを打ちながら言った。

「それ故に、『新しい人間』の使命は科学的基礎に基づく社会の発展でした」

アドリー・カリームは熱心に言った。

「そうです、僕たちのそれぞれが自分の義務を果たさねばなりません。たとえ自分が戦場でただ一人であることに気づいたとしても」

アフマドは同意して頭をふり、相手は再び言った。

「好きなように文学を勉強しなさい。記憶するための文書に留意する以上に君の理性に留意しなさい。新しい科学を忘れないでください。君の書斎は——シェクスピアやショウペンハウエルに加え——コント、ダーウィン、フロイド、マルクス、エンゲルスを欠いてはなりません。宗教家の情熱を持つことです。しかしどの時代にもその預言者がいることを想起すべきです。現代の預言者は科学者なのです」

先生は閉会の挨拶をほのめかす微笑を浮かべた。アフマドは手を差し伸べながら立ちあがり、挨拶してから、生気と幸福感でいっぱいになりながら部屋を出た。外のサロンで購読料と論文を思い出し、隣室のほうに向きを変え、許可を求めて扉を叩き、それから中に入った。部屋には三つの机があり、その二つは空席で、三番目に若い女が座っているのが見えた。彼はこれを予期していなかったので、当惑と疑問の目で彼女を眺めながらたたずんだ。彼女は二〇代で、濃い小麦色の肌をし、両目と髪が黒かった。細い鼻ととがった顎と優しい口元には、彼女の容貌を損なうことなく、気の強さを示すものがあった。彼女は彼を調べるように見ながらきいた。

「はい、どうぞ?」

彼は自分の立場を強めるため言った。

「購読料です」

彼は金額を支払い、領収書を受け取った。そのあいだに彼は自分の狼狽を克服して言った。

「僕は貴誌に論文を送ったのです。アドリー・カリーム先生が秘書室にあると教えてくれました」

そこで彼女は机の前の椅子に座るよう勧め、彼はその通りにした。彼女は尋ねた。

「どうか論文のタイトルを教えてください」

このように若い女の前にいることに安堵できず、彼は言った。

「ル・ボンの教育です」

彼女はファイルを開き、書類を広げ、やがて論文を取り出した。アフマドは彼の筆跡を認め、心が高鳴り、彼の座席から赤ペンの書き込みを見ようと試みたが、彼女はその試みの苦労を省いて言った。

「〝要約して、読者の手紙欄に掲載のこと〟と書き込まれています」

アフマドは失意を感じ、口をきかずに数瞬間彼女を眺め、それから尋ねた。

「どの号に?」

「次号です」

彼はためらったあとに尋ねた。

「誰が要約するのですか?」

「あたしです」

不快感が気持ちに入るのを覚えたが、彼は尋ねた。

「僕の名前で署名するのですか?」

彼女は笑って言った。

「もちろんですわ。文人の(それから署名を見て)アフマド・イブラーヒーム・シャウカトから、当誌に手紙が届きましたというふうに、普通掲載されます。それからあなたの考えの十分な要約を載せるのです!」

彼は少し躊躇してから言った。

「全文が掲載されたら、もっとよかったのですが」

彼女は微笑して言った。

「アッラーがお許しになれば、次回に」

彼は黙って彼女を眺め出し、それから尋ねた。

「あなたはここの事務員ですか?」

「御覧の通りよ!」

彼女の資格を尋ねたくなったが、最後の瞬間に勇気を失い、ただきいた。

「必要があったとき電話にあなたを呼び出すため、お名前をどうか!」

「スウサン・ハマドです」

「どうもありがとうございました」

彼は彼女に手を差し出して挨拶をしながら立ちあがり、部屋を出る前に彼女のほうをふり向いて言った。

「注意深く要約してくださるようお願いします」

彼女は彼のほうを見ずに言った。

「あたしは自分の義務を知っていますわ!」

彼は自分の言葉に後悔しながら部屋を出た。

注
(1)一九三三年アフマド・フセインが創設した右翼的政治結社。
(2)アズハルは一〇世紀に創設されたモスクで、イスラム学院(のちの大学)を併設。ダール・アルウルームは「諸知識の館」の意で、一九世紀末に設立された師範学校、アズハル学院のような宗教的性格を持たない。

14　友誼と反発と羨望

カマールが書斎の部屋にいたとき、ウンム・ハナフィーが来て彼に告げた。

「フォアード・アルハムザーウィーさんが大旦那のところにおいでです」

カマールはだぶだぶのギルバーブ姿で立ちあがり、急いで下へと部屋を出た。それではフォアードが一年間の不在のあと、カイロに戻ったのだ。ケナー地区(1)のお偉い検事がだ。彼の胸で友情と厚誼の感情が騒いだが、不安の染みがそれを汚していた。フォアードへの友情はかつても今もある種の争いを含んでいた。愛と反発の争いであり、友誼と羨望のあいだの争いであった。どれほど理性により超越しようと試みても、意図に反して本能が現世の低劣な考えに彼を引き寄せた。

階段を降りるとき、この来訪が幸せな思い出を呼び起こすであろうことを、しかし同時に癒えかけた傷跡をほじくるであろうことを疑わなかった。母とアーイシャとナイーマからなるコーヒーの座が開かれている居間を通り過ぎたとき、母が囁き声で言っているのを聞いた。

「彼はナイーマに求婚するだろうね」

彼女は彼の存在を感づいたとき、彼のほうをふり向いて言った。

「お前の友達が中にいるよ。素晴らしい人だね。彼はあたしの手に接吻しようとし、あたしは遮ったの！」

彼は父が長椅子にあぐらをかき、フォアードが真向かいの椅子に腰かけているのを見た。二人の旧友は握手し、カマールが言った。

「無事に戻ってよかったな。ようこそ……君は休暇かい？」

彼に代わりアフマド旦那が微笑して言った。

「いや、カイロ検察局に転勤したのだ。上エジプトで長いこと一人暮らしをしたあとようやく転勤になった」

カマールは長椅子に腰かけて言った。

「おめでとう。今後はときどき君と会いたいな」

フォアードが言った。

「もちろんだ。来月はじめからアッバーシーヤに住むことになろう。ワーイリー署の隣にアパートを借りたんだ」

フォアードの容姿はあまり変わらなかった。しかし彼の健康は目に見えて向上し、胴体は肉がつき、顔は赤らんでいた。一方両眼は相変わらずあの聡明なひらめきで輝いていた。アフマド旦那が青年に尋ねた。

「父さんの様子はどうかな？　一週間前から会っていないが？」

「彼の健康は思わしくありません。彼は今でも店を去ったことを済まないと思っています。でも彼の後任が義務を果たしていると希望します」

旦那は笑って言った。

「現在状況はわしに不断の用心を要求している。君の父さんはすべてをやってくれた。アッラーが彼の病気を癒し、健康にしてくださいますように」

フォアードは身体を伸ばし、足と足を重ねた。この動作はカマールの注意を引いたが、彼は反感めいたものを感じていた。父のほうはそれを感知したように見えなかった。このように事態は発展したのか？　そうだ、彼はたいそうお偉い検事なのだ。しかし彼の前にあぐらをかいている人物が誰か忘れたのか？　たぶんそれだけではあるまい。彼は煙草を取り出して、それを旦那に差し出し、旦那は感謝しながら辞退した！　確かに検察は人にいろいろ忘れさせる。しかし忘却が恵みの主にまでおよび、彼の恩がこのぜいたくな煙草の煙りのように大気中で消散してしまったように見えるのは残念なことだ。フォアードの動作にはどんな種類の気取りもなかった。彼は主人の座に慣れた主人公であった。

旦那はカマールに話しかけて言った。

「それから彼を祝福しなさい。次席検事から検事に昇格したのだ」

カマールは微笑して言った。

「おめでとう……おめでとう。近く判事の椅子につくのを祝福したいな」

フォアードは答えた。

「アッラーがお許しになれば、次の一歩だよ」

たぶん——判事になったとき——彼の前にあぐらをかく男の前で小便をすることを自分に許すだろう！　一方小学校の教師は小学校教師であり続ける。彼にはごつい髭と彼の頭をゆがめた何トンもの教養で十分なのだ。

アフマド旦那はフォアードを熱心に眺め、そして尋ねた。

「政治情勢はどうだね？」

フォアードは安堵して言った。

「奇跡が起きました！　ロンドンで条約が調印[2]されたのです。僕はラジオがエジプトの独立と四留保[3]の時代の終焉を宣言するのを聞き、我が耳を信じられませんでした。誰がこれを信じられましょうか？」

「それじゃ君は条約に満足しているのかな？」

彼は当事者のように頭をふりながら言った。

「全体としてはそうです。条約には誠実な敵がおり、他方で非誠実な敵がいます。われわれを取り囲む環境を熟視するならば、シドキーの治世の苦々しさにもかかわらず、我が人民が反乱を起こさずにそれを辛抱したことが思い出されます。条約を成功の一歩と見なすべきです。留保を取り除き、外国人特権廃止の道を整え、占領を特定の地域に限定の上その期限を設定しました。これは疑いもなく偉大な一歩です」

アフマド旦那は条約をより熱烈に支持していたが、状況についての知識がより乏しかった。相手がもっと強力に彼に共鳴してくれたらと願っていたが、期待が外れたとき頑固に言った。

「いずれにしても、われわれはワフドが国民に憲法を回復し、たとえ今すぐでなくとも国民のため独立を達成したことを覚えておくべきだな」

カマールは考えた。フォアードは常に政治的な面では「冷淡」であった。たぶん変わっていないが、ワフドに傾斜しているように見える。

〈だが僕ときたら、長いこと感情に駆られて突進した。それから一転して何も信じなくなっている。政治自体も僕の貪欲な疑惑から逃れられない。でも僕の心は理性に反し未だに愛国主義の脈を打っている〉

フォアードは笑いながら再び言った。

「政変の時代には検察は後方に萎縮し、警察が前面を占めるのです。政変の時代は警察の時代だからです。ワフドが政権に復帰すれば、検察にその地位が戻され、警察はその限界を守ることでしょう。平常の政治の時代には、法律が最高の言葉となります」

旦那がそれにコメントして言った。

「われわれがシドキー時代を忘れることができようか？　選挙の日々には兵隊が棒で住民を集めたものだ。われわれの友人のうち名士の多くが、ワフド主義を堅持した代価として没落し、破産したものだ。それから気がつくと、交渉団の中に自由愛国党員の服を着た〝悪魔[4]〟がいるのを見つけた！」

フォアードは言った。

「状況は連合戦線を要求していました。それは悪魔と彼の支持者が参加しないと完成しなかったのです。教訓は最後の結果次第です」

　フォアードは旦那のところにかなり長居し、そのあいだコーヒーをすすった。カマールは注意深く彼を調べ見ていたが、職業が彼に付与した強力な人格に加え、優雅な絹の白服とボタン穴を飾る赤いバラに気づき、心の奥で――何はともあれ――この青年が姪のナイーマに求婚したら、自分は喜ぶだろうと感じた。もっともフォアードはこの問題に言及せず、辞去したがっているように見え、まもなく旦那に言った。

「あなたが店へ行く時間が来ました。僕は残りの時間をカマールと過ごすことにしましょう。アレクサンドリアへ旅行する前にあなたを訪ねて参りますよ。実は八月の残りと九月の一部を避暑地で過ごすことに決めたものですから」

　彼は立ちあがり、別れを告げるため旦那と握手し、それからカマールのあとから部屋を出た。

　二人は一緒に上の階へあがり、書斎の部屋に落ち着いた。フォアードは微笑しながら棚に並んだ書籍の頁をめくりにかかり、それから尋ねた。

「君から本を借りることができるかね？」

　カマールは不安を隠しながら言った。

「大いに喜んで。暇なときには普通何を読むのかい？」

「僕にはシャウキー、ハーフィズ、ムトラーン(5)の詩集とジャーヒズ(6)とマアッリーの本の一部がある。特に『現世と宗教の教養(7)』が好きだ。現代作家の著作、それにディッケンズとコナン・ドイルの作品の一部に加えてだ。だが法律への没頭が僕の時間の大部分を飲み込んでしまう」

　それから立ちあがり、書籍のあいだを題目を読みながらぐるりと見て回り、そのあと吐息して言った。

「純粋に哲学の書斎だ。僕には全く関係ない。僕は君が書いている『思想』誌を読み、数年前から相次いで現れる君の論文をフォローしている。それらを全部読んだとか、その何かを覚えているとか主張しない。哲学的論文は最も重苦しい読み物だ。検事は仕事で疲れている男だ。なぜ魅力的な主題について書かないんだい？」

　カマールは彼の献身的努力への弔辞をさんざん耳にしてきたが、それに慣れたかのように余り悲しまなくなった。懐疑が食い荒らすものに悲しみも含まれているのだ。名声とは何か？　魅力とは何か？　だが彼を真に喜ばせるものはフォアードがそれに暇つぶしの種を見つけられないことであった。彼はきいた。

「魅力的な主題って何だい？」

「たとえば文学さ」

「僕たちが一緒にいた頃から、そのうちの面白いものは読んだ。だが僕は文学者じゃない」

フォアードは笑って言った。

「それじゃ哲学の世界に一人で残りたまえ。君は哲学者じゃなかったかい？」

哲学者じゃなかったかい？　彼の深奥に刻み込まれている表現だ。彼はそれが彼の心に与える衝撃の恐ろしさに身震いした。屋敷通りでアーイダの口から彼に投げつけられて以来そうなのだ！　彼は胸の高鳴りを隠すため高く笑い、それからフォアードが彼の機嫌を取り、影のように彼に従っていた日々を思い出した。その相手が今は機嫌取りと忠誠に値する重大な男として彼の前に現れている！

〈僕は自分の人生から何を収穫したのか？〉

フォアードは友人の口髭をじろじろ見て、それから突然笑いながら言った。

「たとえそれでもだ！」

カマールはその意味が何か目で聞いた。相手は再び言った。

「われわれのどちらも結婚せずに三〇に向かっている。われわれの世代は独身者で満ちあふれている。危機の世代、それがまだ君の意見かい？」

「僕は動揺しないさ」

「君が一生結婚しないと僕は信じているのだが、なぜそうなのかわからない」

「君には一生先見の明があるよ」

相手はこれから言うことを前もって詫びるかのように、優しい微笑を浮かべて言った。

「君は利己的な男だ。君の全人生を君自身のために独占すること以外を拒んでいる。兄弟よ、預言者は結婚したが、それは偉大な精神的生活を送ることを妨げなかったぜ」

それから笑いながら言い繕った。

「預言者の例を引いたことを悪く思わんでくれ。僕は忘れかけていたよ、君は……だが待ってくれ。君は昔の無神論者じゃない。君は今無神論すらも疑っている。それは信仰を得るための一歩だよ」

カマールは落ち着いて言った。

「哲学者ぶるのをよそう。君は哲学者を好きじゃない。独身について君の意見がそうであるのに、なぜ結婚しないんだね？」

彼はこの質問を投げるべきではなかったとすぐ感じた。

ナイーマとの婚約の話しへの誘いであると、相手が解釈するのを心配してのことである。しかしフォアードがそのことを考えたようには見えず、それどころか威厳を損なうほどではなかったものの、高々と笑って言った。

「僕が遅れてやっと堕落したことを君は知っている。君のように早々と堕落しなかった。僕はまだ飽満していないんだ！」

「飽満したら結婚するのか？」

フォアードはごまかしを追い払うかのように手の甲で空気を打ち、白状するような口調で言った。

「今日まで辛抱した以上、もう一期間辛抱するさ。たとえば判事になるまで辛抱し、そのときは僕が望めば大臣の婿になることもできるさ」

〈ガミール・アルハムザーウィーの息子よ！　大臣から生まれた花嫁、そして彼女の姑はムバイヤダ地区[8]の出だ！　僕はライプニッツにこれを正当化せよと挑戦する。彼が世界に悪の存在を正当化したように！〉

「君は結婚への見方が……」

彼が言葉を終える前に遮って、

「結婚について全然見向きもしない者よりましだよ！」

「だが幸福は」

「哲学者ぶるなよ！　幸福は主観的な技術だ。大臣の令嬢にそれを見つけるかも知れず、一方君の周辺では不幸しか見出さないかも知れない。結婚はナッハースが昨日調印したような条約だよ。取引と評価と老巧と先見と利益と損害だ。わが国にはこの方法によってしか向上はもたらされない。先週四〇歳に達しない男が控訴院判事に任命された。僕はそんな高位を得られずに、くたくたになるほど努力しながら、一生のあいだ司法のために奉仕することになるかも知れないんだ！」

小学校の教師は何と言ったらよいのか？　たとえ哲学が頭にあふれていても、六等級で一生を終えるのというのに。

「君の地位はこの種の冒険を不要とするだろう」

「この種の冒険がなければ、首相が内閣を組織することはできないさ！」

カマールは味わいのない笑い声を出して言った。

「君は哲学を少し必要とするな。スピノザを一服飲む必要がある」

「彼から満腹するまで、君が飲めよ。だがこの話しはよそう。遊興と飲酒の場所を僕に教えてくれ。ケナーでは警戒しながら快楽をこっそりと得ていたのだ。われわれの地位は隠密に行動し、人目を避けることをわれわれに義務づける。われわれと警察のあいだの永遠の争いはいっそう警戒を必要とする。検事は重大で、疲れる地位なのだ」

〈僕を苦渋で破裂させようと脅かす話しへの復帰だ。君の輝きの前で僕の人生は懲罰であり、教戒であり、この生において迷っている僕の哲学へのより厳しい試練なのだ〉

「想像してくれよ。境遇が僕を多くの名士と出会わせる。それから彼らが僕を邸宅に招く。僕は自分の義務の遂行に何の影響も受けないよう招待を辞退せざるを得ないことになる。しかし彼らの頭はこれを理解できない、地方の名士全部が僕をお高くとまっていると非難する。僕はそんなことと無縁なのにだ」

〈いや、君はうぬぼれと高慢と義務感のすべてなのだ〉

彼は同意して言った。

「なるほどね」

「同じ理由で警察の連中を味方から失った。僕は彼らのねじれたやり方を好まない。だから僕は彼らを監視している。僕の背後には法律がある。彼らの背後には中世時代の野蛮さがある。みんなが僕を嫌う。だが僕のほうが正しい」

〈君のほうが正しい。それは僕が君について昔から知っていたことだ。利発と清廉。だが君は愛しないし、愛することができない。君が正しさに固執するのは正しさだけのためにではなく、正しさとうぬぼれと自尊心と劣等感のためにだ。そういうのが人間なのだ。僕は卑しい地位にいても君の部類とは衝突する。好感が持てて、強い人間は神話だ。だが愛の価値とは何だ？　理想主義とは何だ？　どんなものも何なのだ？〉

このように二人の話しは長引いた。フォアードが辞去しようとしたとき、カマールの耳に口を寄せながらきいた。

「僕はカイロに来たばかりだ。もちろん君は家、いや何軒もの家を知っている。もちろん隠れた家だが？」

カマールは微笑して言った。

「教師は検事のように常にしっぽをつかまれないように努めるものさ」

「結構だ。近く落ち合おう。今僕は新しいアパートの準備で忙しい。何回か君と一緒に夜更かしをしなければならない！」

「合意成立だ」

二人は一緒に部屋を出た。カマールはフォアードを通りの扉に送り届けるまで一緒にいた。帰りに一階を通り過ぎたとき、入り口に立って彼を待っている母と出会った。彼女はもどかしそうにきいた。

「彼はお前に話さなかったかい？」

彼は彼女が何を尋ねているか悟り、そのために今まで感じたことのない苦痛を感じたが、そのことを無視し、彼のほうからきいた。

「何について？」

「ナイーマのことよ」

彼はいまいましげに答えた。

「いいや」

「不思議だわ！」

彼らは眼差しを長く交わした。それからアミーナが再び言った。

「でもハムザーウィーが父さんに話したんだよ！」

カマールは怒りの荒れ狂うのをできるだけ隠しながら言った。

「たぶん彼が言ったことは息子の意見を代弁していないんだろう」

アミーナは怒って言った。

「それは不謹慎な戯れだわ。彼が誰で、彼女が誰か知らないのかね？　お前の父さんは彼の身分の真実を彼に理解させるべきだった」

「フォアードは無実だよ。たぶん彼の父は善意で熟慮せずに急いだんだろう」

「でも彼は疑いもなく息子に話したよ。息子が断ったのかい？　あたしたちのお金で立派な官吏にしてあげた人が！」

「この問題について話すことはないよ」

「これは息子や、頭では想像できないことだわ。彼を婿に取ることがあたしたちの名誉にならないことをわからないのかね？」

「それなら残念がらないで」

「残念なのじゃないわ。でも侮辱に怒っているのよ」

「侮辱なんてないよ。ただ誤解に過ぎない」

彼は悲しみ、恥じながら部屋へ戻り、自分に語りかけた。

〈ナイーマは美しいバラだ。ただ僕は真実への愛しか徳として残っていない男だ。彼女が本当に検事にふさわしい娘かどうか自分に尋ねなければならない。彼は育ちの卑しさにもかかわらず、もっと教養と栄誉と、そしてまたもっと金と美とに恵まれた女を彼の生活に参加させることができる。彼の善良な父は急ぎ過ぎたが、これは彼の過ちではない。だが彼は僕と話していて厚顔だった。彼は疑いなく厚顔だ。彼は利発で、清廉で、有能で、厚顔で、うぬぼれている。これは彼の罪ではない。だが罪はわれわれのあいだに、種々の病を作る差別の罪だ〉

注

（1）エジプト南部の地方都市。
（2）一九三六年エジプトとイギリスのあいだで懸案の条約が結ばれ、英軍のスエズ運河地帯残留などを認めた上、エジプトに独立国の体裁を与えた。
（3）一九二二年イギリスが一方的にエジプトに対する保護権の廃止を宣言したが、イギリスの交通の安全、エジプトの防衛、外国・外国人の権益の保護、スーダンの地位の四項目につき留保を付けた。
（4）悪魔とは対英交渉団の中にイスマーイール・シドキーが含まれていたことを示す。
（5）レバノン生まれの詩人で、エジプトに移住し、活躍した。一九四九年没。
（6）ジャーヒズは八六八年没の大文人で、散文の作品を得意とした。
（7）一〇五八年没のイスラム法学者・政治思想家マーワルディーの著作。
（8）労働者階級の多く住む地区。

15 カマールの思想的周辺

『思想』誌はアブドルアジーズ通り二一番地の建物の一階を占めていた。社主のアブドルアジーズ・アルアシューテイー先生の部屋は、格子窓が暗いバラカート路地を見下ろしており、昼も夜も明かりがともっていた。

カマールが雑誌の事務所を訪れるたびに、暗い一階の位置と家具のみすぼらしさが、この国における『思想』の地位とその社会における自分の地位を彼に想起させた。アブドルアジーズ先生は歓迎と好意の微笑で彼を迎えた。それに不思議はない。一九三〇年以来、つまりカマールが哲学的論文を彼に送りはじめて以来、彼らのあいだには知己の縁が結ばれていた。それから六年が過ぎ、二人は金銭抜きの誠実な協力を続けていた。実際、雑誌の全執筆者は純粋に哲学と教養のための協力者であった！

アブドルアジーズは自発的執筆者全部を、そしてイスラム哲学の——彼のような——専攻者すらも歓迎していた。彼はアズハル出身であったが、フランスへ旅行し、そこで知識の取得者、聴講生として学位を入手することなく四年を過ごした。彼は月に五〇ポンドをもたらす不動産を所有していたので、生活の資を求めて働く必要はなかった。しかし一九二三年に『思想』誌を創刊し、その収入は彼が払う努力の一部に見合う額を越えなかったにもかかわらず、頑張ってその発行を続けた。カマールが席に落ち着くや否や、彼と同年配の男が入室した。グレーの麻服を着て、カマールほどでないが背が高く、痩せているがカマールより肉づきがよく、面長で、額が中位に広く、両唇が厚く、繊細な鼻ととがった顎が彼の太った顔に特徴を加えていた。彼は口元をほころばせながら軽やかに進み出て、アブドルアジーズ先生に手を差し出した。先生は彼と握手し、彼をカマールに紹介して言った。

「教育省の翻訳官リヤード・カルダス先生です。『思想』誌の執筆者に最近仲間入りしました。われわれの知的雑誌に世界演劇の月間要約や短編小説の執筆によって新しい血を供給してくれることになりました」

それからカマールを紹介して言った。

「カマール・アフマド・アブドルガワード先生です。たぶん君は彼の読者の一人でしょう？」

二人の男は握手し、リヤードが感心して言った。

「僕は数年前より彼の論文を読んでいます。言葉のあらゆる意味で価値のある論文ですよ」

カマールは彼の賛辞を用心深く受け止めながら感謝した。それから二人はアブドルアジーズ先生の机の前の向かい合った椅子に腰かけた。先生は言葉を続けた。

「リヤード先生、彼があなたの価値ある小説を読みましたと言って、同様の返事をすることを期待しないでください。というのも彼は小説を全く読まないのです」

リヤードはよく揃っているが、門歯に隙間のある輝く歯並びを見せて、魅力的に笑った。

「それでは文学が好きではないのですか？　美についての特別な哲学を持たない哲学者はいませんよ。それはいろいろな芸術を広く知悉《ちしつ》しないともたらされません。もちろんその中に文学が含まれます」

カマールは少し狼狽《うろた》えて言った。

「僕は文学を嫌うものではなく、長いあいだ詩や散文の園にくつろいできました。でも休息の時間は少ないんです！」

「その意味はあなたが短編小説を精一杯読んだということです。現代文学は短編と演劇にほとんど限られるからです」

カマールは再び言った。

「僕はこれまでの生涯でそれらをたくさん読みました。ただ僕は……」

そのときアブドルアジーズが口を挟み、意味あり気な微笑を浮かべながら言った。

「リヤード先生、今後は君の新しい考えで彼を説得すべきです。今は彼が哲学者で、彼の興味は思想に集中していることを知るだけで十分です」

それからカマールをふり向いて尋ねた。

「今月の論文を持参しましたか?」

カマールは封筒を取り出し、先生の前に黙って置き、今度は先生がそれを受け取り、中から論文の原稿を抜き出し、それから題名をざっと見て言った。

「ベルグソンについて? 結構です!」

カマールが言った。

「彼の哲学が現代思想史で果たした役割を示す一般的紹介の考えです。たぶん各論的な他の論文で補足することになるでしょう」

リヤード・カルダスは熱心に話しを聞いていたが、カマールを優しい眼差しで見つめながらきいた。

「僕は数年前からあなたの論文をフォローしてきました。あなたがギリシアの哲学者について書きはじめて以来です。それらは多様な論文で、時にあなたが哲学について紹介するものに矛盾がありました。僕はあなたが歴史家であると悟りました。ただあなたが書くことについてのあなたの立場を探ろうと試みましたが、無駄でした。あなたはどんな哲学にたどり着くのですか?」

アブドルアジーズ・アルアシユーティーが言った。

「われわれは哲学の研究について新参者なので、概観からはじめるべきです。恐らくカマール先生が新しい哲学を生み出すことでしょう。恐らくリヤード先生、君はカマール主義の伝道者の一人になることでしょう!」

皆は笑った。カマールは眼鏡を外し、そのレンズを磨きはじめた。彼はたちまち話しに溶け込んだ。特に話し相手に親しみを覚えたからである。雰囲気はさわやかで、快適であった。

カマールが言った。

「僕は博物館の見学者で、何も所有していません。歴史家に過ぎず、僕がどこに立っているのかわからないのです」

リヤード・カルダスがいっそう熱心になって言った。

「つまり道の岐路にいるのです。僕は進路を知る前に、しばらくあなたの広場に立っていました。だが僕はその立場には物語があると見当をつけています。なぜならそれは通常一段階の終わりであり、新しい段階の始まりだからです。あなたはこの立場を取る前、いくつかの信仰を知りませんでしたか？」

この話しの旋律は心に根を下ろす古い歌の思い出を彼に呼び戻した。この青年とこの話し。精神的友情の枯渇した数年が過ぎ、そのあげく話し相手を必要とするたびに自分に話すことに慣れてしまった。遠い昔以来、誰もこの精神的活気を彼の胸に蘇生させることはできなかったのである。イスマーイール・ラティーフも、フォアード・アルハムザーウィーも、何十人という教師たちも。フセイン・シャッダードの旅立ちで空いた場所が埋められる時が来たのだろうか？　彼は眼鏡を両眼の上に戻し、微笑しながら言った。

「それにはもちろん物語があります。普通そうであるように、僕には宗教的信仰がありました。それから真理についての信仰が」

「僕はあなたが疑わしいほどの熱意で物質的哲学を紹介したのを思い出します」

「誠実な熱意でした。それからまもなく僕は懐疑で頭をふり出しました」

「たぶん理性的哲学では？」

「それからまもなく僕は懐疑で頭をふり出しました。諸哲学は美しく静かな宮殿ですが、居住には適しません」

アブドルアジーズが微笑して言った。

「哲学の住民の中から証人が証言しました！」

カマールは軽視して肩を揺すった。リヤードのほうは尋問を続けながら言った。

「科学がありますが、それはあなたの懐疑から逃れたのでは？」

「それはわれわれに対して閉ざされた世界で、われわれはその身近な結果の一部しか知りません。それから僕は、科学的真理が現実的真理に一致することを疑うエリート科学者の見解を知りました。他の人々は蓋然性《がいぜんせい》の法則に言及しました。彼ら以外にも絶対的真理の主張から後退する者もおりました。まもなく僕は懐疑で頭をふり出しました！」

リヤード・カルダスは口をきくことなく微笑した。相手が再び言った。

「新興の霊的冒険や霊魂の呼び寄せにすらも、僕はどっぷりつかりました。僕の頭は恐ろしい空間の中でぐるぐる回り、今でも回っています。真理は何か？　価値は何か？　どんなものでも何か？　ときどき僕は悪に陥ったとき感じるような、善行に対する良心の責め苦を感じるのです！」

アブドルアジーズは高々と笑って言った。

「宗教が君に報復したのです。崇高な真理を追い求めてそれを捨てたが、君は手ぶらで戻ったのです！」

リヤード・カルダスが言ったが、言葉で迎合しているだけのように見えた。

「この懐疑の立場は美味なものです！　観察、瞑想、絶対的自由、旅人のようにすべてから吸収すること！」

アブドルアジーズはカマールに話しかけて言った。

「君は君の思想の中で独身者なのです。実生活で独身者であるように！」

カマールはこのふとしたコメントに関心を込めて留意した。果たして彼の独身は彼の思想の結果か、それとも逆が真実か？　それとも二つが第三のものの結果か？

リヤード・カルダスが言った。

「独身は一時的状態です。たぶん懐疑もそうだったのでは？」

アブドルアジーズが言った。

「だが彼は決して結婚に気が向かないようです」

リヤードは驚いて言った。

「懐疑と愛のあいだを隔てるものは何ですか？　愛する者を結婚から妨げるものは何ですか？　一方独身への固執は懐疑とは少しも関係ありません。懐疑は固執を知りません！」

カマールは内心で真剣になれずに尋ねた。

「愛はなにがしかの信仰を必要としませんか？」

リヤード・カルダスは笑いながら言った。

「いいえ、愛はモスクや教会や売春宿を平等に揺さぶる地震のようなものです」

〈地震？　彼のたとえの何と正しいことか？　地震はすべてを破壊し、次にそれを死の沈黙に沈める〉

「カルダス先生、あなたは懐疑を褒めましたが、あなたはその党派なのですか？」

アブドルアジーズが笑って言った。

「彼はまさにそのものですよ！」

彼らはどっと笑った。それからリヤードが自己紹介するかのように言った。

「一時期その中に留まり、次いでそれから抜け出しました。僕は宗教をもはや疑いません。すでに背信してしまったのですから。だが科学と芸術を信じます。アッラーがお許しになれば永久にです！」

アブドルアジーズが皮肉ってきいた。

「君の信じないアッラーがお許しになればかい？」

リヤード・カルダスは微笑しながら言った。

「宗教は人々の所有物です。一方アッラーはわれわれの知るところではない。アッラーを信じるとか、信じないということができる者は誰ですか？　預言者たちこそが真の信仰者です。彼らはアッラーを見たか、アッラーから聞いたか、あるいはアッラーの霊感の使徒たちと話しを交わしたからです！」

カマールが言った。

「でもあなたは科学と芸術を信じているのでしょう？」

「ええ」

「科学の信仰にはもっともらしさがあります。だが芸術には？　僕はたとえば短編を信じるよりは霊魂を信じるほうを好みます！」

リヤードはたしなめる目つきで彼を見つめ、静かに言った。

「科学は理性の言語です。芸術は人格全部の言語です！」

「この言葉は何と詩と似ていることでしょう！」

リヤードはカマールの皮肉を寛容な微笑で受け入れて言った。

「科学はその思考の光明の中に全人類を集合します。芸術は崇高な人間的感情の中に彼らを集合します。双方とも人類を進歩させ、よりよき将来へ推し進めます」

〈何というぅぬぼれよ！　毎月二頁の小説を書き、彼は人類を進歩させると考えている。僕は厚かましさの点で彼に劣らない。ホフデイングの哲学史の本の一章を要約し、心の奥で少なくともダルブ・アルアフマル地区検事のフォアード・ガミール・アルハムザーウィーと同格であることを要求しているのだから。だが生活はそれがなかったらどのように耐えられるのか？　われわれは正気を失った者か、賢者か、それともただの生物なのか？　あらゆることがいまいましい！〉

「科学への君の熱情に参加しない科学者について、君は何と言いますか？」

「科学の謙虚さを無能とか絶望と解釈すべきではありません。科学は人類の魔力であり、光明であり、案内人であり、奇跡なのです。それは将来の宗教です」

「短編は？」

リヤードははじめて彼の焦燥感を隠そうとしているように見えた。相手は詫びる人のように言い繕った。

「つまり芸術一般についてですが？」

リヤード・カルダスは熱情的に反問して言った。

「あなたは絶対的な孤独の中で生きることができます

か？　救済が、慰安が、娯楽が、導きが、光明が、人の住む世界と精神の全域の旅がなければなりません。これが芸術です」

そのときアブドルアジーズ先生が言った。

「僕に考えが浮かびました。われわれや一部の友人たちが種々の思想について話し合うため毎月一回会合することです。われわれの話しを〝この月の議論〟と題して掲載することを条件に」

リヤード・カルダスは好意的な眼差しでカマールを見つめながら言った。

「われわれの話しは尽きません。あるいはそう僕は願っています。われわれはお互いを友人と見なすことができますか？」

カマールは誠実な熱意で言った。

「もちろん。われわれは機会あるごとに会うべきです」

カマールはこの「新しい友情」に幸福を感じた。彼の心の崇高な部分が長い居眠りのあと目覚めたと感じていたのである。彼は自分の人生で友情が果たす役割の重大さを、それが彼にとって不可欠な死活的要素であることを、さもなければ彼は砂漠で渇きながら焼かれ続けるであろうことを、以前にもまして確信した。

16　もうひとつの顔

二人の新しい友人はアタバで別れた。カマールがムスキー通りを通って戻ったとき、時間は晩の八時を回っていた。彼は窒息しそうな暑苦しい空気を呼吸した。ガウハリー路地のところで歩みを遅らせ、それから路地へ曲がり、右側にある三番目の扉に忍び込み、二階へ階段をあがり、ベルを鳴らした。のぞき口が開き、六〇歳を越えた女の顔が現れ、金歯を見せて微笑しながら挨拶した。扉が開かれ、彼は黙って入った。女のほうは彼を歓迎して言った。

「ようこそ、愛人の息子よ。ようこそ、兄弟の息子よ」

彼は彼女に従っていくつかの部屋に挟まれたサロンに通された。そこには二つの長椅子が向かい合い、そのあいだに縁取りした短い絨毯と小卓と水煙管があり、香の匂いがあたりに漂っていた。女は太っていて、老い朽ちており、頭にスパンコールを付けたスカーフをかぶり、両眼にはくま取りをし、麻薬の影響を示す重たい視線をのぞかせ、顔の造作には往年の美しさと持ち前の不品行の名残を留めていた。彼女は水煙管の前の長椅子の上にあぐらをかき、自分の側に座るよう合図した。彼は座って、微笑しながら尋ねた。

「マダム・ガリーラ、お元気ですか？」

「叔母さんと言いなさい！」

「叔母さん、お元気ですか？」

「元気いっぱいさ、アブドルガワードの息子よ！（それから高いしわがれ声で）……娘や、ナズラや」

数分後、女中が満杯のグラスを二つ持ってきて、小卓の上に置いた。ガリーラは言った。

「飲みなさい。昔のよき時代にあんたの父さんによくそう言ったものだよ」

カマールはグラスを取り、笑いながら言った。

「本当に残念ながら、僕が来たのは遅過ぎました」

彼女は彼を小突き、そのため彼女の両腕を覆う金の腕輪が音を立てた。

「悲観しては駄目だよ。父さんがひれ伏したところで堕落の生活を送りたいのかい？」

それから言い繕って、

「でもあんたは父さんとどう似ているの？　あたしが彼と知り合ったとき、彼は二度目の結婚をしていた。昔の人の習慣で早婚だったね。でもそれは一時期彼があたしと付き合う障害にはならなかったわ。それは人生の最も楽しい時期だったね。それからズバイダと付き合った。主よ、彼女をお助けください。それから、あたしたち以外の何十人という女たちとね。アッラーよ、彼をお許しください。ところがあんたはまだ独身だ。それなのにあたしの家を毎木曜日の夜しか訪れない。悲観しては駄目だよ。男らしさはどこに行ってしまったのかね？」

彼女の口から彼が知った父は、彼が自分で知った父とは別人だ。いやヤーシーンが話した父とも別人だ。本能の男、荒々しい生活、思想の悩みで心を煩わしたことはない。その父と彼はどう似ているのだ？　この家を訪れる木曜日の夜ですら、酒によってしか彼の「愛」は澄んだものにならない。酔いがなければ、雰囲気は陰鬱で、敗北感を誘うように見えたろう。運命が彼をこの家に投げ出した最初の夜は忘れられない。女にはじめて会ったとき、彼女は若い娘の体が空くまで自分と一緒に座るよう勧めた。話しが彼の氏名におよんだとき、女は叫んだ。

「あんたがナッハーシーン通りの商人アフマド・アブドルガワード旦那の息子かい？」

「そうです、父を知っているのですか？」

「千回もようこそ」

「父を知っているのですか？」

「あんたが知っている以上に知っているよ。彼の汗はあたしの汗と混じったんだよ。彼のためにあんたの姉さんの結婚式で歌ったんだよ。あたしはあの頃、あんたの暗い時代のウンム・カルスームのようだった。この世の誰にでもきいたらいい」

「マダム、お会いできて光栄です」

「あたしの娘たちの中から、あんたの気に入った者を選びなさい。二人の善人のあいだでは勘定は要らないよ」

こうして彼はこの家で、父の付けではじめて淫行におよんだのだ。彼は気が落ち込んだ。彼女が彼の顔をしげしげと眺めはじめたため、礼儀の必要がなかったら、驚きを表明していたろう。というのも、このおかしな頭と不思議な鼻は、赤みを帯びた丸い顔のどこに似ているのか？　それから話しはあちこちと長引き、彼女から父の秘密の生活、彼の長所、彼の偉業、彼の情事、彼の隠された特徴を知ったのである。

〈僕は当惑の激しさから、本能の業火とイスラム神秘主義の薫風のあいだで、いつもためらっている！〉

「叔母さん、誇張しないでください。僕は教師で、教師はお忍びを好みます。僕は休日のとき毎週一回でなく、数回あなたを訪れていることを忘れないでください。一昨日僕はあなたのところにいませんでしたか？　僕はあなたを訪れますよ、いつでも」

〈いつでも当惑が募ったときに。情欲よりも当惑が僕をあなたに追いやるのです〉

「いつでも何だい、母さん子や？」

「いつでも仕事を終えるたびに」

「それ以外の言葉をしゃべりなさい。けしからんよ、あんたたちの時代ときたら、けしからんよ。あたしたちの銭は金でできていたけど、あんたたちの銭は鉄と銅でできているんだものね。あたしたちの歌謡曲は肉と血でできていたけど、あんたたちの歌謡曲はラジオだものね。あたしたちの男はアダムの腰から生まれたけど、あんたたちの男はイブの腰から生まれたんだものね。あんたに言うことがあるかい、娘たちの先生よ！」

彼女は水煙管から一服吸って、それから歌った。

「娘たちの先生よ、教えておくれ
　　楽器の演奏と旋律を」

カマールは笑い、彼女のほうに体をかがめ、好意と戯れを混ぜた接吻を彼女の頬に与えた。彼女は叫んだ。

「あんたの髭は棘のようだよ。アティーヤにアッラーのお助けを！」

「彼女は棘が好きなんです」

「ところで昨日あたしのところに警察署の士官が正装で来ていたよ。威張るわけじゃない。あたしの顧客はみんなお偉方なんだから。それともあんたは来訪をあたしに恵んでいると思っているのかい！」

「マダム・ガリーラ、あなたは本当にガリーラ[1]ですよ」

「あんたが好きだよ、酔えばね。酔いはあんたから先生の威厳を除き、父さんのものを少し戻してくれる。でも教えて、アティーヤを好きじゃないの？　あの娘はあんたを好いているよ！」

　生活のすさみが化石にしたこれらの心はどのように愛するのか？　しかし愛を恵み、それを楽しむ心からの彼のわけ前は何であったか？　炒り種屋の娘が彼を愛し、彼が彼女の愛に背を向けるか、彼がアーイダを愛し、彼女が彼の愛に背を向けるかのどちらかだ。彼の人生の辞書は愛について苦しみの意味しか知らない。精神を焼く不思議な苦痛。そのあげく燃え盛る炎の明かりで人生の秘密の玄妙さが見えるが、あとには残骸しか残らない。彼は彼女の言葉にコメントして皮肉っぽく言った。

「健康があなたを愛していますよ」

「彼女は離婚してからはじめて、運命づけられた仕事に従事したんだよ！」

「不幸があっても称賛される唯一の御方、アッラーに称賛あれです」

「どんな場合でもアッラーに称賛あれだよ」

　彼は意味あり気な微笑を浮かべた。彼女はその意味を悟り、抗議するように言った。

「あたしがアッラーの称賛を唱え過ぎると思っているんだね？　ああ、アブドルガワードの息子ときたら。聞いておくれ。あたしには息子も娘もいないの。この世には飽きたわ。アッラーの御許《みもと》にお許しがあるよ」

　女の話しの中に厭世をほのめかすこの旋律がしばしば繰り返されるのは不思議であった！

　彼はグラスの残りを飲み干しながら彼女を盗み見にかかった。酒が最初の一杯からその魔力を彼におよぼしはじめていた。彼はグラスに天国の喜びがあった過ぎし日々を自分が思い出しているのに気づいた。過ぎ去った喜びの何と多いことか。最初情欲は反乱であり、勝利であった。それから時の経過とともに好色の哲学に転化した。それから時間と習慣がその陶酔を鎮火させた。その陶酔は多くの場合天と地のあいだでためらう者の苦悶を欠かなかった。それは懐疑が天と地を同じレベルにしてしまう前のことである。ベルが鳴った。アティーヤが入ってきた。色白で柔らかくて、肉づきがよく、靴には駱駝の声のような音があり、笑い声には響きがあった。彼女は女親分の手に接吻し、それから二つの空のグラスににこやかな視線を投げ、カマールにふざけて言った。

「あたしを裏切ったわね！」

彼女は女親分の耳に体をかがめ、ちょっと囁いた。それから笑みを含んだ眼差しで彼を見つめ、女親分の居間の右にある部屋に向かった。ガリーラは彼を小突いて言った。

「お立ち、あたしの目の明りよ」

彼はトルコ帽を取り、部屋へ進んだ。まもなくナズラが瓶と二個のグラスと軽いつまみを載せた盆を持って彼に追いついた。アティーヤが彼女に言った。

「オムレツを一キロ持って来て。あたしは腹ぺこなの！」

彼は上着を脱ぎ、くつろいで両足を伸ばし、それから座って、彼女を見守りはじめた。彼女は靴と服を脱いでから、鏡の前でシャツを畳み、髪をくしけずっていた。彼が愛する色白で柔らかく、肉づきのよい肉体。いったいアーイダの肉体はどんなであったろうか？　彼の記憶に彼女は肉体がないかのような姿でしばしば現れた。彼が記憶する彼女のすらりとした体や小麦色の肌や優雅さですら抽象的な意味として彼の魂に定着している。普通肉体の魅力として記憶に焼きつく胸や足や腰は全然思い出せなかった。たとえ彼の感覚がそのどれかに向けられたとしてもだ。今日美女が彼女の魅力であるすらりとした体や小麦色の肌や優雅さをすべて彼に差し出したとしても、彼は二〇ピアストルでそれを買うことに満足しなかったであろう。この愛とはどのようなものであったのか？　彼がすべてを軽蔑しているにもかかわらず、その思い出はどのようにして畏敬と崇拝によって守られ続けてきたのか？

「暑い陽気ね、まったく」

「われわれが酒に当たったら、暑さも寒さも同じになるよ！」

「あたしをあんたの目で食べないで。眼鏡を外してよ！」

〈子持ちの出戻り女。暗い憂愁を酒狂いで隠蔽している。強欲な夜々が彼女の女らしさと人間性を構うことなく吸い取る。彼女の呼吸の中で偽りの愛と憎悪が混じり合う。彼女は奴隷の最悪の姿だ。それ故に酒が苦悩からの救済であり、また思考からの救済なのだ〉

彼女は彼の側に横たわり、むっちりした手を瓶に伸ばし、二個のグラスを満たしはじめた。この瓶はこの家でその値段の二倍で売られる。ここでは女以外、人間以外すべてが高い。酒なしには、この座席は成立しなかった。それが人間の顰蹙《ひんしゅく》の目から隠れるためにも。

〈もっともわれわれの生活は別種の売春婦を欠いていない。大臣や作家も含めてだ！〉

彼の腹の中に二杯目の酒が収まると、忘却と快楽の吉兆が現れた。

〈僕はしばらく前から、いやいつからともなく、この女を欲求している。情欲は横暴な権力だが、愛は別物だ。情欲から解放されたら、それはどんなにおかしな衣をまとって現れることだろう。いつの日か僕が人間的存在にその両方を見出す機会を得たら、僕は求めていた安定を知ることができよう。それ故に僕にはまだ人生が調和を欠く諸要素として見える。僕は公的、私的の両生活における「結婚」を求める。そのどちらが本来のものかわからない。だが僕が確信することは、思想の喜びと肉体の快楽の取り分を保証した僕の生き方にもかかわらず、僕が不幸であることだ。力強く突進するが、どこから来たか、どこへ行くかわからない汽車のように。情欲は横暴な美女で、すぐに嫌悪の餌食になってしまう。心は苦しい絶望の中で永遠の幸福を求めて叫ぶ。いたずらにだ。それ故に苦情は絶えない。人生は大きな欺瞞だ。われわれがこの欺瞞を満足して受容するためには、隠された知恵と共鳴しなければならない。舞台の上での偽りの役を承知し、それでもなお自分の芸術を崇拝する俳優のように、われわれはなるのだ〉

彼は三杯目のグラスを一気に飲み干したので、アティーヤは笑いこけたほどである。彼女は心底から酔いを好むが、酔いは彼女にさまざまの醜態を強いる。彼女の限界でやめさせないと、彼女は声を張りあげ、けいれんを起こし、それから泣き、嘔吐した。酒は彼女の頭を弄び、感興で揺さぶる。彼は彼女に視線を伸ばし、表情を緩めた。彼女は今単なる女で、問題はない。実在にもはや何の問題もなくなったかのようだ。実在そのものが――人生の最も重い問題だが――もはや問題でなくなったのだ。

〈だが飲め、そして接吻に耽るがよい〉

「あんたが理由もないのに笑うと、素晴らしいわ！」

「僕が理由もないのに笑うと、理由が口にする以上に偉大なものだと知ってくれ」

注

（1）ガリーラには偉大な女という意味がある。

17 結婚の決意

アブドルムネイムは外套をまとい、冬の厳しい寒さを防ぐため、ときどきその襟をきつくしながら砂糖小路《スッカリーヤ》に戻った。時間は午後六時を過ぎていないのに、闇があたり一帯を包んでいた。階段の入り口に達したかと思うと、一階の扉が開き、彼を待っていた優しい人影が忍び出た。彼の心臓は鼓動し、彼は燃える両眼で闇の中を凝視した。彼は軽やかに、音を立てないよう用心しながら、人影のあとについて階段をあがった。彼は降伏に彼を誘惑する願望と、裏切りと崩壊をちらつかす神経の制御を彼に促す意志のあいだに分裂する自分に気づいた。彼は――今になってはじめて！――昨夜彼女と会う約束をしたことを思い出した。彼は帰宅の時間を早めたり、遅くしたりして、この逢い引きを避けることができたはずであった。しかし彼はこれを全く忘れていた。何とまあ、物忘れのひどいことだろう！やりくりしたり、思い出したりする時間がなかったのだ。それはしばらく放っておこう。彼の部屋で一人になるまで、彼が勝って凱旋するか、負けて手も足も出なくなるかを見届けるその瞬間まで。

彼は何も決意せずに、試練の荒海に身を投じながら、彼女について階段をあがった。永遠の争闘の苦しみを彼に忘れさせるものは何もなかった。踊り場の上で人影が時と場所を満たしてしまうほど巨大になるように、彼には思えた。彼は不安を隠し、どんな事態になっても抵抗しようとの意図を抱きながら言った。

「今晩は」

優しい声が聞こえてきた。

「今晩は。あなたがあたしの忠告を聞き、外套をまとってくれてありがとう」

彼女の優しさへの感傷が彼を支配し、彼女と対決しようとしていた言葉が喉の中で溶けた。それから彼は狼狽を隠して言った。

「雨が降るかと心配したよ」

彼女は空を見あげるかのように頭をあげて言った。

「遅かれ早かれ雨が降るわ。空には星がないんですもの。あなたが横町に入ってくるとき、あなたを見わけるのに苦労したわ」

彼は荒れ狂う力をかき集め、警告めいた言い方をした。

「空気は冷たい。階段の空気は特に湿気がひどい！」

少女は彼から習った率直さで言った。

「あなたのそばにいると冷たさを感じないわ」

彼の顔は内部から放射される熱気で焼かれた。彼の状態は彼が意図に反し過ちを繰り返すだろうことを示していた。彼は体内に走る震えを克服するため意志を喚起しはじめた。彼女が尋ねた。

「どうしてしゃべらないの？」

彼は彼女の手が優しく彼の肩を押すのを感じ、たまらなくなって彼女を両腕で抱き、長い接吻をし、それから何回も接吻の雨を降らせた。そのうち彼女があえぎながら優しい声で言うのを聞いた。

「あなたから遠ざかっていることに耐えられないわ」

彼は彼女の胸に溶け込みながら抱擁を続け、彼女が彼の耳にささやいた。

「永遠にこうしていられたらいいんだけど」

彼は彼女をきつく抱きしめて、震える声で言った。

「残念だが！」

彼女は闇の中で頭を少し遠ざけながら尋ねた。

「何が残念なの、あたしの恋人よ？」

彼はためらいのあとに言った。

「僕たちが陥っている過ちが」

「アッラーにかけてどんな過ち？」

彼は優しく彼女から逃れ、外套を脱ぎはじめ、それを畳んでから、手すりに置こうとしたが、最後の瞬間に――恐ろしい瞬間だった――その考えをやめ、外套を腕にかけ、それから一歩後退した。彼の呼吸は乱れていたが、決意が彼の降伏の流れを堰き止め、すべてを逆転させた。彼女の手は再び彼の首へ近づこうとまさぐりはじめた。彼はその手をつかみ、息が落ち着くまで待って、それから静かに言った。

「これは大きな過ちだよ」

「どんな過ち？　あたしには何もわからない」

〈一四歳にも達しない少女。お前は容赦ない欲望を満たすため彼女を弄んでいる。この戯れに到着点はない。それはアッラーの怒りと嫌悪をもたらす戯れに過ぎない〉

「理解しなければならない。僕たちは何をしているかを、おおっぴらにすることができるだろうか？」

「おおっぴらにするの？」

「どうだい、君はそうすることを非難しているだろう！　だがそれが軽蔑すべき落ち度でなければ、なぜおおっぴらにしないいんだい？」

彼女の手が彼をつかまえようとしているのを感じ、彼は次の階段へ一歩あがった。彼は危険地帯を無事に通過したことに安心していた。

「僕たちが過ちを犯していたことを認めなさい。僕たちは過ちに固執すべきではない」

「あなたからこんな言葉を聞くなんておかしいわ」

「おかしくはない。僕の良心は過ちに耐えられなくなった。それは僕を悩まし、僕の礼拝を台なしにしている」

〈沈黙している！　僕は彼女を傷つけたのだ。アッラーよ、僕をお許しください。何という苦しみ。だが僕は退却しないぞ。過ちがもっとひどい悪にお前を押しやらなかったことをアッラーに感謝しなさい〉

「起きたことは僕たちの教訓にすべきで、同じことに戻らないことにしよう。君は少女だ。君は過ちを犯した。二度と過ちのあとを追ってはいけないよ」

彼女は泣き声で言った。

「あたしは過ってはいないわ。あたしを捨てるの？　何を言いたいの？」

彼は力を保って言った。

「家に戻りなさい。隠さねばならないと思うことをしてはいけない。闇で誰にも会ってはいけない」

声がおろおろと言った。

「あたしを捨てるの？　あたしたちの愛についてのあなたの言葉を忘れたの？」

「理性のない言葉だ。君は過っている。これを君の教訓にしたまえ。闇を警戒しなさい。闇には君の破滅があるかもしれない。君は少女だ。どこから君にこんな大胆さがもたらされたのだろう？」

闇の中で彼女のすすり泣きが繰り返されたが、彼の心は哀れみを感じなかった。彼は勝利の残酷な美味に陶酔していた。

「すべての言葉を理解しなさい。怒ってはいけない。もし僕が卑劣な男だったら、君を征服する前に手放すことに満足しなかったことを覚えておきなさい。アッラーに君をお任せするよ」

彼は階段を跳んであがった。苦悩から解放されていた。悔恨の牙の餌食にはもうならないだろう。しかし先生のシェイフ・アリー・アルマヌーフィーが、

「悪魔を打ち負かすことは自然のしきたりを無視することによってではない」

と言ったことを銘記すべきだ。そうだ、これを銘記すべきだ。彼は急いで服を脱ぎ、ギルバーブを着て、それから部

屋を出ながら弟のアフマドに言った。

「僕は書斎の部屋で父さんと二人きりになりたい。どうか少し待ってくれ」

書斎部屋への途中、彼は父についてくるよう願った。ハディーガが頭をあげて尋ねた。

「よい話しかい？」

「まず父さんに話す。それから母さんの番が来るよ」

イブラーヒーム・シャウカトが黙って彼に従った。男は新しい入れ歯を付けていた。彼は丸六ヵ月間歯のない生活に直面したあと、無気力な安堵を回復していた。二人は並んで座り、父が言った。

「よい話しかい、アッラーがお望みになれば？」

アブドルムネイムは躊躇も、前置きもなく言った。

「僕は結婚したいんです！」

男は彼の顔を凝視し、それから何も理解できないかのように微笑しながら眉根を寄せ、当惑して頭をふったあとに言った。

「結婚？　何事もその時が来ればだ。なぜ今そのことで僕に話すんだい？」

「今結婚したいんです」

「今？　お前はまだ一八歳だ。大学卒業証書を取得するまで待てないのかい？」

「できません」

そのとき扉が開き、ハディーガが入ってきていた。

「この扉の背後で何が動いているのよ？　父さんには明かせて、あたしには禁じられた秘密があるのかい？」

アブドルムネイムは神経質に顔をしかめた。イブラーヒームのほうは自分の言うことの意味をほとんど理解せずに言いはじめた。

「アブドルムネイムが結婚したいんだ」

ハディーガは彼の狂気を心配するかのように、彼をじろじろ見て叫んだ。

「結婚するって？　あたしは何を聞くの？　大学をやめることに決めたの？」

アブドルムネイムは強い怒声で言った。

「僕は学校から逃げ出すことではなく、結婚することを望んでいると言ったんだ。結婚しても勉強は続けるよ。これがすべてです」

ハディーガは彼と彼の父のあいだに目を行き来させながら言った。

「アブドルムネイム、お前は本当に真面目なのかい？」

彼は叫んだ。

「まったく真面目だよ」

女は手と手を打って言った。

「凶眼がお前に命中したんだわ。お前の頭に何が起こったんだい、息子や？」

アブドルムネイムは怒って立ちあがりながら言った。

「なぜ母さんは来たんだい？　僕はまず父さんと二人きりになりたかったんだ。だが母さんには忍耐力がない。二人とも僕の話しをよく聞いてください。僕は結婚することを望んでいる。僕の前には学業を終えるまで二年ある。父さん、あなたはこの二年間僕を養うことができる。これが確実と思わなかったら、僕はこの頼みを持ち出さなかった」

ハディーガが言いはじめた。

「アッラーよ、お手柔らかに！　連中が彼の理性を食べしまった！」

「僕の理性を食べたのは誰です？」

「アッラーが彼らのことをよくご存じだわ。彼らがアッラーを知る以上にね。お前は彼らをよく知っている。あたしたちは近いうちに彼らのことを知るわ」

青年は父に話しかけて言った。

「母さんの話しに耳を貸さないでください。僕は今に至るまで誰が僕の相手になるかわからない。あなたたち自身でその人を選んでください。僕はふさわしい妻が欲しい。どんな妻でも！」

彼女が驚いてきいた。

「この災難の原因である特定の女がいないと言うのかい？」

「全然。僕を信じてください。母さん自身で僕のため選んでください」

「それじゃ、急ぐ必要は何なんだい？　あたしに選ばせておくれ。あたしに猶予を与えておくれ。それは一、二年の問題だね？」

彼は声を張りあげて言った。

「僕はふざけていない。父さんと話させてください。父さんのほうが母さんよりもよく僕を理解してくれるよ！」

父が静かにきいた。

「なぜ急ぐのかね？」

アブドルムネイムは目を伏せながら言った。

「僕は妻なしでいることはできません」

ハディーガがきいた。

「何千というお前のような若者はどうしてそうできるんだい？」

若者は父に話しかけて言った。

「僕には他の連中がすることが受け入れられません！」

イブラーヒームは少し考え、それから事態にけりをつけて言った。

「今はこれで十分だ。別の機会にこの問題に戻ろう」

ハディーガが話しはじめようとしたが、夫が彼女を制止し、彼女の手を取って、二人は居間の座席へと部屋を去った。夫婦は問題をあらゆる側面から取りあげて話し合った。長いやり取りのあと、イブラーヒームは息子の頼みを支持することに傾いた。彼は自分で妻の説得に取りかかり、ついに彼女が原則的に受け入れ、そのときイブラーヒームが言った。

「われわれには義兄の娘のナイーマがいる。花嫁探しに苦労しないですむよ」

ハディーガが降伏して言った。

「アーイシャのため、故人の遺産からあんたの取り分を譲渡するようにあんたを説得したのはあたしよ。ナイーマを息子の妻に選ぶことに異存はないわ。あんたも知っての通り、アーイシャの幸福はあたしにとってとても大事なの。でも彼女の考えが心配で、彼女に生じた異常には十分注意しているの。彼女の前であんたは何回もナイーマをアブドルムネイムに嫁がせたいとのあたしたちの望みをほのめかさなかったこと？　それなのにガミール・アルハムザーウィーが息子のためナイーマを求婚したとの話しがあったとき、彼女は彼の息子を歓迎していたように思えたわ」

「それは古い歴史だ。あれから一年か、それ以上がたったよ。それが実現しなかったのはアッラーのおかげだ。彼のような若者が僕の弟の娘を嫁にすることは、彼の職業が何であれ、僕にとって光栄ではなかった。僕にとっては家柄がすべてだ。ナイーマはわれわれのところで大歓迎だよ」

ハディーガは溜息をついて言った。

「大歓迎ね。父さんはこの謀略を知ったら、いったい何と言うかしら？」

イブラーヒームが言った。

「疑いなく歓迎するさ。すべては夢のようだ。でも僕は後悔しないよ。僕はアブドルムネイムの望みを無視することは許されない誤りだと確信する。それが実現可能である以上はね！」

18 結婚

宮殿通り《バイナル・カスライン》の古い家には、特段の変化は起きていなかった。ただ床屋のハサネイン、煮豆屋のダルウィーシュ、牛乳屋のフーリー、いり種屋のアブー・サリーアを含む隣人たちは皆、今日アフマド旦那の孫娘が彼女の伯父――そして伯母――の息子であるアブドルムネイムと結婚したことを何らかの方法で知っていた。アフマド旦那は昔からの習慣を守り、その日は他の日々のように過ぎた。招待されたのは家族に限られ、最終的行事として晩餐の用意がなされた。

時は夏のはじめであった。全員が応接室に集まった。アフマド・アブドルガワード旦那、アミーナ、ハディーガ、イブラーヒーム・シャウカト、アブドルムネイム、アフマド、ヤーシーン、ザンヌーバ、リドワーン、カリーマ。上の階でアーイシャの手助けで化粧をしているナイーマを除いてはである。恐らく旦那はそこで彼の存在が幸福な機会にそぐわない威厳の影を家族の集りに落としていることを感じ、皆を迎えたあとまもなく自分の部屋へ移り、そこで結婚立会人の到着を待っていた。旦那は老齢のため安息を大事にし、商売を清算して店を売却していた。彼が六五歳に達したからだけでなく、ガミール・アルハムザーウィーの離職により彼は活動を倍増せざるを得なくなり、それに耐えられなくなったからである。そこで店の清算からの残金と以前に蓄えた余生に十分な金額で満足し、実業の生活を終えることを決めたのだ。それは家族にとって重大な事件で、ガミール・アルハムザーウィーが彼らの生活全般、特に父の生活において演じていた役割の実態について、カマールを不思議がらせたほどである。

旦那は彼の部屋に一人残り、今日の出来事を黙って思案していた。花婿が孫のアブドルムネイムであることを本当に信じられないかのように。イブラーヒームがそのことを打ち明けた日、彼は驚いて、

「お前さんは自分の息子がこんな率直さで話すことを、そして彼の意志をお前さんに押しつけることをどのようにして許すのか？　お前さんたちはこれからの世代を堕落させるために創られた父親たちだ」

と非難した。彼がその機微を理解する事情さえなかったら、否と言ったろう。しかしアーイシャのことがあり、彼

女の不幸の前に従来の頑固さを一切取り下げたのである。彼は――特にフォアード・アルハムザーウィーの沈黙をめぐって種々のコメントがかき立てられたあと――彼女を失望させることに耐えられなかった。もしナイーマの結婚が彼女の心の苦悩を軽くするなら、それを歓迎しよう。このように窮状に迫られて、彼はよろしいと言った。また子どもたちに彼らの意志を大人に押しつけ、学生の段階を終える前に結婚することを許した。彼はアブドルムネイムを彼との面会に招き、学業の完了を約束することを求めた。アブドルムネイムは結構で安心できる言葉で話し、その最中にコーランやハディースを引用した。彼は祖父の気持ちに賛嘆と嘲笑の相異なる印象を残した。こうして今日は学生が結婚する。カマールがまだ結婚を考えないというのに、かつてみずみずしい青春の果実を収穫する前に死んだ故人のファフミーの婚約の発表――単なる婚約の発表――を彼が拒否したというのにである。このように世界はひっくり返り、別のおかしな世の中が育つように見える。〈わしらは家族の中で他人となった。今日学生たちが結婚し、明日彼らが何をしでかすか、わしらにはわからない〉応接室ではハディーガが長い話しの一環として言っていた。

「だから二階の住人に出てもらったの。今夜その階は最良の状態で新郎新婦を迎えるでしょう」

ヤーシーンが裏切りの口調で言った。

「お前にはお前を比類のない〝姑〟にするすべての才能があるよ。だがお前はこの花嫁に対してはお前独特の才能を発揮することはできまい！」

彼女は意味を悟ったが、それを無視して言った。

「花嫁はあたしの娘で、妹の娘よ」

ザンヌーバがヤーシーンの悪口を和らげて言った。

「ハディーガ奥さんは完璧な夫人だわ！」

ハディーガは彼女に感謝した。内心彼女を軽蔑しているにもかかわらず、ヤーシーンへの配慮から彼女のへつらいを感謝と尊敬で受け止めていたのである。

カリーマは一〇歳の年で輝いており、そのためヤーシーンは彼女を待っている女らしさを口に出した！　一方アブドルムネイムは彼の宗教心に感心している祖母に話しかけていた。彼女は彼のために祈ることによって話しの腰を折った。カマールはアフマドにふざけて尋ねた。

「君は来年結婚するのかい？」

アフマドは笑って言った。

「もしあなたの慣行に従わなければです、叔父さん！」

ザンヌーバは二人の話しを聞いていたが、カマールに話しかけて言った。

「カマールさんがあたしに任せてくれたら、数日中にカマールさんを結婚させると約束しますわ！」

ヤーシーンが自分を指しながら言った。

「俺は自分のことをお前に任せる用意がある！」

彼女は皮肉っぽく頭をふって言った。

「あんたは十分なだけ結婚し、自分の分と弟の分を受け取ったわ」

アミーナは話題に気づき、ザンヌーバに言った。

「もしカマールを結婚させてくれたら、あたしの生涯ではじめてザグルーダを出してみるよ！」

カマールは母がザグルーダの声をあげ、笑っているところを想像した。それから自分が結婚立会人を待つアブドルムネイムの座にいるところを想像し、気落ちした。冬が病人に喘息を誘発するように、結婚は彼の深奥に渦巻きを誘発する。彼はあらゆる機会にそれを拒否しているが、それを無視することはできない。彼は心が空虚だが、その空虚に焦慮している。かつてそれが満ちていたことに焦慮《しょうりょ》していたようにだ。今日彼が結婚を望めば、女の仲人を通じて始まり、家族と子どもと生活のメカニズムへの融合で終わる伝統的方法しか彼にはない。瞑想に愛着する男には瞑想の場所を見つけられそうもない。彼は今後も常に一方では郷愁、他方では顰蹙《ひんしゅく》のはざまにある奇妙な位置に結婚を見るであろう。だが生涯の終わりには、孤独と憂鬱さしか見つけられないであろう。

その日、本当に幸せな人はアーイシャであった。過ぎ去った九年このかた、はじめてきれいな服で着飾り、髪を編んでいた。彼女は夢見る両眼で光の一握りのような姿の娘を見守っていた。涙に負けたときは、青ざめてやつれた顔を娘から隠した。母は一度彼女が泣いているのを認め、たしなめるように彼女を眺めて言った。

「ナイーマを心の中で悲しませて家を去らせてはいけないよ！」

アーイシャはすすり泣きながら言った。

「今日あの子が父も兄弟もなく一人ぼっちなのを見ないの？」

アミーナが言った。

「あの子の母に祝福を。主があの子を母に残してくださいますように。あの子は伯母と伯父のところに行くんだよ。そのあとは全世界の創造主アッラーがついていてくださるよ」

アーイシャは両眼をぬぐいながら言った。

「愛する死者の思い出が朝早くからあたしを満たし、あの人たちの顔があたしに見えるのよ。それにあの子が去ったあと、あたしは一人ぼっちで残されるのよ」

アミーナがたしなめて言った。

「一人ぼっちじゃないよ」

ナイーマが母の頬をさすって言った。

「あたしはどうしてママから去ることができるの！」

アーイシャが微笑しながら慈愛を込めて言った。

「お前の夫の家がどうしたらそうできるか教えてくれるよ！」

ナイーマが心配そうに言った。

「毎日あたしを訪ねてきてね。今まで砂糖小路《スッカリーヤ》に近づくのを避けていたけど、今日からこの習慣を捨てるべきよ」

「もちろん。それを疑っているの？」

するとカマールが二人に近づいて言った。

「二人とも用意して。結婚立会人が来たよ」

彼は称賛の目でナイーマをじっと眺めた。

〈何という美しさ、優しさ、透明さ。どのようにして獣性がこの素晴らしい存在に対し役割を有するのか？〉

結婚の契約が記録されたことがわかったとき、祝辞が交わされた。するとザグルーダが家の重々しさを押し破り、その静かな雰囲気の中で反響した。人々の頭が驚いてふり向くと、ウンム・ハナフィーが居間の端に立っていた。

晩餐の時が来て、招待された人々が相次いで食卓に着いたとき、アーイシャの胸は落ち込み、彼女の思考は間近い別離に集中し、食欲がわかなかった。

それからウンム・ハナフィーが来て、シェイフ・ムトワッリー・アブドルサマドが中庭の地面に座り、彼のために特に肉を含む夕食を求めていると告げた。旦那は笑い、盆を用意し、彼に運んでやるようにと命じた。まもなく中庭から、彼の愛する友「アブドルガワードの息子」の長命を祈り、同時に彼の子どもたちや孫たちのため祈るからと、彼らの名前をきくシェイフの声が張りあげられた！

旦那は微笑して言った。

「残念だな！　シェイフ・ムトワッリーはお前たちの名前を忘れてしまったよ。アッラーが彼の老齢をお許しくださいますように」

イブラーヒーム・シャウカトが言った。

「彼は百歳ですよ、そうじゃありませんか？」

アフマド・アブドルガワードは肯定して答えた。そのときもう一度シェイフが声を張りあげて叫んだ。

「殉教者フセインの御名により肉を増やしてくれ！」

旦那は笑って言った。

「今日彼の聖なる力の秘訣は肉に限られているわい！」

別れの時が来たとき、カマールはその情景を避けるため、中庭へ先に出た。それは砂糖小路へのわずかな移動に過ぎないのに、母と娘には心を断ち割るような激しい印象を残した。実際のところ、カマールはナイーマが結婚生活にふさわしいかの見地から、この結婚を懐疑に満ちた目で眺めていた。

中庭で彼はシェイフ・ムトワッリー・アブドルサマドがあたりを照らすため家の壁に取り付けられた電気ランプの下の地面に座り、両足を伸ばし、白くあせたギルバーブを着て、白い布帽をかぶり、サンダルを脱ぎ、食べ物でいっぱいの腹を休めるため、眠っているように壁に背をもたせかけているのを見た。彼の両足のあいだに水が流れているのを見て、カマールは一目でシェイフが無意識で小便を漏らしていると悟った。彼の呼吸音が繰り返され、蛇のようにシューシューと聞こえた。カマールは嫌悪と哀れみを交えた眼差しで彼を見つめた。それからある思いつきが頭に浮かび、意志に反して微笑して、自分に言った。

「たぶん彼は一八三〇年には甘やかされた子どもだったのだろう！」

19　悲しい思い出の家

翌日すぐにアーイシャは砂糖小路《スッカリーヤ》を訪ねて行った。過去九年間を通じ、彼女は墓参のため以外に古い家を出たことはなかった。ヤーシーンの幼児が死亡したとき慕情の館横町《カスル・アッシャウク》を数回訪ねたことを除けばである。

砂糖小路の入り口で少したたずみ、場所全体を見回しているうちに涙が彼女の両眼を覆った。オスマーンとムハンマドの足が駆けたり遊んだりして、さんざん踏み締めた家の戸口の前の地面、かつて彼女の華やかな嫁入りの宴のとき、きれいに飾られた中庭、ハリールが座り、パイプを吸い、バックギャモンやドミノを遊んだ客間、失われた慈しみと愛の充満した過去のかぐわしいあの芳香。彼女は幸福の模範となったほど幸せであった。そのあげくよく笑い、よく歌を口ずさむ女、鏡を相手に笑い、化粧に専念すること以外に仕事のない女と噂された。夫が睦言を語り、幼児たちが跳ね回る。あの過ぎ去った日々。彼女は泣きながら花嫁と会うことのないように両眼をぬぐった。睫が落ち、瞼がしぼんでいても、まだ青い両眼をぬぐったのである。

彼女はアパートの設備が更新され、壁が塗り直されたのに気づいた。それは気前よく金を使った嫁入り道具の中で、にこやかに微笑しているように見えた。ナイーマは白くひらひらしたドレスを着て彼女を迎えた。金髪を肩に垂らし、その端が膝の裏側に触れるほどであった。素晴らしく、甘美で、清らかで、袖からは魅力的な香が漂ってくる。

二人は長々と熱っぽく抱き合った。絹のギルバーブの上に緑青色のローブを着て、挨拶の順番を待っていたアブドルムネイムがついに言った。

「もういいでしょう。この妄想上の別離にはちょっとした挨拶で十分ですよ！」

それから叔母を抱擁し、彼女を心地よい椅子に案内し、そこに彼女を座らせながら言った。

「僕たちはあなたのことを考えていましたよ、叔母さん。僕たちはあなたに同居してもらおうと決めたんです」

アーイシャは微笑して言った。

「そのことなら駄目よ。毎日あんたたちを訪ねることにするわ。散歩の機会になるし。あたしは本当に動く必要があるのよ」

アブドルムネイムがいつもの率直さで言った。

「あなたは思い出に追いかけられるのが心配で、ここに住むことに耐えられないと、ナイーマちゃんが言いました。悲しい思い出は信仰者を追いかけたりしませんよ。あれはアッラーの命令で、遠い昔のことです。僕たちはあなたの子どもで、アッラーがあなたのために償ったのです！」

〈この若者は善良で率直だが、彼の言葉が傷ついた心に与える影響に顧慮しない〉

「もちろんだよ、アブドルムネイム。でもあたしは自分の家で気楽にしているわ。そのほうがよいのよ」

そのときハディーガとイブラーヒームとアフマドが入ってきて、彼女と握手し、それからハディーガがアーイシャに言った。

「これがお前にここへの訪問を再開させてくれることを知っていたら、成年に達する前に二人を結婚させたのに！」

アーイシャは笑い、ハディーガに遠い昔を想起させながら言った。

「台所は一つ？　花嫁は姑からの独立を要求しなかったの？」

ハディーガとイブラーヒームは一緒に笑った。ハディーガが意味あり気な口調で言った。

「花嫁は彼女の母のように些事には構わないの！」

イブラーヒームがアーイシャのほのめかしの曖昧な部分を、子どもたちに説明して言った。

「おまえたちの母さんと、僕の母とのあいだに戦闘が始まったのさ。その原因は僕の母が一人占めにしていた台所で、おまえたちの母さんが台所の独立を要求したからだよ」

花婿が驚いて言った。

「母さんは台所のせいで喧嘩したんですか！」

アフマドは笑って言った。

「諸国のあいだで起こる戦闘も、この台所以外に理由があるのかな？」

イブラーヒームが皮肉って言った。

「おまえたちの母さんはイギリスのように強い。一方僕の母の上にはアッラーのお慈悲あれ」

カマールが来た。白い優雅な服を着ていた。彼の顔は秀でた額、偉大な鼻、金縁の眼鏡、四角のごつい髭から成る例のチームから構成されていた。彼は立派な贈り物であることを告げる大きな包みを手に持っていた。ハディーガが贈り物を調べ見ながら、微笑して言った。

「弟よ、気をつけなさい。もしお前が自分の結婚をやりくりしないと、恩返しを受けずに贈り物を持参し続けることになるよ。現在全家族が結婚間直かなんだからね。ここにはアフマド、あそこにはリドワーンとカリーマ。お前にとってよいことで自分のやりくりをしなさいよ！」

アフマドが尋ねた。

「学校の休暇は始まったの、叔父さん？」

カマールはトルコ帽を脱ぎ、美しい花嫁を見つめながら言った。

「小学校での試験の監督と、訂正のためのわずかな期間しか残っていないよ」

ナイーマが消え、さまざまな色と味の菓子類を載せた銀の盆を持って再び戻った。かじったり、吸ったりする音しか聞こえない時間が過ぎた。それからイブラーヒームが彼の結婚、披露宴、男歌手、女歌手についての思い出を話しはじめた。アーイシャは顔に微笑を浮かべ、心に悲しみを抱いて話しを聞いた。カマールは熱心に聞いていたが、彼がまだその一部を覚えている情景をそれが再現するからであり、また彼が見逃したものを知ることができたらと思ったからである。イブラーヒームが笑って言った。

「アフマド旦那は今日と同様であったか、もっと厳しかった。だが母がきっぱり言ったんだ。彼女の上にアッラーのお慈悲あれ。旦那は彼の家で好きなようにすればよい。

あたしたちはあたしたちの好きなように結婚を祝うわと。そしてそうなった。結婚式の日、旦那は友達と一緒に来た。アッラーが彼ら全部を慈しんでくださいますように。彼らの中でリドワーンの祖父のムハンマド・エッファトを覚えている。彼らは皆うるさい連中から遠い客間に陣取って座った！」

ハディーガが言った。

「その夜あの頃一番有名な女歌手のガリーラが歌ったんだよ」

カマールは心で微笑し、父の時代をまだ口にしているパトロンの老女を思い出した。

イブラーヒームがアーイシャを盗み見ながら言った。

「われわれにはわが家専属の歌手がいた。だが彼女の声は職業歌手よりりきれいだった。全盛時代のムニーラ・アルマフディーヤを、われわれに思い出させたものだ！」

アーイシャは顔を赤らめ、静かに言った。

「彼女の声はずいぶん昔に沈黙し、そのあげく歌唱を忘れてしまったわ」

カマールが言った。

「ナイーマも歌うよ。聴かなかった？」

イブラーヒームが言った。

「そう聞いた。だが彼女が歌うのを聴いていない。実際のところ、われわれは彼女を歌手じゃなく、女のシェイフとして知っている。昨日僕は彼女に言ったんだ。あんたの夫は信仰者のシェイフだ。だが礼拝と信心をしばらく遅らせねばならないとね！」

皆は笑った。アフマドが兄に話しかけて言った。

「兄さんの花嫁に不足しているのはシェイフ・アリー・アルマヌーフィーの支部に彼女を一緒に入会させることだけだ」

花婿が言った。

「われわれのシェイフは結婚を最初に僕に勧めた人だ」

アフマドが兄に向かって言った。

「たぶんムスリム同胞団は、結婚を彼らの政治綱領の一項と見なしているんだろう！」

イブラーヒームはカマールをふり向いて言った。

「ところで、君は——僕の結婚早々の頃なんだが——子どもだった。今日と違って髪が濃かった。君は僕たちが姉さん二人を盗んだと非難し、決して僕たちを許さなかった」

〈僕はまだ戦闘の始まらない空っぽの戦場だった。彼らは結婚の幸福について話している。不平をこぼす夫たちが話すことを彼らが知ったらなあ。僕にとりナイーマはとて

も大事で、人から飽きられるようなことがあっては困る。この人生で欺瞞であることが露見しない何かがあるだろうか？〉

ハディーガが夫の言葉にコメントして言った。

「あたしたちはそれをあたしたちへの愛と思っていたの。でも月日の経過とともに、それが子どもの時から生じた結婚への敵意にほかならないことが判明したわ！」

カマールは笑い、皆も笑った。彼はハディーガを愛する。彼女が彼を強く愛していることを知り、彼女への愛が増す。花婿については彼の狂信がひとく不快だ。しかし他方でアフマドを愛し、彼に感心している。カマールは結婚を嫌うが、ハディーガがあらゆる機会に結婚を彼に思い出させることは気に入っている。彼の心は身近な人々の結婚の雰囲気には感銘を受け、彼の心と感覚は陶酔し、目的があるわけではないが、郷愁を覚える。それからはじめて自問するかのように自問する。

〈何が僕の結婚を妨げるのか？　昔僕が主張していたように、思想の生活か？　僕は今日思想と思想家の双方を疑う。それは恐怖か、復讐か、苦しみへの願望か、それとも古い愛から生じた反動か？　僕の人生にはこれらの理由のどれをも正当化するものがある！〉

イブラーヒーム・シャウカトがカマールにきいた。

「なぜ僕が君の独身を残念に思うか知っているかい？」

「え？」

「僕は君が結婚したら理想的な夫となると信じている。君は生まれつき家庭的人間だ。品行方正、立派な官吏。地上のどこかに君に値する娘がいるに違いない。君は彼女の運を台なしにしている！」

騾馬ですら時には知恵を口にする。地上のどこかにいる娘、だがどこに？　彼については品行方正と非難したが、彼は背信の徒、堕落者、酔漢、偽善者にほかならない！　地上のどこかにいる娘、恐らくそれはガウハリー横町のガリーラの家ではあるまい。彼の心を砕くこの苦しみ、その原因は何だろう？　酒と肉欲によってしか逃げ場のない当惑！　彼らは言う。結婚せよ、子どもを生み、永遠となるためにと。どんなに強く種々雑多の永遠を望んだことか、あげくの果てに絶望してこの生得の陳腐な手段に落ち着くのか？　永遠の休息をゆがめる苦しみなしに死が訪れる希望がある。死はいかにも恐ろしく、意味のないものに見えた。だが——生がすべての意味を失ったあと——死は生における真の快楽のように見える。実験室で科学に没頭する人たちの不思議なことよ。憲法のために破滅に身を投ずる指導者たちの不思議なことよ。当惑と拷問の中で自分の周囲を巡る者については、彼らに慈悲あれだ！

彼はアフマドとアブドルムネイムのあいだに喜びの交じった感嘆の視線をさまよわせた。新しい世代は目標に向かって疑いも当惑もなく彼らの道を切り開いてゆく。

〈ところで僕の悪疾の秘密は何だろう？〉

アフマドが言った。

「僕は来週の木曜日に、新郎新婦と両親と叔母さんをライハーニー劇場の特等席に招待するよ」

ハディーガがきいた。

「ライハーニー？」

イブラーヒームが説明して言った。

「キシュキシュ・ベイだよ！」

ハディーガが笑って言った。

「ヤーシーンが花婿であったとき、ある晩リドワーンの母をキシュキシュへ連れていったことで、家から追い出されそうになったわ！」

アフマドが軽視して言った。

「昔の窮屈な時代さ。今御祖父さんはお祖母さんがキシュキシュへ行くのを邪魔しないよ！」

ハディーガが言った。

「新郎新婦と父さんを連れてお行き。あたしのほうはラジオで十分だわ」

アーイシャが言った。

「あたしはあんたたちの家だけで十分だわ」

ハディーガはヤーシーンとキシュキシュ・ベイの物語を話しはじめたが、カマールは時計に目が行ったとき、リヤード・カルダスと会う約束を思い出し、辞去の許しを求めて立ちあがった。

20 キャンパス

「試験まで数日しか残っていないのに、自然の美を本当に楽しむことができると思うかい?」

質問者は学生で、質問されている者も学生であった。彼らは緑の丘の上で半円形になって草を敷物にしている学生の一群に属している。丘の一番高いところには東屋《あずまや》があり、他の学生たちが占領していた。視線の届く範囲にナツメ椰子の林と花壇が見え、そのあいだをモザイクの歩道が縫っていた。質問された学生が言った。

「試験が近づいていても、アブドルムネイム・シャウカトが夫婦生活を楽しむことができるように」

アブドルムネイム・シャウカトは半円形の中に座っていた。アフマド・シャウカトもである。アブドルムネイムが言った。

「君たちの考えているのとは違って、結婚は学生に成功の最善の機会を準備してくれる」

ヒルミー・エッザトが言った。彼は半円形の他の端にリドワーン・ヤーシーンとくっついて座っていた。

「それは夫がムスリム同胞団に属していればだ!」

リドワーンは、その話しが彼の気持ちにかき立てた憂鬱さにもかかわらず、真珠のような口を開いて笑った。そうだ、結婚の話しは彼の不安をかき立てる。いつかこの冒険に踏み切るかどうか、彼にはわからない。その冒険は必要であると同程度に恐ろしいものだ。しかしそれは彼の魂と体から何と遠いものか! 一人の学生が尋ねた。

「ムスリム同胞団って何だい?」

ヒルミー・エッザトが答えた。

「イスラムを知的にも、行動的にも復活させようと目指す宗教団体さ。あちこちの地区で結成されはじめた支部について聞かないかい?」

「青年ムスリム団じゃなく?」

「ああ」

「相違は何だい?」

彼はアブドルムネイム・シャウカトを指しながら答えた。

「団員にきいてくれ」

アブドルムネイムが力強い声で言った。

「われわれは教育と教化のための団体であるにとどまら

ず、アッラーが創造されたままのイスラムを理解するよう努めている。宗教として、現世として、宗教法として、政治制度として」

「これは二〇世紀に語られる話しかい？」

力強い声が言った。

「そして二〇世紀においてだ」

「みんな、僕たちは民主主義とファシズムと共産主義のあいだで困惑していた。それは新しい災難だな！」

アフマドが笑って言った。

「だが神聖な災難だ！」

大きな笑い声があがった。ただアブドルムネイムは怒りの眼差しで彼を睨んだ。リドワーン・ヤーシーンは表現に気分を害されて言った。

「災難とはまずい表現だ」

学生がアブドルムネイムに再び尋ねた。

「君たちと意見を異にする連中がいたら、彼らを石で打つのかい？」

「青年は信条の逸脱、性質の堕落によって脅かされている。石打ちは彼らが値する最もきつい罰ではない。だがわれわれは石で打たない。そうじゃなく立派な説教とよい模範によって導き、案内する。その証拠にわれわれのあいだには石打ちに値する弟がいる。そら彼は君たちの前で戯れ、彼の栄光ある創造者に無礼な態度を取っている！」

アフマドは笑った。ヒルミー・エッザトが彼に向かって言った。

「もし君が兄さんから危険を感じたら、ダルブ・アルアフマルの僕の家に住むよう君を招くよ」

「君は彼の同類かい？」

「いいや。だがわれわれワフド党員の大部分は寛容な連中だ。われわれの党首の第一顧問はコプトだ。われわれはこうなんだ」

最初の学生が再び言った。

「外国人の特権が廃止された同じ月に、どうしてこんな妄言を説くのかね？」

アブドルムネイムが反問して言った。

「外国人への敬意からわれわれの宗教を放棄するのか？」

そのときリドワーン・ヤーシーンがまるで他人事のように言った。

「特権は廃止された。条約を批判した連中に話しをさせるがよい」

ヒルミー・エッザトが言った。

「そういう批判者たちは誠実じゃない。それは嫌悪と嫉妬だ。真の完全な独立は戦争でしか勝ち取れない。どうしてわれわれが得た以上のものを言葉で得ることを望むんだい？」

うんざりして言う声が聞こえてきた。

「僕たちに将来のことを尋ねさせてくれ！」

「将来は試験が迫っている五月に検討するものじゃない。僕たちを休ませてくれ……僕は今日からあと、学部に戻らないぞ、勉強の時間を十分取るためにな」

「そう急がないでくれ。職業はわれわれを待ってくれない。法学部あるいは文学部の学生の将来はどうなんだい？路上生活者か、それとも書記の職業か、もし君たちが望むなら、将来について尋ねたらいい」

「特権が廃止された以上、門戸が開かれるのでは？」

「門戸が？　門戸より住民の数のほうが多い」

「聞いてくれ。かつて大学の門戸が閉ざされていたが、ナッハースは学生の入学を拡大した。多くの学生が横暴なやり方で閉め出されていたが、彼は学生に成功の機会を与えた。彼にはわれわれを就職させることが不可能かね？」

庭園(1)の最も遠くに人の群が見えた。おしゃべりはやみ、ギザ頭がそちらに向けられた。それは大学から出てきて、県庁のほうへ向かう四人の少女から成っていた。目ではまだほとんど彼女たちを見わけることができなかった。しかし彼女たちはゆっくり歩いており、近くから彼女たちを見ることができそうだった。というのも、彼女たちが歩く通路は、男仲間の座っている場所の前を北のほうへ曲がっていたからである。彼女たちが視線の範囲内に入った。何人もの舌が彼女たちの名前と学部を繰り返した。一人は法学部、三人は文学部であった。

アフマドは彼女たちの一人のほうを眺めながら、

「アラウイーヤ・サブリー」

と自分に言い聞かせた。名前は彼の散漫となっていた注意を集めた。エジプト化されたトルコ人の美を有する娘。中背で痩せぎす、色白で漆黒の髪、大きな黒目と高い瞼、寄り合った両眉、貴族的な特徴と気位の高い目つき。こうしたことすべてに加え、彼が知ったところでは、彼女は予備教育課程の同級生であった。彼が知ったところでは——研究者は種々の情報を得るものだ——彼女が彼と同様に名前を社会学科に登録していた。彼は一言も交わす機会に恵まれていなかった。しかし最初の一目から彼女に注意を引かれた。彼はナイーマの容貌をしばしば賛美して眺めたが、彼女は彼の深奥を揺さぶりはしなかった。この娘には何かがある。彼は近いうちに彼女から理性の、そして心の友情を得られようと予感した。

彼女たちが視野から消えた直後、ヒルミー・エッザトが言った。

「文学部はまもなく女子学部のようになるぞ！」

リドワーン・ヤーシーンが、半円形の中の文学部学生のあいだに目をさまよわせながら言った。

「授業と授業の合間に、文学部に君たちを頻繁に訪ねる法学部学生の友情を信じるなよ。目的はばれている！」

それから彼は高々と笑った。しかし彼はこの瞬間幸せではなかった。娘たちの話しは彼の気持ちに混乱と悲しみを誘うのである。

「なぜ娘たちは文学部を好んで志願するんだい？」

「教師の職業が彼女たちに最も開放された職業だから」

ヒルミー・エッザトが言った。

「それは一面だ。他面で、文学の研究は女性的研究だよ。ルージュ、マニキュア、くま取り、詩、小説、すべて同じ部門だ！」

皆は笑った。アフマドもである。文学部の他の学生たちも抗議しようと身構えながらも笑った。それからアフマドが言った。

「この不当な判決は医学部に当てはまる。看護が女性的である以上はね。一方君たちの気持ちの中でまだ確定していない真実は男女間の平等だ」

アブドルムネイムが微笑して言った。

「女たちに僕たちと同様だと言うのは、褒めているのか、けなしているのか、僕にはわからん」

「物事が権利義務に関するものなら、それは褒めているので、けなすことではない」

アブドルムネイムが言った。

「イスラムは遺産を除き男女間を平等にした」

アフマドが皮肉って言った。

「奴隷についてすら両者間を平等にしたよ！」

アブドルムネイムは激して言った。

「君たちは自分の宗教を知らない。それが悲劇だ！」

ヒルミー・エッザトはリドワーン・ヤーシーンをふり向いて、微笑しながら尋ねた。

「君はイスラムについて何を知っている？」

相手は同じ口調で尋ねた。

「君はそれについて何を知っている？」

アブドルムネイムがアフマドに尋ねた。

「お前はそれについて何を知っている？　知らないことについてたわごとを言わないようにな」

アフマドが静かに言った。

「それが宗教であることを知っている。僕にはそれで十分さ。僕はもろもろの宗教を信じないんだ！」

アブドルムネイムが難詰して反問した。

「お前にはもろもろの宗教が無効であるとの証拠があるか？」

「兄さんにはそれが真実であるとの証拠があるか？」

アブドルムネイムが声を張りあげて言った。兄弟のあいだに座っていた若者たちが迷惑そうに頭を二人のあいだに行き来させたほどである。

「僕にはある。すべての信者にはある。だがお前はどのようにして生きているかと、まず僕に質問させてくれ？」

「僕独特の信念によって。科学と人間性、そして明日への信念によって。究極的に新たな構築のための整地を目指す義務を守ることによって」

「お前は人間がそれによって人間であるゆえんをすべて破壊した」

「いや、一つの信条が千年以上も残存したことはその力の証拠じゃなく、一部人類の堕落の証拠だと言うがいい。それは再生される生命の意味に反する。僕が子どものとき適していることは僕が大人になったら変えるべきだ。人間は長いあいだ自然と人間の奴隷であった。人間は自然への奴隷状態に対し科学と発明によって抵抗し、また人間への奴隷状態に対し進歩的な主義によって抵抗するんだ。それ以外は自由な人間性の車輪を抑えるブレーキの一種だ！」

アブドルムネイムはその瞬間アフマドが彼の弟であるとの考えを嫌いながら言った。

「無神論は容易だ。逃避的で容易な解決だ。信者が彼の主と自身と人々に対して守るべき義務から逃避するためのものだ。無神論の証拠で信仰の証拠より強いと見なされるものはない。僕たちは自分たちの倫理で選択する程度には自分たちの理性であれこれを選択しない」

リドワーンが介入した。

「議論の激しさに流されないでくれ。君たちは兄弟として同じ党派に属すほうがよかったな」

そのときヒルミー・エッザトが猛然と言った。彼はときどき曖昧な荒々しい発作に襲われることがあったのだ。

「信仰、人間性、明日だって！　空虚な話しだ。科学に立脚する制度だけがすべてであるべきだ。一つのことだけを信じるべきだ。それはあらゆる種類の人間的弱点を根絶することだ。僕たちの行動がどれほど過酷に見えても、それは人類を強く、清廉な模範に導くためだ！」

「これは条約後のワフド党の新綱領かい？」

ヒルミー・エッザトは笑い、それが彼を普通の状態に戻らせた。リドワーンが彼について言った。

「彼は確かにワフド派だ。だがときどき突発的で奇妙な主義に引きずられ、集団殺戮を唱えたりする。たぶんそれは彼が昨日快眠できなかったことを示すものだろう！」

論争の激しさには反動があり、沈黙があたりを支配した。リドワーンはそれに喜び、視線を周囲に巡らし、空を旋回するトンビの一部を見守ったり、ナツメ椰子の群を見つめたりした。誰もが自説を、創造主を攻撃する意見すらも発表する。しかし彼は自分の深奥で燃えあがるものを隠すことしかできない。それは彼を脅かす恐ろしい秘密であり続けるだろう。彼はお尋ね者か、異邦人のようであった。

〈どのようにしてお前は同時に論敵であり、仲裁者であるのか？　僕たちは惨めな連中をさんざん嘲笑したのではなかったか？〉

人間を自然な者と異常な者とにわけたのは誰か？

リドワーンはアブドルムネイムに向かって言った。

「怒るなよ。宗教にはそれを守る主がいる。一方君は遅くとも九カ月後には父になる！」

〈本当か？〉

アフマドが激論の跡を消すように兄をからかいながら言った。

「兄さんの怒りに触れるより、アッラーの怒りに触れるほうが僕には楽だ！」

それからアフマドは自分に向かって話しはじめた。

〈彼は怒ろうが怒るまいが、砂糖小路《スッカリーヤ》へ戻れば、慈しんでくれる胸を見出すであろう。いつの日か僕が帰ると、砂糖小路の一階にアラウィーヤ・サブリーを見いだすということは不可能だろうか？〉

彼から笑いがこぼれた。しかし誰も彼の笑いの真の理由を推測しなかった。

注

（1）カイロ大学の付近にあるオルマーン公園のこと。

21 有力者の家

アブドルラヒーム・パシャ・エイサーの家は普段とは違う賑わいを見せていた。庭には大勢の人々が立ち、ベランダには他の連中が座り、出入りする人が増えた。ヒルミー・エッザトとリドワーン・ヤーシーンが家に近づいたとき、ヒルミーがリドワーンの腕を小突いて言った。

「彼らの機関紙が主張するように、われわれには支持者がいないわけではない」

二人は中へと人込みをかきわけはじめた。青年の一部が「連帯万歳」と叫び、リドワーンの顔が感奮して紅潮した。彼は彼らと同様に熱狂し、反抗的となっていた。ただ彼は不安になって自問した。

〈ところで彼らの訪問の政治的でない側面については誰も疑わないだろうか?〉

一度ヒルミー・エッザトに彼の心配を打ち明けたが、相手は言った。

「疑惑はびくびくする者にしかかからない。頭をあげ、足を踏ん張って歩け。公的生活に向け自分を養成しようとする者は、必要以上に人々の意見を気にかけないことがたいせつだ!」

応接ホールは座っている人々で込み合っていた。中には学生や労働者やワフド党組織のメンバーがいる。中央にアブドルラヒーム・パシャ・エイサーが座っていた。いつもと違い渋面を作り、真剣かつ厳然としており、重鎮政治家の後光に包まれていた。二人が近づくと、彼は二人を迎えるため重々しく立ちあがり、彼らと握手して、それから座るよう合図した。

座っている者の一人が言った。彼は二人の青年を迎えているあいだ話しをやめていた。

「世論は新閣僚の名前を見て、ヌクラーシーが含まれていないことにひどく不意を打たれましたよ!」

アブドルラヒーム・パシャ・エイサーが言った。

「総辞職があったとき、われわれは何かあると予期していたのじゃ。特に対立が広まり、喫茶店で話題になるほどだったからな。だがヌクラーシーは他のワフド党員とは違う。ワフドは以前多くの者を除名したが、彼らのために騒ぎは起こらなかった。だがヌクラーシーの場合は別だ。ヌクラーシーはアフマド・マーヒルをも意味することを忘れてはいかん。二人ともワフドだ。ワフドの勇士、闘士、戦士なのじゃ。絞首台や監獄や爆弾にきいて見よ。今回の対立は外部がケチをつけるようなものじゃない。それは政治の清廉さであり、爆弾の問題なのじゃ。もしあってはならないことが起こり、ワフドが分裂したら、出て行くのはヌクラーシーでもマーヒル[1]でもなく、ワフドなのじゃ！」

「マクラム・ウバイド[2]がついに正体を暴露したんです」

この言葉はリドワーンの耳に奇妙に聞こえた。ワフドの領袖が純粋にワフド的環境の中でこういうやり方で攻撃されるのは信じがたいことであった。

すると別の人が言った。

「マクラム・ウバイドはこの悪だくみ全部の頭領ですよ、パシャ閣下」

アブドルラヒーム・パシャが言った。

「他の連中は無実じゃない！」

「でもライバルに耐えられないのは彼です。彼はナッハースを独り占めにしたいんです。舞台からマーヒルやヌクラーシーが消えたら、彼の行く手を遮る者はいないでしょう」

「ナッハース自身を除去できたら、彼を除去したでしょう」

着席者の中から一人のシェイフが言った。

「皆さん、お願いだ。言葉を過ぎないようにしてもらいたい。水は元の流れに戻るかも知れぬ」

「内閣がヌクラーシー抜きで成立したあとでも？」

「すべてが可能だ」

「サアドの時代だったらそれは可能だった。だがナッハースは頑固な男だ。彼が頭に来たら」

そのときホールに男が急ぎ足で入って来た。パシャは場所の中央で彼を迎え、熱っぽく抱擁した。パシャが尋ねた。

「いつ戻ったのじゃ？　アレクサンドリアの状態はどうかな？」

「結構です、結構です。ヌクラーシーはシディ・ガーベル駅で、民衆から類例のない大歓迎を受けました。教養ある連中の群が彼を支持して叫びました。みんな怒っています。全部が政治の清廉さのため騒いでおり、叫びました。清廉なヌクラーシー万歳、サアドの子のヌクラーシー万歳。大勢の人が国民の指導者ヌクラーシー万歳と叫びました」

男は高い声で話し、彼の叫びを大勢が繰り返したので、アブドルラヒーム・パシャが彼らに腕をふって静粛を守るよう呼びかけたほどである。男は再び言った。

「世論は内閣に憤慨しています。ヌクラーシーの追い出しに怒っています。ナッハースは取り返しのつかない損失を被りました。彼は清らかな天使に逆らって悪魔を支持することに満足したのです」

そのときアブドルラヒーム・パシャが言った。

「今は八月じゃ。一一月には大学が始まる。大学の開校を決戦の場としよう。今からデモの準備をしなければならぬ。ナッハースが正気に戻るか、しからずんば奈落に落ちよだ」

ヒルミー・エッザトが言った。

「大学生のデモがヌクラーシーの家に続々と押し寄せると、僕は断言できます」

アブドルラヒーム・パシャが言った。

「すべてが組織化を必要とする。学生の支持者たちと会い、準備を整えてもらいたい。それに加え、わしの手元にあるニュースは、上下両院の議員のうち信じられないほど多数が、われわれに加わるものと確認している」

「ヌクラーシーはワフドの各委員会を作った人じゃ。それを忘れてはいかん。忠誠の電報が彼の事務所に朝となく晩となく先を競って届いている」

リドワーンはこの世に何が起きるのかと訝った。果たしてワフドはまた分裂するのか？　その責任をマクラム・ウバイドが本当に負うのか？　祖国の利益と一八年間使命を担ってきた政党の分裂とは合致するのか？　やり取りが長く続き、会合者は種々の提案、特に宣伝やデモの手配に関するものを検討した。それから引きあげはじめた。

やがてホールにはパシャとリドワーンとヒルミー・エッザトだけが残った。そのとき彼は二人をベランダに座るよう誘った。彼らはあとに従った。三人はテーブルの前に座った。さっそくレモンのコップが運ばれてきた。まもなく扉のところに四〇代の男が現れた。リドワーンは以前の訪問のどれかで彼を知った。アリー・マフラーンという名で、パシャの代理人として働いていた。彼の外見は生得の軽口と淫蕩への好みをほのめかしていた。

彼は二〇代の青年を連れていた。美しい顔立ちで、ぼうぼうの髪と長いもみあげと幅の広いネクタイの容姿から芸術家であるように見えた。アリー・マフラーンは口元をほころばして近づき、パシャの手に接吻し、二人の若者と握手し、それから青年を紹介して言った。

「アティーヤ・ガウダト先生です。新進歌手ですが、才能に恵まれています。彼については前にお話したことがあります、閣下！」

パシャはテーブルの上に置いた眼鏡をかけ、青年を注意深く調べ見て、それから微笑して言った。

「ようこそ、アティーヤさん。君のことはたくさん聞きました。今回は君の歌を聞けるかも知れませんな」

男は微笑しながらパシャのためにアッラーの祝福を祈り、それから座った。アリー・マフラーンはパシャのほうに身をかがめながら言った。

「お元気ですか、伯父さん？」

遠慮の必要がなくなると、彼はこのようにパシャを呼んでいた。男は微笑して答えた。

「君より千倍も元気じゃよ！」

アリー・マフラーンは普段と違い、真面目に言った。

「バー・アングロではヌクラーシーを総理とする挙国内閣が近くできると噂していますよ」

パシャは政治的な微笑を浮かべてつぶやいた。

「われわれは大臣病患者ではない！」

リドワーンは関心と不安で尋ねた。

「その噂にはどんな根拠があるのでしょう？　もちろん僕はヌクラーシーがムハンマド・マフムードやイスマーイール・シドキーのように、政変を起こすとは想像できませんが？」

アリー・マフラーンが言った。

「政変！　とんでもない。問題は、いま上下両院の多数をわれわれに加わるよう説得することに絞られています。国王がわれわれと一緒であることを忘れないでください。アリー・マーヒルが知恵と慎重さをもって動いています！」

リドワーンが憂鬱そうに再び尋ねた。

「われわれは最後には王宮派になるのですか？」

アブドルラヒーム・パシャが言った。

「表現は一つじゃが、意味は異なる。ファールークはフォアードじゃない。状況は別の状況じゃ。国王は熱烈な愛国的青年じゃ。彼はナッハースの不当な攻撃の前で被害者にされている！」

アリー・マフラーンは嬉しそうに手をこすりながら言った。

「いつわれわれはパシャの大臣就任をお祝いできるでしょう？　あなたの事業の代理人に僕を選んでくださったように、僕をあなたの省の次官に選んでくださいますか？」

パシャは笑って言った。

「いや、君を監獄長官に任命しよう。君の自然な居場所は監獄じゃ」

「監獄？　でも監獄は荒くれ男向きと言われますが？」

「それ以外の者にも向いている。安心するがよい！」

それから彼は退屈を覚え、突然叫んだ。

「政治はもう十分だ。どうか雰囲気を変えてくれ」

彼はアティーヤ先生のほうをふり向いて尋ねた。

「何を聴かせてくれるのかね？」

アリー・マフラーンが彼に代わって答えた。

「パシャは耳が肥えていて、楽しみのわかる方だ。もし君がパシャの眼鏡にかなえば、放送局の扉が君に開かれるよ」

アティーヤ・ガウダトが上品に言った。

「僕は最近『あたしと彼を縛り付けた』を作曲しました。それはマフラーン先生の作詞です！」

パシャは代理人を見つめて尋ねた。

「いつから歌の作詞をしているのかな？」

「僕はアズハルで七年修行しませんでしたか？　そこではマファーイールやファラーツンナ[3]に没頭していましたよ」

「アズハルと君の放埓な歌詞とのあいだにどんな関係があるのじゃ？　あたしと彼を縛り付けた！　誰のことじゃね、アズハル修行者殿？」

「意味はパシャ閣下、パシャの言いなりということですよ！」

「ごろつきばあさんの倅め！」

アリー・マフラーンは給仕を呼んだ。パシャが尋ねた。

「なぜ彼を呼ぶ？」

「歌謡の座を用意させるためです」

男は立ちあがりながら言った。

「晩の礼拝をするまで待っていてくれ！」

マフラーンはずる賢そうに微笑して尋ねた。

「僕たちの挨拶があなたの礼拝前のみそぎを汚しませんでしたか？」

注
（1）二人はワフド党の有力者であったが、一九三七年党内の権力闘争と公共事業の契約問題で党首ナッハースと対立し、八月ナッハースがワフド党内閣を改造したとき、ヌクラーシーら四名の閣僚が再任されず、ワフド党の分裂に導いた。
（2）ワフド党の書記長で、ナッハースの盟友であった。コプト出身。
（3）アラビア語詩の作韻法の一例。

22 隠居たち

アフマド・アブドルガワードは家を出た。ゆっくりと足を運び、杖に寄り掛かりながらである。今日はもはや昨日ではなかった。店を清算して以来、一日に一回しか家を出ることはなかった。階段をあがるとき心臓の負担となる労苦をできる限り避けるためであった。時はまだ九月を過ぎていなかったが、彼はウールの服を着るのがよいと思っていた。かつて太って強い体が楽しんだすてきな空気が痩せた体には耐えられなくなっていた。男らしさの象徴として、優雅さの証拠として、若い時から彼に付き添った杖は、彼の心臓が努力と難儀によってしか耐えられないゆっくりとした歩みの支えとなっていた。しかし彼には魅力と優雅さが残った。彼は老年の美と威厳を享受しながら、依然として熱心に豪奢な衣類を選び、かぐわしい香水を自分にふりかけていた。

店に近づいたとき、彼の目は無意識にそちらに向いた。彼の名前と彼の父の名前を何年も何年も掲げた看板が外され、店の外見と意味合いが変わり、トルコ帽の販売と洗濯の店と化し、店頭には蒸気ボイラーと銅製の枠組みが出ていた。彼以外の誰の目にも見えない空想上の看板が彼の目に浮かび、それが彼の時代、商売熱心と勤労と享楽の時代が去ったことを宣言していた。

このように彼は隠居所の一隅に退却し、希望の世界を回想し、老齢と病気と待機の世界を迎えている。長いこと――現在もだが――この世の愛と楽しみに浮かれていた心が落ち込んだ。信仰自体が彼の見るところでは楽しみの一つであり、楽しみの抱擁に向けての動機にほかならなかった。彼は――今日に至るまで――この世に背中を向け、あの世だけにあこがれる厭世的崇拝を知らなかった。店はもはや彼の店ではなくなった。しかしどのようにしてその思い出が彼の脳裏から消えるだろう？　そこは活動の拠点であり、注目の的であり、友人と愛人の落ち合い場所であり、栄誉と名声の出発点であった。

〈お前は自分を慰めて、こう言うことができる。わしらは娘たちを嫁がせ、男の子たちを育て、孫を見た。わしらには金がたくさんあり、死ぬまで恥をさらさないですむ。この世の甘みを何年も――本当に何年も――味わった。今やわしらが感謝すべき時が来た。アッラーへの感謝は義務である。常に、永劫にである。

だが何という郷愁だ。アッラーよ、時間をお許しください。時間はその実在——一瞬も止まらない実在——だけによって人間に対しひどい裏切りをする。石が声を出せるなら、過去についてわしに話すようこれらの場所に聞いたことだろう。この体がかつて本当に山を砕くことができたのか告げてくれとだ。この病んだ心臓が鼓動を停止することはなかったのか？　この口は笑いを控えることはなかったのか？　この感情は苦しみを知らなかったのか？　こういう情景はすべての心に浮かんでいたのか？　もう一度アッラーよ、時間をお許しください！〉

遅い歩みがフセイン・モスクで終わったとき、彼は靴を脱いで、コーランの開端章を唱えながら中へ入った。説教壇へ進んだとき、そこにムハンマド・エッファトとイブラーヒーム・アルファールが彼を待っているのを見つけた。彼らは一緒に日没の礼拝を行った。それからアブドルラヒームを見舞うためトンバクシーヤに向かいモスクを出た。彼ら三人は病気への抵抗に専念するため仕事から引退していた。もっとも彼らはもはや病床を離れることができなくなったアリー・アブドルラヒームよりはましであった。

アフマド旦那が嘆息して言った。

「わしはまもなく、乗り物でしかフセインを参詣できなくなるように思える」

「お互い様さ」

男が心配して再び言った。

「わしはアリー旦那のように、病床に寝たきりの羽目になることを恐れるよ。わしは身動きできなくなる前に、死を恵んでくださるようアッラーに祈っている」

「主があんたとわしらを、すべての悪いことから守ってくださいますように」

彼は恐ろしそうに言った。

「ガニーム・ハミードゥはほぼ一年病床で麻痺したままだ。サーディク・アルマーワルディーはこの拷問から数カ月間悩まされている。アッラーよ、もし運命が尽きたなら、早い終わりをわれわれにお恵みください」

ムハンマド・エッファトが笑って言った。

「もし暗い考えに負けたら、あんたは女になってしまうよ。兄弟よ、アッラーは御一人と唱えたまえ！」

彼らがアリー・アブドルラヒームの家に到達したとき、彼の部屋に通された。彼が辛抱しきれず先に口を切った。

「あんたたちは約束の時間に遅れたよ。アッラーがみんなをお許しくださいますように」

寝床の退屈が彼の目に現れていたが、彼は彼らと会う時間以外もはや微笑を知らなくなっていた。彼は言いはじめた。

「わしにはラジオを聞く以外一日中何もすることがないんだ。エジプトでその利用が今日まで遅れていたら、わしは何をしていたろう！　それが放送するものはほとんど理解できない講演に至るまで面白い。それでもわしはこの拷問が必要となるほど年を取っていないぞ。わしらの祖父たちはわしらの年齢で結婚していたもんだ！」

アフマド・アブドルガワードは茶目っ気に支配されて言った。

「アイデアがある！　わしらが新たに結婚するというのはどうだい？　たぶんそれはわしらの青春を回復させ、わしらから病気を退けるのでは？」

アリー・アブドルラヒームが微笑し――彼は咳の発作に襲われ、心臓を痛めないため笑いを避けていた――言った。

「あんたらと一緒にだ！　わしに花嫁を選んでくれ。だが彼女に花婿は身動きできず、あとは彼女任せとはっきり言ってくれ」

そのときファールが突然何かを思い出したように、彼に向かって話しかけた。

「アフマド・アブドルガワードが君より先に曾孫を見ることになるぞ。主が彼を長生きさせてくださいますように！」

「前もっておめでとう、アブドルガワードの息子よ！」

しかしアフマド旦那は顔をしかめながら言った。

「ナイーマは本当に妊娠している。だがわしは安心していない。誕生のとき彼女の心臓について言われたことを今でも覚えている。長いあいだそれを忘れようと試みてきたが、無駄だった」

「不信心者め。いつから医者の予言を信じているんだい？」

アフマド旦那は笑って言った。

「わしが彼らの指示に従わずに食べる食事が夜明けまでわしを不眠にさせるようになってからだ」

アリー・アブドルラヒームがきいた。

「主のお慈悲については？」

「万有の主アッラーに称賛あれ」

それから言い繕って、

「わしはアッラーのお慈悲について無知ではない。だが恐怖が恐怖を呼ぶ。実際のところ、アーイシャがわしの気になるほどナイーマはわしの気にならないんだ、アリーよ。アーイシャがわしの人生において不安の中心なんだ。

不幸で哀れな女。わしが彼女を去るときには、彼女をこの世でただ一人にして残すことになるだろう」

イブラーヒーム・アルファールが言った。

「主は存在される。主は最大の後見者だ」

しばらく沈黙が支配した。やがてアリー・アブドルラヒームの声が沈黙を破って言った。

「あんたのあと、曾孫を見る番がわしに来るだろう」

アフマド旦那が笑いながら言った。

「アッラーが娘たちをお許しになりますように。彼女たちは時期尚早に家族を大きくする」

ムハンマド・エッファトが叫んだ。

「老人よ、老いを認めろ。痩せ我慢は十分だぜ」

「声を張りあげないでくれ。わしの心臓がそれを聞いて、ねじ曲がったら困るからな。わしの心臓は甘やかされた子どもみたいになってしまった」

イブラーヒーム・アルファールが残念そうに頭をふって言った。

「昨年は何という年だったんだ。わしらにとりひどい年だった。わしらは約束していたかのように、誰一人無事に済まなかったね！」

「アブドルワッハーブ[1]の意見によれば、〃共に生き、共に死のう〃だよ」

みんなして笑った。するとアリー・アブドルラヒームが口調を変えて、真剣にきいた。

「あれは正しかったのか？　つまりヌクラーシーがしたことだが？」

アフマド・アブドルガワードが顔をしかめて言った。

「水が元に戻るようどれほど願ったことか。偉大なアッラーのお許しを請うよ」

「闘争と生涯の兄弟愛が水泡に帰してしまった」

「今の時代にはすべての美しいものが水泡と帰するんだ」

アフマド・アブドルガワードが再び言った。

「ヌクラーシーの脱党に悲しんだほど、わしが悲しんだことはない。紛争が彼をそこまで導くべきではなかったのだ」

「いったい彼を待っている結末は何だろう？」

「決定的な結末だ。バーシルとシャムシー[2]はどこにいる？　闘士であった男は自分を破滅させ、アリー・マーヒルを巻き添えにした」

そのとき、ムハンマドが神経質に言った。

「わしらをこの物語から自由にしてくれ。わしは政治と離婚しかけているんだ！」

ファールに考えが浮かび、彼は微笑して尋ねた。

「もしわしらがアリー旦那のように病床に寝たきりになることを余儀なくされたら――アッラーがそれをお許しになりませんように――どのようにわしらは会合し、話し合うんだね？」

ムハンマド・エッファトがつぶやいた。

「それはアッラーの思し召しだ、あんたの思し召しではなく」

アフマド・アブドルガワードは笑って言った。

「もし起こってはならないものが起こったら、ラジオで話し合おう。『スハーム・パパ』[3]が幼児たちに話しかけるように！」

彼らは笑った。ムハンマド・エッファトは時計を取り出し、それを眺めた。しかしアリー・アブドルラヒームが落胆して言った。

「医者が来るまで一緒にいてくれるよな。彼が何と言うか聞くためにな。とんでもないやつで、とんでもない時代だよ」

注

（1）近代エジプトの大歌手で作曲家。
（2）ともに当時の有力政治家。
（3）ラジオの幼児番組の人気司会者。

23

カマールの新しい友

グーリーヤの店々は扉を閉めようとしていた。歩行者は減り、寒さが募った。時は一二月の中頃である。しかし冬はその年に急いで来た。

カマールはリヤード・カルダスをフセイン地区に引きつけるのに、困難を覚えなかった。そうだ、青年はその界隈のよそ者であったが、そのあちこちをさまよい、地元の喫茶店に座ることに強い興味を感じていた。二人が『思想』誌で知り合って以来、一年半以上が過ぎていた。一週間がたつうちに必ず一、二回は会っていた。休暇中は別で、その時期にはおおよそ毎晩会っていた。『思想』誌か、宮殿通り《バイナル・カスライン》の家か、マンシーヤト・アルバクリーのリヤードの家か、エマード・アッディーン通りの喫茶店か、つるはしが歴史的なアフマド・アブドゥ喫茶店を壊し、その存在を永久に消したあと、カマールが行くようになったフセイン・アルコブラー喫茶店のどれかで。二人は彼らの友情で幸せであった。

「フセイン・シャッダードの不在で数年間寂しがり、彼の場所は空席となっていたが、ついにリヤード・カルダスが埋めた」

と、カマールは一度自分に言った。

彼のいるところではカマールの魂が目覚め、思想の親密な交流において陶酔に達する、あの精神的ほとばしりを知覚した。二人は補完的に見えたものの、一つに同化したわけではなかったにもかかわらずだ。二人の友情は沈黙の中で相互に抱く感情であり続けた。誰もそれを口にせず、どちらも相手に「君は友人だ」とも、「君のいない生活は想像できない」とも言わなかったが、実際はそうであった。大気の寒さにもかかわらず、二人の歩きたいとの気持ちは衰えず、彼らはエマード・アッディーン喫茶店まで歩いて行くことを決めた。その晩リヤード・カルダスは幸せでなかった。彼は興奮しながら言った。

「憲法上の危機は人民の敗北で終わった。ナッハースの解任[1]は王宮との歴史的闘争における人民の敗北にほかならない」

カマールが残念そうに言った。

「今やファールークが、彼の父と同様であることがはっきりした」

「ファールーク一人が責任者ではない。だが人民の伝統的な敵どもがそれを企んだ。それはアリー・マーヒルとムハンマド・マフムードの手だ。人民の息子の二人、マーヒルとヌクラーシーが人民の敵どもに加わるとは嘆かわしい。祖国が裏切り者から浄化されていたら、国王は彼に人民の権利抑圧を可能にさせる者を見つけられなかったろう」

それから少し沈黙したあと、言葉を続けた。

「イギリス人は今日戦場にいない。だが人民と国王が面と向かっている。独立がすべてではない。主権と諸権利を享受する人民の神聖な権利がある。人民が奴隷でなく、人間の生活を生きるために」

カマールはリヤードのように政治におぼれていなかった。確かに懐疑は多くのものを破壊したものの政治を破壊することはできず、それは彼の情感の中で生き続けていた。彼は人民の諸権利を心で信じていた。もっとも理性はそれがどこに落ち着くのか知らなかった。さらに理性は時には「人間の権利」と言い、別の時には「適者生存、大衆は動物の群に過ぎない」と言い、たぶん「共産主義はテストに値する実験ではないのか?」と言ったことだろう。

一方彼の心はファフミーの思い出と交じりながら子ども

の時から彼と共にあった民衆的情感から解放されなかった。だがリヤードにとって、政治は彼の頭脳的活動の本来の中心であった。

リヤードは再び言った。

「アーブディン広場でマクラムが被った侮辱を忘れることができようか？　この犯罪的解任を、ののしりと中傷と国民の顔への唾吐きを？　盲目的憎悪が一部の連中を喝采させている。ああ、残念だなあ」

カマールがふざけて言った。

「君はマクラムのために怒っている！」

リヤードはためらわずに言った。

「コプトはみんなワフド派だ。それはワフドが純粋に民族主義的政党だからだ。愛国党のように宗教的、親トルコ的政党ではない。人種や宗教の相違を越えてエジプト人のためにエジプトを自由な祖国とする民族的政党なのだ。人民の敵どもはそれを知っている。だからコプトはシドキーの時代を通じて露骨な迫害の標的であった。彼らは今日から苦しめられるだろう」

カマールは二人の友情が完全であることを証言するこの率直さを歓迎したが、ふざけてきいてみたくなった。

「ほら、君はコプトについて話している！　科学と芸術以外信じない君が！」

リヤードは沈黙に逃避した。二人はいくぶん激しく寒風が吹きかけるアズハル通りに達し、それから途中バスブーサ店を過ぎたとき、カマールがバスブーサを少し食べようと誘った。まもなくどちらも小皿を取って、隅のほうへ行き、食べはじめた。そのときリヤードが言った。

「僕は同時に自由人であり、コプトだ。いや、僕は無宗教家とコプトの両方だ。多くの場合、キリスト教は愛国的なもので、宗教的なものでないと感じる。たぶんこの感情を僕の理性に提起したら、僕は混乱したろう。だが待ってくれ。僕の民族を忘れるのは臆病ではないかね？　僕にこの争いを忘れさせるにふさわしい唯一のものはサアド・ザグルールが望んだように純粋なエジプト民族主義への献身ではないかね。ナッハースは宗教的にはムスリムだが、また言葉のあらゆる意味で民族主義者だ。彼の前でわれわれはムスリムでも、コプトでもなく、エジプト人であると感じる。僕はこのような考えで気持ちを乱すことなく幸せに生きることができるが、人生は同時に責任なのだ」

カマールは胸を情感で高ぶらせながら口をかみしめ、考えていた。ファラオの姿を彼に想起させるリヤードの真にエジプト人的な容貌(2)は、彼の気持ちにさまざまな黙想を誘った。

〈リヤード・カルダスの立場には否定できない妥当さがある。僕自身——理性と心情のあいだで——人格的分裂に悩む人間だ。彼も同様だ。少数グループは彼らを迫害する多数グループのあいだでどうしたら生きられるのか？　崇高な使命のふさわしさは普通人類のために実現する幸福によってはかられるが、その幸福は何よりもまず被迫害者を助けることに具現される〉

彼は言った。

「悪く思わないでくれ。僕は人種的問題と衝突せずに今まで生きて来た。はじめから母が全部を愛することを僕に教えた。それから、偏見の汚点から免れた革命の雰囲気の中で育った。この問題を知ることはなかったんだ」

二人が歩みを再開したとき、リヤードが言った。

「望ましいことはそもそも問題が全くないことだ。僕たちは暗く悲しい思い出を欠かない家に育ったと、残念ながら君に率直に言うよ。僕は狂信的なコプトではない。だが彼の家であろうと、僻遠《へきえん》の地であろうと、人間の権利を軽視する者は人間的諸権利をすべて軽視したことになる」

「この言葉は美しい。真の人間的メッセージがしばしば少数グループの中から、あるいは人類の少数者問題で良心を痛めている人たちから発せられるのに不思議はない。だが狂信者は常にいる」

「常に、どこにも。人間は新しく、動物は古い。君たちの狂信者は僕たちを背教徒で、呪われた者と見なし、僕たちの狂信者は君たちを背教徒で、簒奪者《さんだつしゃ》と見なす。彼らは自分たちについて、彼らがエジプトの王たちの後裔で、非ムスリムに対する人頭税(3)を払うことにより彼らの宗教を守ることができたと言う」

カマールは高笑いして言った。

「これは僕たちの言葉で、あれは君たちの言葉だ。一体この対立の原因は宗教か、それとも常に争いを好む人間性なのか？　ムスリムも団結していないし、キリスト教徒も団結していない。シーア派とスンナ派のあいだや、ヒジャーズ人とイラク人のあいだには、ワフド党員と立憲党員のあいだ、文学部学生と理学部学生のあいだ、サッカーのアフリー・チームとタルサーナ・チームのあいだにあるような争いが続いているのが見つけられよう。だがこれらすべてにもかかわらず、新聞で日本の地震の記事を読めば、僕たちはひどく悲しむ！　聞いてくれ、なぜそれを君の小説で取り扱わないんだい？」

「コプトとムスリムの問題とか」

リヤード・カルダスはじっと沈黙し、それから言った。

「僕は誤解を恐れる」

それからもう一度しばらく沈黙のあと、言葉を継いで、

「それからすべてにかかわらず、われわれが黄金時代にいることを忘れないでくれ。シェイフ・アブドルアジーズ・ガーウィーシュ(4)は過去においてムスリムが僕たちの皮から彼らの靴を作ることを提案したものだ」

「どのようにわれわれはこの問題を根絶するのかい？」

「幸運なことに、それは全人民の問題の中に溶解してしまった。コプトの問題は今日人民の問題だ。彼らが迫害されたら、僕たちも迫害され、彼らが解放されたら、僕たちも解放されたことになる」

〈幸福と平和……あの求めてきた夢。お前の心は愛によってのみ生きる。いつお前の理性はその道を知るのか？いつ僕は甥のアブドルムネイムの口調で「そうです、そうです」と言えるのか？　リヤードとの友情は彼の小説の読み方を僕に教えてくれた。だがどのようにして僕は芸術を信じるのか？　哲学すら住むに不適当な宮殿と見付けたそのときに〉

リヤードが彼を盗み見ながら突然尋ねた。

「何を今考えているんだい？　僕に率直に話してくれ！」

カマールは彼の質問の背後にあるものに気付き、率直に答えた。

「君の小説について考えていたんだ」

「僕の率直さに気を悪くしなかったかい？」

「僕が！　アッラーが君をお許しくださいますように」

彼は詫びるように笑い、それから尋ねた。

「僕の最新の小説を読んだかい？」

「ああ、それはすてきだった。だが僕には芸術が真剣ではないように思える。もっとも僕は人類の生活において、真剣さと遊びのどちらが重大かわからないんだが！　君は高い科学的教養を備えたインテリだ。たぶん君は科学を最も知っている〝非科学者〟だろう。だが君の全活動は小説の執筆の中で無駄にされている。僕はときどき訝《いぶか》るんだ。君は科学から何の利益を得たのかとね」

リヤード・カルダスが熱烈に言った。

「僕は科学から芸術のために真理への崇拝、それへの誠実、どれほど苦いものであってもそれとの勇敢な直面、政治における清廉さ、そして創造物への寛容を得た」

でっかい言葉。しかしそれに小説の面白さと何の関係がある？　リヤード・カルダスが彼を眺め、彼の顔に懐疑を読み、高く笑って、それから言った。

「君は芸術を誤解している。だが僕の慰めはこの世の何事も君の懐疑から逃れらないということだ。われわれは理性で物事を見るが、心情で生きている。たとえば君は――君の懐疑的立場にかかわらず――愛し、付き合い、君の国の政治生活にある種の参加をしている。こういう側面のそれぞれの背後には、信念に劣らず強力な感覚的、あるいは非感覚的原則がある。芸術は人間世界を表現するものだ。これに加え、文人の中には世界論壇の戦闘に彼の芸術で寄与した者がおり、彼の手で芸術が世界的な闘争の戦場で武器と化している。芸術は真剣でない活動にはなり得ないのだ」

芸術の、それとも芸術家の価値の弁護？　もしスイカやカボチャの炒った種の売り子に議論の能力があったら、彼が人類の生活で重大な役割を果たしていることを指摘したことだろう。すべてのものにそれ自体の価値があることは排除できない。同様にどんなものにもそれ自体の価値がないことも排除できない。何百万の人間がこの瞬間に息を引き取っていることだろう？　同時に玩具をなくして泣く幼児の声が、あるいは夜と宇宙に彼の心の悩みを打ち明ける恋人の声が高く響く。笑ったらいいのか、それとも泣いたらいいのか？

彼は言った。

「君が言った世界論壇の戦闘についてだが、それはわが家族に縮図として投影されていると君に告げさせてくれ。僕にはムスリム同胞団の甥と共産主義者の甥がいる！」

「各家庭にその縮図があるべきだ。遅かれ早かれね。僕たちはもはや壺の中に生きているのではない。君はこういうことを考えたことはなかったかね？」

「僕は唯物的哲学の研究の一環として共産主義について読んだ。またファシズムとナチズムに関する本も読んだ」

「君は読み、理解する。歴史のない歴史家だ。君がこの立場から卒業する日を君の幸せな誕生日と見なすよう望みたいな」

カマールはこの観察に絶望した。それは一面において手厳しい批判だからであり、他面において真実を欠いていなかったからである。それから彼はそれへのコメントから逃げ出しながら言った。

「わが家族の共産主義者と同胞団員のどちらも、自分の信じることについてしっかりした知識を持っていないんだ！」

「信仰は意志であって、知識ではない。今日最もくだらないキリスト教徒は、キリスト教について殉教者たちが知っていたことの何倍も知っている。同様に君たちの側ではイスラムについてね」

「君はこれらの主義のどれかを信じるかい？」

リヤードは考えたあとに言った。

「僕がファシズやナチズムや、すべての独裁主義制度を軽蔑していることは疑いない。一方共産主義は人種的、宗教的対立や階級的紛争の悲劇のない世界を創造するのに適している。ただ僕の第一の関心は僕の芸術に集中している」

カマールは冗談めいた声で言った。

「だがイスラムは君が話すその世界を千年以上も前に創造したはずだ」

「だがそれは宗教だ。共産主義は科学で、宗教は神話だよ」

それから微笑しながら言い繕って、

「僕たちはイスラムとではなく、ムスリムを相手にしている」

二人は寒さにもかかわらずフォアード通りが大変混雑しているのを見つけた。リヤードが突然立ち止まりながらきいた。

「マカローニとよいワインの晩飯についてどう思う？」

「僕は人の多い場所では飲まない。もしよかったら、ウカーシャ喫茶店に行かないか？」

リヤードは笑いながら言った。

「どのようにして君はこういう威厳全部に耐えられるんだい？　眼鏡、口髭、伝統！　君は理性をすべての束縛から解放した。ところが君の体はすべて束縛だ。君は――少なくとも体では――教師になるために創られたよ」

リヤードが彼の体に言及したことは、痛ましい事件を彼に想起させた。彼は友人の一人の誕生日パーティに参加した。彼らはみんな酔うまで飲んだ。そこで彼らの一人が彼の頭と鼻を暗に指しながら彼をあげつらい、そのあげくみんなが笑ったのだ。鼻か頭を思い出せば、アーイダとあの頃を思い出した。アーイダは彼の鼻と頭の創造者だ。愛が縮小して、それが無と化し、それからこの悲痛な滓《かす》が残ったのは不思議であった。

リヤードは彼の腕を引き寄せて言った。

「さあ、ワインを飲んで、小説の話しをしよう。それからあとでガウハリー横町のマダム・ガリーラの家へ行こう。君が彼女に父方の叔母さんと言うなら、僕は母方の叔母さんと言うことにしよう」

注

（1）一九三七年一二月ファールーク国王はナッハースの率いるワフド党内閣を解任し、ムハンマド・マフムード内閣を任命した。これには一一月ワフド党を離脱したヌクラーシーとアフマド・マーヒル、それに後者の兄で国王顧問のアリー・マーヒルなどが関与したと言われている。ヌクラーシーとアフマド・マーヒルは三八年一月サアド党を結成した。
（2）イスラムのエジプト到来以前にエジプトに住んでいた土着のキリスト教であるコプトは、古代エジプト人の血を引くと言われる。
（3）キリスト教徒やユダヤ教徒をはじめイスラムの支配下に入った住民が、生命・財産の安全と信仰の保持を保障される見返りに徴収された租税。
（4）アブドル・アジーズ・ガーウィーシュはチュニジア出身の知識人で、国民党の機関紙リワーの編集長。第一次大戦後、青年ムスリム協会の結成に功があった。

24 ナイーマの死

砂糖小路《スッカリーヤ》は大騒ぎであった。より正確には、アブドルネイム・シャウカトのアパートがそうであった。寝室のナイーマのベッドの周囲にはアミーナ、ハディーガ、アーイシャ、ザンヌーバ、そして産科の女医が集まっていた。一方応接室にはアブドルムネイムと一緒に、彼の父のイブラーヒーム・シャウカトと弟のアフマド、ヤーシーンとカマールが座っていた。

ヤーシーンはアブドルムネイムをからかって言った。

「次の出産は、お前が試験に備えているこの時期にならないよう計算をしろよ」

時は四月下旬であった。アブドルムネイムは浮き浮きしていると同程度に、また不安であると同程度に、疲労していた。閉ざされた扉の背後から、陣痛の声が苦痛のあらゆる意味を込めて鋭く聞こえてきた。アブドルムネイムが言った。

「妊娠が彼女をとても疲れさせせました。彼女の衰弱は頭では想像できない度合いに達し、顔には一滴の血も残っていなかったんです」

ヤーシーンは安心してげっぷをし、それから言った。

「それは普通のことだ。女たちはみんな同じさ」

カマールが微笑して言った。

「僕はまだナイーマの誕生を覚えているよ。難産で、アーイシャはとても苦しんだ。僕は苦痛を感じていたよ。僕は故人のハリールと一緒にこの場所に立っていたんだ」

アブドルムネイムが尋ねた。

「それから理解するに、難産とは遺伝的なものですか？」

ヤーシーンが指で上を指しながら言った。

「安産にできる方はあちらにおられる」

アブドルムネイムが言った。

「このあたり一帯で有名な助産婦を連れてきたんです。母は僕たちを取りあげた産婆を信頼していた。だが僕は助産婦に固執したんです。彼女は疑いなくもっと清潔で、もっと上手です」

ヤーシーンが言った。

「もちろんさ。たとえ出産が、挙げてアッラーの命令と配慮によるものでもね」

イブラーヒーム・シャウカトが煙草に火を付けながら言った。

「早朝に陣痛が来て、今は晩の五時だ。可哀想に。彼女は影のようにか細い。主が彼女の手を取ってくださいますように」

それから彼は座っている人たち全部、特に息子のアブドルムネイムとアフマドを無気力な目で眺め回しながら、

「ああ、お前が母親の耐える苦しみを覚えていたらな！」

アフマドが笑って言った。

「どうして胎児に思い出すよう要求するんだい、父さん？」

男は叱るように言った。

「もし恩を認めるなら、記憶だけに頼ってはいかん」

陣痛が途絶えた。閉ざされた部屋を静寂が包み、皆の頭がそちらを向いた。少し時が過ぎた。アブドルムネイムは忍耐を切らし、立ちあがって扉のほうへ進み、ノックした。肉づきのよいハディーガの顔が四分の一見えるだけ扉が開かれた。彼は物問いたげな目で彼女を見て、頭を中に入れかけた。しかし彼女は両の手のひらで彼を押し止めながら言った。

「アッラーはまだ終わりをお許しにならない」

「時間が長引いている。陣痛は本物でなかったのでは？」

「助産婦があたしたちよりよくご存じだわ。安心して、あたしたちに終わりを祈っておくれ」

扉は閉ざされた。青年は父の隣の席に戻った。父は彼の不安にコメントして言った。

「彼を大目に見てやってくれ。彼には出産がはじめてなんだ！」

カマールは気を紛らせたくなり、ポケットに畳んで入れていたバラーグ新聞を取り出し、目を通しはじめた。アフマドが言った。

「ラジオで選挙戦の最終結果が発表されましたよ……（それから冷笑して）何とまあ、おかしな結果でしょう」

彼の父が無頓着に尋ねた。

「ワフド党員の成功者総数はどうだい？」

「僕の覚えているところでは、一三名だった」

それからアフマドが伯父のヤーシーンに話しを向けて言った。

「伯父さん、たぶんあなたはリドワーンの喜びに敬意を表して喜んでいるでしょうね？」

ヤーシーンは軽視して両肩を揺すりながら言った。

「彼は大臣でも、代議士でもない。そのすべてが僕に何の関係があるかね？」

イブラーヒーム・シャウカトが笑いながら言った。

「ワフド党員は捏造選挙の時代は終わったと考えていた。だが改革者のほうが彼らの兄貴よりひどかった！」

アフマドがいまいましそうに言った。

「どうやらエジプトでは例外が原則ですね！」

「ナッハースやマクラムですら落選した。これは喜劇じゃないかね？」

そのときイブラーヒーム・シャウカトが少し鋭く言った。

「だが二人が、国王に対し礼儀を失したことは誰にも否定できない。王様たちには彼らの地位がある。物事はあんな風に取り仕切るものじゃない」

アフマドが言った。

「我が国は王様たちへの無礼の強力な一服を必要としています。長い冬眠から目覚めるために」

カマールが言った。

「だが犬どもが偽《にせ》議会の隠れみのの下で、我が国を絶対的政治に戻してしまう。実験の最後にわれわれはファールークがフォアードの力と専権を、あるいはそれ以上を持つのを見つけるだろう。こういうことすべてが一部国民の手により犯されている」

ヤーシーンが笑い、解釈と説明を行うかのように言った。

「幼いころカマールはシャーヒーン、アドリー、サルワト、ハイダル[1]のようにイギリス人を好きだったのに、その後一転してワフド派になった」

カマールは特にアフマドを眺めながら真面目に言った。

「捏造選挙、この国の誰もそれが捏造であると知っている。それでもなお公式に認知され、それによって国が支配される。この意味合いは、代議士が議席を盗んだ泥棒であり、従って閣僚が肩書を盗んだ泥棒であり、権力と政府が偽物で捏造されたものであり、盗みと捏造とごまかしが公式に合法化されるということが、人民の良心に定着することだ。普通の男が原則や倫理への不信に陥り、捏造と便宜主義を信じたとしても、彼は申しわけが立つのではないかな？」

アフマドが熱狂的に言った。

「連中に支配させたらいい。すべての悪に別の側面があります。我が人民にとっては、自分たちが愛し、信用する政権によって――この政権が真の願望を実現しないのに――麻痺させられることよりも、屈辱を味わったほうがましですよ。僕はこのことをさんざん考えた末、一転してムハンマド・マフムードやイスマーイール・シドキーのような圧制者の政権を歓迎するようになりました」

カマールはアブドルムネイムがいつものように話しに参加しないのを認め、彼を話しに引き込もうと思って言った。

「なぜ君の意見を述べないんだね？」

アブドルムネイムは意味のない微笑を浮かべて言った。

「今日は僕を聞き役にしておいてください」

ヤーシーンが笑いながら言った。

「元気を出せよ。新生児がお前がむっつりしているのを見つけ、もといたところへ引き返すことを考えないようにな」

ヤーシーンがふと身動きし、カマールは彼が辞去の言いわけをこしらえようとしていると悟った。そうだ、コーヒーの時間が来たのだ。彼の家での「夜話」の制度は何事によっても変更できないものであった。カマールは残っている必要がない場所から彼と一緒に出ようと考え、身構えながら彼を見守りはじめた。そのとき悲鳴が人間の深奥からの旋律を帯びながら、激しく、残酷にナイーマの部屋からほとばしった。悲鳴が相次ぎ、彼らの目が部屋の扉を注視し、沈黙が彼らのあいだを支配し、やがてイブラーヒームが懇願してささやいた。

「おそらく最後の陣痛だろう、アッラーがお望みになれば」

本当か？　しかしそれが続き、彼らはむっつりし、アブドルムネイムの顔が充血した。それから沈黙がもう一度戻ったが、少しのあいだだけだった。陣痛が戻ったが、それはかすれた喉と裂けた胸が断末魔であるかのように投げつけた空虚な声であった。

アブドルムネイムの状態は、彼が激励を必要としていることを示していた。ヤーシーンが言った。

「君が聞くものすべては難産のありふれた状態だよ」

アブドルムネイムは震える声で言った。

「難産！　難産！　でもなぜ難産なんです？」

扉が開き、ザンヌーバが出てきて、それを閉めた。彼らは彼女を注視した。彼女は近づいて、ヤーシーンの前に立ち止まって言った。

「万事順調よ。ただ助産婦が念を入れて、ドクター・サイード・アフマドを連れてくるようにと望んでいるの」

アブドルムネイムが立ちあがりながら言った。

「状態が彼を連れてくることを必要としたことは疑いない。彼女はどうなったか僕に教えてください！」

ザンヌーバは静かで確信ある声で言った。

「万事順調よ。もしもっと安心したかったら、急いで医者を連れてきなさい」

アブドルムネイムは時間を失うことなく、服を整えるため部屋へ行き、アフマドがあとに従った。それから二人はドクターを連れてくるため一緒に外へ出た。そのときヤーシーンが彼女にきいた。

「あちらで何があったんだい？」

ザンヌーバは顔にはじめて不安の色を見せながら言った。

「可哀想に疲れてしまった。アッラーが彼女を助けてくださいますように」

「助産婦は何も言わないのか？」

ザンヌーバは降伏して言った。

「ドクターを必要としていると言ったの」

ザンヌーバは背後に不安の重い影を残して部屋に戻った。ヤーシーンがきいた。

「その医者は遠くにいるの？」

イブラーヒーム・シャウカトが答えた。

「アタバの、あんたの行きつけの喫茶店の上にある建物に」

悲鳴が響き、彼らの舌は引きつった。苦しい陣痛が戻ったのか？　いつ医者が来るのか？　悲鳴が再び響き、緊張が増した。するとヤーシーンがぎょっとして叫んだ。

「これはアーイシャの声だ！」

彼らは耳を澄まし、アーイシャの声を識別した。イブラーヒームは部屋へと立ちあがり、扉を叩いた。ザンヌーバが青ざめた顔で扉を開いた。彼はせかせかと尋ねた。

「あんたたちに何があったんだ？　アーイシャ奥さんはどうした？　彼女は部屋を出たほうがよくはないか？」

ザンヌーバは唾を飲み込みながら言った。

「いいえ、状態はひどいの、イブラーヒームさん」

「何が起きたんだ？」

「突然、彼女は……待って」

一秒以内に三人の男は部屋の扉のところで眺めていた。ナイーマは胸まで布で覆われていた。伯母と祖母と助産婦が寝床の彼女を囲み、母が部屋の中央に立って意識を失ったかのようにうつろな目で遠くから彼女を凝視していた。ナイーマは目をつぶっていた。胸は体の静かな残りの部分から解き放たれたかのように上下していた。一方顔は死人のように白く色あせていた。

助産婦が、

「ドクター」

と叫んだ。

アミーナは、

「主よ」

と叫びはじめた。

ハディーガはおびえた声で、

「ナイーマ、あたしに答えて」

と呼んでいる。アーイシャのほうは物事が彼女に全然無関係であるかのように、口をきかなかった。

カマールは、

「あちらでは何が？」

と訝り、呆然として、

「あちらでは何が？」

と兄にきいたが、兄は答えなかった。何という難産？　彼は視線をアーイシャとイブラーヒームとヤーシーンに巡らした。彼の心臓が胸の中に沈み込んだ。そこには一つの意味しかなかった。

彼らは皆部屋に入った。もはや産室ではなかった。さもなければ彼らは入らなかったろう。アーイシャは、はなはだしくひどい状態にあった。しかし誰も彼女に言葉を向けなかった。ナイーマは両目を開いたが、それらは真っ暗に見えた。彼女は座りたいと欲しているかのような動作をした。祖母が彼女を座らせ、胸に抱いた。娘は息を飲み、深い呻きを発した。それから救いを求めるかのように突然叫んだ。

「ママ……あたしは行くわ、あたしは行くわ」

それから頭を祖母の胸に落とした。部屋は叫喚で騒然となった。ハディーガは自分の頬を叩き、アミーナは娘の顔の前で自分が殉じて死にたいと求めた。一方アーイシャは砂糖小路《スッカリーヤ》を見下ろす窓から両眼を投げ、目を釘づけにしたが、何の上にか？　それから断末魔の喉音のような声が響いた。

「主よ、これは何ですか？　あなたは何をなさっているのですか？　なぜです？　なぜです？　あたしは知りたい」

イブラーヒーム・シャウカトが彼女に近づき、彼女に手を差し伸べた。彼女は神経質な動作でそれを遠ざけながら言った。

「誰もあたしに触らないで。あたしを一人にして。あたしを一人にして」

それから彼らに視線を巡らしながら言った。

「どうか出て行って。あたしに話しかけないで。あんたたちに役に立つ言葉があって？　あたしには言葉は役立たない。見てのとおり、ナイーマは死んだの。あの子はこの世であたしに残されたすべてだった。もうこの世にはあたしに何も残らない。どうかあっちへ行って」

ヤーシーンとカマールが宮殿通り《バイナル・カスライン》へ向かって進んでいるとき、闇は漆黒だった。ヤーシーンが言った。

「父さんにニュースを知らせるのは何と重苦しいことか！」

カマールは目をふきながら答えた。

「うん」

「泣くなよ。俺の神経はもはや耐えられない」

カマールは嘆息しながら言った。

「彼女は僕にとってとても大事だった。兄さん、僕はとても悲しい。可哀想なアーイシャ！」

「これこそ災難だ！　アーイシャ！　俺たちはみんな忘れるとしても、アーイシャは例外だ」

〈みんな忘れる？　僕にはわからない。彼女の顔は一生僕から消えまい。僕には忘却との異常な経験があるとしても、それは大きな恵みだ。だが忘却はいつその芳香をおごってくれるのか？〉

ヤーシーンは再び言った。

「彼女が結婚したとき、俺は悲観的だった。知らないか？　ドクターは彼女の誕生の日、彼女の心臓は二十歳過ぎまで持つまいと予言した！　父さんはおそらくこれを覚えているよ」

「僕は何も知らない。アーイシャは知っていたの？」

「いいや、それは古い歴史だ。アッラーの定めは必然だ」

「アーイシャよ、あんたは何と不幸な人なんだろう」

「そうだ、可哀想にアーイシャは何と不幸なんだ」

注
（1）ムハンマド・シャーヒン、アドリー・イェゲン、アブドルハーリク・サルワト、ムハンマド・ハイダルは親英派と目されていた政治家や軍人。

25　アフマドの恋

アフマド・イブラーヒーム・シャウカトは大学図書館の閲覧室に座り、手にした本を読み耽《ふけ》っていた。試験まで一週間しか残っていない。勉強は彼をすっかり疲労させていた。彼は誰かが閲覧室に入り、背後に座ったのを感じた。好奇心で後《うし》ろをふり向くと、アラウィーヤ・サブリーを見た！　そう、彼女だ。たぶん彼女が借りる本を待つため座ったのだろう。こうしてふり向いたとき、彼の両眼は黒い双眸とかち合った。それから有頂天になって頭を元の位置に戻した。彼女が彼の姿を知るに至ったことは疑いない。彼が彼女に惚れていることを知ったようにである。このようなことは隠せないものだ。加えて彼女があちこちふり向いたとき——講義のクラスであろうと、オルマーン公園だろうと——彼が彼女を盗み見ているのに気づいたはずである。

彼女の入室は彼の読書を邪魔したが、喜びは彼が予想していた域を越えていた。彼は——彼女が彼と同様に社会学を専攻すると知って以来——来学年中に二人が知り合いになれることを希望していた。それは予備課程の学生が大勢いる今年には、彼に機会のないことであった。しかも多数の監視者なしに、こんな近くで彼女を見かけたことは今までにない。書籍目録の棚の一つを見るようなふりをして、棚のほうに行き、それからその途中で彼女に挨拶しよう、彼は内心でそう考えた！　彼が周囲に視線を投げると、若干の学生があちこちに散らばっており、彼らの数は十指を越えないことを知った。彼はためらわずに立ちあがり、椅子のあいだの通路を進み、彼女の側を通ったとき、二人の目がかち合い、彼は頭を下げて丁寧に挨拶した。彼女の顔に不意打ちの印象が現れたが、彼女は頭で挨拶を返し、前方を眺めた。

さて間違ったかと、彼は訝った。いいや、彼女は一年の長きにわたっての同級生であり、ほとんど空っぽの場所で、このように面と向かって会ったときは挨拶するのが義務である。彼は百科事典の書棚へと歩みを続け、それから一冊を選び、一語も読むことなく頁をめくりはじめた。返礼による彼の喜びは大きく、彼から疲れを除き、彼の胸を活発に揺さぶった。何という美人、彼女は彼の全身を賛美と引力で満たし、そのあげく彼の最大関心事となった。

彼女の全状況は彼女がいわゆる「名家」の出であることを示していた。彼が最も恐れることは、彼女には階級の誇りがあり、彼女の完全な礼儀がそれを隠していることだ。彼は必要があれば、彼女に——正直に——彼が名家の出であることを告白することができるはずだ。シャウカト家は「名家」ではなかったか？　そうだ……資産家で、いつの日か彼には不動産収入と給料の双方が入るだろう！　彼の口は冷笑でほころんだ。不動産収入、給料、名家！　それでは彼の主義はどこにある？　彼はいくらかの羞恥を感じた。心はその恋情において主義を知らない。人々は主義の圏外で、主義に配慮することなく愛し、そして結婚する。彼らは自らのベターハーフを新たに創造すべきである。

異国に入る人が彼の欲するものに到達するためその国の言葉を話すべきであるように。それに階級と所有権は現実的真理で、彼も、彼の父も、彼の祖父もそれを創造したわけではない。彼はそれらの責任者ではない。科学と闘争は人類を差別するこのような愚劣なものを一掃する資格がある。階級制度を変えることはたぶん可能であろう。しかし彼が収入の豊かな家族の出であるとの過去を変えることがどうして可能であろうか？　人民的原則が貴族的愛情と衝突するなんてとんでもない。カール・マルクス自身がブランズウイック公爵の孫娘ジェニー・フォン・ウエストファーレンと結婚した。世人は彼女を「魅惑の王女」とか、「ダンスの女王」とか称していた。そら、彼女はもう一人の魅惑の王女だ。もし彼女が踊ったら、「ダンスの女王」となったろう。

　彼は本を元の場所に返してから戻り、彼女の肢体の現れている部分で目を満たしはじめた。背の上部、繊細な首の表面、編んだ髪の毛で飾られた後頭部、何と美しい眺めだ。彼は彼女の側をそっと通り過ぎ、席に座った。数分がたたないうちに、彼女の軽い足音が聞こえた。彼女が立ち去ると考えて残念そうに背後を眺めると、彼女がこちらへ来るのが見えた。彼女が彼の横に来たとき、少しうろたえながら立ち止まった。彼は目を信じられなかった。彼女が言った。

「すみません。あなたは歴史の講義録をお持ちですか?」

　彼は兵士のように起立し、さっそく言った。

「確かに」

　彼女は詫びるように言った。

「イギリス人教授の講義に十分ついて行けなくて、ずいぶん重要な箇所を記録し損ねました。あたしはあとに専攻する項目についてしか、資料を参照しません。全項目を見直すほど時間的余裕がなくて」

「わかります、わかります」

「あたしは、あなたのノートが網羅的で、大勢の人が記録し損ねた部分を写すため、あなたからそれを借りたと聞きましたが?」

「ええ、明日あなたに使っていただけるでしょう」

「どうもありがとう。(それから微笑して)あたしを怠け者と思わないでください。でもあたしの英語は中位なの!」

「悪くないですよ。僕もフランス語は中以下です。たぶん僕たちには協力の機会が出てくることでしょう。失礼ですが、どうぞおかけください。あなたはこの本を読みたいのでしょう? ハンキンズの社会学入門です」

　しかし彼女は言った。

「ありがとう。あたしは何回かそれを参照しました。あなたはフランス語が中以下とおっしゃいましたね。たぶんあなたは心理学のノートを必要としているのでは?」

　彼はためらわずに言った。

「もしお貸しいただければ、感謝します」

「明日ノートを交換しましょうか?」

「大いに喜んで。でも失礼、あなたは社会学科では大部分の講義が英語でなされるのを見つけるでしょう」

彼女は微笑の芽生えを隠しながらきいた。

「あたしが社会学科を選んだのをご存じ?」

彼は羞恥を隠すかのように微笑した。もはや羞恥はなかったが、「手ごたえ」を感じたのである。しかし彼はあっさりと言った。

「はい!」

「どんなきっかけで?」

彼は大胆に言った。

「いや、僕は尋ねて、知ったんです」

彼女は深紅色《しんこういろ》の両唇をかみしめ、それから彼の答えを聞かなかったかのように言った。

「明日ノートを交換しましょう」

「朝……」

「またね。ありがたかったわ」

彼はすぐに言った。

「僕はあなたと知り合えて幸せです。ではまた」

彼は彼女が扉に隠れるまで立ち続け、それから座った。一部の連中が彼のほうを探るように眺めているのがわかった。だが彼は幸福に酔っていた。いったい彼女の話しは彼が見せた彼女への賞賛に反応したものだろうか? それともどうしてもノートが必要であったためか? この時以前には知り合う機会は訪れなかった。彼は彼女がいつも女子学生仲間と一緒にいるのを見ていた。これは最初の機会である。長いあいだ望んでいたことを奇跡めいた形で手に入れたのだ。

〈われわれが愛する人の口からの一言は、すべてのことを無にする価値がある〉

26　ヤーシーンの昇級

ヤーシーンは意志に反して不安そうに見えた。彼は自分には何も、等級も、給与も、政府自体も関係ないと長いこと見せかけてきた。同僚の官吏の前でだけでなく、自分に対してもである。六等級はもしそれに昇進したとしても——彼の月給を二ポンド増やすに過ぎない！　何とまあ、見捨てられたものだ、ヤーシーンよ！　六等級は彼を審査係から係長にするとの話しである。しかしいつヤーシーンは長なるものを気にしたことがあろうか？

ただ彼は不安であった。特にムハンマド・エッフェンディー・ハサン部長——リドワーンの母ザイナブの夫——が次官との面談に呼ばれてからである。次官が彼を呼んだのは、昇進に関するリストに署名する前に、彼の部下について最後の意見を聞くためであるとの噂が、記録文書部員のあいだに広まった。ムハンマド・ハサン！　彼の不倶戴天《ふぐたいてん》の後継者で、ムハンマド・エッファト旦那がいなかったら、とっくに彼を痛めつけていたであろう！　この男が彼について よい証言をすることができようか？　部長の部屋が空になった機会を捕らえ、彼は電話に急ぎ、法学部につないでもらった。彼がリドワーン・ヤーシーンを呼び出すため、同学部と接触するのはその日で三回目であった。

「ハロー、リドワーンかい？　俺はお前の父親だ」

「ようこそ、万事順調だよ」

彼の声は自信を匂わせていた。息子が父の仲介人なのだ。

「人事異動は今署名を待っているのかな？」

「安心しなさいよ。父さんを推薦したのは大臣自身です。代議士や上院議員が大臣に話し、大臣は善処を彼らに約束したんです」

「問題は最後の接触を必要としないかね？」

「決して。父さんに知らせたように、今朝パシャは僕を祝福してくれたんだ。十分安心しなさいよ」

「ありがとう、息子や。さようなら」

「さようなら、パパ。前もっておめでとう」

彼は受話器を置いて、部屋を出た。彼はイブラーヒーム・エフェンディー・ファタハッラー——彼の同僚で、同じ等級の競争相手——が、いくつかのファイルを持ってくるのと出会い、遠慮がちに挨拶を交わした。そのときヤーシーンが言った。

「僕たちのあいだにあるものをスポーツのゲームにしよう、イブラーヒーム・エフェンディー。どんな結果でも男らしく受け入れよう」

男はいまいましげに言った。

「フェア・ゲームであることを条件に！」

「どういう意味だい？」

「選任が仲介によってでなく、公正なものであることだ！」

「奇妙だな、君の意見は！　この世に仲介なしの暮らしはあるかね？　君は君の好きなようにやれよ、僕は僕の好きなようにやる。運命づけられた者が等級を手に入れる」

「僕は君より古い」

「どちらも古参だ。一年は物事を早くも、遅くもしない！」

「一年のうちにに生まれる人もいれば、息を引き取る人もいる」

「生まれたり、息を引き取ったり。それぞれ運命次第だよ」

「能力は？」

ヤーシーンは激して言った。

「能力？　僕たちは橋をかけたり、あるいは発電所を作ったりするのか？　能力！　僕たちの書記仕事はどんな能力を要求するんだね？　僕たちのどちらも小学校卒業だ。それに加え、僕は教養人だよ」

イブラーヒーム・エフェンディーが冷笑して言った。

「教養人？　ようこそ、やあ、教養人さん！　君は暗記している詩のせいで自分を教養人と考えるのか？　それとも小学校の試験を改めて受けているかのように、君が部の書面を書く作文術のせいでか？　僕は自分のことをアッラーにお任せしたよ」

二人の男は最悪の状態で別れ、ヤーシーンは彼の机に戻った。部屋は大きく、両側に机が向かい合って並べられ、壁はファイルがつまった書棚に覆われていた。彼らの一部は書類にかかりきりで、他の連中はしゃべり合ったり、喫煙したりしていた。その一方で、若干の使い走りがファイルを持って行き来していた。

ヤーシーンの隣の男が言った。

「僕の娘は今年大学入学資格を取るだろう。僕は彼女を師範学校に入れて、一安心するんだ。出費もなければ、卒業後の職探しによる心労もないだろう」

ヤーシーンは言った。

「でかしたな」

男は議論しながら尋ねた。

「君はカリーマのため何を用意してやったかね？　ところで彼女は何歳になったかな？」

ヤーシーンは激していたにもかかわらず、表情に微笑をにじませて言った。

「一一歳だ。アッラーがお望みになれば、今度の夏に小学校卒業資格を得るだろう。（指を数えて）今一一月で、ちょうど七ヵ月残っている」

「小学校で成功すれば、中学校でも成功するよ。今日、女の子は男の子より頼もしい」

中学校？　これはザンヌーバが望むものだ。とんでもない。彼は娘が乳房を揺さぶりながら通学するのを見るに耐えられない。それに費用は？

「僕たちは娘を中学校に入れない。なぜって？　娘は職業につかないんだ！」

三番目の男がきいた。

「それは一九三八年に言える言葉かね？」

「わが家では二〇三八年であっても言えるよ！」

四番目が笑いながら言った。

「君は彼女と自分の両方に費用を払うことができないと言いたまえ！　アタバ広場の喫茶店、ムハンマド・アリー通りの酒場、若い処女の好みが、俺のやりくり算段を目茶目茶にしてしまった、これが実話だと」

ヤーシーンは笑い、それから言った。

「主が彼女を守ってくださるよ。だが僕が言ったように、僕たちは娘に小学校以上の教育を与えないんだ」

部屋の入り口に接する遠い隅から咳が高く聞こえてきた。ヤーシーンはその主のほうをふり向き、それから大事なことを思い出したかのように立ちあがった。ヤーシーンは彼の机に向かった。やがて男が気づき、頭をヤーシーンのほうにあげた。ヤーシーンは彼の上に身をかがめながら言った。

「僕に処方箋を約束したね」

男は耳を伸ばしながらきいた。

「ええ？」

ヤーシーンは男の遠い耳に気分を損ね、声を張りあげることに羞恥を感じた。すると部屋の中央から高い声があがって言った。

「彼が君に処方箋をきいていると、僕は賭けるよ。われわれみんなを墓場へ連れて行く君の処方箋だ」

ヤーシーンはうんざりして自分の机へ退いた。男は彼への迷惑を意に介せずに、部屋全体に聞こえる声で言った。

「僕がそれを教えてやろう。マンゴーの皮を持ってこい。それをうんと煮立てな。それが蜂蜜のように粘りつく液体となるまで続けろ。朝食前にそれを一さじ飲めだよ」

皆が笑った。ただイブラーヒーム・ファタハッラーが皮肉って言った。

「大したものよ。でも六等級を得るまで待つんだね。それが君を元気にするさ！」

ヤーシーンは笑いながら反問した。

「等級はこの問題に役立つのかね？」

ヤーシーンの隣の男がやはり笑いながら言った。

「この理論が正しかったら、われわれの小使のハサネインおじさんは、教育大臣になるに値する！」

イブラーヒーム・ファタハッラーが手と手を打って、全同僚に尋ねながら言った。

「兄弟たちよ。この男（ヤーシーンを指しながら）は善良で、愉快で、いいやつだ。しかし彼は一ミッリーム分でも働いているかね？　僕は君たちの良識に満足しているよ」

ヤーシーンがからかって言った。

「僕の一分間の仕事は君の一日分の仕事に匹敵するよ！」

「部長は君を優しく扱い、君はこの薄汚れた時代に息子に頼っている、それが実話さ！」

ヤーシーンは彼を怒らせることに固執して言った。

「すべての時代においてだよ、君の生命にかけてね。息子はこの時代。もしワフドの時代が来れば、甥と父がいる。君のところには誰がいるか言ってくれ！」

男は頭を天井にふりあげながら言った。

「僕のところには主がおわします！」

「栄誉ある主は僕のところにもおわしますよ。彼は全部の主ではないかね？」

「だが彼はムハンマド・アリー通りの常連には満足されまい！」

「彼はアヘンとマンズールの常飲者には満足されるかね？」

「酔っ払い以上に醜い存在はない！」

「酒は大臣や大使の飲み物だ。彼らが乾杯しているのを新聞で見ないかい？　だが政治家が、たとえば条約締結を祝う政治的集会でアヘンの切れを差し出すのを見たかね？」

ヤーシーンの隣の男は笑いと戦いながら言った。

「静かに、みんな。さもなければ、君たちの任期の残りを牢獄の中で過ごすことになるぞ！」

ヤーシーンは敵対者を指しながらすぐに言った。

「君にかけてだが、彼は牢獄の中でも僕に嫌がらせをして、俺のほうが君より古いと言うよ！」

そのときムハンマド・ハサンが次官との会談から戻った。沈黙があたりを支配して、彼らの頭が彼のほうをふり仰いだ。男は一直線に彼の部屋へ向かった。彼らは物問いたげな視線を交わした。今喧嘩している同士の一人が係長となることはあり得ないことではない。しかしこの幸運の主は誰か？　部長室の扉が開き、禿頭が現れ、

「ヤーシーン・エフェンディー」

と乾いた声で呼んだ。ヤーシーンは大きな体を起こし、心臓を高鳴らせながら部屋へ向かった。

部長は奇妙な眼差しで彼を調べ見て、それから言った。

「君は六等級へ昇進した！」

ヤーシーンは胸を弾ませて言った。

「ありがとうございます、部長」

男はよそよそしさを欠かない口調で言った。

「君より権利のある者がいると率直に言うのが公平だろう。だが仲介があった！」

ヤーシーンは怒った。彼はこの男の前ではしばしば怒るのだ。彼は言った。

「仲介！　それがどうしました？　大小の人事異動は仲介なしになされますか？　この部で、この省で、あなたを含め、仲介なしに人間が昇進しますか？」

男は怒りを抑え、それから言った。

「君のほうから僕には頭痛の種しか来ない。正当な理由なく昇進する。それから公正なコメントの少しばかりに荒れ狂う。どうでもいいさ。おめでとうよ。おめでとうよ、旦那。君が頑張ることを願うだけだ。君は今や係長なんだぞ！」

ヤーシーンは部長の退却で勇気づけられ、鋭さを弱めずに言った。

「僕は二〇年以上前からの官吏です。年齢は四二歳です。六等級は僕には過ぎた地位だと言うのですか？　大学を卒業しただけで、子どもたちがその等級に任命されていますよ！」

「大事なことは君が頑張ることだ。僕が君の他の同僚たちと同様に君に頼れることを望む。君はナッハーシーン学校の書記だったとき、勤勉な官吏の模範だった。あの古い出来事さえなかったら」

「古いことを、今思い出す必要はありません。誰にも過ちがあります」

「君は今成熟した男の年齢だ。君の品行が方正にならな

ければ、君が義務を果たすことが困難になる。毎晩外で夜更かしをしていては、朝どんな脳みそで仕事をするのかね？　君が部を担ってもらいたいんだ。これがすべてだよ」

ヤーシーンは彼の素行に触れられたことに絶望して言った。

「人間が私の個人的素行に一言でも触れることを受け入れることはできません。僕は省の外では自由です！」

「内部では？」

「係長がやるべき仕事をやります。僕は過去に一生十分なだけ働きました」

ヤーシーンは怒りで胸が騒いでいるにもかかわらず、微笑を装いながら机に戻った。ニュースが広まり、彼は祝福を受けた。

イブラーヒーム・ファタハッラーは隣の男の耳に体をかがめ、憎しみを込めてささやいた。

「あいつの倅め！　これが実話だ。アブドルラヒーム・パシャ・エイサー。わかったかい？　くそ食らえだ！」

27　老いの日々

アフマド・アブドルガワード旦那は張り出し窓に面した大きな椅子に腰かけ、時に通りを、時に膝の上に広げたアフラーム紙を眺めていた。張り出し窓の穴は彼のゆったりとしたギルバーブと布帽の上に明かりの点々を映し出していた。居間に据えつけてあるラジオを聞くことができるように部屋の扉は開け放たれていた。ただ彼は痩せて、やつれて見えた。また彼の両眼には悲しい降伏を示す重たい眼差しが現れていた。

彼は——張り出し窓の席から——はじめて通りを発見するかのようであった。彼の過去の生活の日々にはこの角度から通りを見たことはなかった。彼は睡眠以外のほとんどの時間をこの家で過ごすことはなかったからだ。一方今日ときたら——ラジオに次いでは——張り出し窓のこの席以外、彼の慰めはなくなっていた。彼は張り出し窓の穴から北に、南にと眺めた。それは生き生きして、楽しい、すてきな通りである。加えて彼の店——以前の——から約半世紀見慣れてきたナッハーシーン通りから区別される特徴があった。ここには床屋のハサネイン、煮豆屋のダルウイーシュ、牛乳屋のフーリー、果汁屋のバユーミー、いり種屋のアブー・サリーアの店々があり、顔の目鼻立ちのように通りに立ち、通りはそれらによって知られ、それらは通りによって知らるようになっていた。

〈何という仲間づき合い、何という隣人関係。いったいこういう連中の年齢はいくつだろうか？　床屋のハサネインはがっちりした体格で、時の痕跡が現れることの少ない部類に属している。髪の毛以外何もほとんど変わっていなかったが、彼が五〇歳を越したことは疑いない。こういう連中が健康を保っているのはアッラーの仁慈によるものだ。ダルウイーシュは？　禿頭、いつもそうだった。だが六〇歳である。何という丈夫な体！

わしも六〇歳だったが、六七歳になってしまった。年を取ったものだ！　わしは自分の体の残骸に合う服を仕立ててみた。わしの部屋に掲げてあるこの肖像画を眺めると、自分ではないと思ってしまう。フーリーはダルウイーシュより若い。あの目のかすんだ哀れな男。付き添いの少年がいなかったら、どうして道をたどるかわからなかったろう。アブー・サリーアは老人だ。老人？　でもまだ働いている。彼らの誰一人店を離れていない。だが店を離れることは辛いものだ！　それにお前にはこの座席と、日夜家にうずくまることしか残っていない。

毎日一時間でも外出できたらよいのだが！　だがわしは金曜日を待つべきだ。それに杖が必要だ。付き添ってくれるカマールが必要だ。万有の主アッラーに称賛あれ。バユーミーは彼らのうちで最も若く、最も幸運だ。彼はウンム・マルヤムから始まった。わしのほうは彼女で終わった。彼は今日界隈で最新の建物の所有者だ。これがリドワーン氏の家の成れの果てである。彼は電気で照明されたこの飲料店を建設した。男の運は女をだますことで始まる。運をお授けになる御方に栄光あれ、またその御方の知恵は偉大であれ！

すべてが更新される。道はアスファルトで舗装され、街灯で照らされている。暗闇の中を深更に帰宅した夜を覚えているか？　だがわしはあの夜からどこにいる？　どの店にも電気とラジオがある。わしを除いては、すべてが新しい。六七歳の老人。あえぎながら週に一日しか家から出ることができない。

心臓！　すべてが心臓からだ。長いこと女を愛し、長いこと笑い、長いこと喜び、歌った心臓。それが今日は座り

きりを命じられ、この命令には反対できない。医者が、

「薬を飲み、家にこもり、私の規定した食事療法を守りなさい」

と言う。

「結構です。でもそれはわしに力を戻してくれるのですか、つまりわしの力の一部ですが？」

「副作用を防ぐだけで十分なのです。しかし努力や活動は危険なことですよ。（それから笑って）なぜあなたの力を取り戻したいのですか？」

と、医者は答える。そうだ、なぜだ？　それはおかしくもあり、悲しくもあることだ。

それでもなお、

「わしは行ったり、来たりしたい」

と彼は言ったし、

「すべての状態に喜びがあります。静かに座り、新聞を読み、ラジオを聞き、家族の楽しみを味わいなさい。金曜日には車でフセイン・モスクを参詣しなさい。あなたにはこれで十分でしょう！」

と、医者は言った。

〈物事はその主人であるアッラー次第。ムトワッリー・アブドルサマドはまだ路傍をうろついている！　医者は「家族の楽しみを味わえ」と言う！　アミーナはもはや家に閉じこもっていない。役割が逆転してしまった。わしが張り出し窓にいて、彼女はカイロ中をモスクからモスクへと歩き回る。

カマールが客のようにわずかな時間、わしの相手をして座る。アーイシャは？　ああ、アーイシャよ。お前は生きているのか、それとも死んでいるのか？　それなのに、彼らはわしの心臓が回復し、休養することを望んでいる！〉

「旦那様」

彼は背後の声の方向へふり向き、ウンム・ハナフィーが薬の瓶と空のコーヒー・カップと半分水を満たしたグラスを載せた小さな盆を持っているのを見た。

「お薬です、旦那様」

台所の匂いが彼女の黒衣から放たれている。時と共にわが家族の一員となったこの女。彼はグラスを取り、カップに半分満たし、瓶の栓を外して、カップに四滴を垂らし、薬の味で顔をしかめる前に顔をしかめ、それから飲み込んだ。

「御回復を、旦那様」

「ありがとう、アーイシャはどこかな？」

「お部屋です、アッラーが彼女の心に忍耐を与えてくだ

さいますように」

「呼んでくれ、ウンム・ハナフィー」

彼女の部屋に、あるいは屋上に、それから何が？　ラジオは沈黙した家の悲しみをあざけるようにまだ歌を流している。旦那が家に引きこもることを余儀なくされたのは二ヵ月前からに過ぎない。ナイーマの死去から一年と四ヵ月がたっていた。男は慰めへの強い必要からラジオを聞く許可を求めた。アーイシャは、

「もちろんよ、お父さん。主が家に座り通しの苦労から父さんをお守りくださいますように！」

と言った。彼は衣擦れの音を聞き、ふり向くと、彼女が黒衣をまとい、陽気の暑さにもかかわらず黒いベールをかぶって、近づいてくるのを見た。

〈彼女の白い皮膚は奇妙な青さを帯びている。不幸の表題だな、わが娘よ〉

彼は優しく言った。

「椅子を持ってきて、わしと一緒に少し座りなさい」

しかし彼女は自分の位置から身動きせずに言った。

「こうしているのが楽なの、お父さん」

最近の日々は彼女の意見を変えさせようとしないことを彼に教えた。

「何をしていたのかな？」

彼女は顔に何の意味も示さずに言った。

「何もしていないの、お父さん」

「祝福された墓所を参詣するために母さんと一緒に外出しないのはなぜだね？　そのほうが家に一人で残ることよりよくはないかな？」

「なぜあたしが墓所を参詣するの？」

彼はその言葉に不意を打たれたようであった。もっとも彼は静かに言った。

「お前の心に忍耐を与えてくださるようアッラーにお願いするのだ」

「アッラーはここに家であたしたちと一緒だわ」

「もちろんじゃ。わしはお前がこの孤独な暮らしを捨てよと言いたかったのだ、アーイシャ、姉さんを訪ねなさい、隣人を訪ねなさい、気晴らしをしなさい」

「砂糖小路《スッカリーヤ》を見ることに耐えられないの。あたしには知り合いはいない。知り合いはいなくなったの。誰を訪ねることにも耐えられないわ」

男は彼女から頭をそらしながら言った。

「お前が辛抱し、自分の健康に注意して欲しいのだ」

「あたしの健康！」

彼女は驚きに似た様子を見せてそう言った。彼は強調して言った。

「そうじゃ。悲しみに何の益があるかな、アーイシャよ？」

彼女は自分の状況にもかかわらず、父の前で守ってきた礼儀を保ちながら言った。

「生きることの益は何なの、お父さん？」

「そう言うもんじゃない。アッラーの御許《みもと》でお前の報いは偉大なのだ！」

彼女は涙ぐんだ目を隠すため頭を下げて言った。

「あたしはこの報いを受け取るためアッラーの御許に行きたいの、ここじゃなく、お父さん！」

それから彼女はそっと退いたが、部屋を去る前何かを思い出したかのようにちょっと立ち止まり、それから尋ねた。

「こんにちは父さんの健康はいかが？」

彼は微笑しながら言った。

「アッラーに称賛を。大事なのはお前の健康だよ、アーイシャ」

彼女は部屋を去った。この家ではどこから安らぎか訪れるのか？　彼は通りに視線を巡らしはじめたが、やがて毎日の巡行から戻ってくるアミーナの上に目を留めた。彼女は外套をまとい、顔には白いベールをかぶり、のろのろと足を運んでいた。ひどく年を取ったものだ！　彼は長生きした彼女の母を思い出し、彼女の健康を楽観していた。しかしその彼女は実際の年齢――六二歳だが――より少なくとも一〇歳は老けて見える。かなりの時間が過ぎてから、彼女が彼の部屋に入りながら尋ねた。

「調子はいかがですか、旦那様？」

彼は必要とされる鋭い口調を込めた高い声で言った。

「お前の調子はどうだ！　大したものだな！　朝早くから、おい女よ！」

彼女は微笑して言った。

「サイエダ・ザイナブ（1）の墓所を訪ねました。そしてフセインの墓所を訪ねました。あなたとみんなのために祈ってきました」

彼女の帰宅で安心感と平穏が戻ったので、彼は今や望むものを遠慮なく要求できると感じた。

「そのあいだじゅう、ずっとわしを一人で放置しておいていいのか？」

「あなたがあたしにそれをお許しになったのです、旦那様。あたしは長いこと留守にしていません。でもそれは必要なんです、旦那様。あたしたちはとても祈りを必要としています。旦那様が好きなように出歩けるよう健康の回復を、あたしはフセイン様にお願いしました。またアーイシャとみんなのためにお祈りしました」

彼女は椅子を持ってきて、座ってから尋ねた。

「薬は飲みましたか、旦那様？　ウンム・ハナフィーに注意しておいたんですよ」

「お前が彼女にもっとよいものを注意しておいたらな！」

「あなたの回復のためですよ、旦那様。モスクでシェイフ・アブドルラフマーンから立派な教訓を聞きました。旦那様、彼は罪の悔い改めとどのようにして悪行を洗い流すかについて話しました。とても立派な言葉でしたよ、旦那様。あたしが昔のように覚えていられたらよかったんですが」

「歩いたためお前の顔色は悪い。これから何日後かに医者の常連になってしまうぞ！」

「主がお守りくださいますよ。あたしは預言者の家族の墓所の参詣にしか外出しません。どうしてあたしに悪いことが起きましょう？」

それから言い繕って、

「ああ、旦那様。忘れるところでした。いたるところで戦争の話しをしていますよ。ヒットラーが攻撃したと話してます！」

男は注意してきいた。

「確かか？」

「一回の代わりに百回も聞きました。ヒットラーが攻撃した、ヒットラーが攻撃したと」

男はそのニュースで遅れを取っていないことを彼女に理解させるために言った。

「それはいつの瞬間にも予期されていたことだ」

「アッラーがお望みならば、あたしたちから遠いところで、旦那様？」

「ヒットラーがとだけ言ったのか？　ムッソリーニは？この名前を聞かなかったか？」

「ヒットラーの名前だけでした」

〈われわれから遠いところで？　誰にわかろうか？〉

「主よ、われわれにお慈悲を！　もしバラーグ紙かムカッタム紙の号外の呼び声を聞いたら、買ってくれ」

女は言った。

「ウィルヘルムやツェッペリンの時代のようですね。覚えておりますか、旦那様？　永遠なる御方に栄光あれ」

注
（1）預言者ムハンマドの孫娘。

28
リドワーンの力

　ハディーガがのちに語ったところによれば、それは意味深長な大勢の訪問であった。アパートの扉が開かれたとき、マハッラ(1)産のリンネルの白服を着たヤーシーンが、胸の先に赤いバラをつけ、象牙の柄のついた蠅払いを先に立てて、空間を満たした。彼の巨体は空気を前方に押しやるほどであった。息子のリドワーンが上品さと優美さの極致である絹の服を着てあとに従った。それからザンヌーバが彼女の不可分の一部となったつつましさを目立たせたグレーの服を着て続いた。最後はカリーマで、胸の上部と両腕をあらわにした素晴らしいブルーのドレスを着ていた。彼女は早めの女らしさ——まだ一三歳を越えていなかった——を結晶させ、はちきれそうな魅力を現していた。応接室で彼らは、ハディーガ、イブラーヒーム、アブドルムネイム、そしてアフマドと共にいた。ヤーシーンがさっそく言った。

「こういうことを以前に聞いたことがあるかい？　僕が記録文書部の係長に過ぎない省の大臣の秘書官に、息子がなったんだ。彼が歩くと、大地が立ちあがるほどだが、人間はほとんど僕のことを感づかない！」

　彼の言葉の示すところは抗議であったが、それに包まれた息子の自慢と誇りは誰にも隠すことはできなかった。実際リドワーンはこの年の五月に学士号を取得し、まもなく六月には六等級で大臣秘書官に任命された。大学卒業生は八等級の書記に任命されるというのにである。アブドルムネイムは同じ日付で学士号を取得したが、将来どうなるかわからなかった。ハディーガは少し羨望を感じていたが、微笑しながら言った。

「リドワーンは為政者の友人よ。でも目は眉以上にはあがれないわ」

　ヤーシーンは喜びを隠すことに成功せずにきいた。

「昨日アフラーム紙で大臣と一緒にいる彼の写真を見なかったかね？　われわれは彼にどう話しかけていいか、わからなくなったよ！」

　イブラーヒーム・シャウカトはアブドルムネイムとアフマドを指しながら言った。

「この息子たちは不出来で、意味のない辛辣な議論に一生を無駄にしてしまった。この国の要人で彼らが知り合った最善の連中は、フセイン小学校校長のシェイフ・アリー・アルマヌーフィーと、照明だか煤煙だか、僕のわからぬ名前の雑誌を発行する浮草野郎のアドリー・カリームだった」

アフマドは常態に見えたが、憤激していた。ヤーシーン伯父の虚栄が彼を刺激し、同様に父のコメントが彼を刺激した。アブドルムネイムの場合、この大勢の訪問の背後から彼が期待するものが、他の状況なら彼の胸に燃えあがるに値する怒りを圧倒していた。彼はリドワーンの顔を盗み見て、表情の裏に隠された意図を知りたがっていた。ただ彼の心は訪問に吉兆を感じていた。たぶんそれは吉報を運ぶものでないなら起こらなかったことだろう。ヤーシーンはイブラーヒームの言葉にコメントしながら再び言った。

「もし僕の意見をきかれたら、あんたの息子たちは上出来だと言ったよ！　スルターンはスルターンの扉から遠ざかった者と、諺に言わなかったかい？」

いいや、ヤーシーンは彼の喜びを隠すことに成功しなかった。また彼が自分の言ったことを信じていると、誰一人に納得させることにも成功しなかった。ただハディーガはリドワーンを指して言った。

「主が彼に最善のことを恵み、彼を最悪のことから守ってくださいますように」

最後にリドワーンがアブドルムネイムをふり向いて言った。

「近いうちに君を祝いたい」

アブドルムネイムは顔を紅潮させながら彼のほうを仰いだ。リドワーンが再び言った。

「大臣が君を調査部に任命すると約束した」

ハディーガの家族は熱心にこの報告を注目していた。彼らの視線はそれ以上の確認を求めて、一斉にリドワーンに注がれた。青年は続けて言った。

「おおかた来月のはじめに」

ヤーシーンが息子の言葉にコメントして言った。

「それは司法的官職だ。われわれの記録文書部に学士号を持つ二名の青年が八等級、月八ポンドで任命されたよ！」

ヤーシーンにアブドルムネイムのことで彼の息子に話してくれと頼んだのは、ハディーガであった。彼女は感謝して言った。

「アッラーとあなたに感謝するわ、兄さん。（それからリドワーンをふり向いて）もちろんリドワーンの恩はあたしたちの頭上にある」

イブラーヒームが彼女の言葉に相づちを打って言った。

「もちろんだ。彼は息子の兄弟だ。そう、立派な兄弟だよ」

ザンヌーバが集いの余白から抜け出すため微笑して言った。

「リドワーンはアブドルムネイムの兄弟で、アブドルムネイムはリドワーンの兄弟よ。それに異論はないわ」

リドワーンに対し、以前感じたことのない羞恥を感じていたアブドルムネイムはきいた。

「彼は君に真剣な言葉を与えたのかい？」

ヤーシーンが熱心に言った。

「大臣の言葉だ！　僕が問題を見守っていてやるよ！」

リドワーンが言った。

「僕としても君のため人事部における困難を排除するようにしよう。僕にはその部に多くの友人がいるんだ。人事部の役人たちにはどこにも友人がいないとしてもね！」

イブラーヒーム・シャウカトが嘆息しながら言った。

「アッラーに称賛あれ。アッラーが官職や官吏たちの問題からわれわれを楽にしてくださった！」

ヤーシーンが言った。

「君は王者のように生きていられるぜ、アブー・ハリール[2]よ」

しかしハディーガが皮肉って言った。

「主が誰にも家でぶらぶらすることを命じませんように！」

ザンヌーバが例によって儀礼的に口を挟んで言った。

「家でぶらぶらすることは呪いだわ。例外は資産家で、彼はスルターンよ！」

アフマドが目に意地悪な微笑を浮かべて言った。

「ヤーシーン伯父さんは資産の持ち主だけど、官職の持ち主でもある！」

ヤーシーンは高笑いして言った。

「官職の持ち主だけだよ、頼むがね。資産ときたら！　昔の話しさ。僕のような家族持ちにどうして資産を維持できよう！」

ザンヌーバがおののいて叫んだ。

「あんたの家族が！」

リドワーンは――彼の好まない話しの腰を折って――アフマドをふり向きながら言った。

「アッラーがお望みになれば、来年君が学士号を取ったとき、君は僕が役に立てるのを見つけることだろう！」

アフマドが言った。

「どうもありがとう。でも僕は官職にはつかないよ！」

「どうして？」

「官職は僕のような人間を殺すのにふさわしい。僕の将来は自由業の分野にある！」

　ハディーガは抗議しかけたが、戦闘を後刻まで遅らすことを選んだ。一方リドワーンは微笑して言った。

「もし君が意見を変えたら、君は僕が役に立てるのがわかるだろう！」

　アフマドは感謝して手を頭上にあげた。女中が冷やしたレモン水のコップを持参した。彼らがそれをすする沈黙のあいだに、ハディーガはアブドルムネイムの問題から我に返って以来はじめてカリーマを見るかのように、ふと彼女をふり向き、優しく言った。

「どう元気、カリーマ？」

「元気です、叔母さん。ありがとう」

　ハディーガは彼女の美しさを褒めはじめた。しかし何か──警戒心のようなものが──それをやめさせた。実際彼女が初等教育の終了資格を得たあと、家に閉じこめられて以来、ザンヌーバが彼女を同伴したのはこれがはじめてではない。ハディーガは、こういうことは何となくうさん臭いと自分に話して聞かせた。カリーマはザンヌーバの娘であるとしても、同時にヤーシーンの娘である。ここから問題の微妙さが出てくる！　アブドルムネイムは話題に頭がいっぱいで、さほどカリーマを注視をしていなかった。しかし彼は彼女をよく知っていた。もっとも妻の死の後遺症から完全に回復していなかったけれども。アフマドのほうはといえば、心に余裕がなかった！

　ヤーシーンが言った。

「カリーマは中学校に進学できなかったことを今でも残念がっているんだ」

　ザンヌーバが顔をしかめて言った。

「あたしはもっと残念だわ」

　イブラーヒーム・シャウカトが言った。

「娘たちが勉強の苦労をするのは可哀想だよ。それに娘は家が最後の行き場だ。一、二年たつかたたないうちに、カリーマは幸せな運の持ち主に嫁いでいくさ」

「あんたの舌は切られてしまえ」

　そうハディーガは内心で言った。

〈彼はその結果を考えずに危険な話題を持ち出す。何という立場だ！　カリーマはヤーシーンの娘で、恩の主であるリドワーンの妹だ。この心配には妄想以外に理由がないかも知れない！　だがなぜザンヌーバはカリーマの手を引いて、あたしたちをしばしば訪問するのだろう？　ヤーシーンには思慮分別の時間がない。ところが楽団で養われた女は！〉

ザンヌーバが言った。

「そういう話しは昔言われたことよ。今日ときたら、娘たちがみんな学校へ行くわ」

ハディーガが言った。

「あたしたちの町内では二人の娘が高等教育を受けているよ。でも彼女たちの容姿ときたら、アッラーよ、お救いを！」

ヤーシーンがアフマドに尋ねた。

「お前の学部の娘たちには美人はいないのかい？」

アフマドの心はときめき、彼の心に育っているイメージが彼の両眼に姿を現した。それから彼は答えた。

「知識欲は醜い女だけに限られていませんよ」

カリーマは父のほうを眺めながら微笑して言った。

「物事は父親次第よね」

ヤーシーンは笑って言った。

「でかしたぞ、娘よ！　そんなふうによい娘は父親のことを話す。そんなふうにお前の叔母さんはお前の御祖父さんに話しかけていたな！」

ハディーガが皮肉って言った。

「物事は本当に父親次第だわね！」

ザンヌーバがさっそく言った。

「娘には言いわけがあるわ。ああ、あなたが子どもたち相手の彼の話しを聞いたらね！」

ハディーガが言った。

「あたしは知っているわ、わかっているわ！」

ヤーシーンが言った。

「僕は教育には一家言ある父親だ。僕は父であり、友人なんだ。わが子が僕の存在におびえて震えることは好まない。僕は今日に至るまで、父の前では狼狽に襲われるんだ！」

イブラーヒーム・シャウカトが言った。

「アッラーが彼を強くし、家で座りきりでいることへの忍耐を彼に与えてくださいますように！　アフマド旦那は一人で全世代です。彼のような男は一人もいない！」

ハディーガが批判的に言った。

「父さんにそう言いなさいよ！」

ヤーシーンが詫びるように言った。

「父さんは一人で全世代だ。ああ、悲しいことよ、彼や彼の友人たちは家で座りきりになってしまった。世の中はその広大さにもかかわらず、彼らを受け入れる余地を失ってしまった！」

リドワーンが脇のほうでの独立した話しの中でアフマド

に言っていた。

「イタリアの戦争参加により、エジプトにとっての情勢はたいへん深刻となった」

「たぶんこういう名目的な空襲が、実際の空襲に変質するかも知れない」

「だがイギリス人には、予期されるイタリアの進撃を食い止めるに十分な力があるだろうか？　ヒットラーがスエズ運河占領の任務をムッソリーニに任せることは疑いない」

アブドルムネイムがきいた。

「アメリカは傍観したままでいるのかな？」

アフマドが言った。

「状況の真の鍵はロシアの手にある！」

「だがロシアはヒットラーの同盟国だ！」

「共産主義はナチズムの敵だ。それにドイツの勝利によって世界を脅かす悪は民主主義諸国の勝利によって世界を脅かす悪より数倍も大きい」

ハディーガが言った。

「彼らは世界を暗くしてしまった。アッラーが彼らの生活を暗くしてしまいますように。あたしたちが以前知らなかったこういう事柄は何なの？　警戒警報！　高射砲！　サーチライト！　災難が人間を早めに白髪にしてしまうわ！」

イブラーヒームが静かな嘲りで言った。

「どちらにしてもわが家では早めではない」

「それはあんただけのことよ！」

イブラーヒームは六五歳であったが、アフマド旦那——彼より三歳年上に過ぎない——に比べれば、まるで何一〇歳も若く見えた。訪問の終わりに、リドワーンがアブドルムネイムに言った。

「省に僕を訪ねてきてくれ」

去って行く人々の背後に扉が閉じられたとき、アフマドがアブドルムネイムに言った。

「許可なしに彼のところに入らないよう気を配れよ。大臣秘書官の訪ね方を勉強しろよ！」

彼は弟に答えず、弟のほうを眺めもしなかった。

注
（1）マハッラ・コブラーのこと、カイロの北方にあり、繊維工場で有名。
（2）アブラハム（アラビア語でイブラーヒーム）はムスリムのあいだでアッラーのハリール（友の意味がある）として知られる。

29　アフマドの恋の終わり

アフマドがマーディーのミスター・フォスター――社会学教授――のヴィラにたどり着くのにさほどの困難はなかった。彼はヴィラに入ったとたん、自分がいくぶん遅れて到着したこと、フォスター先生が英国へ旅立つ機会に催したパーティーに彼と同様招かれた学生たちの多くが先着していることを知った。先生と夫人が彼を迎えた。先生は科の最優秀学生の一人として彼を夫人に紹介した。それから青年はベランダに学生が座っている場所へ向かった。その座席は社会学科の学生全部からなっていた。アフマドは最終学年に進級した少数の中に含まれており、特権と優越のあの感情を彼らと共有していた。

女子学生は誰も出席していなかったが、彼は彼女たちが、あるいはマーディーの住人である「彼のガール・フレンド」が到来するものと安心していた。彼が庭園に視線を投ずると、草の生えた空き地に広げられた長いテーブルが見えた。それは両側から柳とナツメ椰子の樹木に囲まれており、その上には紅茶のポットとミルクの容器とケーキの皿が並べられていた。それから彼は学生の一人が問いかけるのを聞いた。

「われわれはイギリスの礼儀を守るのかね、それとも僕のようにテーブルに襲いかかるのかね？」

もう一人が残念そうに答えた。

「ああ、レディー・フォスターがいなければよかったのだが！」

時間は夕方であったが、六月の重苦しい印象にもかかわらず、大気は快適であった。それからまもなく待望の群がヴィラの入り口に現れた。彼女たちは約束があったみたいに一緒に来た。四名で、科の女子学生の全部であった。

アラウィーヤ・サブリーが純白のスリムな服をまとい、気どって歩いてくるのが見えた。その服は彼女のすてきな存在を、漆黒の髪を除き、素晴らしい一色に仕立てていた。そのときアフマドは彼の足をふざけて小突く足に気づいた。彼の注意を引く者を必要とするなら、そうしてやろうとするかのように。しばらく以前から彼の秘密はばれていたのである……彼女たちがベランダに用意された一隅に座席をとるまで、彼は見守っていた。

それからミスター・フォスターと夫人が来た。夫人は娘たちを指しながら学生に話しかけて言った。

「紹介を必要とするかしら?」

笑い声があがった。五〇歳に近づきながらも異常に活気のある先生が言った。

「僕には紹介してくれたほうがいいな」

彼らは再び哄笑した。やがてミスター・フォスターが言った。

「毎年この時期に僕たちは、休暇を過ごすためイギリスへ向けエジプトを去ることにしていたが、今回はエジプトをもう一度見られるかどうかわからないよ!」

夫人が口をはさんで言った。

「あたしたちがイギリスを見られるかどうかすらも!」

彼らは彼女が潜水艦の危険をほのめかしているのに気づき、一人からだけでない声が言った。

「幸運をお祈りします、マダム」

男が再び言った。

「僕は文学部での共同生活について、閑静で美しいマーディー地域について、美しい思い出を持って行くだろう。そして僕が誇りにしている君たち、君たちのざれ言についても!」

アフマドが儀礼的に言った。

「一方先生の思い出はいつまでも僕たちの気持ちに残り、僕たちの精神の成長とともに成長するでしょう」

「ありがとう……(それから微笑しながら夫人に話しかけて)アフマドはまさにそうあるべき若い大学生なんだ。もっとも彼の国で普通トラブルを引き起す意見を持っているがね!」

友人が意味を明らかにしていった。

「つまり彼は共産主義者なんです!」

夫人は微笑しながら両の眉をあげた。ミスター・フォスターのほうは意味ありげな口調で言った。

「僕はそう言っていない。だが言ったのは彼の友人だよ!」

それから先生は立ちあがりながら言った。

「紅茶の時間が来た。僕たちは時を逸してはならない。そのあと話しと遊びのために十分な時間を見つけられよう」

グロッピー[1]の給仕たちがテーブルをしつらえ、サービスの用意を整えて立っていた……レディー・フォスターは娘たちが腰かけたテーブルの側の中央に座し、先生のほうは他の側の中央に座した。彼は着席の制度にコメントして言った。

「僕たちは座席がもっと男女混淆であることを望んでいたが、オリエントの礼儀に配慮した、そうじゃないかね？」

　学生がためらわずに言った。

「残念にも、僕たちはそれに気づきました！」

　給仕が紅茶とミルクをつぎ、宴会が始まった。アフマドはアラウィーヤ・サブリーが女友達よりもテーブル・マナーの行使にすぐれ、狼狽の度が少ないことをちらと見た。彼女はわが家にいるかのようで、社交生活には慣れているように見えた。彼女がケーキを取るのを観察することはケーキ自体よりも甘美であると感じた。この人が彼に二人の限界を越えることを奨励することなく、友情と好意を彼と交わすいとしいガール・フレンドなのだ。彼は内心で独り言した。

〈もし今日与えられた機会をつかまなかったら、僕はおしまいだ〉

　レディー・フォスターが声を張りあげて言った。

「戦争の規制が、皆さんのケーキを手にする自由に影響しないよう希望しますわ」

　学生の一人が彼女の言葉にコメントして言った。

「検閲がまだ紅茶に課せられていないのは幸せな偶然です」

　ミスター・フォスターはアフマド——彼の左に腰かけていた——の耳に顔を傾けて尋ねた。

「休暇をどう過ごすのかね？　つまり何を読むのかね？」

「経済について多くを、政治について少しを。そして雑誌に若干の論文を書きます」

「君が学士号のあと、修士号に進むよう忠告するよ」

　アフマドは口の中にあるものを片づけてから言った。

「たぶんあとで。僕はジャーナリズムでの仕事をはじめるでしょう。これが昔からの計画です」

「結構！」

　大事なガール・フレンドはレディー・フォスターと流暢に話している。何と早く英語をマスターしたことよ。バラや他の花が赤やいろいろの色にあふれている。心が愛にひたされているように。自由の世界では愛が花のように栄える。愛は共産主義国家以外では、正しくて自然な情感とはならない。ミスター・フォスターがいった。

「僕がアラビア語の勉強を終えなかったのは残念だ。君たちの誰の助けも借りずにライラーに恋い焦がれて狂った人[2]の詩を読みたかったのに！」

「先生が勉強を中止してしまうのは残念です」

「状況があとに勉強を許してくれなければね」

〈たぶんあなたはドイツ語を勉強せざるを得なくなることに気づくだろう。もしロンドンが撤兵を要求して叫ぶデモの舞台となったら、滑稽ではなかろうか？　イギリス人の個人的道徳には魅力がある。一方いとしいガール・フレンドの魅力ときたら、類例がない。まもなく日が没し、夜がはじめて同じ場所でわれわれをいっしょにするだろう。今日与えられた機会をつかまなかったら、僕はおしまいだ！〉

彼は先生に尋ねた。

「ロンドンに到着後何をなされますか？」

「放送に従事するよう招かれたよ」

「それでは、先生の声は僕たちから途絶えないでしょう」

〈僕のガール・フレンドによって飾られたこの座席では許される儀礼だ。われわれはここではドイツの放送しか聞かない。わが国民はドイツ人が好きだ、それはイギリス人嫌いのせいとしても。植民地主義、植民地主義は資本主義の最高の段階だ。われわれが先生と集まることは熟慮に値する局面だ。われわれは科学的精神でそれを正当化するが、先生に対するわれわれの愛と彼の人種に対する憎悪とのあいだには衝突がある。期待されることは戦争がナチズムと植民地主義の双方を滅ぼすことだ。そのとき僕は愛だけに専念できる〉

それから彼らはランプの点灯したベランダの座席に戻った。間もなくレディー・フォスターが言った。

「皆さん、ピアノをどうぞ。誰かあたしたちに曲を聞かせて下さい」

学生の一人が彼女を歓迎して言った。

「どうぞ、あなたこそ僕たちに聞かせてください」

彼女は数年前に越えてしまった若い時代の優雅さで立ちあがり、それからピアノに向かって腰かけ、楽譜を開いで、曲を演奏しはじめた。彼らの中で西洋音楽への造詣とか嗜みを有する者は一人もいなかった。しかし彼らは礼儀と付き合い上熱心に傾聴した。

アフマドは彼の愛から曲の難解さを明かしてくれる魔法的力を汲みとろうと試みたが、彼の恋人の顔を盗む見ることで曲を忘れた。彼らは一度目を合わせ、微笑を交わしたが、それは多くの仲間に気づかれた。歓喜の陶酔の中で彼は自分に言った。

〈そうだ、今日与えられた機会をとらえなかったら、僕は終わりだ〉

レディー・フォスターの演奏終了後、学生の一人がアラブ音楽の曲を演奏した。それから彼らは短くない時間おしやべりに耽《ふけ》った。

午後八時頃、彼らは先生に別れを告げ、帰途についた。とても美しく人恋しいその夜、アフマドは高い樹木の傘の下で道の曲がり角にたたずんだ。やがて彼女が住居への道を一人でやって来るのが見えた。彼は曲がり角から彼女の前に飛び出し、彼女の行く手をふさいだ。彼女は驚いて立ち止まりながら言った。

「あの人たちといっしょに行かなかったの?」

彼は胸の激情を和らげるため嘆息のような息を吐き、静かに言った。

「君に会うためキャラバンのあとに残ったんです!」

「皆はあなたが残ったことをどう思うかしら?」

彼は気楽に言った。

「それは彼らの問題ですよ!」

彼女はゆっくりと歩き、彼は彼女と並んで歩いた。それから数日間の長い辛抱が実を結び、彼は言った。

「僕は帰る前に君にききたい。僕が君との婚約を求めることを許してくれますか?」

不意打ちへの反動として、彼女の美しい頭がふりあげられたが、言うことを知らないかのように彼女から声はもれなかった。道には人通りが絶え、街灯の明かりは青い塗料の背後に隠れていた。彼は再び尋ねた。

「僕に許してくれますか?」

彼女はたしなめを含んだ低い声で言った。

「これがあなたの話し方なの? 何というやり方でしょう。実際あたしはあっけに取られたわ!」

彼は低く笑って言った。

「それはすまなかった。われわれの長い友情の歴史は、僕の話しをあっけに取らせるような不意打ちにはしないと思っていたんだけど」

「つまりあたしたちの友情と文化的協力のこと?」

彼女の言葉に安堵できなかったが、彼は言った。

「つまり僕の隠れもない感情で、それは君が言ったように、友情と文化的協力の形を取りました!」

彼女は当惑のまじった微笑の声音で尋ねた。

「あなたの隠れもない感情?」

彼は頑固に、そして誠実に言った。

「つまり僕の愛です! 愛は隠せません。われわれは普通それを発表するために話すものではありません。むしろそれが発表されるのを聞くことで幸せになるためにです」

彼女は平静さを回復するまで引きのばしを図って言っ

た。

「事柄はすべてあたしにとって不意打ちだったわ」

「それを聞くのは残念です」

「なぜ残念なの？　実際あたしは何と言ったらよいかわからないわ」

彼は笑って、

「〝あなたを許す〟と言ってください。あとは僕に任せてください」

「でも、でも……あたしは何も知らないわ。御免なさいね。あたしたちは本当に友達だったわ。でもあなたはあたしに話していない……つまり状況が、あなたについて、あたしに話すことを許していない」

「君は僕を知らないの？」

「あなたを知ったわ、もちろん。でも知るべきほかの事柄があるの」

〈君はあの習慣的事柄を指すのか？　やれやれ、愛の虜となったことのない心にふさわしい質問だ！〉

彼は不快感を覚えた。ただ彼はいっそう頑固になって言った。

「すべてはその時が来ればわかりますよ」

彼女は今や自己を制御していた。彼女は尋ねた。

「今がその時ではないの？」

彼は力なく微笑して言った。

「君が正しいな。つまり将来のことですね？」

「もちろんよ！」

「もちろんよ」が彼を憤慨させた。彼は歌を聞くことを希望していたが、繰り返された講義を聞いたのだ！　しかしどんなことがあろうと、自信を失ってはいけない。冷淡な恋人は、彼女を幸せにすることがどんなに彼を幸せにするかをわからないのだ！

「僕は卒業後仕事を見つけるでしょう」

それから数瞬間沈黙のあと、

「いつか僕には満更でもない収入ができるでしょう！」

彼女は恥じらいながらつぶやいた。

「一般的なお話しね」

彼は苦痛を平静さによって隠しながら言った。

「給料はよく知られた範囲内となるでしょう。一方収入はおおよそ一〇ポンドです」

沈黙が支配した。たぶん彼女は事柄を吟味し、考えているのだろう。これは愛に対する物質的解釈だ！　彼は甘美な狂気を夢見ていたが、それはこれとどんな関係にあるのだ？　この国は奇妙なことに、情感に従って政治に突進し、会計士の細かさで愛に対処する。最後に優しい声が聞こえ、それが言った。

「収入は脇に置きましょう。あなたの人生から親愛な人々が消えることを当てにしてあなたの生活を計画するのは好ましくないわ」

「僕の父が資産家であると言いたかったのです」

彼女はそれ以前のためらいの時間を正当化する努力をして言った。

「あたしたちは現実的になりましょう」

「僕は仕事を見つけるでしょうと言いました。君のほうでも仕事を見つけるのでしょう」

彼女は奇妙な笑い方をして、

「いいえ、あたしは働きませんわ。他の女友達のように勤めるために大学に入ったのではありません」

「仕事は欠点ではありませんよ」

「もちろんよ、でも父さんが……。実際のところ、あたしたちは皆この点で一致しているの。あたしは働きませんわ」

彼の情感は冷えていた。彼は考え込み、そして言った。

「それでよい、僕が働きますよ」

彼女はふだん以上に優しく意図したかのような声で言った。

「アフマド先生、話しを先にのばしましょう。あたしに考慮の時間をくださいな」

彼は力なく笑って言った。

「われわれは物事をあらゆる側面から検討しました。だが君は拒否のやりくりのために猶予を必要とするんですね？」

彼女は恥じらいの声で言った。

「あたしは父さんに話さねばなりませんわ」

「それは当然です。だがわれわれはその前に了解に達することが可能でした」

「たとえ短くとも猶予を」

「今六月です。あなたは避暑に出発することでしょう。われわれは一〇月にならないと学部で会えないでしょう？」

彼女は固執して言った。

「考慮と相談のための猶予がなければなりません」

「君は話したくないんだ」

すると彼女が突然歩みを停止し、執拗さと断固さをともにこめて言った。

「アフマド先生、あなたは、あたしに話しを強制させずにはおかないとしています。度量を持って、あたしの言葉を受け入れてくださいな。あたしは以前結婚の問題をよく考えました。あなたとの関係としてではなく、一般的にです。そして到達した結論は――父さんはそれに同意しました――月に五〇ポンドをくだらない額が用意されない限り、あたしの生活は成り立たないだろう、あたしの生活水準を保てないだろうということです」

彼は苦さがこれほどに達するとは――最悪の場合でも――予期しなかった苦い失望を飲み込んだ。彼は尋ねた。

「勤め人――つまり結婚適齢期の――はそんな高額の給与を受け取るのですか？」

しかし彼女は言葉を発しなかった。彼は再び言った。

「君は金持ちの夫を欲しているのですね！」

「とてもすまないわ。でもあなたがあたしに意見を率直に吐くよう仕向けたのです」

彼はぶっきらぼうなに言った。

「どのみちそのほうがよいですよ」

彼女は再びつぶやいた。

「すまないわ」

彼は怒りをかき立てられたが、礼儀の枠を越えないよう真面目に努力した。それから自分の意見を率直に吐き出したいとの思いにかられて、彼は尋ねた。

「僕の意見を率直に告げてよろしいですか？」

彼女はすぐに口をきいて言った。

「いいえ、あたしはあなたの意見をたくさん知っています。あたしたちが今までそうであったように、お友達としてあり続けるよう望みますわ！」

彼は怒りにもかかわらず彼女の状態を憐んだ。これが愛によって美しく変質される前の赤裸々な真実なのだ。使用人と逃亡する者は自然の女であっても、伝統の目から見れば常軌を逸していると見られるのだ。欠陥のある社会では、健康な者が病人となり、病人が健康な者となる。彼は怒っているが、彼のみじめさは彼の怒りよりも大きい。いずれにしても彼女は彼の意見を推測しており、そこに彼の慰めがある。

彼女は握手のため手を差し出し、彼は自分の手でそれを受け、握りしめていた。やがて彼は言うことができた。

「君は勤めるために大学に入ったのではないと言った。それ自体は結構な言葉です。だが、どの程度まで大学が役立ちましたか？」

彼女は反問するように顎をあげた。しかし彼は嘲りを欠かない口調で言った。

「僕の愚かさを許してください。たぶん問題は、君がまだ人を愛していないということでしょう。さようなら」

彼は体をうしろに向け、急いで立ち去った。

注
（1）既出。カイロの有名な菓子店で、食堂も経営。
（2）既出。ウマイヤ朝時代の有名な詩人で、ライラーに失恋し、狂って砂漠をさまよったと言われるカイスのこと。

30 マルヤム

イスマーイール・ラティーフが言った。

「妻がカイロで出産するよう彼女を引っ張ってきたのは、僕の間違いだったかもな。毎夜警戒警報が鳴り響いている。一方タンタときたら、この戦争の恐ろしさを少しも知らんよ」

カマールは言った。

「これは象徴的な空襲だよ。彼らがわれわれに害を加えることを望んだら、どんな力も彼らを妨げることはできないさ」

リヤード・カルダスが笑い、イスマーイール・ラティーフに話しかけて言った。一年前に知り合ってから二人が会うのは、これが二度目であった。

「君は夫の責任を感じない男に話している！」

イスマーイールは皮肉ってきいた。

「君はそれを感じるのかい？」

「確かに僕は彼と同様独身だ。ただ僕は結婚の敵ではない」

彼らは宵の口にフォアード一世通りを歩いていた。大きな商店の戸口から漏れる弱い明かりだけが薄める闇の中をである。それにもかかわらず、通りは女や男や種々な人種のイギリス兵で混雑していた。秋がひんやりした息を送っていたが、大部分の人々は夏服で歩いていた。リヤード・カルダスはインド人兵士の一群を眺めて言った。

「人間が他人のために人殺しをするため、こんなにはるばると祖国から遠ざかるのは悲しいことだ！」

イスマーイール・ラティーフが言った。

「いったいこの惨めな連中に、どうして笑うことができるのかね！」

カマールがいまいましげに言った。

「酒と麻薬と絶望から成るこの奇妙な世界で、われわれが笑うようにさ」

リヤード・カルダスが笑いながら言った。

「君は独特の危機に悩んでいる。君のところではすべてがぐらついている。風をつかもうとするような無駄な戯れ、人生と精神の秘密との苦い闘争、倦怠と病気。僕は君に同情するよ」

イスマーイール・ラティーフがあっさりと言ってのけた。

「結婚しろよ。僕は結婚前にこの倦怠を経験した」

リヤード・カルダスが言った。

「彼に言いたまえ！」

カマールは言った。自分に話しかけるようにである。

「結婚はこの失敗した戦闘における最後の降伏だ」

〈イスマーイール・ラティーフは比較を誤った。彼は教養のある動物だ。だが待てよ、たぶんお前の慢心かもな。だがお前は失望と失敗の山の上に横たわっているというのに、どこに慢心がある。イスマーイールは思索の世界を少しも知らない。だが仕事と妻と子どもから得られた幸福は、それに対するお前の軽蔑を嘲るに値する幸福ではないか？〉

リヤード・カルダスが言った。

「もし僕がいつか長編小説を編むことを決めたら、君はその主人公の一人になるだろう！」

カマールは子どもじみた熱心さで彼のほうを向いてきいた。

「僕から何を作りだすんだね？」

「わからぬ。だが君は怒らないように自分を慣らしておくべきだ。僕の短編に自分を見つけた読者の多くが怒ったものだ」

「なぜだい？」

「たぶんどの人間も、自分について彼が創造したアイデアがあるからさ。もし小説家が彼をそれからむき出しにしたら、彼は拒否し、怒るんだ！」

カマールは不安になって尋ねた。

「君には僕についてまだ明らかにしていないアイデアがあるのかね？」

リヤードはすぐに断言した。

「いいや、だが小説家はある人格からはじめ、それから彼を全く忘れてしまう。彼は新しい人間的モデルを創造しているところで、それと最初の見本とのあいだには着想以外関係がないんだ。君は東洋と西洋のあいだで迷い、自分の周囲を回っているうちにめまいに襲われる東洋人の人格を、僕に着想させてくれる」

〈彼は東洋と西洋について話しているが、アーイダをどうして知り得るのか？　惨めさとは多面的なものかも知れない〉

イスマーイール・ラティーフはまたあっさりと言ってのけた。

「君は一生自分のためにトラブルを創造している。僕の見るところ、本が君の難儀の根源だな。なぜ自然な生活を試してみないんだい？」

彼らは歩いているうちにエマード・アッディーン通りの角に着き、そちらに折れた。イギリス人の大きなグループに前を遮られ、彼らはグループを避けた。イスマーイール・ラティーフが言った。

「地獄へ行きやがれ。彼らがこんなに希望を持っていられるのはどうしてだろう？　いったい彼らは自分たちを信じているのだろうか？」

カマールが言った。

「僕には戦争の結果がすでに決まったように思われる。来春までに終わるよ」

リヤード・カルダスが苛々して言った。

「ナチズムは反動的、非人道的運動だ。世界の不幸はその鉄の靴の下に倍増するだろう」

イスマーイールが言った。

「なるようになれだ。大事なことは、イギリス人が弱い世界に課した同じ状態に、自ら陥るのを見ることだ！」

カマールが言った。

「ドイツ人はイギリス人よりましではない」

リヤード・カルダスが言った。

「われわれはイギリス人とは終着点に到達した。今日イギリス植民地主義は老齢化が進んでいる。たぶん若干の人道的原則と調子を合わせるかも知れない。しかし明日われわれは若くて、うぬぼれやで、欲深な戦争利得者の植民地主義を相手にすることになるだろう。どうしたらいい？」

カマールは新しい音色を帯びた声で笑って言った。

「グラスで二杯飲んで、一つの公平な政府が支配する一つの世界を夢見ることにしよう！」

「きっと二杯以上を必要とするさ」

彼らは以前見たことのない新しい酒場の前にいるのに気づいた。たぶん戦争の状況が雨後の竹の子のように生み出す「悪魔的」酒場の一つだろう。カマールがふと中をふり向くと、アラブ人の体をした色白の女が酒場を経営しているのが見えた。そこで彼の足は釘づけになり、その場所から動かなくなった。あるいはより正しくは動けなくなったのである。その結果二人の友人も歩みを停止せざるを得なくなり、彼が眺めているほうを眺めた。マルヤム！　マルヤム以外の誰でもなかった。ヤーシーンの第二の妻であったマルヤム、生涯の隣人であったマルヤムが、長く身を隠していたあとこの酒場にいる。母のあとを追ったと、彼が考えていたマルヤムが！

「あそこに一緒に座りたいのか？　さあ入ろう、中には四人の兵士しかいない」

彼はしばらくためらった。しかし勇気が出ず、自失から覚めないまま言った。

「いいや」

彼は晩年の彼女の母を想起させる女をちらっと見た。それから彼らは道を急いだ。いつ最後に彼女を見たろうか？　少なくとも一三、四年前だ。彼女は忘れられない過去の痕跡の一つであった。彼の過去、彼の歴史、彼の本質……これらすべては同一であった。彼女が彼を慕情の館横町《カスル・アッシャウク》に迎えたのは、彼女の離婚前に彼があの家を最後に訪問したときである。

彼の兄の乱行について、酒乱と放蕩の生活への逆戻りについて、彼女がどのように苦情をこぼしたかを、彼は今でも覚えている。その結末が当時彼には判断できなかった苦情、そしてその結末が彼女をこの悪魔的酒場で演ずる役割に導いた。それ以前彼女はムハンマド・リドワーン氏の息女であった。彼の女友達であり、彼の少年時代のはじめ、彼の夢に霊感を与えたものだ。古い家が喜びと平和で満ちていたのを目撃したあの時代に、マルヤムはバラであった。アーイシャはバラであった。しかし時はバラにとって不倶戴天の敵である。マダム・ガリーラに遭遇したように、これらの家の一軒で彼女に遭遇することはあり得たことである。もしそれが起きたら、彼はひどい苦境に陥ったことであろう。このようにマルヤムはイギリス人で始まり、イギリス人で終わったのだ。

「あの女を知っているのか?」

「そうだ」

「どのように?」

「ああいった女たちの一人さ。たぶん彼女は僕を忘れたことだろう」

「ああ、酒場は彼女たちでいっぱいだ。古い売春婦たち、反乱した女中たち、あらゆる種類の」

「そうだ」

「なぜ入らなかったんだい? たぶん君への敬意からわれわれを歓迎してくれたかもな」

「彼女はもはや若い時期を過ぎている。われわれにはもっとよい場所があるさ」

彼も知らないうちに年を取った。四〇代の半ばである。幸福についての彼の持ち分を使い切ってしまったかのようだ。現在の不幸と過去の不幸を比べたら、どちらがよりひどいかわからない。だが年齢がどうだというのだ? 人生にうんざりしているというのに。確かに死は生の享楽だ。


しかしこの音は何だ?

「空襲!」

「われわれはどこへ行こう?」

「レックス喫茶店の避難所へ」

避難所には空いた座席がなく、彼らは立っていた。紳士、外人、婦人、子どもがいた。あらゆる言葉と方言で話しが交わされていた。外では民間防衛隊員の声が、「明かりを消せ」と叫んでいた。リヤードの顔は青ざめて見えた。彼は高射砲の音を嫌っていた。

カマールがふざけて彼に言った。

「君の長編小説で、僕の人格を弄ぶことができないかも知れないな」

彼は神経質に笑い、人々を指しながら言った。

「この避難所で人類は公平な比率で代表されている」

カマールは皮肉って言った。

「彼らが恐怖で団結するように、善行で団結したらな!」

イスマーイールが神経を高ぶらせて叫んだ。

「妻が暗闇の中で道を探りながら階段を降りている頃だ。僕は明日タンタへ戻ることを真剣に考えるぞ」

「もしわれわれが生きていられたらな!」

「ロンドンの住民は本当に気の毒だ!」

「だが彼らが災難全部の根源だ」

リヤード・カルダスの顔はいっそう青ざめていたが、彼は話しで混乱を隠し、カマールにきいた。

「君が退屈な人生の乗り物から去るため死の駅はどこだと、一度尋ねるのを聞いたことがある。爆弾が今われわれを粉砕しても君は平気かね？」

カマールは微笑した。彼は高射砲が轟き、耳を聾するのを今か今かと予期しながら、高まる不安の中で耳を澄ませていた。彼は答えた。

「いいや……（それから反問するように）たぶんそれは苦痛への恐怖かな？」

「それとも生への曖昧な希望がまだ君の心底でうごめいているのでは？」

なぜ彼は自殺しないのか？　なぜ彼の人生の外見は熱情と信念で満ちているかのように見えるのだ？　長いあいだ彼の精神は情欲の隠れ家とイスラム神秘主義という相矛盾する両極のあいだで、彼を奪い合ってきた。しかし彼は平穏と情欲に専念する生活には耐えることができなかった。もう一方で消極主義と逃避から反発する何かが心底にあった。たぶんそれは——彼を自殺から妨げた——あのものかも知れない。同時に、惑乱した人生の綱に両手でしがみついていることは、彼の致命的な懐疑の本質と矛盾するものであった。結論は当惑と苦悩の二語にある！

突然高射砲が続けざまに撃ちまくった。胸は呼吸を許されず、視線は焦点がぼけ、舌は言葉を失った。しかし発砲は時間的計算では二分以上続かなかった。人々は恐ろしい轟音への忌まわしい復帰を予期し、恐怖が彼らの気持ちを押さえつけた。ただ沈黙があたりを支配し、深まった。イスマーイール・ラティーフがきいた。

「僕は今妻の状態を想像できる。いったい、いつ空襲が終わるのかね？」

リヤード・カルダスがきいた。

「いつ戦争が終わるのかね？」

まもなく警報解除のサイレンが鳴り、避難所から深い嘆息が漏れた。カマールが言った。

「イタリア人の悪ふざけに過ぎないよ！」

彼らは蝙蝠のように闇の中で避難所を去った。扉が人影を続々と吐き出した。それから窓々から弱い明かりが次々とこぼれはじめた。騒音があちこちを満たした。

「生命は——この速く過ぎた暗い瞬間において——実在の何物にも比較できないその価値の度合いをすべてのうかつ者に想起させたようだ」

31　古い家

古い家は時とともに没落と衰退を予告する新しい姿を示した。その秩序は乱れ、コーヒーの座は解散した。かつて秩序とコーヒーの座はその家の本来の魂であった。日中の前半カマールは学校へ出て不在となる。アミーナはフセインとサイエダ・ザイナブの両モスクへの霊的な巡回に向かう。ウンム・ハナフィーは竈部屋に下りる。旦那は彼の部屋で長椅子の上に横たわるか、張り出し窓で椅子に座る。アーイシャは屋上と彼女の部屋のあいだをさまよう。居間のラジオだけが叫んでいる。夕暮れにはアミーナとウンム・ハナフィーが居間に集まる。アーイシャは部屋に留まるか、二人と一緒に少しいて、それから去る。一方、旦那は彼の部屋を去ることはない。カマールは外から早めに帰宅しても、それは上階の書斎にうずくまるためである。

旦那の引きこもりははじめ悲しみを誘った。それから彼にとっても、他の人々にとっても習慣となった。アーイシャの悲しみは痛ましいものであった。それから彼女にとっても、他の人々にとっても習慣となった。

アミーナは相変わらず最初に目覚める人であった。次にウンム・ハナフィーを目覚めさせ、それから水で体を清め、礼拝した。ウンム・ハナフィーは——皆の中で健康が比較的に優れていた——起きあがり、竈部屋へ向かった。アーイシャは重い目を開き、コーヒーのカップを何杯もすすり、煙草に次々と火をつけるために起きた。そのうち朝食に呼ばれると、何口か食べた。彼女は甚だしくやつれ、色あせた皮膚をかぶった骸骨と化し、髪の毛が落ちはじめたため、禿げる前に医者へ行くことを余儀なくされた。いくつもの病気に襲われたあげく、医者は彼女に歯を抜くよう勧めた。

彼女の古い人格から残ったのは名前だけであった。彼女は鏡を眺める習慣をやめなかった。化粧するためではなく、一方で惰性のため、他方で悲しみを深く見つめるためである。たぶんしとやかな諦めによって、ときおり運命に服従するように見えることもあったろう。そのときは母と一緒に長く座り、交わされている話しに加わった。たぶん彼女のしぼんだ唇が微笑で割れたり、あるいは父の健康をきくため彼を訪れたり、屋上の庭園を散歩し、鶏に穀類を投げ与えたりしたことであろう。そのとき母は懇願して言うのであった。

「アーイシャよ、お前はあたしの心をどんなに幸せにしてくれたことだろう。いつもお前がこんな状態でいるのを見たいものだね」

一方ウンム・ハナフィーが目をふきながら言った。

「竈部屋へ行きましょう。一緒においしいものを作るために！」

しかし夜半、母はアーイシャの部屋から聞こえる泣き声に目を覚ました。彼女は眠っている男を起こさないよう警戒しながら彼女の部屋に急ぐと、彼女が暗闇の中で座り、泣きむせんでいるのを見つけた。彼女は母が近づいてくるのを感じ、母に寄りすがって叫んだ。

「あの娘のお腹にあったものを、あたしに残してくれていたらよかったのに！　娘の影として！　あたしの両手は空っぽなの。世の中には何もないの」

「あたしはお前の悲しみを誰よりもよく知っているよ。慰めよりも大きい悲しみ。あたしが彼らの身代わりになれたらよかったのに。でもアッラーは偉大で、アッラーの英知は高遠なの。可哀想な娘よ、悲しみが何の役に立つの？」

「あたしは眠るたびに、彼らの夢を、あるいは昔のあたしの半生の夢を見るの」

「アッラーは御一人と唱えなさい。あたしはお前が被った悲しみを長いこと味わったわ。ファフミーを忘れて？　でも災難にあった信者は忍耐を求められているのよ。お前の信仰はどこへ行ったの？」

彼女はいまいましく叫んだ。

「あたしの信仰！」

「そうだよ、お前の信仰を思い出しなさい。お前の主に懇願しなさい。お前の知らないうちに、お前に慈悲が下るのよ」

「慈悲！　どこに慈悲があるの、どこに？」

「アッラーの慈悲は広大で、すべてを覆うものなの。あたしに従い、一緒にフセイン・モスクに行きましょう。お前の手を墓所の上に置き、開端の章を誦しなさい。お前を[1]焼く業火はイブラーヒームの火のように冷気と平安に変わるのよ」

自分の健康に対する彼女の態度はそれに劣らず混乱していた。時には辛抱強く、規則的に医者に通い、生命への執着を取り戻したと思われるほどであった。時には自殺の域にまで自分をないがしろにし、あらゆる助言を軽蔑した。一方墓参は一度も欠かしたことのない唯一の習慣だった。彼女はそこで寛大に金を費やし、夫と娘の遺産から所有することになった財産をいそいそとつぎ込んだため、墓の周辺は樹木や香ばしい植物に飾られた豊かな庭園と化した。イブラーヒーム・シャウカトが遺産の手続きのためにアーイシャを来訪したとき、彼女は狂ったように笑い、母に言ったものである。

「ナイーマからの遺産を祝ってちょうだい」

カマールは彼女が落ち着いているのを見つけるたびに、立ち寄って、しばらく彼女と一緒に座り、優しく相手をし、機嫌を取った。彼は彼女を黙ってじっと見つめ、アッラーの素晴らしい作品であった過去の姿を悲しく想像し、それから彼女が陥った現状を観察した。彼女は痩せ細ったのみならず、病身であるのみならず、文字通り悲嘆にくれていた。二人が不運の点で似た者同士であることも、彼は見逃さなかった。彼女は子孫を失い、彼は希望を失った。彼女は無に終わったが、彼も同様に無に終わった。いや、彼女の子どもたちは肉と血であったが、彼の希望は虚偽と妄想であった！　彼はあるとき彼らに言った。

「もし警報が鳴ったら、避難所へ行ったほうがよくないかな？」

アーイシャは言った。

「あたしは部屋を出ないわ」

母は言った。

「あれは安全な空襲で、高射砲は花火のようなものだよ」

一方父は中から声を出して言った。

「避難所へ行く力がわしにあったら、わしはモスクかムハンマド・エッファトの家に行く」

ある日アーイシャがあえぎながら屋上から駆け下り、母に言った。

「不思議なことが起きたわ！」

母は懇願の交じった好奇心で彼女を眺めた。彼女は依然としてあえぎながら再び言った。

「あたしは屋上にいて日没を見守っていたの。あたしは以前感じたことのない絶望の状態にいたの。突然空に華やかな光明の窓が開き、あたしは大声で〝主よ！〟と叫んだのよ」

母の両眼は物問いたげに見開かれた。それは待望の慈悲か、それとも悲しみの新たな奈落か？　母はつぶやいた。

「恐らくそれは主の慈悲だよ、娘や」

「ええ、あたしは主よと叫んだの。光明は世界を満たしていたわ」

皆はそのことを考え、甚だしく心配しながら状況を見守った。アーイシャのほうは屋上のいつもの場所に数時間たたずみ、光明がもう一度まばたくのを見守っていた。やが

てカマールは、

「いったいこれは、それに比べれば死もたやすいものとなる終末だろうか？」

と内心で独り言した。しかし幸運なことに――皆にとっての運のことだが――彼女は日々の経過と共にそのことを忘れた様子で、もはやそれに言及しなくなった。それから自分のために創造した特殊な世界に相変わらずのめりこみ、その中で一人だけで生きていた。部屋に独居しているときも、彼らのあいだに座っているときも同様に。ただほんのときどき、旅から帰った人のように、彼らの世界に戻り、それからまもなく旅を続けた。彼女に新しい習慣がこびりついた。自分に話しかけることで、特に一人きりのときそうであった。それは彼らの不安をひどく募らせた。もっとも彼女は死人に対し彼らが死んでいることを承知の上で話しかけていた。幻影とか、幽霊とかを想像しているのではなかった。そこに彼女の周囲にいる人々の慰めがあった。

注
（1）コーラン第二一章六九節。多くの邪神を信じている人たちがイブラーヒーム（アブラハムのアラビア語名）を火あぶりにしようとしたとき、アッラーが「火よ、冷たくなれ。イブラーヒームの上に　平安あれ」と命じたとされる。

32　晩年

この冬の寒さは何と厳しいことだろう！　彼は人々が一世代にわたり記録し続けた古い冬を思い出した。いったいあれはどの年の冬だったか？　主よ、それについての記憶はどこに、どこに？　ただ老いた心には、そのはっきりしない冬が懐かしい。彼は、思い出が涙をその隠れ場所から誘う過去の一部である。幸福な思い出の後光に包まれて、彼の脳裏に生きる過去。彼が早起きし、冬の寒さを意に介せずシャワーを浴び、それから腹を満たして、人々の世界へ飛び出して行った過去。その世界は活動と自由の世界だ。自由と言えば、はるか遠方の世界の出来事でもあるかのように、話し手が知らせてくれるものを除いては、今日の彼はそれについて何も知らない。

彼には部屋の長椅子か、張り出し窓に面した椅子に腰かける自由と能力はあった。それでも彼は、家の監獄にうんざりしていた。必要があるときは便所へ行き、あるいは自分で衣服を着替えた。それでも彼はこのような生活を呪った。週に一日、杖にすがって、あるいは馬車に乗って家を出て、フセイン・モスクとか、友人の誰かの家を訪れることができた。それでも彼は家の監獄から救ってくれるよう、長いことアッラーに祈ったものである。

ところが今日、彼はもはや寝台を離れることができなくなった。彼の世界の境界はこのマットレスの端を越えなくなった。便所すらも彼がそこへ行くのではなく、それが彼のほうへ来るようになった。計算外であった不潔さ。やがていまいましさが彼の唇の上に定着し、苦々しさが彼の唾液に宿った。

このマットレスの上に、昼は横たわり、夜は眠り、そのうえで食事を取り、用を足すのだ。彼こそは優雅さのお手本にされ、両手から芳香を放ちながら歩いた人なのに。常に彼の絶対的意志に従ったこの家で、彼があたりを眺めると、哀れみの視線しか見えなくなり、あるいは彼が何かを望むと、子どものようにたしなめられることとなったのだ。親友たちは、あたかも約束していたかのように、あまり間を置かずに続いて去り、彼を一人ぼっちにした。

〈ムハンマド・エッファトよ、君の上にアッラーの慈悲がありますように〉

彼と最後に会ったのは庭に面したサラームリクで、ラマダーン月の夜に開かれた宴会の席であった。それから彼が別れを告げ、辞去したとき、ムハンマドの高笑いが彼を玄関まで見送った。彼が自分の部屋にたどり着いたと思う間もなく、誰かが扉を叩いた。リドワーンが、

「おじいさんが死んだ。ああ、おじいさん」

と言いながら、駆け込んできた。

〈アッラーに栄光あれ……いつ？　どのようにして？　数分前われわれと一緒に笑ったではないか？　だがムハンマド・エッファトは寝室への途中に、うつむいて倒れた。こうして生涯の親友が亡くなった。

丸三日間瀕死の床にいたアリー・アブドルラヒーム。彼を断続的に襲うひどい咳、ついにわれわれは恐ろしくなって、彼に有終の美を与え、彼を苦痛から休ませるようアッラーに祈った。そして魂の朋友、アリー・アブドルラヒームがわしの世界から消えた〉

彼はこの二人の友には別れを告げたが、イブラーヒーム・アルファールに別れを告げることはできなかった。病気が募って、寝床に足止めされ、彼を見舞いに行けなかったのだ。そして彼の使用人が訃報をもたらした。葬式でも彼を見送ることができず、ヤーシーンとカマールが代理で参加した。

〈アッラーの慈悲の御許《みもと》に行ってくれ、誰よりも素敵なやつよ〉

こういう人々の前に、ハミードウ、ハムザーウィー、そして何十人という知己や友人が死に、彼を一人ぼっちにした。彼は世間の誰も知らなくなってしまったかのようである。彼を訪ねる人も、見舞う人もいない。彼の葬式では友人の見送りはあるまい。礼拝すらも彼がそれをすることは妨げられた。湯を浴びた直後の数時間しかみそぎを楽しめず、後見人が彼にそれを恵むのは月に一回だけではないか？　この寂しい孤独の中で大慈のアッラーに訴える必要が最も強いときに、彼は礼拝を禁じられた。

このように日々が過ぎる。ラジオが話し、彼が聞く。アミーナは出たり、戻ったりだ。彼女も何と弱々しくなったことだろう。ただ不平をこぼすことは彼女の習慣にならなかった。彼女は彼の看護婦である。彼が最も恐れることは、明日彼女が、自分を看護する人を必要とすることだ。彼女は彼に残されたすべてである。

一方ヤーシーンとカマールは、彼のところに一時間留まって、それから去って行く。彼は二人が去らなければよいがと願った。しかしそれは願望で、彼はそれを表明できず、彼らはそれを実現できなかった。アミーナだけが彼に飽きなかった。フセインを訪ねるとしたら、彼のために祈ろうとしてである。世界はそれ以外空白であった。

ハディーガが彼を訪ねる日は待望に値する日だ。彼女はイブラーヒーム・シャウカトとアブドルムネイムとアフマドを連れてくる。部屋は生者で満ち、その寂寥が雲散する。彼は少し話し、彼らのほうが多く話す。

あるときイブラーヒームが彼らに向かって、

「お前たち、そのおしゃべりをやめて、旦那を楽にしてあげなさい」

と言ったことがある。彼はたしなめて、

「彼らにおしゃべりをさせてやってくれ。わしは彼らの話しを聞きたいのだよ」

と言った。

彼は娘の健康と長寿を祈り、彼女の夫と二人の息子にも祈った。彼女が彼の休息のため自分で世話したいと望んでいることを知っていたのだ。彼女の目にそれ以上はない慈しみを見て取ったのである。

ある日彼は恋しさと好奇心から微笑しつつ、ヤーシーンにきいた。

「どこで夜更かしをするのかな？」

彼は恥ずかしげに言った。

「今は、イギリス人が昔のようにあらゆるところにいます」

〈昔のようにだと！　力と勢いの、壁が揺らいだ笑いの、グーリーヤとガマーリーヤでの夜会の、そしてズバイダ、ガリーラ、ハニーヤといった名前しか残っていない人たちの昔。ところでヤーシーンよ、お前の母を覚えているか？　ここではザンヌーバとカリーマがカリーマの父の側に座っている。わしたちは常に慈悲と許しを求めることだろう〉

「お前の省では、わしたちの古い知り合いのうち、誰が残っているのかな、ヤーシーン？」

「皆引退しましたよ。もはや彼らについては何も知りません！」

〈彼らもわしたちについて何も知るまい。心の友達は死んだのだ。なぜわしたちは知り合いのことを尋ねるのか？　だがカリーマの何ときれいなことよ！　全盛時代の母をしのいでいるぞ。それでもまだ一四歳を越えていない。ナイーマ、彼女は美の極致ではなかったか？〉

「ヤーシーン、もしできたら、アーイシャを、アーイシャに、お前たちを訪れるよう説得してくれ。アーイシャを、孤独から引き出してやってくれ。わしはそのことで彼女のことを心配している」

ザンヌーバが言った。

「慕情の館横町《カスル・アッシャウク》に遊びにくるよう何度も招きましたよ。でも……アッラーが彼女をお助けくださいますように！」

男の目に暗い眼差しが浮かんだ。それから彼はヤーシーンにきいた。

「お前は道で、シェイフ・ムトワッリー・アブドルサマドに、出会わんかね？」

ヤーシーンが微笑して言った。

「ときどき。彼はほとんど誰も知らないようです。でも両足でしっかりと歩いていますよ！」

〈何という男！　一度わしを訪ねる気にはならないのか？　それとも、以前わしの息子たちを忘れたように、わしを忘れたのか？〉

友達がみな去ってしまったとき、旦那はカマールを友達にした。カマールはこの友情に驚かされたことだろう。男は彼が見慣れてきた父ではなく、彼とむつまじく話し、彼のむつまじい話しにあこがれる友達と化した。男は彼について、

「三四歳の独身男で、人生の大部分を書斎で暮らしている。アッラーが彼をお助けくださいますように」

と残念そうに言った。男は彼の状態がそうなったことについて、自分に責任があるとは思わなかった。カマールは最初から自分で自分を律すること以外を拒み、結局独身の教師で、書斎における「自発的な隠遁者《いんとんしゃ》」となった。男は結婚のありかたや個人教授で彼を悩ますことを避けていた。同時に、いつの日か息子の重荷になることがないように、自分の貯蓄が、息を引き取るまで十分であることをアッラーに祈った。

あるとき息子にきいた。

「この頃の時代を気に入っているかね？」

カマールはとまどいの微笑を浮かべ、返答をためらった。男は続けて言った。

「本当の時代はわしたちの時代だった！　暮らしは容易で、楽だった。わしたちは健康で、元気だった。わしたちはサアド・ザグルールを見たし、歌手のアブドゥ・アルハムーリーを聴いた。お前たちの時代には何があるかね？」

話しの意味合いに魅せられて、カマールは答えた。

「すべての時にその美点と欠点がありますよ」

男は背後のくたびれた枕にもたせかけた頭をふりながら言った。

「ただ言うだけの言葉に過ぎん」

それから沈黙の間隔を置いていきなり言った。

「礼拝をできないことがわしの気持ちを傷つける。信仰は孤独の慰めだ。それでも奇妙な時があって、飲食や自由や健康など、わしを苦しめる無能力の全状態を忘れさせてくれる。わしの気持ちは不思議に澄み、その果てにわしが天空に接続しており、この世には人生と、そこにあるものを軽蔑する未知の幸福があると想像されるのだよ」

カマールはつぶやいた。

「主があなたの寿命を延ばし、あなたに健康を回復してくださいますように」

男はあきらめて頭をもう一度ふりながら言った。

「これはよい時間だ。胸に痛みがないし、呼吸も苦しくない。脚部のはれも引きつつある。ラジオもちょうど聴取者のリクエストする曲の時間だ！」

そのときアミーナの声が聞こえた。

「旦那様は大丈夫ですか？」

「アッラーに称賛あれ」

「夕食をお持ちしましょうか？」

「夕食？　まだ夕食と名づけているのか？　ヨーグルトの、どんぶりを持ってきなさい！」

33 ジャーナリスト

カマールが砂糖小路《スッカリーヤ》の姉の家に夕方頃着くと、一家が全員居間に勢揃いしているのを見つけた。カマールは彼らに握手しながらアフマドに向かって言った。

「学士号、おめでとう」

ハディーガが喜びを欠く口調で彼を驚かした。

「ありがとう。でも最新のニュースを聞いておくれ。このお方は官職に就きたくないんだよ」

イブラーヒーム・シャウカトが言った。

「従兄のリドワーンは、彼が同意するなら、官職を見つけてくれる用意があるんだ。だが彼は一貫して断っている。彼に話してくださいよ、カマール先生。たぶんあんたの意見にならば納得するかも知れない」

カマールはトルコ帽を取り、白い上着を――余りの暑さに――脱いで、椅子の背もたれにかけた。彼は戦闘を予期しながらも、ただ微笑して言った。

「今日は純粋にお祝いのために捧げられると思っていたが、この家は決して争いから抜け出せないんだね！」

ハディーガが無念そうな口調で言った。

「あたしの定めなの。人々は皆同じ状態で、あたしたちだけが別の状態なんだよ」

アフマドが叔父に向かって言った。

「物事は簡単なんです。今僕には書記職しかありません。リドワーンはヤーシーン伯父さんのいる記録文書部の空きのある職に、今僕を任命することができると知らせてくれました。そして新学期の始まるまで三ヵ月待つよう提案しました。たぶん僕はどこかの学校の仏語教師に任命されるだろうとのことです。でも僕はどんな種類のものであれ、官職を望まないんです！」

ハディーガが叫んだ。

「何を望むか叔父さんに言いなさい」

青年はあっさりと、そして断固として言った。

「僕はジャーナリズムで働きます」

イブラーヒーム・シャウカトが鼻を鳴らしながら言った。

「ジャーナリスト！　われわれはこの言葉を聞いていたが、お笑い草や戯言であると思っていた。息子はあんたのように教師になることを拒み、ジャーナリストになろうと努めている」

カマールが皮肉っぽい口調で言った。

「アッラーが教職の害悪から彼を守ってくださいますように！」

ハディーガが当惑して言った。

「お前はこの子がジャーナリストとして働くのが嬉しいのかい？」

そのときアブドルムネイムが雰囲気を和らげようとして言った。

「官職はもはや幸せな求職先ではありませんよ」

彼の母が鋭く言った。

「でもお前は官吏だよ、アブドルムネイムさん！」

「幹部職です。だが僕は彼が書記職につくことには満足しない。カマール叔父さんだってアフマドが教職につかないで済むようにと祈っているんです」

カマールはアフマドのほうをふり向いて尋ねた。

「どんな種類のジャーナリズムで働きたいんだい？」

「アドリー・カリーム先生は、彼の雑誌で僕が見習いとして働くことに同意しているんです。はじめ翻訳を、そのあと編集をやるために」

「だが『新しい人間』は収入と活動範囲の限定された教養雑誌だが？」

「それはもっと重要な仕事を得るための見習いの第一歩で、どちらにしても僕は飢えずに待っていられますよ」

カマールはハディーガを眺めながら言った。

「アッラーがお望みになるよう物事が進むに任せなさいよ。彼は理性的な教養人で、自分のすることをよくわきまえている」

しかしハディーガは簡単には敗北に屈せず、官職を受け入れるよう再び息子の説得を試みた。その結果二人の声が高くなり、激してきたので、カマールは彼らのあいだに割って入った。それから一座の雰囲気が気まずくなり、重い沈黙があたりを支配したので、カマールが笑いながら言った。

「飲み物にありつきたいと思ってきたんだが、こんな厄介なことが僕のわけ前だった」

その間にアフマドは外出するため服を着た。カマールは辞去し、一緒に外へ出た。二人はアズハル通りを歩いた。アフマドはアドリー・カリーム先生の約束に従い、仕事を開始するため『新しい人間』誌に行くのだと叔父に打ち明けた。カマールは彼に言った。

「君の好きなようにするがいいよ。だが両親を苦しめるのは避けたまえ」

アフマドは笑いながら言った。

「僕は彼らを愛し、尊敬しています。だが……」

「だが？」

「人間に両親がいるのは大きな間違いです！」

カマールは笑って、

「どうしてそんなことを簡単に言えるんだい？」

「字義通りの意味で言ったのではありません。だが両親が示唆することは過去の伝統に属しますよ。父権とは一般にブレーキです。なぜわれわれはエジプトでブレーキを必要とするのでしょう？　われわれは足かせをはめられて歩いているのに」

それから思案したあとに話しを続けて、

「僕のような者は、住む家があり、父に収入がある以上、苦い意味での闘争を知らないんです。僕はそれで安心しているいることを否定しません。だが同時にそれを恥じています！」

「いつ君の仕事で給料を得られる見込みかな？」

「先生は期限を設けていません」

アタバ・アルホドラーで二人は別れ、アフマドは『新しい人間』誌へ向かった。アドリー・カリーム先生は勇気づけるように彼を迎え、彼と一緒に秘書室へ行き、そこにいる人たちに向かって言った。

「君たちの新しい仲間のアフマド・イブラーヒーム・シャウカト氏だ」

それから仲間たちを彼に紹介しながら言った。

「スウサン・ハマド嬢、イブラーヒーム・リズク氏、ユーセフ・アルガミール氏」

彼らはアフマドを歓迎しながら彼と握手した。それからイブラーヒーム・リズクが儀礼的に言った。

「彼の名前はわれわれの雑誌で有名です」

アドリー・カリームは微笑しながら言った。

「彼は新しい人間の最初の子どもだ（それからユーセフ・アルガミールの机を指して）君はこの机で仕事をするのです。机の主の仕事はたいがい外回りですから」

アドリー・カリームは部屋を出た。ユーセフ・アルガミールは彼の机に近い椅子にかけるようアフマドに勧め、彼がかけるまで待ってから言った。

「スウサン・ハマド嬢が君に与えられる仕事を教えてくれますよ。今はコーヒーを一杯飲むのも悪くないな」

彼はブザーを押し、アフマドのほうは彼らの顔と場所をじろじろ眺めはじめた。イブラーヒーム・リズクはくたびれた中年男で、実際の年齢より一〇歳は老けて見えた。ユーセフ・アルガミールのほうは青年の終わりの年代で、彼の外見は抜け目なさと賢さを示していた。アフマドはスウサン・ハマドへ視線を投げ、彼女は彼を覚えているだろうかと訝った。彼は一九三六年にはじめて会って以来彼女を見ていなかった。二人の目がかち合った。彼は沈黙から抜け出したいとの願望に駆られ、微笑しながら彼女に尋ねた。

「五年前ここであなたに会いましたね」

彼女のきらきらする両眼に回想の色が現れた。彼は言葉を継いだ。

「僕は掲載が遅れた僕の論文の成り行きをきいたんです」

彼女は微笑しながら言った。

「思い出しそうよ。いずれにしてもその時以来あなたの論文をたくさん掲載しましたわ」

ユーセフ・アルガミールがコメントして言った。

「立派な進歩的精神を示す論文ですよ」

イブラーヒーム・リズクが言った。

「今日の意識は昨日のとは違います。僕は道を眺めるたびに、壁の上に〝パンと自由を〟の表現を読みます。これが人民の新しいスローガンです」

スウサン・ハマドが熱心に言った。

「何と美しいスローガンだこと！　特に闇が世界を覆ったこの時には！」

アフマドは彼女の言葉の意味することを悟り、彼の精神はさっそく——情熱と喜びで——彼を取り巻く雰囲気に呼応した。彼は言った。

「確かに闇は世界を覆っています。だがヒットラーがイギリスを攻撃していない以上、救済の希望がありますよ」

スウサン・ハマドが言った。

「あたしは別の角度から局面を見ます。もしヒットラーがイギリスを攻撃したら、両方が一緒に滅びるか、少なくとも力の中心がロシアに移る可能性　があるとは思いません？」

〈もし反対のことが起きたら？　つまりヒットラーがイギリスの島を席捲し、力の頂点に達したら！〉

ユーセフ・アルガミールが言った。

「かつてナポレオンはヒットラーのようにヨーロッパの遠征者でした。だがロシアが彼の墓場でしたよ」

アフマドは以前感じたことのないような活気と情熱を見出した。この清らかな空気、これらの自由な朋友たち、この啓発された美しい女友達。何かの理由で彼はアラウィーヤ・サブリーを思い出した。失恋を打ち負かすまでそれと戦った苦悩の年。その頃彼は朝となく夕となく、心底から愛を呪い、ついに愛は彼の気持ちの奥に去りがたい不快感と反逆の跡を残して空に飛び散ったのである。彼女は今マーディーの家で月収が少なくとも五〇ポンドある夫を待っている。一方ロシアの勝利を呼びかけるこの娘ときたら、いったい何を待っているのか？

そのときスウサンが書類の束を彼の顔前でふり回し、優しく言った。

「いいこと？」

彼は立ちあがり、それから彼の新しい仕事をはじめるために微笑しながら彼女の机へ向かった。

34 新しい恋

ユーセフ・アルガミールが雑誌社に立ち寄るのは、週に一、二回であった。彼の活動の大半は広告と購読料に向けられていたからである。同様にイブラーヒーム・リズクは秘書室に一時間以上留まることはなく、それから彼が働く他の雑誌を一巡する。大部分の時間が過ぎるのは、アフマドとスウサンが二人だけでいるときであった。一度印刷所の職工長がゲラ刷りの一部を取りに来たが、彼女が彼を「父さん」と呼ぶのを聞いて、アフマドは思わず驚いた。

そのあと彼は、親戚の絆がアドリー・カリーム先生自身と印刷所の職工長を結びつけていることを知った。それは不意打ちであり、刺激的であった。彼はスウサンの勤勉にはもっと驚かされた。彼女は編集の軸であり、その活動の中心であった。だが彼女は雑誌の編集が要求する以上の仕事をしていた。彼女はいつも読んだり、書いたりしていた。彼女は真剣で、鋭敏で、たいへん賢明に見えた。彼は最初から彼女の個性の強さを感じた。そのあげく——彼女の魅力的な黒目とすてきな女らしい肢体にもかかわらず——強い意志と巧みな整理力を有する男の前に自分がいるように、ときどき思えるのであった。それから彼女の活気に影響され、疲れも飽きも知らない熱意で仕事に励んだ。

アフマドは若干の重要な論文の翻訳に加え、世界の教養雑誌からの抜粋の翻訳の責任を引き受けた。ある日彼は彼女に言った。

「検閲が虎視眈々《こしたんたん》とわれわれを監視していますね」

彼女は憤怒と軽蔑を示す声で言った。

「あなたはまだ何も見ていないわ。あたしたちの雑誌は最高当局から〝嫌疑〟をかけられているの。雑誌には名誉よ！」

アフマドは微笑して言った。

「開戦前のアドリー・カリーム先生の巻頭論文をもちろん覚えていますよね？」

「アリー・マーヒルの時代にオラービ革命に関する論文の中で、先生が副王のタウフィークを裏切り者と非難したため、あたしたちの雑誌は一度発行を停止されたことがあるわ」

ある日彼女はふとした話しの中で彼に尋ねた。

「なぜジャーナリズムを選んだの？」

彼は少し考えた。今までに知った女性たちの中で、一種独特のタイプに見えるこの娘に、どの程度まで彼の内心を打ち明けることが許されるだろうか？

「僕は官職につくため大学に入ったのではありません。でも僕には表現と発表を望む思想があって、そのための手段としてはジャーナリズムに勝るものはないんです」

彼女はアフマドを心底から喜ばせた熱心さで言った。

「あたしのほうは大学で勉強しなかったわ。より正しくはその機会が与えられなかったの。（彼女の率直さも彼を喜ばした。もっともそれ自体彼女が他の娘たちと違うことを確証するものであったが）……あたしはアドリー・カリーム先生の学校の卒業生よ。それは大学より低級ではありません。大学進級資格を取って以来、先生の下で勉強しました。率直に言って、あなたはジャーナリズムの、あるいはあたしたちが働くジャーナリズムの定義を上手に行ったわ。ただあなたは——今までのところ——他人を通じて、つまり翻訳を通じてあなたの思想を表明しています。あなたに適する書き方を考えたことはないの？」

彼は意図された意味が理解できないかのように、思案しながら沈黙し、それからきいた。

「どういうことですか？」

「?」

「ごめんね、彼は形而上学の迷路にさまよう著述家の一人よ!」

彼は不安気に反問した。

「彼が気に入らないんですね?」

「気に入りは別物よ。彼は古い真理についてしばしば書いているわ。精神……絶対……知識の理論。それは美しいことだわ。でも——知的快楽と思想的ぜいたく以外には——目的地に到達しないわ。著述は目的のはっきりした手段であるべきであり、最終的な目的はこの世界を発展させ、進歩と解放の階段において人間を引きあげることであるべきよ。人類は継続的闘争の中にいるの。そして真にその名前に値する著述家は闘士の先頭に立つべきよ。生の躍動については、ベルグソンだけに任せて置きましょう」

「だがカール・マルクス自身が形而上学の迷路にさまよう若い哲学者として始まったのでは?」

「彼は科学的社会学で終わったわ。そこからあたしたちははじめるのよ、彼がはじめたところからではなく」

アフマドはこのように叔父が批判されることに安堵せず、何よりも彼を弁護したくて言った。

「真理は常に知るにあたいします。どんなものであって

も」

「論文、詩、短編小説、劇作?」

「わかりません。論文がすぐに思いつくものですが」

彼女は意味あり気な口調で言った。

「そうね、でもあたしたちの政治的事情のため、それは容易な要求物ではなくなったわ。だから自由人たちは彼らの意見を秘密のビラで発表することを余儀なくされているの。論文は率直で、直接的だから危険なの。特に監視の目があたしたちを注視しているから。一方短編小説には無数の方策があるわ。それはずるい芸術なの。流行の文学的形式となったので、短期間のうちに文学の世界で指導的地位を奪取するでしょう。文学の長老の中で、たとえ一作によってでも、その分野で自己の存在の確立を図らない大物はいないと思わないこと?」

「ええ、そんな作品の大部分を読みました。『思想』誌に書いているリヤード・カルダスのものを読みませんでしたか?」

「それは多くのうちの一つよ。最良ではないわ!」

「たぶんね。同じ雑誌に書いている叔父のカマール・アブドルガワード先生が彼に僕の注意を喚起したのです」

彼女は微笑して言った。

「彼はあなたの叔父さんなの? 何回か読んだわ。でも」

も、その影響についての意見がどうであっても」

スウサン・ハマドは情熱的に言った。

「それはあなたが書くことと矛盾しているわ。あなたは叔父さんへの義理に影響されていると、あたしは賭けるわ！　人間が苦しんでいるときは、苦痛の原因の除去に注意を集中するものなの。あたしたちの社会はとても苦しんでおり、あたしたちは何よりもまず苦痛を除去すべきよ。そのあとあたしたちは戯れ、哲学者ぶることができるわ！でも傷を負っていながらそれに少しも注意を払わず、戯れている哲学者を想像してくださいな。あなたはそんな人間について何と言うかしら？」

これが本当に彼の叔父なのか？　しかし彼女の言葉は彼の気持ちと完全に呼応すること、彼女の目は美しいこと、そして彼女は奇妙さと「真剣さ」にかかわらず魅力的……そうだ、魅力的であることを、彼は認めるべきだ。

「実際、叔父さんはこのような事柄に真剣な注意を払っていません。僕はそのことについて彼としばしば話しましたが、彼は民主主義や共産主義を研究すると同様に、ナチズムを研究しているのを見つけました。だが彼は冷淡でもなく、熱烈でもありません。僕は彼の立場を判別することはできませんでした」

彼女は微笑して言った。

「彼には立場がないのよ。著述家の立場は隠すことができません。彼は読み、楽しみ、反問するブルジョワ知識人のような者よ。あなたは〝絶対〟の前に当惑している彼を見つけることもあるでしょう。恐らく彼の当惑は苦痛の域に達していることでしょう。でも真に苦しんでいる人たちと無頓着にすれ違いながら彼の道を行くんだわ」

彼は笑って言った。

「叔父さんはそうじゃありませんよ」

「あなたのほうがよく知ってますわ。同様にリヤード・カルダスの短編小説は待ち望まれた短編小説ではないわ。それは写実的、叙述的、分析的で、それ以上に一歩も前進しておらず、そこには指導も、福音もないわ！」

アフマドは少し考えて、それから言った。

「だが彼はしばしば労働者や農民からなる勤労者の状況を描写しています。これは彼が小説の中で主役の舞台を勤労階級に与えていることを意味します！」

「でも彼は描写と分析に限定しています。それは真の闘争に比べれば、消極的行動よ！」

何とまあ争いにあこがれる娘よ！　どうやらえらく真剣のようだ。だが彼女の中の女はどこにあるのだろう？

「どんなふうに彼に書いてもらいたいんですか?」

「ソ連現代文学を何か読んだこと? いえ、マクシム・ゴーリキーを読んだこと?」

彼は微笑しながら沈黙した。恥じる必要はない。彼は社会学の学生で、文学の学生でなかった。それから彼女は彼より数歳年上だ。一体何歳だろう? たぶん二四歳か、それより上だろう! 彼女が再び言った。

「これこそさまざまな文学の中で読むべきものよ。もしお望みなら、そのどれかをお貸ししますわ」

「大いに喜んで」

彼女は微笑しながら言った。

「でも〝自由な〟人間は読者か、著述家でいることでは十分ではないのよ! 主義は何よりも前に意志にかかわっているの。最初に、そして何よりも前に意志なのよ」

それでいて彼女は優雅に見えた。そうだ、彼女の顔には白粉がない。しかし彼女の身なりと優雅さへの配慮は他の女性たちに劣らない。この生き生きとした胸は他の魅力的な胸と同様に印象的だ。しかし待てよ、彼は信奉する主義の点で他の男たちと異なるのか?

〈われわれの階級はおかしなところがあって、特定の角度からしか女を見ることを拒んでいる!〉

「僕はあなたを知って嬉しい。われわれの前途には一つの手のように一緒に行動する分野がたくさんあると思います」

彼女は微笑して言った——彼女は微笑するとき、何よりもまず女っぽく見えた。

「それは褒め過ぎよ!」

「僕はあなたを知って本当に嬉しい」

確かに、彼はそうだった。しかし彼の胸の激しい動揺について理解を誤ってはいけない。それは彼のような思春期にいる者にとって自然の反応かも知れなかった。

〈マーディーのような局面に自分を投げ込まないよう慎重を期すことだ。悲しみはまだお前の心の表面から消えていないのだ〉

35　カマールとガリーラ

「今晩は、叔母さん」

彼はガリーラに従って居間で二人の気に入りの座席に向かった。二人が長椅子の上に落ち着くや否や、女は女中を呼び、女中が飲み物を持参した。彼女は女中がテーブルを整えるのを見守っていたが、女中が任務を終えて、立ち去ったとき、カマールのほうをふり向いて言った。

「あたしの甥や。誓って言うが、あたしはあんたと一緒にしか酒を飲まなくなってしまった。毎木曜の夜にね。昔あんたの父さんと飲むことが楽しかったようにだよ。だがあの頃はまた大勢の人たちと飲んだものだった」

カマールは、

「僕はとても飲むことを必要としている。それなしには僕の人生がどうなったかわからない！」

と自分に言い聞かせ、それから彼女との対話に入った。

「だがウイスキーは消えてしまったね、叔母さん。同様にすべての清潔な飲み物が。ドイツによる最近のスコットランド爆撃が世界的に有名な酒蔵に命中し、谷という谷に本物のウイスキーが流れたという話しだよ」

「この手の爆撃には心が痛むよ。だが酔う前にアフマド旦那の様子はどうか聞かせておくれ」

「進歩も退歩もない。父が寝ていることは僕には辛いことです、マダム・ガリーラ。主が彼に優しくしてくださいますように」

「彼を訪れたいわ。あんたにはあたしからの挨拶を彼に伝える勇気はないのかい？」

「何という話し！　この世の終末を起こすのにそれしか残らないとは！」

老女は笑って、それから言った。

「アフマド旦那のような男が人間の純潔を想像できると思うのかい、特に彼の血を引いた息子についてはね？」

「そうであったとしても、天下の美女さんよ！　あなたの健康に乾杯」

「あんたの健康に乾杯。アティーヤは遅れるかも知れないよ、息子が病気だからね」

カマールは少し熱心に言った。

「前回は何でもなかったのかな？」

「ああ、でも息子が土曜日に病気になった。彼女の哀れな魂は息子にべったりなの。彼に悪いことが起こると、彼女は頭がおかしくなってしまうんだよ」

「何とまあ善良で、不運な女。彼女がこういう生活をやむを得ず送っていることを、僕は状況からしばしば痛感していた」

ガリーラは微笑して、あるいは嘲笑して言った。

「あんたみたいな人が自分の名誉ある職業にうんざりしているのなら、どうして彼女が自分の職業に満足していられるんだい？」

女中が芳香を放つ香炉を持って一回りした。秋の空気が居間の奥の窓からしっとりと吹いてきた。酒はひどく苦かったが、効果が強かった。ただ職業についてのガリーラの言葉が忘れかけていたことを、彼に想起させた。彼は言った。

「僕はカイロから転勤しかけたんだよ、叔母さん。もしそのあってはならないことが起きていたら、僕は今頃アシユート[1]に旅立つため鞄をまとめているところだった！」

「アシユートだって、あそこのナツメ椰子ときたら！　アシユートにはあんたの敵が行くといい。何が起きたんだい？」

「もう大丈夫、アッラーに称賛あれ！」

「あんたの父さんの知己は蟻のように官庁を満たしているよ」

彼はコメントせずに同意するかのように頭をふった。彼女はまだ父を古い栄誉の後光の中で見ている。彼の転勤が決まったことを父に告げたとき、父が、

「わしたちのことを誰も知らなくなった。わしたちの友人はどこにいる、どこに？」

と悲しく、残念そうに言ったことを、彼女は知らないのだ。

その前に彼は古い友人のフォアード・アルハムザーウィーのところに行った。彼が教育省の有力者の誰かを知っているかも知れないからである。しかし偉い判事は、

「大変すまないな、カマール。僕は判事として誰にも頼めないんだ」

と言った。

最後に彼は恥じらいによろめきながら甥のリドワーンに頼り、その日に彼の転勤は取り消された！　何とまあ偉い青年。どちらも同じ省の、同じ等級の官吏だ。彼が三五歳で、青年が二二歳なのに。しかしどのようにして小学校の教師がこれよりましなことを期待できようか？　哲学によって、あるいは哲学者面をすることによって、慰められることはもはや不可能となった。哲学者たちの言葉

をオウムのように繰り返した者ではない。今日文学部の卒業生は皆、彼が書くように、あるいはもっと上手に、書くことができる。かつて出版社が彼の論文を一冊の本にまとめてくれるとの希望があった。しかしこの教育的な論文にはもはや言うに足る値打ちがなくなった。この頃の何と本が多いことよ。彼はこの大海の中では無である。彼はうんざりするほどまで飽きた。いつ彼の汽車は死の駅に到達するのか？

彼は叔母さんの手にあるグラスを、それから高齢を物語る彼女の顔を眺め、彼女に感心するしかなかった。それからきいた。

「飲み物に何を見つけられるの、叔母さん？」

彼女は口をほころばせて、金歯を見せながら言った。

「あたしが今飲んでいると思うのかい？　そんな時は過ぎたよ。今日はそれに味もなく、効き目もない。コーヒーのようで、それ以上でも、それ以下でもない。若い頃ビルグワーンでの結婚式で一度酔ってしまい、その末に楽団が夜遅くあたしを馬車に運んだことがあったよ。主があんたをその害悪から守ってくださいますように！」

〈だが酒は何の役に立たないものよりはましだ〉

「陶酔の絶頂、あなたはそれを知ったの？　僕はグラス二杯でそれに達していたが、今日そのためには八杯を必要とするよ。明日は何杯になるか知らない。でもそれは必要なんだ、叔母さん。そのとき傷ついた心が愉快になって踊り出す」

「あんたの心は愉快なんだよ、あたしの甥や。酒を必要とせずにね」

彼の心は愉快だって！　彼の友であるこの悲しみは？　希望の燃えかすの灰燼は？　倦怠した者は酒浸りになるほかない。この居間でか、もし息子を手当している女が来ればあの部屋で。彼と彼女は生の中で同じ場所にいる。生のない彼らの生の中で。

「アティーヤは来ないのじゃないかな？」

「きっと来るよ。病気は金を必要とするのじゃないかい？」

何という答え！　ただ彼女は彼に思案を許さなかった。熱心に彼のほうへ体をかがめて、彼をじっと眺め、それから低い声で言ったからである。

「数日しか残っていないよ！」

彼は彼女が本当は何を意味したかを悟らずに言った。

「主があなたを長生きさせ、僕からあなたを奪いませんように！」

彼女は微笑して言った。

「あたしはこの生活を捨てるんだよ！」

彼は驚いて上半身を真っ直ぐに伸ばし、そして叫んだ。

「何と言ったの？」

彼女は笑い、嘲《あざけ》りを欠かない口調で言った。

「心配しないで。アティーヤがこの家のような安全な家へあんたを連れて行くよ」

「でも何が起きたのかな？」

「老いたんだよ、あたしの甥や。アッラーは必要以上にあたしを金持ちにしてくださった。昨日近所の家が摘発され、その女主人が警察署に連行されたの。あたしはもう十分。あたしは懺悔を考えているんだよ。今の状態でない姿で主にお会いしなければ！」

彼はグラスの残りを飲み干し、それを満たした。それから聞いたことを信じられないかのように言った。

「あなたにはメッカへの船に乗ることしか残されていないんだ！」

「主があたしに善行を実践できる力を与えてくださいますように」

彼はまだ驚きから覚めずに反問した。

「こういうことすべてが突然起きたの？」

「いいえ、あたしは実践するときにしか秘密を打ち明けないの。このことについては昔からさんざん考えていたんだよ」

「真剣なの？」

「全く真剣さ。主があたしたちのお味方よ！」

「僕は何と言ったらよいかわからない。だが主があなたに善行を実践する力を与えてくださいますように」

「アーメン」

それから笑って、

「でも安心おし。あたしはあんたの将来に安心するまでこの家を閉めないよ！」

彼は高笑いをして言った。

「この家のように僕がくつろげる家を見つけることはできないだろうな！」

「あたしがメッカにいても、あんたを新しい女経営者に引き渡してあげるよ！」

すべてが滑稽に見える。しかし酒は悲しい男が祈りを捧げる方角であり続けよう。状況は変わり、フォアード・ガミール・アルハムザーウィーが上昇し、カマール・アフマド・アブドルガワードが下降する。しかし酒は悩む男に微笑をもたらし続けよう。ある日カマールがリドワーンをあやすため肩に負い、それからリドワーンがカマールをつまずきから引きあげる日が来る。しかし酒は嘆く男の救命具であり続けよう。

マダム・ガリーラですら、彼が新しい売春宿を探しているときに、懺悔を考えている。しかし酒は彼の最後の宿であり続けよう。病人はすべてに飽き、そのあげく飽きることにも飽きる。しかし酒は救済の鍵であり続けよう。

「あなたからいつも楽しい話しを聞けて幸せだよ」

「アッラーがあんたを導き、幸せにしてくださいますように」

「僕がここにいることがあなたの迷惑になるなら?」

彼女は口を指でふさいで言った。

「アッラーがあんたをお許しくださいますように。ここはあんたの家だよ、あたしの家である以上はね。あたしが住むすべての家があんたの家だよ、あたしの甥や」

古い正体不明の呪いがあって、彼はその罪滅しをするよう運命づけられているのだろうか?　彼の人生を覆うこの困惑からどのようにして脱出できるのか?　ガリーラすら彼女の生活を変えることを真剣に考えている。なぜ彼女を手本にしないのか?　おぼれる者にはすがりつく岩がなければならぬ、さもなければ水死だ。

〈もし生に意味がないのなら、なぜわれわれがそれに意味を創らないのだ?〉

「僕たちがこの世で意味を探すのは、おそらく間違っていたのでしょう、僕たちの第一の任務がこの意味を創ることにあるのに」

ガリーラが彼を妙な目で見つめた。彼は無意識に口を滑らしたことに遅ればせながら気づいた。ガリーラは笑いながらきいた。

「こんなに早く酔ったのかい?」

彼は高笑いでうろたえを隠して言った。

「戦争中の酒は毒のようです。すみませんね。ところでアティーヤはいつ来るのかな?」

注

(1)　エジプト中部の都市。

36 空襲

カマールは午前二時半にガリーラの家を出た。あらゆるものが闇の中に沈んでいた。闇は沈黙の中に沈んでいた。彼は新道へ向かってゆっくりと歩いていた。それからフセイン・モスクのほうへ曲がった。もはや彼と縁がなくなったこの神聖な界隈に、いつまで暮らすのか？　彼は力なく微笑した。

酒から残ったのは二日酔いだけだ。肉体からは熱い欲情が消えていた。彼は疲労と怠惰を覚えながら足を運んだ。普通このような気だるい瞬間に彼の奥底で何かが――それは懺悔でも、後悔でもない――浄化を求め、肉欲の支配からの永遠の解放を探して叫ぶのである。彼の肉欲の波は隠れていた禁欲の岩から退いた。彼は星との睦みを求めるかのように、頭を空にあげた。

警戒警報のサイレンが静寂の中で鳴り響いた！　彼の心臓は激しく鼓動し、彼の酔眼《すいがん》が見開いた。それから本能的な衝動で一番近くの塀のほうに曲がり、それに沿って進んだ。もう一度空を眺めると、サーチライトの光が空の表面を大急ぎで拭《ぬぐ》い、時に交叉しては、気が狂ったように離散した。彼は塀から離れずに歩みを早めた。大地の上には彼以外誰もいなくなったかのように、一人ぼっちの孤独感を覚えた！　すると以前彼の耳が聞いたことのないしわがれた飛来音が落下し、爆発がそれに続き、足下の大地が震動した。近くか、それとも遠くか？　空襲についての知識を復習する時間的余裕はなかった。爆発が息もつかせぬ早さで相次いだからである。対空砲が次々と発射された。大気が発生源も、正体もわからない稲妻のような光で輝いた。彼には大地が飛び散るように思えた。彼はダルブ・キルムズの由緒あるトンネルに避難所を求めて、それに向かい一目散に疾走した。対空砲が正気を失ったかのような怒りで発射され、爆弾が標的を強打し、大地が動揺した。戦慄の数秒間に彼はトンネルに着いた。

そこは大勢の人たちで混み合い、彼らのため闇が濃さを増していた。彼はあえぎながら彼らのあいだに紛れ込んだ。その空気は恐怖に支配され、暗闇の影の中に戦慄のひそひそ声が満ち満ちていた。トンネルの出入り口は空中に放たれる照射によって時々明るくなった。

爆弾の落下がやんだか、そのように彼らには思えた。対空砲はその狂気が鎮まらず、それが人々の気持ちに与える反響は爆弾の反響に劣らなかった。女子どもや男たちから発せられる叫びや泣き声や怒声や叱責が混じり合った。

「これは真剣な空襲で、以前のようなものじゃないぞ」

「この古い界隈は真剣な空襲には耐えられようか？」

「そんなおしゃべりから俺たちを放免してくれ、主よと、言ってくれ！」

「俺たちみんなが主よ、と言っている」

「静かに、静かに。あんたたちの上にアッラーのお慈悲を！」

カマールがトンネルの出口を照らす明かりに気づいたとき、新来の群を見た。彼はその中に父の姿があったように思えた。彼の心臓が高鳴った。本当に父だろうか？　どのようにしてトンネルまでの通りを歩けたのか？　いや、どのようにして寝床を離れられたのか？　彼は動揺する人の塊をかきわけながら地下道の端に前進した。輝く明かりの中に彼の全家族を識別した。彼の父、母、アーイシャ、そしてウンム・ハナフィー！　彼はそのほうに向かい、やがて彼らのあいだに立ってささやいた。

「僕だよ、カマールだよ！　みんな大丈夫かい？」

父は答えなかった。彼は母とアーイシャに挟まれて、ぐったりとトンネルの壁に背をもたせかけていた。母のほうが言った。

「カマール？　アッラーに称賛あれ。ひどいことだよ、息子や。毎度のようじゃないね。家があたしたちの頭上に崩れるかと思えたよ。主が父さんを元気づけ、父さんはあたしたちと一緒に来たんだよ。どのようにして父さんが、そしてどのようにしてあたしたちが来られたか、あたしにはわからないよ」

ウンム・ハナフィーがつぶやいた。

「主の御許《みもと》にはお慈悲があります。この恐ろしさといったらまあ！　主があたしたちに優しくしてくださいますように」

突然アーイシャが叫んだ。

「この対空砲はいつ静まるの？」

カマールには彼女の声が神経の崩壊を警告するように思えた。彼はアーイシャに近づき、両手で彼女の手のひらをつかんだ。彼は激励を必要とする人たちの眼前に自分がいることに気づいたとき、失われた自覚の一部を取り戻したかのようであった。対空砲は依然として正気を失ったかのような怒りで発射を続けていた。ただその衝撃は感じられない程度で弱まりはじめた。カマールは父のほうにかがんできいた。

「調子はどうですか、父さん？」

力なくささやく父の声が聞こえた。

「どこにいたんだ、カマール？　空襲が起きたとき、お前はどこにいたんだ？」

彼は父を安心させるため言った。

「トンネルの近くにいたんです。調子はどうですか？」

途切れがちの声が答えた。

「アッラーが一番ご存じだ。どのようにしてわしが寝床を離れ、通りを急いだか？　アッラーが一番ご存じだ。わしは何も感じなかった。いつ状態は元に戻るのか？」

「父さんが腰を下ろせるよう僕の上着を脱ぎましょうか？」

「いいや、わしは立っていられる。だがいつ状態は元に戻るのか？」

「空襲は終わったようです。父さんが不意に立ちあがったことについては、心配しないでください。不意打ちはしばしば病人に奇跡を起こさせるものです！」

彼が話し終わりかけたとき、三回立て続けに起きた爆発により、大地が震動し、対空砲が再び荒れ狂い、トンネルは叫喚で騒がしくなった。

「俺たちの上空だぞ！」

「アッラーは御一人と唱えなさい」

「この不吉なやつを黙らせよ！」

カマールは父の両手を自分の両手でつかむためアーイシャの手を離した。彼は一生ではじめてそうした。男の両手は震えていた。カマールの両手も震えていた。ウンム・ハナフィーのほうは泣きじゃくりながら地面に伏した。再び神経質な声が興奮で悲鳴をあげた。

「悲鳴をあげるんじゃない。悲鳴をあげたやつは俺が殺すぞ！」

悲鳴が高くあがり、対空砲の発射音が続き、新たな震動を予期して神経の緊張が募った。しかし対空砲だけが発射を続けた。新たな爆発の予期が人々の精神を窒息させ続けた。

「爆弾は終わりだ！」

「それはなくなっては、また爆発する」

「遠くのほうだ。もし近かったら、周囲の家屋は助からなかったろう！」

「いや、ナッハーシーン通りに落ちたんだ！」

「そう君には思えるんだよ。たぶん兵器庫に落ちたのさ！」

「おい、耳を澄ませ。対空砲が静まってきたんじゃないか?」

そうだ、発射音が静まってきた。それから遠くでしか聞こえなくなった。それから断続的になり、やがて間隔があき、その後発射音と次の発射音のあいだに丸一分過ぎた。それから沈黙が訪れ、広がり、長く伸び、深まった。人々の舌が引きつり、やがて泣くような希望のささやきが聞こえはじめた。大勢の人がいろいろなことを思い出し、新たに生き返り、懸念の混じった慎重な安堵の息を吐いた。瞬時の光の輝きが消え、闇があたりを覆ったとき、カマールは父の顔を見ようとしたが、無駄だった。

「父さん、元のように静かになりますよ」

男は答えなかったが、彼がまだ生きていることをカマールに納得させようとするかのように、両手を息子の両手のあいだで動かした。

「父さん、大丈夫?」

彼は両手をもう一度動かした。カマールは悲しみを覚え、涙をこぼしそうになった。

警報解除のサイレンが鳴り響いた。

祭日を知らせる大砲の直後の子どもたちの歓声のように、あらゆる方向からの歓声があとに続いた。その場所と周辺は終わりのない活動で騒がしくなった。戸や窓が勢いよく開く音、神経質な話し声の奔流、それからトンネルにつめ込まれていた人たちが続々と立ち去る動き。

カマールが嘆息しながら言った。

「帰りましょう」

父は片腕をカマールの肩の上に、他の腕を母の肩の上に置き、二人に挟まれて一歩、一歩進んだ。家族は男の様子と彼の重大な冒険の影響を気遣いはじめた。だが父は歩みを止め、弱い声で言った。

「わしは座りたい」

カマールが言った。

「僕に担がせてください」

彼は疲れ果てて言った。

「できまいよ」

しかしカマールは片手を彼の背後から回し、他の腕を彼の両足の下に置き、彼を持ちあげた。軽い荷物ではなかったが、父の身体から残ったものは、どちらにしても楽に運べた。彼はひどくゆっくりと進み、他の人たちは心配しながらあとに従った。

アーイシャが突然しゃくりあげた。父が疲労した声で言った。

「醜態をさらす必要はない！」

彼女は手で口をふさいだ。彼らが家に着くと、ウンム・ハナフィーが手伝って旦那を運んだ。二人は父を連れて、ゆっくりと、慎重に階段をあがった。父はあきらめ切っていたが、神の許しを求めて小声で続ける祈りは、彼の悲しみと憂鬱さを示していた。やがて二人は寝床の上に注意深く彼を置いた。部屋の明かりがともると、努力で血を絞り取られてしまったかのように、父の顔がひどく青ざめて見えた。彼は胸を激しく上下させ、ぐったりと目を閉じ、それから何度も呻きはじめた。しかし彼は苦痛を克服し、そのあげくやっと沈黙に落ち着くことができた。皆は彼の寝床の前で一列になって立ち、恐怖と同情で彼のほうを眺めていた。とうとうアミーナがおろおろ声で尋ねた。

「旦那様、大丈夫ですか？」

彼は両眼を開き、人々の顔をじっと眺めはじめた。数瞬間、彼は彼らの顔を知らないかのように見えた。それから嘆息し、ほとんど聞き取れない声で言った。

「アッラーに称賛あれ」

「お眠りなさい、旦那様。休むためお眠りなさい」

外の呼び鈴の響きが彼らに聞こえてきた。ウンム・ハナフィーが扉を開けるために行った。彼らは訝し気な眼差しを交わした。カマールが言った。

「たぶん砂糖小路《スッカリーヤ》か慕情の館横町《カスル・アッシャウク》の誰かが、僕たちの安否を確認するために来たのだろう！」

彼の勘が当たり、まもなくアブドルムネイムとアフマドが部屋に入り、それからヤーシーンとリドワーンがあとに続いた。彼らはそこにいる人々に挨拶しながら、父の寝床に近づいた。男は彼らに力ない眼差しを向けた。話しはできず、挨拶のため痩せた手をあげただけであった。カマールが物騒な夜に父が苦しんだ模様を彼らに手短に話して聞かせた。それからアミーナが小声で言った。

「恐ろしい夜だったよ、主があの夜を繰り返されませんように」

ウンム・ハナフィーが言った。

「体を動かしたことが旦那様を少し疲れさせたんですよ。でも休憩によって元気を回復することでしょう」

ヤーシーンが父の上にかがみ込んで言った。

「眠らなければなりません。今の調子はどうですか？」

男はぼんやりした視線で息子を見つめてつぶやいた。

「アッラーに称賛あれ。左の脇腹に痛みを感ずるんだ」

ヤーシーンはきいた。

「医者を連れてきましょうか？」

彼はいらいらして手で合図し、それからささやいた。

「いや、わしは眠ったほうがいい」

ヤーシーンはそこにいる人たちに部屋を出るよう合図し、少し後退した。男は挨拶のため痩せた手を再びあげた。彼らは一人ずつ部屋を出た。そこに男と残ったのはアミーナだけであった。

居間に皆が集まったとき、アブドルムネイムが叔父のカマールにきいた。

「何をしていたんです？　僕たちのほうは中庭の客室に飛んでいきました」

ヤーシーンが言った。

「俺は一階の隣人のアパートに降りたよ」

カマールが心配して言った。

「だが疲労が父さんの力を絞り取ってしまった」

ヤーシーンが言った。

「でも睡眠によって元気を回復するさ」

「もう一度空襲が起きたら、父さんをどうすればいいかな？」

誰一人答えを口にせず、重い沈黙があたりを支配した。

やがてアフマドが言った。

「僕たちの家屋は古くて、空襲には耐えられませんよ」

そのときカマールは彼の神経を消耗させた憂鬱さの垂れ込める雲を払いのけようと望み、唇から微笑をぬぐって言った。

「われわれの家屋が破壊されたら、それは現代科学の最新の手段によって破壊されたことの名誉で我慢するんだな」

37
旦那の死

　カマールは深夜の訪問者たちを外の扉まで見送った。階段の扉に戻ったとたん、上からおかしな騒音が聞こえてきた。彼の神経はまだ緊張していた。彼は憂慮に襲われ、階段を跳びあがった。居間は空で、父の部屋は閉じられ、その閉じた扉の背後から何人かの声があがるのに気づき、部屋に突進し、扉を開けて、中に入った。彼は最悪を予期していたが、その本質を考えることを拒んだ。

　母のしわがれた声が「旦那様」と叫んでいた。アーイシャがざらざらした声で「お父さん」と呼んだ。

　一方ウンム・ハナフィーが寝床の頭のところに釘づけになって口をもぐもぐさせていた。彼は寝床に視線を向けたが、そのとき恐怖と絶望と悲しい屈服の感情に圧倒された。彼は父の下半身が寝床の上に投げ出されているのを見た。上半身は父の背後に座った母の胸に預けられていた。父の胸は機械的に上下し、この世の音ならぬ奇妙な喉声を漏らしていた。父の両眼は開いていたが、眼差しは暗く、こわばっていて、見ることも、理解することも、その背後でうごめくものを表現することもできなかった。

　カマールの両足は寝台の鉄枠の背後で釘づけになり、舌はもつれ、両眼は硬直し、何を言い、何をしたらよいかわからなかった。彼は絶対的な無能と絶対的な絶望と絶対的な卑小さの、どうしようもない感覚に悩まされていた。父が生命に別れを告げているとの知覚がなかったら、意識を喪失してしまったかのようであった。

　アーイシャが父の顔とカマールの顔とのあいだに、焦点の定まらない視線を巡らし、それから叫んだ。

「父さん！　ほらカマールが話したがっているのよ」

　ウンム・ハナフィーは絶え間ないつぶやきから抜け出し、引き裂かれた口調で言った。

「医者を連れてきて」

　母が腹立たしい悲しみで呻いた。

「どんな医者なのよ、ばか！」

　それから父が座ろうとするかのような動作を示した。彼の胸のけいれんと動揺が増した。彼は右手の人差し指を、次に左手の人差し指を突き出した。母がそれを見たとき、苦痛のため顔をしかめた。それから彼の耳の上にかがみ、聞こえる声で、

「アッラーのほかに神はなく、ムハンマドはアッラーの使徒なり」

との信仰告白を唱え、彼の両手が静かになるまでそれを繰り返した。父がもはや言葉を出せなくなったこと、父が彼に代わり信仰告白を唱えるよう母に頼んだこと、この断末魔の真相は永遠に秘密のまま残るだろうこと、そしてそれを苦痛、恐怖、あるいは失神と形容することは当て推量であることを、カマールは悟った。しかしいずれにしてもそれは長引くべきではない。それは日常茶飯事として扱うにはあまりにも厳かであり、重大である。彼の神経はそれを前にして参っていたが、あたかも父の臨終が彼の瞑想の糧であり、彼の知識の材料であるかのように、彼の気持ちが数瞬間、局面の分析と検討をしたくなったことで自分を恥じた。そしてそれが彼の悲しみと苦しみを倍増した。

父の胸の動きが激しくなり、喉音が高くなった。

〈それからこれは何だろう？　彼は起きようとしているのか？　それとも話そうと試みているのか？　それとも未知の何かに話しかけているのか？　彼は苦しんでいるのか？　恐れているのか？……ああ……〉

父は深いため息をつき、それから頭を胸に投げ出した。アーイシャが心の奥底から、

「父さんよ……ナイーマよ、オスマーンよ、ムハンマドよ」と叫んだ。ウンム・ハナフィーが駆け寄り、優しく彼女を外に押し出した。母が蒼白の顔でカマールを仰ぎ、外に出るよう合図した。しかし彼は動かなかった。

彼女は絶望してささやいた。

「あたしに父さんへの最後の義務を果たさせて」

彼は自分の場所から動き、外へ向かった。アーイシャは嗚咽しながら長椅子の上に身を投げ出していた。彼は彼女に向き合う長椅子に進んで座った。ウンム・ハナフィーのほうは女主人を助けるため部屋に行き、後《うし》ろ手で扉を閉めた。アーイシャの泣き声に耐えられず、カマールは立ちあがり、彼女に話しかけることなく居間を行きつ戻りつしはじめた。彼はときどき部屋の閉じられた扉を眺めていた。それから両唇をきつくかみ、〈なぜ死はわれわれにとってこのように奇妙に見えるのか〉と訝った。

彼は瞑想しようと想念を集めるたびに、気持ちが乱れ、激情に打ち負かされた。父は——隠居のあとも——ここの生活を満たしていた。もし明日カマールが見慣れた家とは違う家を、親しんできた生活とは違う生活を見出したとしても、おかしなことではあるまい。それどころか、この瞬間から彼は新しい役割に自分を備えるべきなのだ。

アーイシャの嗚咽への苛立ちが募り、一度彼女を静まらせようと仕かけたが、そうしなかった。彼は彼女にこんな感情があることに驚いた。彼女は無感動で、すべてと無縁なように見えていた。彼はこの世から父が消えることを考え、それを想像することが辛くなった。それから父の最後の様子を思い出し、悲しみが彼の心の琴線を断った。彼は父の昔の姿をありありと思い浮かべた。父が最も華やかで、力強い頃のである。彼はあらゆる生き物に深い哀悼を感じた。しかしアーイシャの嗚咽はいつ静まるのか？　彼女は――彼のように――涙を流さずに泣くことはできないのか！　部屋の扉が開き、ウンム・ハナフィーが出てきた。扉が閉められる前にそれを通して母の嗚咽が聞こえて来た。彼は母が義務を終え、泣くことに没頭できるようなったことを悟った。ウンム・ハナフィーがアーイシャに近寄り、ざらざらした声で言った。

「もう泣くのは十分ですよ、奥さん」

それから彼のほうに向きながら言った。

「夜が明けようとしていますよ、旦那さん。眠りなさい、たとえ少しでも。あなたの前には厳しい明日があるのです」

それから彼女はわっと泣き出し、そして涙声で言いながらその場所を去った。

「訃報を告げるため、砂糖小路《スッカリーヤ》と慕情の館横町《カスル・アッシャウク》へ行って来ます」

ヤーシーンが急いで飛んできた。ザンヌーバとリドワーンがあとについていた。それから静かな通りからハディーガの泣き声が彼らに聞こえてきた。

ハディーガの到着によって家全部に火がつき、泣き声とわめきと嗚咽が混じり合った。男たちが一階に留まることは困難となり、彼らは上階の書斎にあがり、暗然として座った。沈鬱が彼らを支配したが、やがてイブラーヒーム・シャウカトが言った。

「アッラーにしか強さも、力もありません。空襲が彼を滅ぼしたのです。アッラーが彼に広大無辺な慈悲を賜りますように。彼は男の中の男だった」

ヤーシーンが自分を抑え切れずに泣いた。そのときカマールがわっと号泣した。イブラーヒーム・シャウカトが再び言った。

「アッラーは御一人と唱えなさい。君たちは男だ。彼は君たちを男として残した」

リドワーンとアブドルムネイムとアフマドは悲しみと沈鬱さといくらかの驚きで二人の泣く男を眺めていた。二人の男はすぐに涙をぬぐい、黙りこくった。イブラーヒーム・シャウカトが言った。

「朝が近い。何をすべきか考えよう」

ヤーシーンが悲しく、簡潔に言った。

「何も新しいことはない。僕たちは何回も経験した」

イブラーヒーム・シャウカトが言った。

「葬式は彼の地位にふさわしいものであるべきだ」

ヤーシーンが確信を込めて言った。

「それは最低しなければならぬことだ！」

そのときリドワーンが言った。

「家の前の通りは狭く、適当な天幕の広さはありません。バイトル・カーディ広場に会葬用天幕を設けましょう」

イブラーヒーム・シャウカトが言った。

「だが故人の家の前に会葬用天幕を設けるのが習慣となっているが……」

リドワーンが言った。

「それは第一番に重要なことではありません。特に閣僚や上下両院の議員が天幕に来るでしょうから！」

聞いていた者たちは彼が自分自身の知人を指していることを悟った。ヤーシーンが無頓着に言った。

「あそこに設けよう」

彼に課せられる役割を考えていたアフマドが言った。

「朝刊には訃報を載せられませんね」

カマールが言った。

「夕刊は午後の三時頃発行される。葬式の時間を五時にしよう」

「それがいい。どちらにしても墓地は近い」

カマールは少し驚きながら話しの流れをじっと考えていた。父は前日の五時には寝床にいてラジオを聞いていた。ところが明日の同じ時間には！　ファフミーとヤーシーンの幼児の側に。いったいファフミーから何が残っているだろう？　年齢は墓の中を探りたいとの古い願望を減じていなかった。ところで彼にそう見えたように、父は本当に何か言いたかったのか？　何を言いたかったのか？　ヤーシーンが彼のほうをふり向きながらきいた。

「お前は臨終に立ち会ったのか？」

「うん、兄さんが立ち去った直後に」

「苦しんだかい？」

「わからない。誰にわかろう、兄さん？　だが五分以上はたたなかった」

ヤーシーンは嘆息して、それからきいた。

「何も言わなかったか？」

「いいや、大方のところ声を出せなくなっていた」

「信仰告白をしなかったか？」

カマールは感動を隠すため視線を下げながら言った。

「母さんが代わりにそれをした」

「アッラーが彼にお慈悲を」

「アーメン」

沈黙がしばらくあたりを支配した。やがてリドワーンがそれを破って言った。

「会葬者が十分入れるように天幕は大きなものであるべきです」

ヤーシーンが言った。

「もちろんだ、僕たちの友人は大勢いる。（それからアブドルムネイムのほうを眺めながら）あそこにはムスリム同胞団の支部がある！」

それから嘆息して、

「もし彼の友達が生きていたら、棺を彼らの肩に背負ったことだろうに」

それから彼らが計画したように葬式が行われた。アブドルムネイムの友人が数の上で最も多かった。一方リドワーンの友人は地位が最も高かった。彼らの何人かは新聞や雑誌の読者によく知られた姿で人目を引いた。リドワーンは彼らを自慢し、彼の自慢が彼の悲しみを覆うほどであった。町内の住民は「生涯の隣人」を葬送した。個人的な知己の絆に結ばれていない人たちまでもである。葬式には故人より先にあの世に去った彼の友人を除いては、ほとんど全員が出席した。

ナスル門のところでシェイフ・ムトワッリー・アブドルサマドが道に現れた。彼は老齢のためよろめき、棺に頭をあげて、目を細め、それから尋ねた。

「これは誰じゃ？」

町内の住民の中から男が言った。

「故アフマド・アブドルガワード旦那だ」

男の顔は震えて左右に揺れはじめた。その表情が当惑の疑問を浮かべた。それから彼が尋ねた。

「どこから？」

男が少し悲しげに頭をふって答えた。

「この町内から。どうしてあんたは彼を知らないんだね！　アフマド・アブドルガワード旦那を覚えていないかね？」

しかし彼が何かを思い出したようには見えなかった。彼は棺にもう一度視線を投げ、それから我が道を進んだ。

38 追憶

〈家には旦那様がいなくなった。これはあたしが五〇年以上暮らしてきた家ではない。皆があたしのまわりで泣いている。ハディーガはあたしから離れない。彼女は悲しみと思い出でいっぱいのあたしの心だ。彼女はすべての心の心、いやあたしの娘であり、姉であり、時には母だ。あたしは一人になったときこっそりと泣くことが多い。皆に忘却を奨励しなければならない立場にあるからだ。彼らが悲しむこと、あるいは――アッラーが禁じられますように――悲しみが彼らの健康を害することは、あたしにとりたやすいことではない。だがあたしが一人になったら、泣くことにしか慰めを見いだすことができず、涙が乾くまで泣く。そしてあたしが一人泣いているところへ忍び込むウンム・ハナフィーには、

「あたしとあたしのことをそっとしておくれ、お前の上にアッラーのお慈悲がありますように」

と言う。彼女は、

「あなたがこんな状態の時にどうしてあなたを一人にしておけましょうか？　あたしはあなたの状態を知っています。でもあなたは信仰の厚いおかみさん、いや信仰の厚いすべての女の模範となるおかみさんで、あたしたちはあなたから慰めとアッラーのお定めへの服従を学ぶのです」

と言う〉

〈きれいな言葉だよ、ウンム・ハナフィー。でも悲しみに打ちひしがれた心にどうしてその意味を理解できよう。もはやあたしにはこの世に関心がなく、もはやあたしには仕事がない。あたしの一日の各時間は、旦那様の思い出のどれかと結びついている。あたしはあの人を軸としてその周囲をまわる生活以外の生活を知らなかった。彼の影がない生活にどうして耐えられよう。

いとしい部屋の模様を変えるよう最初に提案したのはあたしであった。彼らが入れば、必ず彼の空席に視線を張りつけ、わっと泣き出す以上、あたしに何ができよう。旦那様は彼のために流される涙に値する。でもあたしは彼らが泣くことに耐えられず、彼らの感じやすい心が心配になり、ウンム・ハナフィーがあたしを慰める言葉で彼らを慰め、アッラーとアッラーの定めに服従することを彼らに求める。だから部屋から古い家具をどかし、あたしはアーイシ

ャの部屋へ移った。前の部屋が見捨てられ、詫びしいものにならないように、そこに居間の家具を移し、コーヒーの座もそこに移動し、あたしたちはそこの囲炉裏の周囲に集まって、いろいろ話し合い、涙に話しが途切れるのだわ〉

〈墓場を整えることくらい、あたしたちを忙しくさせてくれるものはない。あたしは貧者への施し物の用意を自分で指揮する。おそらくそれはあたしがウンム・ハナフィーに引き渡していない唯一の義務であったろう。あたしはウンム・ハナフィーに、正当にもあたしたちの家族の一員となったあの忠実で親愛な女に、すべてを引き渡したのだが。あたしたちは一緒に施し物を準備し、一緒に泣き、一緒によき時代を回想する。彼女は魂と記憶ぐるみ、常にあたしと一緒だ。昨日話しがラマダーン月の夜の思い出におよんだとき、旦那様が昼近く起きた時から日の出前の朝食の時間にあたしたちのところに戻るまでの行状について、彼女は進んで話してくれた。あたしのほうも彼を連れ戻す馬車を見たり、乗客の笑い声を聞くためにマシュラビーヤに急いだ有様を述べた。あの人たちは、甘美な日々が去ったように、若さと健康と元気が去ったように、アッラーのお慈悲の御許《みもと》に相次いで去ってしまった。アッラーよ、長寿で子どもたちを楽しませ、人生の喜びで彼らを慰めてください〉

〈今朝あたしは雌猫が寝台の下の床を嗅いでいるのを見た。雌猫はそこで子猫に乳を与えていたが、あたしたちは子猫を隣人に配ってあげた。うろたえている悲しげな雌猫の姿を見て、あたしの心は千切れ、あたしは「アッラーよ、アーイシャに辛抱を与えてください」と心底から叫んだ。父の死に悲しみを刺激された哀れなアーイシャ。彼女は父と娘と二人の息子と夫のために泣いている。何という熱い涙だろう。昔子どもに先立たれる苦渋を心から血が流れるほどに味わったあたしが、今日は旦那様の死去に苦しめられている。あたしの人生はそのすべてを満たしていた彼を欠き、あたしには彼のために施し物を用意し、砂糖小路《スッカリーヤ》と慕情の館横町《カスル・アッシャウク》のからそれを受け取る以外に義務が残されていない。それがあたしに残されたすべてなのだ〉

〈「いいえ、息子や。この時期にはあたしたちの悲しい座以外の座を自分のために選びなさい、その悲しみがお前に移らないように……なぜお前はむっつりとしているの？　悲しみは男のために創られたものではない。男は重荷と悲しみを共に担うことはできない。お前の部屋へあがり、いつもするように読み書きに慰めを見いだしなさい。あるいは友達のところへ飛び出して、夜更かしをしなさい。創世のはじめから大事な人々は彼らの縁者から別れる。もし悲しみへの屈従が守るべき成り行きなら、地上に生者は残らないだろう。お前が想像するほどあたしは悲しくはない。信者は悲しむべきではない。アッラーがお望みなら、あたしたちは生き続け、忘れることだろう。先立ったいとしい人の側には、アッラーがお望みになるときにしか、行けないのだよ」

このようにあたしは彼に言い、あたしにはない辛抱と忍耐を装うことを怠らない。ただわが家の生き生きとした心であるハディーガが現れたときには、遠慮なく涙を流す。そのときあたしはわっと泣き出すことを止められないのだ〉

〈アーイシャは夢の中で父を見たとあたしに言った。父はナイーマの腕を片手でつかみ、ムハンマドの腕を他の腕でつかみ、オスマーンを肩に乗せ、彼も彼らも元気だと彼女に言い、彼女が空を輝かしてから永遠に消えた光の窓の秘密をきくと、彼の目にたしなめの眼差しが現れ、彼の口は一言も漏らさなかったそうな。それからアーイシャはあたしに夢の秘密をきいた。お前の母さんは当惑しているんだよ、アーイシャ。ただあたしは、大事な人は彼女のことで頭がいっぱいのまま死んだ、それだから夢の中で彼女を訪れ、彼女が子どもたちを見ることで喜ぶように、天国から彼女の子どもたちを連れてきたと言った。そして、

「だからお前が悲しみに屈服することで、彼らの安らぎを乱してはいけないよ」

と。昔のアーイシャが、たとえ一時間だろうと、戻ってくれたらよいのだが。深い悲しみの義務からあたしをそらすことが何もないように、あたしの周囲にいる人々が彼らの悲しみから回復してくれるとよいのだが〉

〈ヤーシーンとカマールが一緒にいたとき、あたしは二人に尋ねた、

「こういう大事な形見をどうしようかね」

と。ヤーシーンは言った、

「僕は指輪をもらうよ、それは僕の指のサイズだ。お前には腕時計だ、カマール。数珠は母さんのものだ。グッバとクフターンは？」

と。あたしは大事な人の時代から生存しているシェイフム・ムトワッリー・アブドルサマドにすぐ言及した。ヤーシーンは言った、

「あの男はおしまいですよ。彼は正気を失い、居場所もわからない」

と。カマールが顔をしかめて言った、

「父さんのことも知らない！　父さんの名前を忘れ、平気で葬式から身を隠した」

と。あたしは不安になって言った、

「まあ不思議なこと、いつそれが起きたの？」

と。旦那様は最後の頃も彼のことを尋ねていた。旦那様は彼が好きだった。ナイーマの結婚の夜あたしたちの家を訪れて以来、旦那様は一度か二度しか彼を見ていなかった。だが主よ、ナイーマはどこですか、あの頃の歴史のすべてはどこですか？　それからヤーシーンが衣類を彼の役所のメッセンジャーボーイたちとカマールの学校の小使たちに贈ることを提案した。彼らのような貧者以上にその権利を有する者はおらず、彼らはあの世にいる父へのアッラーの慈悲を祈ることだろうからと言って。一方大事な数珠はあたしが生命を失うときまであたしの手を離れはすまい〉

〈墓は悲哀を誘うけれども、どんなに甘美な訪問先だろう。大切な殉死者がそこに移って以来、あたしは墓参りをやめたことはない。その時以来、あたしはそれをわが家の部屋の一つと見なしている。それは町外れにあったけれども、過ぎた昔コーヒーの座があたしたちを集めていたように、墓があたしたち全部を集める。ハディーガは疲れ果てるまで嗚咽する。それからコーランを聞くための礼儀としてあたしたちは静かにするよう命じられる。それから一時話しが弾み、あたしはそれが愛する人々を悲しみからそらすことで喜ぶ。リドワーンとアブドルムネイムとアフマドは長い議論でやり合い、カリーマがときどき彼らに加わる。それはカマールに彼らに加わることを誘惑するものであり、その場所の陰鬱さを和らげるものであった。アブドルムネイムが殉死者の叔父について尋ね、ヤーシーンが種々の物語を話す。古い時代に生命がよみがえり、思い出の忘れられたことが戻り、あたしの心は動悸し、あたしはどのように涙を隠すかわからなくなる〉

〈あたしはしばしばカマールがむっつりしているのを見て、どうしたのかときくと、彼は、

「父さんの姿、特に臨終の様子が自分から離れない、彼の最後がもっと楽だったらよかったのに」

と言う。あたしが、

「お前はこういうことすべてを忘れるべきだよ」

と優しく言うと、彼は、

「どのように忘れるのです」

ときく。あたしが信仰によってと言うと、彼は悲しげに微笑して言った、

「僕は若い頃父さんをどんなに怖がっていたことだろ

う。だが最後の頃父さんは新しい人間、いや愛する友人として僕に現れた。彼はとても愉快で、とても素敵だった。彼のような男はいなかったよ」と〉

〈ヤーシーンは思い出に刺激されるたびに泣いた。カマールはむっつりした沈黙の中で悲しみ、大柄なヤーシーンのほうは子どものように泣き、

「僕が一生において愛したただ一人の男です」

と言う。そうだ、彼はヤーシーンの父であり、母であって、ヤーシーンは彼の庇護の下においてしか同情と慈愛と留意を享受できなかった。彼が激怒しているときですら、それは慈悲であった。あたしは彼があたしを許し、家に戻してくれた日のことを忘れはすまい。旦那は子どもたちの母親を切り離す男ではないと、あたしに言い続けたあたしの母――彼女の上にアッラーのお慈悲あれ――の第六感が当ったのだ。かつて彼への愛があたしたちを集めたが、今日彼の思い出があたしたちを集める〉

〈一方わが家ときたら、来客を欠かさない。ただハディーガとヤーシーンと彼らの家族をあたしの周囲に見出すまでは、あたしの心は静まらない。ザンヌーバですら、彼女の悲しみの何と誠実なことよ。うら若くてきれいなカリーマがあたしに言った、

「おばあさん、あたしたちのところへお出でなさいよ。今の時期はフセインの誕生祝いのお祭りで、あたしたちの家の下ではイスラム神秘主義者の念誦の座が設けられるの。おばあさんはそれが好きでしょう」

と。あたしは感謝してカリーマに接吻し、彼女に言う、

「娘よ、お前のおばあさんは外泊には慣れてないんだよ」

と。彼女は過ぎ去った昔の祖母の家における礼儀を何も知らない。その頃の思い出の何と美しいことだろう。張り出し窓があたしの世界の境界の果てで、そこであたしは旦那様が夜遅く帰宅するのを待っていた。彼は力強くて、馬車を降りるときには大地が揺らぐほどだった。それから彼の長大な体で部屋を満たした。顔からは活力がほとばしるようだった。でも今日となっては、彼は帰らないし、今後も帰らないであろう。その前に彼はやつれ、隠棲し、寝床を離れず、体は痩せ、目方は軽くなり、片手で運ぶことができるほどになった。去ることのないあたしの悲しみよ！〉

〈アーイシャが、

「この孫たちは祖父のため悲しまなかったし、今も悲しんでいない」

と、怒って言った。あたしは、

「いや彼らは悲しんだよ、だけど若いんだよ、彼らが悲しみに沈まないのはアッラーのお慈悲のせいだよ」

と言った。彼女は言った、

「アブドルムネイムをごらんよ。ほとんど議論を終えようしない。彼はあたしの娘のことを悲しまず、何も起こらなかったかのように、彼女を忘れてしまったわ」

と。あたしは彼女に言った、

「いや、彼は大変悲しみ、大変泣いたよ。男の悲しみは女の悲しみと違うの。母の心は誰の心とも違うの。忘れない人って誰なの。忘れない人って誰なの、アーイシャ。あたしたちはおしゃべりで慰められたり、ときどき微笑したりするんじゃないの。いつか涙のない日が来るだろうよ。それにファフミーはどこにいるの、どこに」

と〉

〈ウンム・ハナフィーがあたしにきいた、

「なぜフセイン・モスクの参詣をやめたんですか?」

と。あたしは言った、

「あたしの気持ちはあたしが好んだすべてに熱意を失ったのよ。傷が癒えたとき、フセイン様をお参りするわ」

と。彼女は言った、

「フセイン様をお参りせずに、傷が癒えるでしょうか?」

と。このようにウンム・ハナフィーはあたしの世話をしてくれる。彼女はわが家の主婦、彼女なしにはあたしたちには家がなかっただろう。主よ、万有の主よ、あなたは決定者、あなたの決定には取り消す術がなく、あなたのためにあたしは礼拝します。旦那様に最後まで力を残してくださったらよかったのですけれど。彼が病床に伏していることほどあたしを苦しめたものはない。彼の陽気さには世界も狭かったあの人。その彼が礼拝すらもできなくなった。彼の弱った心臓が苦しんだこと、そして子どものように肩に担がれて帰ったこと、こういうことのためにあたしの涙が流れ、あたしの悲しみが深まる〉

39　アブドルムネイムの決断

「僕はアッラーにお頼りして、伯父の娘カリーマに求婚するよ」

　イブラーヒーム・シャウカトは、いくぶん驚いて息子に目をあげた。アフマドのほうは頭を下げ、そのニュースに不意打ちを受けていないことを示す微笑を浮かべた。一方ハディーガは刺繍していたショールを脇に置き、奇妙な不信の眼差しで彼を見つめた。それから夫を眺めながら問いかけた。

「何と言ったの?」

　アブドルムネイムは再び言った。

「アッラーにお頼りして、あなたの兄の娘さんのカリーマに求婚するよ」

　ハディーガは当惑し、両手を広げて言った。

「世の中は良識を失ってしまったのかい？　婚約の相手はともかくとして、この時期は婚約の話しに適しているのかい？」

　アブドルムネイムは微笑しながら言った。

「すべての時期は婚約に適している」

　彼女は当惑して頭をふり、きき返した。

「おじいさんは？　(それからアフマドとイブラーヒームのあいだに目を行き来させながら) 以前にこんなことを聞いたことがあって?」

　アブドルムネイムは少しきつく言った。

「婚約であって、結婚でも披露宴でもない。おじいさんの死後まる四ヵ月がたったよ」

　イブラーヒーム・シャウカトは煙草に火をつけながら言った。

「カリーマはまだ小さい。思うに外見は年齢より大きく見えるんだ」

「彼女は一五歳だ。一年たつまで結婚の契約には署名しないさ」

　ハディーガが皮肉と苦々しさを込めて言った。

「ザンヌーバ奥さんがお前に出生証明書を見せてくれたのかい?」

　イブラーヒーム・シャウカトは笑い、アフマドが笑った。アブドルムネイムのほうは真剣に言った。

「一年たつまでは何も完了しないんだ。一年後おじいさんが死んでから約一年半が過ぎたことになり、カリーマは結婚適齢期に達する」

「なぜ今あたしたちの頭を痛くさせるの？」

「なぜなら現在婚約を発表しても問題ないからさ」

ハディーガは皮肉っぽく尋ねた。

「もし婚約を一年遅らせたら、それは酸っぱくなるの？」

「お願いだ。お願いだからふざけるのはよしてくれよ」

ハディーガが叫んだ。

「もしこれが起きたら、醜聞《しゅうぶん》になるよ」

アブドルムネイムはできるだけ静かに言った。

「おばあさんに会わせてください。彼女はあなたよりよく僕を理解してくれるよ。彼女は僕の祖母であり、同時にカリーマの祖母だ」

彼女はぶっきらぼうに言った。

「カリーマの祖母ではないよ」

アブドルムネイムは黙った。彼の顔は渋面を作っていた。父が先に言った。

「問題は良識の問題だ。少し待ったほうがいい」

ハディーガが腹立たしそうに叫んだ。

「つまり時間の点を除いては、あんたは反対じゃないということ！」

アブドルムネイムが無理解を装ってきいた。

「他に反対はあるの？」

ハディーガは答えず、忙しそうにショールの刺繍に戻った。アブドルムネイムが続けて言った。

「カリーマは母さんの兄さんであるヤーシーンの娘、そうじゃないの？」

ハディーガはショールを脇に置いて、苦々しく言った。

「彼女は確かに兄さんの娘よ。でもお前は、彼女の母のことも思い出すべきだった！」

彼らは心配して眼差しを交わした。それからアブドルムネイムが猛然と鋭く言った。

「彼女の母はまたあなたの兄さんの妻だ！」

「あたしはそれを知っている。それが残念なことなのよ！」

「それは忘れられた過去だ！　誰が今それを覚えているんだい？　もうあなたと同様に立派な夫人でしかなくなったよ！」

彼女はざらざらした声で言った。

「あたしのようじゃないし、決してあたしのようにはなれないよ！」

「何が欠点なんだい？　僕たちは子どもの頃から文字通

りの立派な夫人として彼女を知っていた。人間はもし懺悔し、品行が方正になれば、過去の前歴は消えるんだ。そのあとはそんなことを覚えている人はいない、ただ……」

彼は言いよどんだ。彼女が残念そうに頭をふりながら言った。

「ええ？　あたしは誰なのか説明しておくれ！　お前の脳みそを食べる方法を知ったこの女のために、お前の母親を侮辱したらいい。慕情の館横町《カスル・アッシャウク》での食事に何回も招待する理由は何か、ずいぶん疑問に思ったよ。結局お前がまんまとはめられたんだ！」

アブドルムネイムは父と弟のあいだに怒った目を行き来させ、それから反問した。

「この言葉は僕たちにふさわしいのかな？　二人の意見を聞かさせてくださいよ」

イブラーヒーム・シャウカトがあくびしながら言った。

「多弁の必要はないさ。アブドルムネイムは今日か、明日には結婚するだろう。お前もそう望んでいる。カリーマはわれわれの娘だ。彼女はきれいで、すてきな娘だ。大騒ぎする必要はないさ」

アフマドが言った。

「母さん、あなたはヤーシーン伯父さんの満足を願う最初の人でしょう！」

ハディーガは激高して言った。

「いつものようにあんたたちは、みんなあたしに反対なのね。あんたたちにはヤーシーン伯父さん以外に論拠はありはしない！　ヤーシーンはあたしの兄さんよ。彼の最初の間違いは、どのように結婚したらよいかを知らなかったことなの。彼の甥はこの奇妙な気質を彼から受け継いだんだね」

アブドルムネイムは不思議そうに尋ねた。

「伯父さんの妻はあなたの友人じゃないの？　あなたたちがむつまじく話しているところを見るものは、二人を姉妹と思うよ！」

「アレンビー(1)のような政治家の女に対し、どんな方策があるの？　でもあたしの自由にさせてもらえたら、あるいはヤーシーンに気を遣わないですんだなら、あたしは彼女がわが家に入ることを許さなかったわ。結果はどうだったの？　狙いのある食事でお前の脳みそを食べてしまった。アッラーがその代償をしてくださいますように！」

「兄さんが望むときに求婚したらいい。母さんは饒舌だけど、気持ちはよいんだ」

彼女は神経質に笑って言った。

「でかしたわ、倅や！　お前たちはあらゆることについて、宗教、宗派、政治について食い違うくせに、母さんに対しては団結する！」

アフマドが愉快そうに言った。

「ヤーシーン伯父さんはあなたにとって一番大事な人だ。あなたは彼の娘を歓迎するだろうよ、最善の歓迎をね。要するにあなたはよそ者の花嫁を望んでいるんだ。姑として彼女を迫害できるようにね。結構だよ。僕があなたにこの希望をかなえてあげよう。あなたの渇えを潤すためよそ者の花嫁を連れてくるよ！」

「お前が明日踊り子を連れてきてもおかしくはないね！なぜ笑うんだい？　このイスラムのシェイフは芸能人と親類になるんだろう。宗教について非難されているお前から、あたしは何を期待できるんだい、アッラーよ、お助けを！」

「われわれは実際踊り子を必要としている！」

ハディーガは重要なことを思い出したように言った。

「アーイシャは、主よ、あたしたちについて何と言うでしょう？」

アブドルムネイムが抗議して言った。

「何を言うって？　僕の妻はまる四年前に死んでしまった。あなたは僕が一生やもめでいることを望むの？」

イブラーヒーム・シャウカトはうんざりして言った。

「針小棒大にしないでくれ。問題はこんなことすべてより簡単なんだ。カリーマはヤーシーンの娘で、ヤーシーンはハディーガとアーイシャの兄。われわれにはこれで十分。ちぇっ、お前たちにとっては何でも口論となる、祝い事ですらも！」

アフマドはにやにや母を盗み見ていたが、やがて彼女は怒ったように立ちあがり、居間を出た。彼は自分に言い聞かせはじめた。

〈このブルジョワ階級は、すべてがコンプレックスだ。その病気をすべて治癒するためには優秀な精神分析医を必要とする。歴史自体の力を有する分析医だ！　もし僕の運がよかったら、兄より先に結婚したのに。だが別のブルジョワが五〇ポンドを下らない月給を条件とした。このように心というものは心と関係ないことで傷つく。ところでスウサン・ハマドが僕の失恋を知ったら、彼女の意見はどんなであったろう？〉

注
（1）イギリスの将軍で政治家。第一次大戦後、駐エジプト高等弁務官として辣腕をふるった。

40 時の流れ

気候はひどく冷たかった。湿っぽいハーン・アルハリーリーは冬に好ましい場所ではなかった。しかしアフマド・アブドゥ喫茶店の代わりに地上に建てられたハーン・アルハリーリー喫茶店にその晩行くことを示唆したのは、リヤード・カルダス自身であった。あるいは彼が言うように、「カマールが最後になって、僕に下手物《げてもの》愛好家になることを教えた」のだった。喫茶店は小さかった。扉はフセイン地区に向かって開いていた。それから喫茶店は半ば通路のように伸び、その両側にテーブルが並べられていた。その先は新ハーン・アルハリーリーに面する木製のバルコニーで終わっていた。友人たちはバルコニーの右側に座り、紅茶を飲み、交代で水煙管を吸っていた。イスマーイール・ラティーフが言った。

「僕は荷造りのための休暇中で、それから出発するんだ」

カマールが残念そうに尋ねた。

「三年間われわれから遠ざかるのか？」

「ああ、冒険をしなければな。給料は多額で、ここでいつか得られるとは思わないな。それにイラクはアラブの国で、エジプトとあまり違わないさ」

彼は寂しさをあとに残すことだろう。魂の友ではなかったが、生涯の友だ。リヤード・カルダスが笑いながらきいた。

「イラクは翻訳者を必要としないかね？」

カマールが彼に尋ねた。

「イスマーイールのような機会が君に訪れたら、君は旅立つのかい？」

「過去に起きていたら、僕はためらわなかったろう。だが今日となっては駄目だな」

「過去と現在のあいだの相違は何だい？」

リヤード・カルダスが笑いながら言った。

「君にとっては何でもない。ところが僕にとっては、それがすべてだ。どうやら僕は既婚者のグループに仲間入りしそうなんだ！」

カマールは前触れなく彼の上に降ってきたニュースに驚き、正体不明の不安に捕らわれた。

「本当か？　以前君はそれに言及しなかったな！」

「そうさ、それは突然生じた。最近の会合では、われわれのあいだの最近の会合では、僕の頭に何もなかった！」

イスマーイール・ラティーフが勝ち誇って笑った。カマールのほうは微笑しようと努めながらきいた。

「どんな具合に？」

「どんな具合にって？　毎日起きるようにだ。女教師が翻訳部に兄を訪ねて来た。僕の気に入ったので、探りを入れたら、〝どうぞ〟と言う人が見つかった」

イスマーイールが笑いながらきいた。彼はカマールから水煙管を受け取ろうとしていた。

「ところでこいつ（カマールを指しながら）はいつ探りを入れるのかな？」

このようにイスマーイールはこの陳腐な話題をかき立てるのに決して機会を逃さなかった。しかしそれより以上に重大な事柄があった。既婚者の友人たちは皆結婚が「牢獄」だという。リヤードとは――もし結婚したら――稀にしか会えなくなる可能性が非常にあるぞ。恐らく彼は一変し、ペンフレンドになってしまうかも知れない。彼はおとなしくて優しい。彼を尻に敷くのはとても容易なことだ。しかしどんな風に彼なしの生活は過ぎるのか？　結婚がイスマーイールのように彼を新しい人格にしてしまったら、人生の全悦楽におさらばだ！　カマールは彼にきいた。

「いつ結婚するんだい？」

「遅くとも今度の冬だよ」

苛《さいな》まれる魂の友を常に失うように、彼は運命づけられているかのようだ。

「そのとき君は別のリヤード・カルダスになるだろう！」

「どうして？　君はひどく妄想しているよ」

彼は不安を微笑で隠しながら言った。

「妄想？　今日のリヤードは、魂は何事によっても満ち足りず、ポケットには何もなくても満足する人格だ。ところが夫となると、ポケットは決して満ち足りず、魂の悦楽の機会を見つけることはできないだろう」

「何とまあ夫を傷つける定義だ。だが僕は君に賛成しないな」

「イラクへの移住を余儀なくされたイスマーイールのようにな。僕は移住を嘲ってはいない。それは当然のことであるばかりか英雄的だ。だが同時に醜悪だ。君が日常生活の煩悩に頭のてっぺんまで漬かり生活の糧の問題しか考えず、君の時間をピアストルかミッリームで計算し、人生の詩的側面が時間の浪費となることを想像して見たまえ！」

リヤードは冷ややかに言った。

「恐怖を原因とする妄想だよ！」

イスマーイール・ラティーフが言った。

「ああ、もし君が結婚と父性を知ったらな。君は今日に至るまで人生の真実を知る機会を逸している」

この意見が正鵠を射ていることはあり得る。これが正しければ、カマールの人生は愚かな悲劇だ。しかし幸福とは何か、彼は本当に何を望むのか？　ただ彼を今悩ますものは、彼が再び恐ろしい孤独によって脅かされていることだ。フセイン・シャッダードが彼の生活から消えた直後に苦しんだように。もしアティーヤの肉体とリヤードの魂を持った妻を見つけることが可能であったなら？　それこそ彼が本当に望むものだ。一つの人格にアティーヤの肉体とリヤードの魂。彼はその人格となら結婚する。そして死ぬまで孤独感に脅かされることはない。これがまさに問題だ。そのときリヤードがうんざりして言った。

「結婚の話しはよそうや。僕はそれを片づけた。次は君の番さ。ただ重要な政治的事件こそが今日われわれの注意を集めるべきだよ」

カマールは彼とこの感情を共有していた。もっとも不意打ちからまだ覚めておらず、相手の誘いを表面上冷淡に受け止め、言葉を発しなかった。イスマーイール・ラティーフのほうは笑いながら言った。

「ナッハースは一九三七年の罷免に報復する術を知り、イギリスの戦車の先頭に立ってアーブデイン宮殿に押し入ったんだ[1]！」

リヤードはカマールに回答の機会を与えるため待ったが彼は話すことを渋り、リヤードは憂鬱な口調で言った。

「報復？　君の想像力は、事柄を真実から最も遠い形に描いている」

「真実は何だい？」

リヤードはカマールに話しを促すかのように、彼に視線を投げた。カマールが応じないので、彼は続けて言った。

「ナッハースは政権に復帰するためイギリス人と共謀する人間ではない。アフマド・マーヒルは正気を失った者だ。彼が国民を裏切り、国王の側にくみした。それから新聞記者の前で発表した愚かな発言で、彼の弱体化した立場を隠そうとした」

それからカマールの意見を探るように彼を眺めた。政治の話しはやっと彼の注意を少し引くようになっていた。ただ彼は、いくぶんかでもリヤードに反対したい欲望を感じて言った。

「ナッハースが局面を救ったことは疑いない。僕は彼の愛国心を全く疑わない。人間は以前五、六回も就任した地位につくために、この年齢になって裏切り者に変わることはない。だが彼の行為は理想的な行為であったろうか？」

「君は際限なく疑惑を抱く懐疑家だ。理想的な立場とは何だい？」

「彼が首相になることを拒否することだ。あとはどうなろうと、イギリスの最後通告に屈服しないようにね」

「もし国王が退位させられ、イギリスの軍政官が国の統治に当たっても？」

「それでもだ！」

リヤードは腹立たしそうに嘆息して言った。

「われわれは水煙管の前で話しに興じているが、政治家ときたら、彼の前には重大な責任がある。この微妙な軍事情勢の中でナッハースは国王が退位させられ、イギリス人の軍政官が国を統治するのをどのようにして受け入れるのか？　もし連合国側が勝利したら——われわれはこのことも想定すべきだ——われわれは敗北した敵側の一員となる。政治は詩的理想主義ではなく、賢明な現実主義なのだ」

「僕は依然としてナッハースを信じているさ。だがたぶん彼は間違ったのだ。陰謀を企んだとか、裏切ったとは言わないよ」

「責任は、イギリス人の背後でファシストたちを支持した火事場泥棒たちの上にある。あたかもファシストたちがわれわれの独立を尊重してくれるかのように。われわれとイギリス人とのあいだには条約があるではないのか？　名誉はわれわれの言葉を尊重することを、われわれに要求するのではないのか？　それにわれわれは、民主主義がナチズムに勝利することに関心を持つ民主主義者ではないのか？　ナチズムは諸民族と諸人種のリストの中でわれわれを最低の階級に置き、人種、国籍、宗派のあいだに敵意をかき立てるものだぜ」

「僕はこれらすべてにおいて君と同意見だ。だがイギリスの最後通牒への屈服はわれわれの独立を幻想にしてしまった！」

「男は最後通牒に抗議し、イギリス人は彼の意見に同意した」

イスマーイール・ラティーフは高笑いしてから言った。

「アングロ・エジプシャンの抗議の立派なことよ！」

だが彼はすぐに真面目になって言った。

「僕は彼がしたことに賛成だ。僕が彼の立場にいたら、そうしたろう。多数党を率いながら解任され、侮辱されて、そして自分のために報復する術を知ったのだ。実際には、独立もへったくれもありはしない。どんな名目のために、国王が廃位され、イギリス人の軍政官がわれわれを支配するというのか！」

リヤードの顔はいっそう渋面を作った。一方カマールは微笑しながら奇妙に見えるほど静かに言った。

「他の人々が間違い、ナッハースが間違いの責任を負った。彼が局面を救ったことは疑いない。王座と国を救った。それに終わりよければ、すべてよしだ。もし戦後イギリス人が彼の行為を気持ちよく思い出したとしても、誰も二月四日を覚えていないだろう」

イスマーイールは水煙管の火種を求めて手を打ち鳴らしながら、からかって言った。

「もしイギリス人が彼の行為を思い出したとしてもだって！　僕は今から君に言うよ、彼らはその前に彼を罷免するだろうとね！」

リヤードが信念を込めて言った。

「男は最もきわどい状況において最大の責任を進んで負ったのだ」

カマールが微笑しながら言った。

「君が君の人生において最大の責任を進んで負うであろうように！」

リヤードは笑い、それから、

「失敬するよ」

と言いながら立ちあがり、便所の方向へ去った。そのときイスマーイールがカマールのほうに身を傾け、微笑しながら言った。

「先週君が覚えているに違いない〝人〟が僕の母を訪ねてきた！」

カマールは探るように彼を眺めながらきいた。

「誰だい？」

相手は意味あり気な微笑をして言った。

「アーイダだ！」

その名前は彼の耳に奇妙な響きを与えた。その響きの奇妙さが本来なら引き起こしてしかるべきすべての感動を消してしまった。しばらくのあいだその言葉は友人の口からでなく、自分の深奥から出てきたかのように思えた。すべては予期できたが、これだけは例外であった。名前には意味のない数瞬間が過ぎた。アーイダとは誰だ？　どのアーイダだ？　ああ、歴史よ！　この名前を耳に聞くことなく何年が過ぎたことだろう？　一九二六年あるいは、一九二七年以来か？　一六年のあいだ、あるいはみずみずしい青年の全生涯をかけて、たぶん彼は愛し、失敗を味わったのだ！　確かに彼は年を取った。アーイダは？　この思い出は何を彼におよぼしたか？　何もない！　少しばかり感動の混じった情緒的関心にしか過ぎない。とうの昔に癒えた手術の跡に手が触れ、それに関連した遠い過去の深刻な状況を思い出した人のようにである。彼は反問してつぶやいた。

「アーイダが？」

「そうだ、アーイダ・シャッダードだよ、彼女を覚えていないか？　フセイン・シャッダードの姉だ！」

カマールはイスマーイール・ラティーフの目にさらされていることに迷惑を感じ、逃げるように言った。

「フセイン！　ところで何かフセインのニュースは？」

「誰が知っているかね？」

彼は逃避の愚かさを感じた。しかし二月の厳寒にもかかわらず顔のほてりを覚えているとき、彼にどんな手段があるのか？　いくぶん奇妙な例だが、愛が……食べ物のように彼には思えた！

〈それが食卓の上にあるとき、われわれはそれを強く感ずる。それが腸にあるとき、何らかの形でそう感ずる。それからそれが血液にあるとき、別の形でそう感ずる。やがてそれが細胞に変質し、時の経過につれ細胞が再生し、その跡は残らなくなる。だが恐らく深奥にそのこだまが残るのだろう。それがわれわれが忘却と名づけるものだ。古い「声」が人間に遭遇することがあり得る。そしてそれがこの忘却を意識の領域の付近に押しやり、こだまが何らかの形で聞こえるのだ〉

それでなければ、この混乱は何なのだ？　あるいはそれはアーイダへの郷愁かも知れない。かつての——過ぎ去って、戻ることのない——恋人としてではなく、長い不在にさんざん孤独を味わされた愛の象徴として。偉大な歴史的思い出をかき立てる見捨てられた廃墟のような単なる象徴として。

イスマーイールが再び言った。

「長いこと話し合ったよ——僕とアーイダと僕の母と妻がだ——彼女は彼女と夫が、いや全外交団がドイツ軍の前から逃亡し、スペインに避難した模様を話した。彼らは最近イランに転勤を命じられた。それからわれわれは昔の日々に戻り、大いに笑ったよ」

死んでしまった愛のことがどうであろうと、彼の心は酔い心地の郷愁でよみがえり、千切れた心奥の琴線がひどくか細く、うら悲しい旋律を奏ではじめた。彼はきいた。

「彼女の姿は今どうだい？」

「たぶん彼女は四〇代だな。いや、僕は彼女より二年上で、アーイダは三七歳になる。以前より少し太ったが、優雅さを保持している。顔は大体そのままだ、真面目さと落ち着きを示すようになった目を除いてはね。彼女は一四歳の息子と一〇歳の娘を産んだと言っていたよ」

それではこれがアーイダなのだ。夢ではなかった。彼女の歴史は幻想ではなかった。あの過去があたかも存在しなったかのように見える数瞬間が過ぎることがある。彼女は妻であり、母であって、過去を思い出し、大いに笑っている。しかし彼女の姿の真実はどんなだろう？　この真実から何が記憶に残っているだろう？　情景は記憶に留められているあいだにおおいに変わるものだ。彼はこの人間的存在に確固とした視線を投じたいと願った。たぶん昔彼をいろいろと弄《もてあそ》ぶことを可能にさせた秘密を知ることができるだろう。

リヤードが席に戻った。カマールはイスマーイールが話しを打ち切ることを恐れたが、彼は話しを続けながら言った。

「君のことをきいていたよ！」

リヤードは二人のあいだに視線を巡らした。彼は個人的な話しが彼らのあいだで交わされているのを悟り、水煙管のほうに関心を移した。カマールのほうは「君のことをきいていた」との一言が最も強烈な細菌のように彼の免疫性を台無しにしかけていると感じ、彼が普通に見えるように持てる力のありたけを傾けながら尋ねた。

「なぜだい？」

「その人は昔の友人の誰彼について聞き、それから君のことを聞いた。僕は言ったよ。彼はシラフダール学校の教師で、僕の開いたことのない『思想』誌に僕の理解できない論文を掲載している大哲学者ですよとね。その人は笑い、それから〝彼は結婚しましたか？〟と尋ねた。僕はとんでもないと言ったよ」

彼が気づいたら、質問していた。

「相手は何と言ったかい？」

「この話しから何がわれわれをそらしてしまったか覚えていない！」

隠された病気が爆発するぞと脅かしている。昔結核を患った者は風邪を警戒すべきだ。一方「君のことをきいていた」との一言は、意味は簡単だが、精神に深い影響を与える童謡と何と似ていることだろう。ある状況が突発して、消え去った感情的状態が精神の中で過去の勢いを完全に取り戻し、それから消滅することがあるかも知れない。季節はずれの雨のように。こうして彼はこのつかの間の瞬間に自分があの古い恋する人に転化し、喜びと悲しみの全旋律と共に生きながら愛に悩まされていると感じた。しかし危険は真剣な形で彼を脅かしてはいなかった。彼は自分が見るものは夢であって、真実ではないとの気休めの感情を覚える夢遊病者のようである。しかし彼はこの瞬間に、奇跡が天から降り、数分でもよいから彼女に会えたらと、そして彼女が一日あるいは半日でも彼の慕情に応えてくれたことがあり、二人の仲を裂いたのは年齢あるいは他の理由であることを告白してくれたらと、願ったのである。この奇跡が起きたら、彼は今昔の全苦痛を慰められ、自分を幸せな創造物であると見なしたであろう。人生は無駄に過ぎたのではないのだ。ただそれは死の覚醒のように偽りの覚醒であった。彼は忘却で満足したほうがよいのだ。それは敗北を含んでいたとしても、勝利である。人間の中で人生の幻滅を味わった者は彼一人でないことを慰めにしよう。

彼は尋ねた。

「いつ彼らはイランへ出発するんだい？」

「昨日出発したよ。つまり彼女が来訪したときそう告げていた」

「彼女は家族の災難をどう受け止めていたかな？」

「僕は当然のこととしてこの話しを避けた。彼女もそれに触れなかった！」

そのときリヤード・カルダスが前のほうを指しながら、

「見ろよ」

と叫んだ。二人はバルコニーの左側を眺め、奇妙な姿の女を見た。彼女は七〇代で、体は痩せ、裸足で、男が着るギルバーブをまとい、頭に布帽をかぶり、その端からは毛髪の一本もはみ出していなかった。彼女は禿頭か疥癬病みかであった。顔ときたら、嫌らしくて、同時にこっけいな格好で厚化粧しているように見えた。口には歯が一本もなく、目は人の機嫌を取り、同情を誘うにこやかな視線を四方八方に送っていた。

リヤードは関心を込めて言った。

「ホームレスかな？」

イスマーイールが言った。

「たぶん気のふれた女だよ」

彼女は立って左側の空いた椅子を眺めていたが、そのうちの一つを選んで、腰をかけた。そのとき彼女を見つめている人たちの目に気づき、満面に微笑を浮かべて言った。

「今晩は、男たちよ！」

リヤードは彼女の挨拶に喜び、熱っぽく言った。

「今晩は、ハッジャ⑵！」

彼女から笑いが漏れたが、それはイスマーイールに――彼の言葉によれば――全盛時代のアズバキーヤ街を思い出させた！　彼女は答えた。

「ハッジャ？　ええ、あたしはそうだよ。もしあんたがハラーム・モスク⑶を指すならばね！」

三人は笑った。彼女は元気づけられ、誘惑するように言った。

「あたしのために紅茶と水煙管を注文しておくれ。お前さんたちへの報いはアッラーの御許《みもと》にあるよ」

リヤードは彼女が望んだものを注文するため熱狂的に手を叩き、カマールの耳に体をかがめ、「このように一部の物語りは始まる」とささやいた。

老女のほうは喜び、笑いながら言った。

「これが昔の気前のよさだよ！　お前さんたちは戦争成り金かい、息子たちや？」

カマールが笑いながら言った。

「僕たちは戦争貧乏人だよ。つまり官吏さ、ハッジャ」

リヤードが彼女に尋ねた。

「あんたのお名前は？」

彼女は誇らしく頭をあげて言った。

「有名なスルターナ・ズバイダその人さ！」

「スルターナ？」

「そうだよ。（それから笑って）でもあたしの臣民は死んでしまった！」

「アッラーが彼らにお慈悲を垂れますように！」

「アッラーが生者にお慈悲を垂れますように。死者にとっては、彼らがアッラーの御許《みもと》にいるだけで十分だよ。あたしに教えておくれ、お前さんたちは誰だい？」

給仕が微笑しながら水煙管と紅茶を持ってきた。それから友人たちの席に近づき、彼らに尋ねた。

「彼女を知っているんですか？」

「彼女は誰だい？」

「女歌手のズバイダ。当時の最も有名な歌手でした。それから年齢とコカインが、彼女を現在の姿に堕落させたんです！」

カマールにはこの名前をはじめて聞いたのではないように思えた。リヤード・カルダスのほうでは、関心が頂点に高まり、友人たちに自己紹介をするよう促し、彼女も話しに身が入るようそうしてくれと頼んだ。イスマーイールが彼女に自分を紹介して言った。

「イスマーイール・ラティーフ」

彼女は紅茶が冷める前にすすりながら笑って言った。

「名前よ、万歳。たとえ実体にそぐわない名前[4]でも」

彼らは笑った。同時にイスマーイールは彼女に聞こえない声で彼女を罵った。一方リヤードは言った。

「リヤード・カルダス」

「異教徒かい？　お前さんたちの一人があたしを愛したことがあったよ。ムスキー通りの商人で、ユーセフ・ガッタースという名前だった。大した人でね。あたしは彼を朝になるまでベッドにはりつけにしてやったよ！」

彼らは彼女の笑いに加わった。彼女の顔に喜色が現れた。それから彼女の視線がカマールに移った。彼は言った。

「カマール・アフマド・アブドルガワード」

彼女はカップを口に近づけていたが、突然の覚醒に手が止まった。彼女は彼の顔を凝視しながらきいた。

「何と言ったの？」

リヤード・カルダスが代わって答えた。

「カマール・アフマド・アブドルガワードだよ」

彼女は水煙管を一息吸って、自分に話しかけるように言った。

「アフマド・アブドルガワード！　でも名前はたくさんあるからね！　昔はふんだんにあったピアストルのように。（それからカマールに話しかけて）お前さんの父さんはナッハーシーンの商人かい？」

カマールは驚いて言った。

「ええ」

彼女は座席から立ちあがり、彼らに近づいて、やがて彼の前に立ち、それから彼女の骸骨のような身体に残る力を遥かに上回る強さで高く笑い、そして叫んだ。

「お前さんがアフマド・アブドルガワードの息子！　大切な伴侶の息子！　だが彼に似ていないね！　これは確かに彼の鼻だよ。でも彼は夜空に輝く満月のようだった。お前さんはスルターナ・ズバイダのことを彼に言うだけでいいよ、彼はあたしのことを嫌というほどお前さんに話してくれるよ！」

リヤードとイスマーイールはどっと笑い出したが、カマールのほうは彼を捕らえた狼狽と格闘しながら苦笑した。そのときはじめて、往時のヤーシーンの話しを、いや父と女歌手のズバイダについてのもろもろの話しを思い出した！

彼女は再び尋ねた。

「旦那の様子はどうだい？　あたしを追い出したこの町内から、あたしは長いこと遠ざかっていたんだよ。あたしは今イマーム[5]の住人なの。でもあたしはフセインが恋しくなって、たまには訪ねてくるんだよ。あたしは病気になって、それが長引いたため、とうとう隣人たちから嫌われてしまった。非難を恐れなかったら、彼らはあたしを墓に生き埋めにしたことだろうよ。旦那の様子はどうだい？」

カマールは少しむっつりとして言った。

「四ヵ月前に亡くなりました」

彼女は少し顔をしかめて言った。

「アッラーのお慈悲のもとに。残念だこと。男の中の男だった」

それから彼女の席に戻り、突然高く笑った。まもなく喫茶店の主人がバルコニーの入り口に現れ、彼女に警告して言った。

「笑うのはもうよしてくれ。最初大目に見てやったら、驢馬を連れ込んだというわけだ。旦那方はあんたへの親切で感謝されるが、あんたがまた騒いだら、出口はここにある」

彼女は男が去るまで沈黙を守った。それから微笑しながら彼らを眺め、カマールに尋ねた。

「あんたも父さんのようなの、それとも違うの？」

彼女の手がみだらな仕草をした。友人たちは笑い、イスマーイールが言った。

「彼は未婚だよ！」

彼女はふざけ半分の訝し気な口調で言った。

「どうやらお前さんは不肖の息子のようだね！」

彼らは笑った。それからリヤードが立ちあがり、彼女のほうへ行って、側に座りながら言った。

「僕たちにとり光栄だったよ、スルターナ。だが僕はあんたから権力の座にいた時代の話しを聞きたいな！」

注

（1）第二次大戦勃発後の一九四二年二月、エジプトがイギリスの戦争努力に十分協力せず、また国内情勢が不安定であったため、同国大使がアーブディン宮殿を戦車で包囲し、国民に人気があり、反ナチの立場を明確にしていたワフド党を政権に復帰させるようファルーク王に圧力をかけた事件を指す。

（2）ハッジャはメッカ巡礼を済ませた婦人の敬称であるが、老女への呼びかけにも使われる。

（3）ハラーム・モスクは本来メッカの聖モスクを指すが、「ハラーム」には「禁じられた」という意味があり、ここは売春などの醜業を示唆。

（4）ラティーフには、「すてきな」、「きれいな」、「優しい」などの意味がある。

（5）著名なイスラム法学者のイマーム・アルシャーフィイーの霊廟がある墓地地区。

41 カマールの尾行

講演の開始まで一五分しか残されていなかった。アメリカ大学のエワート・ホールは満員に近かった。リヤード・カルダスの言うところによれば、ロジャー氏は大物教授で、シェークスピアについて語るとき最も大物らしくなる。そうだ、講演の末尾には政治的宣伝も欠かないであろうと言われていた。しかし講師がロジャー氏で、演題がウイリヤム・シェークスピアである以上、それはどうでもよかった。ただリヤード・カルダスは憂鬱で、むっつりしていた。講演を聞くよう誘ったのが彼でなかったら、カマールは欠席したことであろう。彼は悲しんでいた。政治にこれほどひどく熱中する彼のような男として、当然そうあるべきであった。彼は隠し切れない激情を込めてカマールの耳にささやいた。

「マクラムがワフドから追放[1]される！　どうしてこんな異常なことが起こるんだ！」

カマールもそのニュースの衝撃からまだ覚めておらず、口を利かずにむっつりとして頭をふった。

「これは民族的災難だよ、カマール。物事はこのどん底まで悪化すべきではなかった」

「ああ、だが誰の責任だ？」

「ナッハースだ！　マクラムは神経質であったかも知れない。だが政府に浸透した腐敗は現実の事柄で、黙過してはならないのだ」

カマールは微笑しながら言った。

「政府の腐敗について話すのはよそう。マクラムの反乱は腐敗に対してよりも、彼の勢力の失墜に対してのことだ」

リヤードは少しあきらめながらきいた。

「闘士のマクラムが一時的な感情によって売られてしまうのか？」

カマールはたまらず笑い出しながら言った。

「君もこの一時的感情で自分を売ってしまった！」

しかしリヤードは微笑もせずに言った。

「僕に答えてくれ！」

「マクラムは神経質だ。詩人で、歌手だ！　彼にとってはすべてか、無かのどちらかだ。自分の世間に知られた勢力が縮小しているのに気づいて反逆した。それから閣議で彼らに立ち向かい、法令からの逸脱を公然と批判し、相互理解と協力が困難となってしまった。残念な出来事だよ」

「結果は？」

「王宮がある。それがワフドのこの新しい分裂を祝福していることは疑いない。王宮は適当なときにマクラムを抱き込むだろう。以前彼以外の者を抱きこんだようにね。今後はマクラムが政治的少数派や王宮の連中と新たな役割を演ずるのが見られよう。そうなるか、それとも孤立するかだ。連中はナッハースを嫌ったように、あるいはそれ以上に、たぶん彼を嫌うだろう。中にはマクラムが嫌いだらこそワフドを嫌った者もいる。だが彼らはマクラムを使ってワフドをつぶすため彼を抱き込むだろう。そのあとの成り行きとなると、予言はできないな」

リヤードは渋面を作って言った。

「ぶざまな情景だ。二人は間違った。ナッハースとマクラムがだ。僕の心はこの動きについて悲観的だよ」

それからさらに低い声で、

「コプトたちは頼りになる人がいないのに気づくだろう。それとも彼らの不倶戴天の敵である国王に頼るかだ。それは彼らにとり長続きしない頼りだ。諸政党がわれわれを迫害したように、ワフドがわれわれを迫害したら、どんな状態になるんだ？」

カマールは気づかないふりをしてきいた。

「なぜ君は物事を当たり前でないほうへ押しやるんだい？　マクラムはコプトのすべてではなく、すべてのコプトがマクラムでもない。彼という人物は去ったが、ワフドの民族的原則は去らないだろう」

リヤードはあざけり気味に、そして残念そうに頭をふって言った。

「それは新聞が書くだろうことだ。だが真実は僕が言った通りさ。コプトは彼らがワフドから追い出されたと感じた。彼らは安全弁を模索しているが、決してそれを得られないだろうと、僕は心配する。最近になって政治は、宗教的コンプレックスのような新しいコンプレックスを僕にもたらした。理性で宗教を排斥し、民族的紐帯《ちゅうたい》として心でそれに共感を抱いたように、僕は心でワフドを排斥し、理性でそれに共感を抱くことになろう。もし僕がワフド派だと言ったら、僕の心に嘘をつき、もし僕がワフドの敵だと言ったら、僕の理性を裏切ることになる。それは僕の脳裏に浮かんだことのない災難だ。どうやらわれわれコプトは分裂した人格の中で永久に生きるよう運命づけられているようだ。もしわれわれの全体が一個人であったら、そいつは正気を失ったかのようになったろう！」

カマールは不快感と苦痛を感じた。その瞬間彼には、人間の諸グループが悲惨な結末の皮肉な喜劇を演じているかのように思えた。それから確信の持てない声で言った。

「それは幻想的なトラブルかもな。もし君がマクラムを全コプト社会としてではなく、政治家として見たならばね！」

「ムスリムの人たち自身はそのように彼を見るのかね？」

「そのように僕は見るよ」

リヤードは憂鬱さにもかかわらず、唇に微笑を浮かべて言った。

「僕はムスリムのことをきいている。君に何の関係があるんだい？」

「われわれの、つまり僕と君との立場は一緒ではないのかい？」

「そうだ、小さな相違はあるが。それは君が少数派でないことだ。（それから微笑して）もし僕がイスラムによるエジプト征服の時代に生きていて、未来が予見できたら、全コプトにアッラーの宗教に入信するよう誘ったことだろう！」

それからいくぶんの抗議を込めて、

「君は僕に耳を貸していない！」


そうだった！　カマールの目はホールの入り口に釘づけになっていた。リヤードは彼が眺めているほうを眺め、若々しい少女を見た。彼女は質素なグレーの服を着て、女子学生の格好をしており、前方の婦人席に座った。

「彼女を知っているのか？」

「わからない」

話しの機会は中断した。講師の教授が演壇に現れ、激しい拍手がホールに響いたからだ。それから咳が大罪であるように見える沈黙があたりを支配した。次いでアメリカ大学の学長が適当な言葉で彼を紹介した。それから男が講演をはじめた。カマールは疑問と関心を抱いて、大部分の時間少女の頭に目を向けていた。彼は彼女が入るところを偶然に見た。彼女の眺めが彼を不意打ちし、彼を思考の流れから強く引き抜いた。それから彼を二〇年前の過去に投げ出し、それからあえいでいる彼を現在に引き戻した。はじめ彼はアーイダを見ているかと思った。だが疑問の余地なく彼女はアーイダでない……二〇歳を越えていることはあり得ないこの少女。彼女の顔の造作を調べ見るのに十分な時間は与えられなかったが、全般的な外観だけで十分だった。顔の形、体格、精神、表情に富む両眼。そうだ、この両眼は以前アーイダの顔にしか見たことはない。彼女の妹なのか？　この見方が最初に彼に浮かんだ。ブドール。今度は名前を思い出すことができた。たちまち彼は遠い昔に彼女が彼に示した友情を思い出した。しかし彼女が彼を思い出すことは——もし本当に彼女であったとしても——とうていありそうもない。大事なことは彼女の姿が彼の心を目覚めさせ、たとえわずかなあいだにもせよ、かつて充実して豊かであった人生の一部にそれを引き戻したことである。彼は混乱していた。数分講師の教授に耳を傾け、それから大部分の時間少女の頭を眺め、やがて思い出の波におぼれていた。彼の心情の中でぶつかり合い、相争う感情をじっと味わいながら。

〈彼女の正体を知るため、彼女のあとをつけてやるぞ。僕に目的はないが、退屈した者は歩き回るものだ。魂の上にたまった錆を取り除いてくれるものなら、僕は何にでもあこがれる〉

この意図を秘めて彼は待ち伏せしていた。ところで講演は長かったのか、短かったのか？　彼にはわからなかった。しかしそれが終わったとき、彼の目的をリヤードに明かし、それから友に別れを告げて、少女のあとについて歩いた。彼は注意深く彼女の歩き方を眺め続けた。優雅な歩き方、すらりとした体格。彼は二人の歩き方を比較することはできなかった。もう一人の歩き方には確信が持てなくなっていたからである。体格のほうはおおむね彼女のままだ。もう一人の髪は「ボーイッシュ」だったが、この髪は豊かで、編まれていた。しかし髪の黒さは疑いなく双方に一致していた。彼は電車の停留所でも、聴衆の群によって混雑していたため彼女の顔をよく見ることはできなかった。彼女はアタバ行きの一五番に乗り、婦人席に入り込んだ。彼はあとから電車に乗った。彼女はアッバーシーヤへ行く途中なのだろうか、それとも彼が推測しているのは迷夢に過ぎないのかと、彼は訝《いぶか》っていた。アーイダは一生のあいだついぞ電車に乗ったことはない。自動車が二台彼女の自由になっていた。一方この哀れな娘は！　シャッダード・ベイの破産と自殺の物語りを聞いたときの悲しみに似た悲しみが彼に忍び込んだ。

電車はアタバで、大部分の積み荷を下ろした。彼は停留所のプラットホームの上で彼女から遠くない場所を選んだ。彼女は電車が来るのを待って、その方向を眺めはじめた。彼はほっそりした長い首を見た。あの遠い時代に見たものである。それから彼女の皮膚が、過ぎ去った人のイメージのように褐色ではなく、色白気味の小麦色なのを見て取り、彼女を尾行して以来はじめて残念さを感じた。もう一人を見るために尾行したかのようであった。それからアッバーシーヤ行きの電車が来て、彼女は乗る準備をした。婦人席が混んでいるのを見つけると、彼女は二等席に乗った。彼はためらわず、あとに続いた。彼女は座り、彼は隣に座った。それから二列の椅子は満席になり、列のあいだは立っている人でいっぱいになった。彼女の隣に座ることに成功したことで、彼はそれ以上はない安堵を覚えた。ただ彼女が二等席の大衆のあいだに座ったことで再び悲しんだ。二人のイメージが、古くて永遠なものと彼の隣に見えるものが相似しているために、余計コントラストを感じたからであろう。

電車から突然の動きが生じたときに、特に出発と停車のときに、彼の肩は彼女の肩に軽く触れた。彼は可能なときはいつも彼女を観察し、できるだけ注意深くそうした。この黒い静かな目、つながった両眉、筋の通った優しい鼻、満月のような顔、あたかも彼はアーイダを眺めているかのようだった。本当にか？　そうではない、皮膚の色に相違がある。あちこちに一筆の相違。それが多いほうなのか、それとも少ないほうなのか、彼は覚えていない。二人のあいだの相違は少々であったものの、その感覚は重大であった。それは健常者と病人とのあいだをわけるかも知れない一度の温度差のようであった。しかし彼は同時にアーイダに最も近いモデルの前にいた。それはこの美しい顔に照らし、過去のいつよりも明瞭に彼女を想起させてくれると思われた。体はたぶんそのままであった。それはどんなだったか、何回となく自分にきいた。たぶん彼は今それを見ているのだ。それは優雅でほっそりしていた。胸の発達はつつましく、体の全体がそうであった。彼の好むアティーヤの柔らかで、むっちりした体とは似てもつかなかった！　彼の趣味は月日の経過とともに堕落したのか？　それとも彼の古い恋は彼の隠された本能に対する反逆であったのか？　ただ心が思い出の興奮に酔っている限り、彼は幸せで夢見る生き物であった。時折、彼女に触れることが彼の陶酔と黙想へのおぼれを増した。彼はアーイダに触れたことはない。彼女を手に入れることは不可能だと常に見ていた。だがこの少女ときたら、市場を歩き、二等席の大衆のあいだに謙虚に座っている。何と激しい悲しみ。そのわずかな相違、それが彼を怒らせ、失望させ、そして古い恋が永遠に謎として留まることを運命づけたのだ。

車掌が「切符、定期券」と呼びながらやって来た。彼女はかばんを開け、定期券を取り出し、男が彼女の席に達するまで待った。彼は定期券を盗み見たが、やがて「ブドール・アブドルハミード・シャッダード……文学部女子学生」という名前を見つけた。もはや疑いはなかった。

〈僕の心は必要以上に鼓動する。僕がこの定期券をすり取ることができたらよいのだが！　アーイダに最も近いイメージを保持するために。ああ、それが可能であったら。三六歳の教師が文学部の女子学生からすり取るって？　何とまあ新聞の欲しがる扇情的な見出しだ。四〇歳に近い、失敗した哲学者！　ところでブドールの年齢はいくつか？一九二六年には五歳を越えていなかった。彼女は幸せな人生の二一歳だ。幸せな？　邸宅も、自動車も、使用人も、召し使いもいないのに。災難が一家を襲ったとき、彼女は一四歳になっていなかった。それは災難の意味を悟り、苦痛を味わうに十分な年齢だ。哀れな娘は苦しみ、恐れ、僕が精通しているこの残酷な感情を経験したのだ。時間の差はあっても、苦痛がわれわれを集めた。忘れられた古い友情がわれわれを集めたように〉

車掌が来て、彼女が「どうぞ」と言うのが聞こえ、それから「定期券」を彼に渡した。忘却が長い期間くるんでいた古くて好ましい旋律のように、声が彼の耳を打った。それからあらゆる甘美さとすべての思い出とともに旋律がよみがえり、天国のような一時が復活した。彼の聴覚は過ぎ去った時の夢を求めて、神々しい歓喜の王国の中を旋回していた。この温かく、心地よく、魅惑的な感興に満ちた旋律。

〈僕にあなたの声を聞かせてください、それはあなたの声ではない。不運な昔の女友達よ。幸運にもこの本来の声の持ち主は最初のような生活をまだ楽しんでいる。彼女の家族を沈めた悲しみは彼女に届いていないのだ。一方あなたときたら、われわれに、われわれ二等席の大衆に落ちてきた。あなたが首にしがみつき、接吻を交わしていた友人を覚えていませんか？　今日あなたはどんな風に暮らしているのですか、僕の小さい娘よ？　あなたは僕のように最後には小学校の一つで教えるのですか？〉

電車が古い邸宅の場所を通り過ぎたが、その跡には大きな新しい建物が立っていた。彼はアッバーシーヤからの歴史的決別のあと、同地区を訪れた数少ない機会に、特に最近ではフォアード・ガミール・アルハムザーウィーの家を訪れたときに、それを見ていた。

〈アッバーシーヤ自体があなたの家と同様に変わってしまったね、僕の小さい娘よ。僕の恋と悲しみと同じ時期に生きた邸宅や庭園が消えて、その場所に住民や商店や喫茶店や映画館で混み合った巨大な建物が立った。階級闘争に魅せられたアフマドよ、これに喜びなさい。だが僕ときたら、その破片に僕の心が埋もれている邸宅やその家族の非運をどうして喜べようか？　あるいは生活の苦労も民衆の雑踏も味わったこともない素晴らしい創造物をどうして軽蔑できようか？　彼女を美しい想念として思い浮かべるとき、僕の心はひれ伏すというのに〉

電車がワーイリー警察署の次の停留所に止まったとき、彼女は降りた。彼はあとに従い、停留所のプラットホームの上で彼女を監視した。すると彼女が停留所の真向かいの「イブン・ザイドーン」通りへと道を横切るのを見た。それは狭い通りで、その両側に中流階級の古い家々が立ち、そのアスファルトで舗装された表面は泥や砂利や散乱した紙くずで覆われていた。彼女は左側の三軒目の家にクリーニング屋に密着した狭い扉から入った。彼はむっつりと押し黙って通りと家を眺めながらたたずんだ。あの場所、ここにシャッダード・ベイの奥さんのサニーヤ夫人が今日住んでいる！　このアパートは家賃が三ポンドを越えまい。夫人がバルコニーに出てくれれば、彼女を一目見て、彼女が蒙った深刻な変化を判断することができるのにと、彼は思った。彼女が自動車が待っているところへ夫と腕を組んで、サラームリクを出ようとしていたときの貴重な眺めを、彼はたぶんまだ忘れていなかった。彼女は柔らかな外套を着て、周囲に貫禄と安堵に満ちた視線を投げながら、堂々と歩いていた。人間は時間以上に凶悪な敵に苦しめられることはないであろう。アーイダはカイロ滞在中このアパートに宿泊したのだ。たぶん彼女はある夕べ、このみすぼらしいバルコニーに座ったことだろう。たぶん彼女は母と妹と一つのベッドを共にしたことだろう。それに疑いはない。〈僕が彼女の滞在を適時に知っていたらよかったのだが。あの長い歴史のあと、彼女を見ることができたらよかったのだが。僕は彼女の暴虐から解放された今、彼女の真実を知るため、従って僕自身を知るため、彼女を見るべきだった。だがこのまれな機会は失われてしまった〉

注

（1）コプト出身のワフド党重鎮マクラム・ウバイドは同党総裁のナッハースと対立し、一九四二年七月同党から除名され、その後ナッハースら党指導部の腐敗を糾弾する挙に出た。

42 仕組まれた出会い

カマールは文学部英語科の男女学生のあいだに座り、イギリス人教授の行う講義を傾聴していた。彼がこの授業に出るのはこれが最初ではなく、彼には最後になるとも思えなかった。週に三回行われる夜間授業に聴講生として出席するための許可を得るのにさほどの困難に遭遇しなかった。それどころか、教授は彼が英語教師であることを知ったとき、彼を歓迎した。そうだ、学年の終わり頃この授業の研修に興味を持つのはいくらか奇妙ではあった。しかし彼が行っている研究のため、それまでに聞き漏らした分はあるが、この講義に出る必要があると、教授に説明したのだ。彼はブドールがこの科にいることをリヤード・カルダスを通じ知っていた。リヤードはまた彼の友人である学部書記を通じそれを知ったのである。彼の容姿は、優雅な洋服、金縁の眼鏡、痩せた長身、ごつい髭、彼の両鬢に輝く白い毛、それに加えてどでかい頭と大きな鼻、こういうものすべてによって、人目を引くように見えた。特に彼が少数のみずみずしい若者たちのあいだに座っているときにはである。彼らはいかにも物問いたげに見えたし、彼を不快にさせる眼差しでやたらに彼を凝視した。その結果、彼らの気持ちの中でうごめく観察やコメントが聞えるように、彼には思えるようになった。そういうことについては、誰より以上に知識と経験を持っていたのだ！　それに伴う努力と当惑を意に介せずにあえて踏み出したこの異常な措置に、彼自身が驚いていた。その真の動機は何なのか？　その狙いは何なのか？　彼には正確に何もわからない。しかし彼の暗闇の生活にかすかな光明を見た途端、絶望とあこがれと希望の恐るべき力に押されて、また一方では守旧と伝統に満ちた道でつまずくかも知れないことにも、他方ではあざ笑いたくてうずうずしている若者たちがいることにも無頓着で、その方向を目指してわき目もふらずに突進したのだ。彼は絶望と倦怠におぼれていたので、大きな気晴らしと生気を与えてくれることを疑わないこの何物かのあとをあえぎながら走った。彼が時間を重視し、希望を求め、快楽を望むように一変したことだけで、彼には十分であった。それどころか、以前には死んでいた彼の心が今は激しく鼓動している。彼は時間の窮屈さを感じていた。学年は必ず来るその終わりに近づいていた。

ただ彼の企図は無駄にはならなかった。皆が彼を見たように、ブドールが彼を見たのである。彼について交わされるささやきに、たぶん彼女は加わったことだろう。それに二人の目は一再ならずかち合った。彼女は彼の目に、彼の心中に燃える関心と賛美を看取したかもしれない。誰が知ろうか？　これらすべてに加え、二人は帰途にギザ行きの電車、それからアッバーシーヤ行きの電車に一緒に乗り、何度も同じ場所に座り、彼女は彼をよく知るようになった。それは彼女の地区から遠くに住む人間にとっては、満更でもない成功である。特に彼が職業上の外観とそれが要求する品行方正と威厳を大事にする教師であってみればである。だがこういうことすべての目的については、彼はそれを詮索《せんさく》する労苦を自分に課すことをしなかった。生気の欠如のあとに生命が彼に息づき、彼はそれに夢中になった。精神に感情が騒ぎ、脳裏に想念がさまよい、感覚に眺望が開けるあの人間に戻ることに、そしてこの魔力によって彼の倦怠と病と不可解な謎の前での当惑を忘れることに、彼は苦悩する精神の全力を挙げてあこがれた。それは酒であるかのようだが、それよりも楽しみが深く、それよりも結末がましであった。

先週彼の心がとても感激した出来事が起きた。彼がシラフダール学校で体育活動を監督していたため、定刻までに学部に到着できず、教室に遅れて入った。彼が音を立てないよう足指の先で歩きながら入るとき、二人の目がかち合った。二人の目は魔術にかかったように瞬時かち合い、たちまち彼女は恥ずかしげに瞼を伏せた。それは中立的な目同士が出会うただの眼差しではなかった。彼女がなにがしかの恥じらいを意識した可能性が強くなったのだ。彼の目の活動が無駄に終わったのであれば、こういうことが起きるだろうか？　少女は彼の眼差しに恥じらいを感ずるようになった。たぶん彼女はそれが偶然が動かす無邪気な眼差しでないことを理解しはじめたのだろう。それは彼の気持ちに一連の思い出を呼び起し、たくさんのイメージを誘った。やがて彼はアーイダを思い出し、彼女を想像している自分に気づいた。しかしそれがなぜであるかわからなかった。アーイダは彼の前で恥じらいに目を伏せたことはついぞなかった。彼女を思い出させたのは他の何かであろう。ふり向き、注視、あるいはわれわれが精神と呼ぶあの魔力的な秘密かだ。

一昨日同様に重大さを持つ別のことが起きた。

〈どのように生気がお前に戻ったか、見るがよい！〉

以前はそもそも重大なものはなかった。あるいはショーペンハウエルの意志とか、ヘーゲルの絶対とか、ベルグソンの生の躍動とかのような不毛な謎の上にしか、重大さを付加することはなかった。かつて人生すべてが重要でない無情の存在であった。

〈今日は注視、ふり向き、あるいは微笑がどのように全大地を揺さぶるか、見るがよい！〉

それは彼が午後五時少し前にオムラーン公園を突っ切って文学部に向かっているときに起きた。ふと気づくと、ブドールと三人の少女が授業時間を待ちながら座っていたベンチから彼を認めたのである。二人の目は、教室で起きたように、深いかち合いを持った。彼は近づいたとき、彼女たちに挨拶しようと望んだ。しかし彼が歩いていた通路が彼女たちから遠くへ曲がった。この即席の情緒的陰謀に彼が参加するのを拒むかのようにである。彼は少し遠のいたときふり返り、三人が微笑しながら彼女の耳にささやいているのを見た。彼女は顔を隠すかのように、頭を手の平に預けていた！　この眺めの何と素晴らしいことか！　もしリヤードが彼と一緒にいたら、その分析と解釈を上手にしたことだろう。しかし彼はリヤードの巧妙さを必要としなかった。三人が彼のことを彼女にささやき、そのために彼女が顔を隠したことは疑いない。それ以外に意味があろうか？　たぶん目が愛を暴露[1]したのだろう。たぶん彼は知らないうちに限界を越えて、ゴシップの種となったのだ。もしささやきが学生の悪魔どもがふざけ合うほのめかしに発展したら、彼の状況はどうなるのか？

彼は学部から縁を切ることを真剣に考えた。しかしその晩彼は、彼女を尾行した最初の日に起きたように、アッバーシーヤ行き電車の中で彼女が彼の隣に座っているのを見つけた！　彼は挨拶するため、彼女が彼のほうをふり向くのを見張っていた。なるようになれである。彼の待機が少し長引いたとき、彼がふり向き、それから彼女が直ぐ隣に座っていることに不意を打たれたふりをして、丁寧にささやいた。

「今晩は」

彼女は驚いたように彼を眺め――アーイダは女らしい気取りの思い出をどのような種類であれ彼に残していなかった――それからささやいた。

「今晩は」

同僚が挨拶を交わすことにやましいことはない。彼女の姉に対してはこんな勇気が彼になかった。しかし彼女は年上であり、彼は純真な少年であったのだ。

「あなたはアッバーシーヤからと思いますが？」

「ええ」

〈彼女は自分のほうから話しを進めることを望んでいない!〉

「僕は最近になってしか講義を続けて聞けないのは残念です」

「ええ」

「僕が機会を逸してしまったものを将来取り返したいと希望しています」

彼女は口をきくことなく微笑した。

〈あなたの声をもっと聞かせてください。それは時間が変えていない過去の唯一の旋律なのです〉

「あなたが学士号を取ったら、何をしたいのですか?教員研修所ですか?」

彼女ははじめて熱心に言った。

「あたしにその必要はありません。教育省は戦争状況と教育の新たな普及の理由から男女の教師を必要としていますから」

彼は一つの旋律を望んだのに、完全な一曲を与えられた!

「それでは教師として働くのですね!」

「ええ、どうしてそれでいけないんでしょう?」

「それは厳しい職業ですよ。僕に尋ねてください」

「あなたは教師と聞きましたが?」

「ええ、おっと、自己紹介するのを忘れました。カマール・アフマド・アブドルガワードです!」

「光栄ですわ」

彼は微笑しながら言った。

「でもあなたはまだ僕に光栄を与えてくれませんね?」

「ブドール・アブドルハミード・シャッダード!」

「光栄です、お嬢さん」

それから特別のことに不意を打たれた者のように言い繕って、

「アブドルハミード・シャッダード!アッバーシーヤから?あなたはフセイン・シャッダードの妹さんですか?」

彼女は関心から目を輝かせて言った。

「ええ」

カマールは奇遇に驚いて笑うかのように笑って言った。

「おやまあ!彼は僕の最も大事な親友でした。一緒にとても幸せな月日を過ごしました。主よ、あなたが庭で遊んでいた彼の小さい妹ですか?」

彼女は探索の眼差しで彼を見つめた。彼女が彼を覚えている可能性は乏しい！

〈あの時代にはあなたは僕に夢中だった。僕があなたの姉さんに夢中だったように〉

「もちろん何も覚えていません」

「もちろん。それは一九二三年にさかのぼる歴史です。そのあとフセインがヨーロッパに出発した時期の一九二六年までです。彼は今何をしていますか？」

「ドイツによる占領後フランス政府が移った同国南部にいます」

「彼の様子はいかがですか？　ずっと前に彼の消息と便りが僕から途絶えてしまいました」

「元気ですわ」

彼女はもっとその話題を取りあげたい願望を示す口調でそう発音した。電車が古い邸宅の場所を過ぎるとき、カマールは彼女の兄との古い友情を打ち明けたことに間違いはなかったろうかと自問した。それは彼がこれからしようとすることの自由を制約しないのか？　ワーイリー署の次の停留所に来たとき、彼女は挨拶して、電車を降りた。彼は我を忘れたかのように、座席に留まっていた。彼は車中で機会ある毎に彼女のことを注意深く考えていた。昔彼を魅惑した秘密にたどり着くかも知れないと思ってである。しかししばしばそれに近づいていると感じながらも、それを発見できなかった。

彼女はすてきで、穏やかで、手に入れやすく見えた。彼は今曖昧な幻滅と理由のはっきりしない悲しみを味わっているかのように感じている。もしこの少女との結婚を望んだら、重大な障害が彼の邪魔をすることはあるまい。そうだ、彼女はそれを受け入れ、応諾するように見えた。明らかな年齢の差にもかかわらず、あるいは年齢の差の故に！　それにもし彼が結婚を欲するならば、彼の容姿がその妨げとならないことを、経験が彼に教えていた。彼女と結婚すれば、彼は否応なくアーイダの家族の一員になる。しかしこのくだらない想像の本質は何か？　アーイダは今彼と何の関係があるのだ？　本当のところ、彼はアーイダを欲していない。それでも彼女の秘密を知りたいとの願望を断ち切れないでいる。たぶん少なくとも彼の生涯の最も華やかな時期が無駄に失われたのではないことを納得したいのだ。彼は思い出の日記と結婚の夜彼に送られた菓子箱をもう一度見たいとの願望――生涯にしばしば彼にそうするようしつこく求めた願望――に気づいた。それから彼の胸は郷愁に乱れ騒ぎ、その末に一体人間は愛をよく理解し、その生物学的、社会的、心理的構造を知り尽くしていても、愛に陥ることは可能なのかと訝った。しかし化学者の毒の知識は、当人が他の犠牲者のように毒で死ぬことを防いでくれるのか？　なぜ彼の胸はこの興奮に乱れ騒ぐのか？彼が味わった幻滅にもかかわらず、過去と現在のあいだの大きな相違にもかかわらず、彼が過去の住民と現在の住民のどちらに属するのかわからないにもかかわらず、これらすべてにかかわらず、彼の胸は乱れ騒ぎ、心は激しく鼓動するのであった。

注

（1）「目が愛を暴露した」の言葉は、女性の大歌手ウンム・カルスームが歌った曲にも出てくる。

43 恋人たちの会話

ここはティー・ガーデンである。その空はみずみずしい大小の枝だ。人目を引きつけるのはエメラルド色の池に泳ぐアヒルである。その背後には洞穴がある。今日は新しい人間誌の休日。スウサン・ハマドが褐色の腕をあらわにした軽いブルーの洋服を着て素晴らしく見える。彼女は化粧をしはじめた。しかし上手に、そして慎重にである。二人が同僚になってから一年が過ぎていた。彼らは理解し合う微笑で顔を輝かせながら向かい合って座っていた。彼らのあいだにはテーブルがあり、その上には水差しとイチゴで赤くなったクリームが溶けてわずかに残るアイスクリームの皿が二つ載っていた。

〈彼女はこの世で僕にとって一番大事な人だ。僕の喜びはすべて彼女のおかげだ。彼女は僕の希望の的でもある。僕たちは誠実な同僚だ。二人のあいだで愛は口に出されていない。しかし僕たちが愛し合っていること、最善の形で協力し合っていることを、僕は疑わない。僕たちは自由の戦場の盟友として始まり、一本の腕として行動した。僕たちのどちらも監獄行きの候補である。僕が彼女の美しさに言及するたびに、彼女は抗議して僕の顔をにらみ、渋面を作って僕をしかった。まるで愛は僕たちにふさわしくない何かであるかのように。僕は微笑し、以前から二人でしていた仕事に戻る。ある日僕は、

「君を愛している。君を愛している。君の好きなように何でもしてください」

と言った。彼女は、

「この人生はとても真面目なものよ。あなたは戯れているんだわ」

と答えた。僕は、

「資本主義が瀕死の段階にあること、それはその全目的を使い果たしたこと、果実は一人で落ちないので労働者階級は発展の機械を操るため彼らの意志を解放させるべきであること、僕たちは自覚を創るべきであることについて、僕は君と同意見ですよ。でも僕はそのあとに、あるいはその前に君を愛している」

と言った。彼女は少しわざとらしく顔をしかめて、

「あなたはあたしの好まないことをしつこくあたしに聞かせたがっているわ」

と答えた。秘書室に誰もいないことに勇気づけられ、僕は突然彼女の顔の上にうつむき、相手の頬に口づけした。彼女は厳しい眼差しで僕を見つめた。そして二人で翻訳中であったソ連における家族制度の本の第八章の残りを翻訳することに没頭した〉

「六月でこんなに暑い。七月と八月が来たら、どうなるだろう、ねえ、君？」

「アレクサンドリアはあたしたちのような者のためには造られていないみたいね！」

彼は笑いながら言った。

「でもアレクサンドリアはもはや避暑地ではなくなった。戦争前はそうだったが、今日ドイツ侵入の噂があそこを廃虚にしてしまったよ」

「アドリー・カリーム先生は住民の大部分がアレクサンドリアを捨て、道路は当てもなくさまよう猫でいっぱいだと断言しているわ！」

「その通りさ。まもなくロンメルがドイツ軍とともに侵入するだろう」

それから短い沈黙のあと、

「彼らはアジアに進撃中の日本軍とスエズで遭遇するだろう。そして石器時代にそうであったように、ファシズム

の時期が戻るだろう！」

スウサンは少し興奮して言った。

「ロシアは負けないわ。人類の希望はウラル山脈の背後で守られているわ」

「ああ、だがドイツ人はアレクサンドリアの入り口に迫っている！」

彼女は鼻を鳴らして反問した。

「なぜエジプト人はドイツ人が好きなの？」

「イギリス人への嫌悪さ。近いうちにドイツ人を嫌いになるさ。国王は今日囚人みたいに見えるが、ロンメルを迎えるため牢獄から飛び出し、それから我が国で育ちかけた民主主義の埋葬を祝って一緒に乾杯するだらう。滑稽なことに、農民はロンメルが土地を彼らに分配してくれると思っている！」

「あたしたちの敵は大勢いるわ。外にはドイツ人、内にはムスリム同胞団と反動主義。両方とも同じ穴のムジナよ」

「アブドルムネイム兄さんが君の言うことを聞いたら、君の意見に激怒するだろう。彼は同胞団主義を物質的社会主義に勝る進歩主義的考えと見なしているんだ」

「イスラムに社会主義があるかも知れない。でもそれはトーマス・モアやルイ・ブランやサンシモンが唱えたようなユートピア的社会主義よ。それは人間の良心に社会的不正の解決を探すけれど、解決は社会自体の発展の中に存在するんだわ。それは社会階級ではなく、その個人に注目している。それには当然のことながら科学的社会主義についての考えもないの。これらすべてに加え、イスラムの教義は天使が重大な役割を演ずる神話的形而上学に依存しているの。あたしたちの現在の問題の解決を遠い過去の中に探すべきではないわ。あなたの兄さんにそう言いなさいよ」

アフマドはいかにも嬉しそうに笑って言った。

「兄さんは教養ある青年で、賢明な法律家だよ。彼のような人がどうして同胞団に情熱を注ぐのか不思議だな！」

彼女は軽蔑を込めて言った。

「同胞団は恐るべきでっちあげ作戦を仕かけているんだわ。彼らはインテリの前ではイスラムに現代風の服を着せて示し、単純な連中の前では天国と地獄の話しをし、社会主義と愛国主義と民主主義の名で勢力を広めるのよ」

〈僕の恋人は彼女の信条について話すことに飽きない。僕は恋人と言ったか？　そうだ、接吻を盗んで以来彼女を恋人と呼び続けるよう心かけた。彼女は時に言葉で、時に合図で抗議したが、そのあと僕の矯正に絶望したかのようにこれを無視しはじめた。僕が社会主義で忙しい彼女の口

から愛の言葉を聞くことにあこがれていると言ったとき、彼女はさげすむように、

「それは古臭いブルジョワ的女性観だわ、そうじゃないこと！」

と小言を言った。僕は不安になって、

「君への尊敬はあらゆる言葉を超越したものだ。僕が人生で成し遂げた最も高貴な行為において僕は君の弟子だが、僕は君を愛してもいて、それにやましいことはない」

と言った。僕の感じでは、彼女の怒りは去っていた。だが僕の見るところ、彼女は怒りの外観を保っていた。僕は接吻しようとの意図を秘めて彼女に近づいた。どのようにして彼女が僕の狙いに感づいたかわからない。彼女は僕の胸を押した。だがそれにもかかわらず、僕は彼女の頬に接吻した。禁じられたことが起こった以上――彼女は真剣にそれを邪魔することができたはずだ――僕は彼女が満足しているとと見なした。彼女は政治に没頭しているにもかかわらず、美しい理性と肉体を兼ね備えた素晴らしい存在だ。僕がティー・ガーデンへの遠足に誘ったとき、彼女は、

「翻訳を続けるため本を持って行く条件で」

と言った。

「いや、くつろいで、仲よく話すためだ、そうでなければ僕は社会主義を全面的に否認するよ」

と、僕は答えた。砂糖小路《スッカリーヤ》の雰囲気にどっぷり漬かったわが身を顧みて、ひどく不快になることは、僕がまだときどき伝統的、ブルジョワ的な目で女を眺めていることである。僕が逃げ腰になり、気弱になっているときには、進歩的な女にとって社会主義はピアノ演奏や厚化粧のように一種の魅力に過ぎないと思えたのである。だが同様に認められることは、僕が同僚としてスウサンと過ごした年は僕を大いに変え、僕の心底に巣くったブルジョワ主義の汚れからありがたいことに僕を清めてくれたことである〉

「あたしたちの仲間がやたらに検挙されているのは残念だわ！」

「そうだね、恋人よ。検挙は戦争の日々とテロの日々との両方に広まる流行さ。ただ主義の信奉が暴力への呼びかけを伴わなければ、法律はそれを悪いものとは見ていないよ」

「あたしたちが労働者の秘密会合を開く限りにおいては、暴力の扇動と見なされないのかしら？」

アフマドは笑って言った。

「僕たちは遅かれ早かれ検挙されるだろうな、もし……」

彼女は問い返すような眼差しで彼を見つめた。彼は再び

言った。

「もし結婚が僕たちを上品にしてくれなければ！」

彼女は軽蔑するように両肩を揺すって言った。

「あたしがあなたみたいないんちきとの結婚に同意すると、誰があなたに知らせたの？」

「いんちき？」

彼女は少し考え、それから真剣な関心を込めて言った。

「あなたはあたしのように労働者階級の出ではないわ！あたしたちのどちらも同じ敵と戦っている。でもあなたはあたしほど経験を積んでいない。あたしは長いあいだ貧乏を味わってきたの。あたしの家族にその嫌らしい跡を見てきたの。あたしの姉妹の一人はそれと戦ったけど、負けてしまい、死んだの。だけどあなたのほうは労働者階級の出ではないわ！」

彼は静かに言った。

「エンゲルスもこの階級の出ではないさ！」

彼女は女らしさをにおわせた笑いを浮かべて言った。

「あたしはあなたをどのように呼ぶの？　プリンス・アフマドフ？　あのね、あたしはあなたの主義を疑ってはいないわ。でもあなたにはブルジョワジーの根強い残りかすがあるわ。あなたはシャウカト家に属することをときどき喜んでいるように見えることがある！」

彼は鋭さを含んだ口調で言った。

「君は間違っている、不公平な人よ！　僕が相続したものは僕の欠点にはならない。貧乏が君の欠点ではないように、富は僕の欠点ではない。つまり僕たちの家族が上品ぶって生きることができたわずかな収入のことだよ。ある人がたまたまブルジョワであったとしても、その人の欠点ではない。咎めるべきはものぐさと現代精神への乗り遅れだけさ」

彼女は微笑しながら言った。

「怒らないで。あたしたちのどちらも自然的、科学的現象なのよ。あたしたちが置かれた状態を問うのはやめましょう。でもあたしたちは自分たちが信奉し、行動することに責任を有するんだわ。あたしはあなたに謝るわ、エンゲルスさん。だけどあなたはどんな結果になっても、労働者に講義を与え続ける用意があるのか、あたしに教えてちょうだい？」

彼は誇らしく言った。

「昨日まで五回講義し、重要なビラを二回編集し、何十枚というビラを配った。僕の首は二年以上投獄の借金を政府に負っている！」

「たぶんあたしの首はその数倍の借金を負っているわ！」

彼は手を素早く伸ばし、彼女の褐色の柔らかい手の上にいとしさと感動を込めて載せた。そうだ、彼は彼女を愛している。しかし愛の名で彼の闘争に邁進しているわけではない。ところで彼女はときどき彼を疑っているかのように見えはしないか？　それはふざけの一種か、それとも彼女が彼の中に隠れていると考えるブルジョワ思想へのひそかな懸念なのか？　彼は彼女に惚れていると同様に、主義を信じている。それもこれも、彼には欠かせない。

〈お前を真に理解し、お前が真に理解する人間に恵まれることが、お前とその人間との仲はどんな種類の術策によっても裂かれないことが、幸福ではないのか？　彼女があたしは長いあいだ貧乏を味わってきたわと言ったとき、僕は彼女を崇拝する。この率直な言葉、それが彼女を同性のすべてから引きあげ、彼女を僕の精神に融合させる。だが僕たちは無分別な愛人で、牢獄が僕たちを待ち伏せしている。僕たちは結婚し、トラブルを回避し、裕福な生活に満足することができるが、それは魂のない生活となる。僕はときどき強く感ずるのだが、主義は運命により僕たちの上に投げかけられた呪いのようである。それは僕の血であり、魂だ。あたかも僕は誰よりも全人類に責任を有するかのようだ〉

「君を愛しているよ」

「そのきっかけは何なの？」

「あらゆるきっかけで、またきっかけがなくても！」

「あなたは闘争について話しをするけど、あなたの心は安寧を歌っている！」

「この二つをわけることは僕と君をわけると同様にくだらないよ」

「愛は安寧と安定と牢獄嫌いを意味しないこと？」

「日夜闘争しながらも、それによって九人の女性と結婚することを妨げられなかった預言者ムハンマドのことを聞いていないかい？」

彼女は指を鳴らして叫んだ。

「そう、あなたの兄さんがあなたに彼の口を貸したのね。それはどんな預言者なの？」

彼は笑いながら言った。

「イスラム教徒の預言者さ！」

「妻と子どもたちを飢えと屈辱に放置しながら『資本論』に没頭したカール・マルクスについて、あたしに話させてちょうだい！」

「いずれにしても彼は結婚していた」

池の水はエメラルド色の果汁だった。この優しいそよ風は六月の目を盗んで吹いている。アヒルはパンくずを拾うためくちばしを伸ばしながら泳いでいる。

〈お前はとても幸せだ。手ごわい恋人は自然より楽しい。彼女の顔が赤らんだような気がする。たぶん彼女は政治を少し忘れ、考え事をしているのだろう〉

「僕の大事な同僚よ。この庭園で甘美な話しをすることができたらというのが僕の希望だった！」

「あたしたちが話していたことよりもっと甘美な？」

「つまり僕たちの愛のことだよ！」

「あたしたちの愛？」

「ああ、君は知っているさ！」

沈黙があたりをしばらく支配したが、やがて彼女が目を伏せて尋ねた。

「あなたは何を望むの？」

「僕たちは同じことを望んでいると言ってください！」

彼女は彼に調子を合わせるためだけであるかのように言った。

「ええ、でもそれは何なの？」

「堂々巡りはもう十分だよ！」

彼女は考えているかのようだ。それは短いあいだだったが、何を待たせるのだろう。すると彼女が言うのであった。

「すべてがはっきりしている以上、なぜあたしを苦しめるの？」

彼は深い安堵の吐息をついて言った。

「僕の愛の何と素晴らしいことか！」

旋律と旋律をつなぐ間奏のように沈黙が再びあたりを支配した。それから彼女が言った。

「あたしに大事なことが一つあるわ！」

「はあ？」

「あたしの尊厳よ！」

彼は困惑したように言った。

「それと僕の尊厳は同じだよ！」

彼女は腹立たし気に言った。

「あなたはご家族の伝統について一番よく知っている！あなたは家柄や育ちについてさんざん聞くことになるわ」

「でたらめだ。僕を子どもと思っているのかい？」

彼女は少しためらい、それから言った。

「あたしたちを脅かすのはただ一つよ。それは〝ブルジョワ心理〟よ！」

彼はその瞬間彼を兄のアブドルムネイムに最も似させた力強さで言った。

彼女は泳いでいるアヒルを目で追いながら反問した。

「あなたを愛するわ、あなたとの結婚に同意するわと言ってもらうため？」

「うん！」

彼女は笑って、

「あたしが原則に同意していなかったら、細目に入ったと思うの？」

彼は彼女の手の平を優しく押した。彼女は再び言った。

「あなたはすべてを知っているのに、それを聞きたがっているんだわ！」

「僕はそれを聞くことに退屈しないよ！」

「僕はそれとはまったく無縁だ！」

「あなたの言葉がどれほど重大かわきまえているの？あたしは男女関係の個人的、社会的基本にかかわるいろいろな事柄を言っているのよ！」

「よく理解出来るよ」

「愛、結婚、妬み、貞節、過去……のような陳腐な言葉を吟味するとき、新しい辞書を要求されることになるわ！」

「うん！」

これは何も意味しないかも知れないし、あらゆることを意味するかも知れない。彼にはいろいろな考えが何回も浮かんだ。しかし局面は異常な勇気を必要とする。それは彼の先天的、後天的心理の全部にとっての試練にほかならない。彼にはその意味することがわかるように思えた。事態は彼女が彼を試しているだけなのかも知れない。しかし彼が理解した通りであったとしても、彼は後退しないだろう。苦痛が彼を襲い、彼の心底に妬みがうごめいた。しかし彼は後退しないだろう。

「僕は君の意味することを受け入れる。でも僕が希望していたのは、細かく検査する会計士の考えではなく、情感を持った娘に恵まれることだったと、率直に言わせてください！」

44 家族の困惑

「それはあたしたちの家族全体の評判にかかわることだわ。彼はとにかくあんたたちの息子だよ。それからあとはあんたたちがどう考えようと自由だわ！」

ハディーガは素早く、そして不安そうに、顔から顔へ、右隣に座る夫のイブラーヒームから居間の向かい合った場所にいる息子のアフマドへと、ヤーシーンとカマールとアブドルムネイムを通過して目を移しながら話していた。

アフマドは彼女の口調を真似ながらふざけて言った。

「みんな注意しなさい。それは家族の評判にかかわることだわ。僕はとにかくあんたたちの息子だよ！」

彼女は不平を告げる苦々しさに満ちた声で彼に言った。

「この試練は何なの、息子や。お前はたとえ父さんからだろうと、誰からも規制を受けたくないし、たとえお前のためになるものだろうと、助言を拒む。いつもお前が正しくて、人々は皆間違っている。お前は礼拝を捨て、あたしたちは主がお前を導いてくださるようにと言った。お前は兄さんのように法学部に入ることを拒否し、あたしたちは将来はアッラーの御手にあると言った。お前はジャーナリストとして働くと言い、あたしたちは馬車の御者として働きなさいと言った！」

「今は結婚したいと望んでいる！」

「結婚しなさい。あたしたちはみんなそれを喜んでいるわ。でも結婚には条件がある！」

「誰が条件を付けるの？」

「健全な理性よ！」

「僕の理性が僕に選んだのは……」

「月日はお前の理性だけに依存してはならないことをまだ証明していないのかい？」

「全然。助言はすべてに許されるが、結婚は例外だよ。それは食べ物と全く同じさ！」

「食べ物！　お前は娘だけとではなく、彼女の家族全部と結婚するんだよ。だからあたしたちも——お前の家族も——お前と一緒に結婚するんだよ！」

アフマドは高く笑って言った。

「みんなが！　それはあんまり多すぎるよ。カマール叔父さんは結婚したくないんだ。ヤーシーン伯父さんは結婚相手として彼女を独り占めにできたらと願っている」

ハディーガを除くみんなが笑った。それからヤーシーンが顔から笑いの表情が消える前に言った。

「もしそれに難問の解決策があるなら、僕は犠牲に応ずる用意が十分あるぜ！」

ハディーガが叫んだ。

「笑いなさいよ。彼はあんたたちの笑いで勇気づけられている。それよりましなことは、あんたたちの意見を率直に彼に告げることだわ。同じ雑誌で働く印刷所職工の〝令嬢〟と結婚を希望する者について、みんなの意見はどうなの？　お前が雑誌で〝ジャーナリスト〟として働くことがあたしたちにとって辛いというのに、どうしてお前はその労働者の婿になりたいの！　あんたには意見がないの、イブラーヒームさん？」

イブラーヒーム・シャウカトは何か言いたげに両眉をあげた。しかし彼は黙っていた。彼女が再び言った。

「もしこの災難が起こったら、嫁入りの夜あんたの家は印刷所の労働者や職工や御者で埋まってしまうんだよ。その他隠されたことはアッラーがご存じだわ！」

アフマドが感情を刺激されて言った。

「僕の家族についてそんな風にしゃべらないで！」

「ああ、諸天の主よ。お前はこういう連中が彼女の家族であることを否定するのかい？」

「僕は彼女だけと結婚するんだ。僕はまとめて結婚するんじゃない」

イブラーヒーム・シャウカトがうんざりして言った。

「お前は彼女だけと結婚するわけには行くまい。お前がわれわれを疲れさすように、アッラーがお前を疲れさせますように！」

ハディーガは夫の反対に激励されて言った。

「習慣の命ずるところに従って、あたしは彼女の家を訪ねたよ。あたしは息子の嫁を見たいと言った。ところが連中は両側一帯にユダヤ人がいる通りの地下室に住んでいた。彼女の母は格好が職業的な女中と違わない。花嫁自身が三〇歳を下らない年齢だよ。アッラーにかけて、彼女に美しさの一片でもあったら、彼に言いわけを見つけてやったさ。なぜ彼は彼女と結婚したいんだろう？　彼は魅入られてしまった。彼女が手練手管で彼を魅入ったんだよ。彼女は不吉な雑誌で彼と一緒に働いている。たぶん彼を油断させ、コーヒーか水に何かを入れたんだ。みんな行って、彼女を見て、判断しておくれ。あたしは打ちのめされてしまった。悲しみと無念さから道がほとんど見えない状態で、訪問から戻ったんだよ」

「母さんは僕を怒らせる。この言葉は許せないな！」

「御免よ！　御免よ、三国一の美男さん！(1)　あたしが悪いんだわ。あたしは一生人のあら拾いだった。主が息子たちにすべての欠点を与えることによってあたしを罰したんだわ。偉大なアッラーに許しを請います」

「彼らについて母さんがどんなでまかせを言ったにしても、彼らの中には母さんみたいに人々をでたらめで非難する人はいないよ」

「明日お前はたくさん聞いて、たくさん知るだろうよ。あたしを侮辱したことについてアッラーがお前をお許しくださいますように」

「僕を十分なほど侮辱したのは母さんだ！」

「彼女はお前の財産を狙っているんだよ。お前のような不出来な者がいなかったら、彼女は新聞の売り子よりましな者を狙わななかったろうよ」

「彼女は僕の給料の二倍を取る雑誌編集者だ」

「ジャーナリストかい、彼女も！　アッラーがお望みになることは素晴らしい。売れ残りの娘、醜い娘、それとも男っぽい娘以外に職業につく者はいるかね！」

「アッラーがあなたをお許しくださいますように」

「あたしたちにふりかける悩みについて、アッラーがお前をお許しくださいますように！」

そのとき話しをずっと聞いていて、口髭を手でひねることをやめないヤーシーンが言った。

「聞いてくれ、妹よ。口論の必要はないよ。われわれは言うべきことをアフマドに率直に告げることにするさ。だが言い争いには益がないよ」

アフマドが怒ったように立ちあがりながら言った。

「失礼します。僕は仕事に行くため服を着るんだ」

彼が去ったとき、ヤーシーンが妹の側に移り、彼女のほうに身をかがめながら言った。

「口論は少しもお前の役に立たないだろう。われわれは子どもたちを支配していない。彼らは自分たちをわれわれよりもましで、もっと利口だと思っている。もし結婚がやむを得ないものなら、結婚するがいい。もし彼が幸福になったら、それでよし。もしそうでなければ、彼は自分に責任がある。お前が知っての通り、僕はザンヌーバによってしか家に落着けなかった！　彼が選んだことに吉があるかも知れない。それにわれわれは言葉によってでなく、経験によって賢しくなる」

「言葉も経験も僕を賢しくしてくれなかったけれどもね！」

カマールがヤーシーンの言葉にコメントしながら言った。

「兄さんが言ったことは正しい」

ハディーガはたしなめの眼差しでにらみながら言った。

「これがお前の言いたいことのすべてかい、カマール？　彼はお前が好きなんだよ。もしお前が二人きりで彼に話してくれたらね」

カマールは言った。

「僕は彼と一緒に出かけるので、話してみるよ。でも口論はもう十分。彼は自由な男だ。彼が望む人と結婚するのは彼の権利だよ。姉さんには彼を制止できるかな、それとも彼を勘当する気かな？」

ヤーシーンが微笑しながら言った。

「物事は簡単さ、妹よ。今日結婚し、明日離婚する。われわれはイスラム教徒だ、カトリックじゃなく」

彼女は細い目を狭め、口を半ば閉じたまま言った。

「もちろん。あんた以外に彼を弁護する人がいるかしら？　子どもは母方の伯父に似るといった人は正しかった」

ヤーシーンは大笑して言った。

「アッラーがお前をお許しになりますように。女たちが彼女たちのなすがままに放置されたら、一人の女も結婚できまいな！」

彼女は夫を指して言った。

「彼の母が――アッラーが彼女の上に慈悲を垂れますように――自分であたしを選びましたよ！」

イブラーヒームが苦笑して嘆息をつきながら言った。

「僕が代価を払った。アッラーが母の上に慈悲を垂れ、彼女をお許しになりますように」

しかし彼女は彼のコメントを意に介せず、残念そうに再び言った。

「もし彼女が美人ならねえ！　彼は目の見えない人だよ！」

イブラーヒームが笑いながら言った。

「彼の父のようだ！」

彼女は怒って彼のほうをふり向き、そして言った。

「あんたは恩知らずよ、男たちの全部と同様にね！」

男は静かに言った。

「いや、われわれは忍耐深いんだ。われわれには天国があるさ」

彼女は彼に向かって叫んだ。

「もしあんたが天国に入るなら、あんたに宗教を教えてあげたあたしのおかげよ！」

カマールとアフマドは一緒に砂糖小路《スッカリーヤ》を出た。カマールはこの結婚の計画に対し懐疑と躊躇の態度を取っていた。彼は愚劣な伝統を固守していると、あるいは平等とヒューマニズムの原則に対し冷淡であると、自分を非難することができなかった。それでも彼にはどうしようもない醜悪な社会的現実は、人間が無視することを許されない実際的真実であった。昔ある時期に彼はいり種屋のアブー・サリーアの娘カマルを好きだった。彼女は――魅力的であったのだが――ひどい体臭で彼を複雑な心理に陥れかけた。だがそういうことすべてにかかわらず、彼は青年に感心しており、青年の勇気、意志力、その他自分には欠けた長所、特に信念、行動、結婚といったものをうらやんでいた。あたかもアフマドはカマールの不活動と消極さを償うため、彼の家族に生まれ出たかのようである。結婚は他の人々にとっては単に「こんにちは」、「はい、こんにちは」というあいさつ程度のものなのに、何が彼にとって結婚をこんなに重大なものにさせるのだろう？

「どこへ行くのかい、若者や？」

「雑誌社へさ、叔父さん。あなたは？」

「リヤード・カルダスに会うため、『思想』誌社に。君がこの一歩を踏み出す前に少し考えて見ないかい？」

「どんな一歩、叔父さん！　僕は実際に結婚したんですよ！」

「本当に？」

「本当に。住宅危機のため、僕はわが家の一階に住むことになるでしょう」

「それはまあ、露骨な挑戦だな！」

「ええ、でも彼女は母さんが寝たあとにしか家にはいないでしょう」

彼はニュースの衝撃から目覚めたあと、微笑しながら尋ねた。

「アッラーと彼の使徒の伝統に従って結婚したのかい？」

アフマドも笑って言った。

「もちろん、結婚と埋葬は僕たちの古い宗教の伝統に従って、一方生活はマルクス教に従ってです！」

それから彼はカマールに別れを告げながら、

「叔父さん、あなたは彼女をとても気に入りますよ。あなたは彼女に会い、自分で判断することになるでしょう。あ彼女は言葉のあらゆる意味で立派な人格です」

注

（1）結婚を祝う歌のタイトル。

45　独身の哲学者

何という当惑。それはまるで慢性の病気のようだ。すべての事が選択の困難な、多様で同等の顔を持っているように見える。その点では形而上学的問題も、日常生活の単純な実験も同じである。すべてに対し当惑と躊躇が邪魔だてをする。結婚するのか、しないのか？　彼は一つの見解で断定すべきであった。しかし彼は自分のまわりを堂々巡りし、やがてめまいに襲われ、精神と理性と感覚の均衡が崩れる。それから堂々巡りが終わって現れるものは変わらない立場であり、結婚するのか、しないのかという依然として答えの得られない質問であった。ときどき彼は自分の自由にうんざりし、孤独感を重荷に思い、あるいは空疎な思想的幽霊との同棲に飽きることがある。そして伴侶への郷愁を抱き、独房の中で家族と愛の本能がうめき、はけ口を求める。それから自己集中から解放され、幻想から目覚めた夫としての自分を想像する。しかしそのとき彼は子どもたちのことに身を捧げ、生活の糧とそれを得ることに没頭し、日常生活の雑事に忙殺されているのだ。彼はひどく不快になり、どれほど孤独と苦悩を味わうことになろうと、自由に固執することを決めるのだ。ただ彼は長く安定を享受できず、まもなく質問にもう一度戻ることになる。こうして、こうして、どこに落ち着くのだ？

ブドールは本当に立派な娘だ。彼の心が昔夢中になった天使の楽園に彼女が生まれ、育った以上、今日彼女が電車に乗ることは、彼女の欠点ではない。彼女は落下した流星のようだ。彼女は美しさ、人柄、教養において本当に立派な娘だ。それに彼女は手に入れることが困難ではない。もし彼が進み出れば、文字通り有望な妻だ。彼は進み出るだけでよいのだ。

これらすべてに加え、彼女が彼の意識で関心の中心を占めていることを認めざるを得ない。彼女は眠る前に彼が最後に別れを告げる人生のイメージであり、目覚めるときに最初に迎える人生のイメージである。それから彼女は一日中彼の脳裏をほとんど去らない。目が彼女を見る機会に恵まれるや否や、心は錆ついた琴線から感動的な旋律を繰り返し鳴らしながら鼓動する。それから彼の世界はかつてのようではなくなった。当惑と苦悩と詫びしさの世界、それにそよ風が忍び込み、生活の水が流れた。これが愛でなかったら、それは一体何だろう？　過去二ヵ月のあいだ中、イブン・ザイドーン通りを毎夕の行き先とし、ゆっくりとそこを歩き、バルコニーに目を注ぎ、彼女の目と会うと友達にふさわしい微笑を交わすのであった。それは偶然が起きるようにして始まった。それからそれが意図的であるかのように繰り返し起きた。その時刻が来るや、彼は彼女がバルコニーに座り、本を読んでいるか、目をあたりに遊ばせているのを見つけ、彼女が彼を待っていると確信した。というのも彼女がこの意味を彼の脳裏から消したかったら、毎夕数分バルコニーを避けるだけで済んだからである。しかし彼女は彼の通過と微笑と挨拶をどう思っているのだろう？　でも待てよ、本能は間違わないものだ。両方が相手と会いたがっている。その楽しみは彼を浮き浮きさせ、喜びは彼を酔わせた。以前感じたことのない人生が有益であるとの感情が彼を満たした。ただこの幸福すべてはそれに混じる不安なしには過ぎて行かなかった。どうしてそうではないのか？　彼はまだ決意を固めておらず、彼に進路は明らかになっていない。しかし彼は潮流に押し流され、それに身を任せた。それがどのように流れ、どこがいかりをおろすところになるのか知らないままにである！少しばかりの理性が彼に慎重さを要求していたが、人生の喜びが同情深く彼をその要求からそらした。彼は不安から解放されずに喜びに酔った。

「前進しろ、これが君のチャンスだ」

と、リヤードが言った。リヤードは婚約指輪をはめて以来、結婚についてそれがこの世における人間の最初にして最後の目的であるかのように話した。彼はこのユニークな実験に堂々と踏み込むであろう、そうすれば人生を新しく、誠実に理解する機会が彼に与えられ、それから夫婦生活と子どもたちについての物語りの扉が開かれる、そして、

「これこそが人生ではないのか、人生の上で泳いでいる哲学者よ」

と、自慢気に言う。

「君は今日反対側の人だ、君は判断に最も適しない人だ、僕は君が誠実な助言者でなくなったことを寂しく思う」

と、カマールは逃げるように答えた。

他方で、愛は「独裁者」のように彼に見えた。エジプトの政治生活は独裁者を心から嫌うことを彼に教えた。ガリーラ叔母さんの家で、彼はアティーヤに肉体を与え、それからあったことがなかったかのようにすぐにそれを取り戻す。一方恥じらいに包まれたこの娘ときたら、彼の精神と肉体の両方のない状態には永久に満足しないであろう。そ

のあと彼が同意できるモットーとしては、家族と子どもたちの生活を安定させるため糧《かて》を求める苦い闘争しか見出せまい。偉大な事柄に満ちた人生を「糧」を得るだけの手段にしてしまう奇妙な結末だ。インド人の托鉢僧は愚かで、正気を失ったかのように見えるかも知れないが、糧を得る生活にどっぷり漬かった者より千倍も賢い。

〈お前が希求し、哀惜していた愛を楽しむがよい。ほら、それはお前の心によみがえっている。背後に幾多のトラブルを引きずってはいるが〉

リヤードは、

「君が彼女を愛し、彼女と結婚できるのに、その上で彼女との結婚を控えるのは、理屈にかなっているのか？」

と言った。

彼は、

「彼女を好きだが、結婚を好きでない」

と答えた。

リヤードは、

「愛がわれわれを結婚に導くものだ。結婚を好きでないという以上、君は娘を好きでないのだ！」

と抗議しながら言った。

彼は、

「いや、僕は彼女を好きで、結婚を嫌う」

としつこく答えた。

リヤードは、

「たぶん君は責任を恐れている」

と言い、彼は、

「僕はわが家と仕事について君が担う以上の責任の重荷を担っている」

と激高して言った。

リヤードは、

「たぶん君は僕が想像する以上に利己的なんだ」

と言い、彼は、

「個人は表面的な、あるいは裏面的な利己主義に駆られずして結婚するかい？」

と皮肉っぽく言った。

リヤードは苦笑しながら、

「たぶん君は病気だ。精神病医へ行けよ。彼が君の分析をしてくれるだろう」

と言い、彼は、

「おかしなことに、『思想』誌に載る僕の次回論文が〝どのように君を分析するか〟だよ」

と言った。

リヤードは、

「君は僕を当惑させたと誓うよ」

と言い、彼は、

「僕は永遠に当惑している」

と言った。

あるときカマールはいつものようにイブン・ザイドーン通りを横切ろうとしていていた。その途中、彼は家のほうへ向かう恋人の母と遭遇した。少なくとも一七年前から会っていなかったけれども、彼は一目で彼女と知った。彼女は昔彼が知っていた「奥方」ではなかった。悲しいほどやつれ、高齢より先に憂苦にむしばれていた。痩せ細った姿で急ぎ足に歩くこの女が、かつて邸宅の庭園を美と完全の極致のように堂々と歩いていた同じ奥方と想像することは、人にできるものではなかった！　これらすべてにかかわらず、彼女の頭の形が彼にアーイダを想起させ、彼女の姿が彼の心を引きちぎった。幸運なことに、彼はその前にブドールと微笑を交わしていた。それでなければ彼は微笑できなかったろう。それから知らず知らずのうちにアーイシャを思い出していた！　それから今朝、家で彼女が人騒がせな嵐をどのように起こしたかを思い出した。彼女が寝る前どこに置いたか忘れた入れ歯を探したときのことである。

一昨日ブドールがいつもと違いバルコニーに立っているのを見つけた。それから彼女が外出の準備をしていることがわかった！　彼女は果たして一人で外出するのだろうか？　まもなく彼女はバルコニーから消え、彼はゆっくりと思案しながら我が道を進んだ。もし彼女が本当に一人で来るならば、彼のために来るのだ。この酔い心地の勝利、これは何年も前に受けた恥辱を洗い流してくれるかも知れなかった！　しかしアーイダであれば、たとえ月が割れたとしても、こんなことをしただろうか？　彼が通りの中頃に達したとき、背後をふり向き、彼女が……一人で来るのを見た。彼の心の鼓動が近所に住む人たちの耳に聞こえるのではと、彼には思えた。たちまち彼は起きようとしている局面の重大性を感じ、やがて彼の気持ちの一部は彼に逃亡を促した！　その前に微笑を交わしたことは無邪気な感情的遊戯であった。だが逢い引きとなると、重大な、大変重大なことになろう。それは責任であり、由々しいことであり、選択の決定の要求である。もし今逃亡すれば、自分にもっと熟慮する機会を与える！　しかし彼は逃亡しなかった。麻酔をかけられた人のようにのろのろした足取りで進み、やがてガラール通りの曲がり角で彼女に追いつかれた。彼がふり向いたとき、二人の目がかち合った。彼は言った。

「今晩は」

「今晩は」

彼は由々しさの感情が募る中できいた。

「どこへ？」

「女友達の一人のところへ。この方向ですの」

彼女はナーズリー女王通りのほうを指した。彼は向こう見ずに言った。

「それは僕の行く方向です。一緒に歩いてもよろしいですか？」

彼女は微笑を隠しながら言った。

「どうぞ」

二人は並んで歩いた。彼女は女友達の一人と会うためにこの美しい服で身を飾ったのでなく、彼に会うためだ。彼の心も情愛と恋慕で彼女を迎えている。しかし彼の進路はどうなるのか？　たぶん彼女は彼が動かないことにうんざりし、彼に適当な機会を用意するために自分で来たのだろう。彼は彼女への敬意からそれをつかむか、それを見逃して、永久に彼女を失うかだ。それはほんの一言で、それを言った者は一生かかわりあうか、もしそれを控えれば、控えた者は一生後悔するかだ。こうして彼は知らないうちに自分を窮地に追い込んだ。そうだ、道をすでにかなり歩き、たぶん彼女は見守っている。彼女はシャッダード家の者ではないかのように、触れれば落ちそうな風情《ふぜい》である。そうだ、彼女はシャッダード家とは関係ない。シャッダード家は終わり、彼らの時代は去った。

〈お前と一緒に歩いているのは不運な娘でしかない〉

彼女は微笑しているかのように彼のほうをふり向いた。彼は優しく言った。

「幸せな機会でした！」

「ありがとう！」

それから何だ？　彼女は彼のほうからの新たな一歩を待っているように見える。そら通りの終わりが近づく。彼は結論を出さねばならぬ。かかわり合いか、それとも別離かだ。たぶん彼女は二人があっさりと別れるとはついぞ想像していないことだろう。望みを持たせる一言すらなしにだ。その交差点が数歩に迫っている。彼は彼女が味わうであろう失望の度合いを苦しく感ずる。彼の舌は声を出すことを拒む。それとも話すかだ。あとは野となれ山となれだ！　彼女は歩みを止め、戸惑いの微笑を浮かべた。別れるときが来たと言うかのように。彼の混乱は頂点に達した。それから彼女は手を差し伸べた。彼はそれを受け止めた。恐るべき時間に彼は沈黙し、それからつぶやいた。

「さようなら！」

彼女は手を引っ込め、それから脇道へ曲がった。彼は彼女を呼ぼうと仕掛かった。失望と耐えられない悪夢のような恥辱によろめきながら、彼女は去る。

〈お前はこの惨めな局面をよく知っていた〉

ただ彼の舌はもつれた。過去二ヵ月のあいだじゅう彼女のあとを追ったのは何のためか？

〈彼女が自分で来たのに彼女を拒むのは良識か？　彼女の姉がお前を扱ったように、その歴史的な遇し方で彼女を扱うのは慈悲なのか？　お前は彼女を愛するのか？　ずっとあとになっても燃える火種のように過去の闇の中を熱い苦痛で照らしているあの夜以来お前が味わったことを、彼女は今夜から味わうのか？〉

彼は歩みを続けた。哲学者となるため独身のままで留まることを本当に望むのか、それとも独身のまま留まるため哲学者面をするのかと自分に問いかけながら。

リヤードは、

「これは信じられないことだ。君は後悔するだろう」

と言った。それは本当に信じられないことだ。しかし彼はやはり後悔するのか？

「君は彼女のことを夢の女性であるかのように話していたのに、どのようにして容易に彼女との縁を切ることができたのか」

と、リヤードは言った。彼女は夢の女性ではなかった。夢の女性は彼女のほうから彼に近寄って来ることは決してない。

最後にリヤードは、

「君の年齢は三六歳の終わりだ、これ以後君は結婚には適すまい」

と、カマールに言った。彼はその言葉に不快となり、意気消沈した。

46　祝宴の日

カリーマが花嫁衣装を着て、両親と兄と一緒に馬車で砂糖小路《スッカリーヤ》へ来た。彼らを迎えたのはイブラーヒーム・シャウカトとハディーガとアフマドと彼の妻のスウサン・ハマドとカマールであった。結婚の祝宴を示すよすがとしては、居間に並べられたバラの花束しかなかった。一方中庭の客間は顎髭を生やした青年たちで満ちあふれ、彼らの中央にシェイフ・アリー・アルマヌーフィーがいた。旦那の死後一年半がたっていたが、アミーナは結婚式に出席せず、あとで祝いにくると約束していた。

アーイシャのほうは、ハディーガがしめやかな嫁入りの夜に出るよう招いたとき、驚いて頭をふり、神経質な口調で言った。

「あたしは葬式にしか出ないの！」

ハディーガは彼女の言葉に傷ついたが、アーイシャに対しては模範的な寛容さを装うことに慣れていた。

砂糖小路《スッカリーヤ》の二階には再び新婚用の家具が備え付けられた。ヤーシーンは娘の嫁入り道具をそうすべきように整え、そのために最後の資産を売り、もはや彼には慕情の館の家しか残っていなかった。

カリーマは美の極致に見えた。女盛りのときの母に似ていたが、特に目の暖かさがそうであった。彼女が法的な結婚適齢期に達したのは、やっと一〇月の先週のことであった。ハディーガは花婿の母としてそうあるべきように幸せに見えた。彼女はあるときカマールと二人だけの機会を捕らえ、彼の耳にかがみながら言った。

「いずれにしても彼女はヤーシーンの娘だよ。何事があろうと、工場の花嫁よりは千倍もましだよ！」

食堂には家族のため小さな立食のテーブルが用意され、中庭にはアブドルムネイムに招待された顎髭の持ち主たちのためにもう一つのテーブルが用意された。彼は連中から見わけがつかなかった。彼も顎髭を伸ばしたからで、髭を生やした日ハディーガは彼に言った。

「宗教は素晴らしいよ。でもお前をクスクス売りのムハンマド・アルアガミーのように見せるこの顎髭がどうして必要なんだい？」

家族の各員は応接室に座った。友人たちと一緒に座ったアブドルムネイムを除いてはである。彼らを歓迎するためしばらくアブドルムネイムの側にいたアフマドは、そのあと応接室に移り、彼の家族に加わって、微笑しながら言った。

「客間は千年も昔に逆戻りした！」

カマールが彼に尋ねた。

「彼らは何を話しているのかね？」

「アラメイン[1]の戦闘についてです。客間の壁は彼らの声で震動していた」

「イギリス軍の勝利に対する彼らの感情はどうかな？」

「怒りですよ、もちろん。彼らはイギリス人、ドイツ人、ロシア人の全部にとっての敵です。こんな具合に彼らは結婚祝宴の夜であっても、花婿を容赦しないんだ」

ヤーシーンはザンヌーバの隣に座っていたが、盛装をしていると彼女より一〇歳も若く見えた。彼は言った。

「やつらはわれわれから遠いところで共食いすればいい。エジプトを戦場にしなかったのは、主のお慈悲だよ」

ハディーガが微笑しながら言った。

「たぶん兄さんは好き勝手に生きられるよう平和が欲しいのね！」

彼女がザンヌーバをいたずらっぽい眼差しで見つめたので、皆が笑った。ヤーシーンが彼の家屋の新しい女住人にいちゃついたこと、ザンヌーバが現行犯か、現行犯に似た状況で彼をつかまえ、女住人に迫った結果、彼女はアパートを引き払うことを余儀なくされたことが、過去数日間に広まっていた。

ヤーシーンは狼狽を隠しながら言った。

「わが家が戒厳令下に置かれているのに、どうしたら僕が好き勝手にできるんだい？」

ザンヌーバは不快げに言った。

「あんたの娘の前で恥ずかしくないの？」

ヤーシーンは懇願して言った。

「僕は無実だ。哀れな女隣人は不当に扱われている！」

「あたしが不当に扱ったんですって！　あたしが夜彼女のアパートの扉を叩き、それから暗闇だったので道を間違ったと詫びたところを捕まったのね！　ふん？　四〇年も家にいて、それでもあんたのアパートがどこに位置するのか知らないのね？」

笑いが高くあがり、やがてハディーガが皮肉って言った。

「兄さんは闇の中で間違ってばかりいる！」

「明かりの中でも同じなのよ」

するとイブラーヒーム・シャウカトがリドワーンに話し

かけて言った。

「リドワーンよ、ムハンマド・エッフェンディー・ハサンとはどんな具合にいっているのかな？」

ヤーシーンが訂正して言った。

「ムハンマド・エッフェンディーは屑さ！」

リドワーンは腹立たしげに答えた。

「彼は母が相続した祖父の富を今享受しています！」

ヤーシーンが抗議して言った。

「馬鹿にできない遺産だ。リドワーンが娯楽か何かの都合で援助を受けるため母を訪ねるたびに、厚かましいあいつが迎え撃ち、彼の経費について議論を吹っかけるんだ！」

ハディーガがリドワーンに話しかけて言った。

「母さんはあんたしか生まなかった。彼女の生きているうちに彼女のお金であんたを楽しませてあげたほうがよいのに」

それから言い繕って、

「あんたの結婚する時が来たよ。そうじゃないの？」

リドワーンは力なく笑い、それから言った。

「カマール叔父さんが結婚したときに！」

「あたしはカマール叔父さんには絶望したの。でもあんたは彼を模倣しては駄目だよ」

カマールは顔色には出さなかったが、彼について交わされる話しを不快げに聞いていた。彼女は彼に絶望し、彼も自分に絶望した。彼はイブン・ザイドーン通りを過ぎるのを打ち切り、それによって彼の罪悪感を現していた。ただ彼は彼女に見られずに彼女をバルコニーで見るため、停留所の端に立っていた。彼女を見たいとの欲望に抵抗することも、彼女への愛を否認することも、あるいは彼女と結婚する考えからの逃亡や尻込みを無視することも、彼にはできなかった！　ついにリヤードが、

「君は病気で、治ることを拒んでいる」

と、言ったほどである！

アフマド・シャウカトが意味あり気な口調でリドワーンにきいた。

「ムハンマド・ハサンはサアド主義者(2)が政権にいるみたいに、君の経費について君と議論したのかい？」

リドワーンは腹立たしい笑みを浮かべ、そして言った。

「今日経費のことで僕と議論するのは彼一人ではありません。だが忍耐です。それは数日か、数週間のことです」

スウサン・ハマドが彼に尋ねた。

「ワフド党の命数は、その政敵が吹聴しているように、

限られていると、あんたは思って？」

「その命数はイギリス人の意志にかかっている。いずれにしても戦争は永久に長引くわけではない。それから勘定を清算する時が来ます！」

スウサンは明らかな真剣さで言った。

「悲劇の第一責任者はファシストがイギリス人を背後から刺すのを助けた人たちね」

ハディーガはスウサンの「男っぽい」話しふりにあきれながら、彼女をあざけりと批判の眼差しで見つめていたが、たまらなくなって言った。

「あたしたちは祝宴に出ているはずよ。それにふさわしい事柄について話してちょうだい」

スウサンは衝突することなく沈黙に逃げ、アフマドとカマールのほうは微笑の眼差しを交わした。イブラーヒーム・シャウカトのほうは笑いながら言った。

「彼らの言いわけはわれわれの祝宴がもはや祝宴でなくなってしまったことだ。アッラーがアフマド旦那にお慈悲を垂れ、彼を楽園にゆったりと住まわせてくださいますように」

ヤーシーンが残念そうに言った。

「僕は三回結婚したが、一回も盛大に祝ってもらえなかった！」

ザンヌーバが苦々しい批判を加えて言った。

「自分のことを思い出して、娘のことを忘れるの？」

ヤーシーンは笑って言った。

「アッラーがお望みになれば、四回目に盛大に祝ってもらえるさ」

ザンヌーバが皮肉りながら言った。

「リドワーンが結婚を祝ってもらうまで延期しなさいよ！」

リドワーンは怒ったが、口に出さなかった。

〈アッラーの呪いがあんたたち全部と結婚の上に下りますように。僕が決して結婚しないということを知らないのか！　この呪われた物語りを僕に切り出す人は殺してやりたいくらいだ〉

短い沈黙のあと、ヤーシーンが言った。

「僕は婦人たちの立食席に残っていたいな。僕を怖がらせる顎髭の持ち主たちのあいだに立っていなくてもすむように！」

ザンヌーバが彼に追い討ちをかけて言った。

「彼らがあんたの行状を知ったら、あんたを石打ちの刑に処したわ！」

アフマドがあざけって言った。

「彼らの顎髭が皿に突っ込まれ、戦闘が起こるでしょう。カマール叔父さん、同胞団を好きですか？」

カマールは微笑しながら言った。

「少なくとも彼らの一人を好きだ！」

スウサンは黙りこくっている花嫁のほうをふり向き、好意を見せて尋ねた。

「夫の顎髭についてのカリーマの意見はどうかしら？」

カリーマは冠を載せた頭を下げることでかすかな笑いを隠したが、口を利かなかった。ザンヌーバが代わりに答えて言った。

「若者たちの中でアブドルムネイムのように宗教心が強い人はまれだわ」

ハディーガが言った。

「彼の宗教心には感心するわ。これはあたしたちの家族の血統の産物ね。でも彼の顎髭には感心しないわ」

イブラーヒーム・シャウカトが笑いながら言った。

「僕は二人の息子が――信仰者と背信者のどちらも――正気を失っていると白状する！」

ヤーシーンが大笑いして言った。

「狂気もわが家族の血統の産物だね！」

ハディーガは抗議の眼差しで彼をにらんだ。彼は彼女が口をきく前に先手を取って言った。

「つまり僕が正気を失ったということさ。カマールも正気を失っていると思うよ。もしお前が望むなら、僕だけが正気を失っているのさ！」

「それはかけ値なしの真実よ」

「人間が読書と著述に専念するため自分に独身を課すのは分別のあることかね？」

「彼は遅かれ早かれ結婚し、分別のある者たちの王者になるわよ」

リドワーンが叔父のカマールに尋ねながら言った。

「なぜ結婚しないの、叔父さん？　僕はあなたが結婚に反対する根拠を少なくとも知りたいんです、必要なとき自己弁護するためにね！」

ヤーシーンが言った。

「お前は結婚へのストライキを意図しているのか？　僕が生きている限り、それは許さないぞ。だがお前たちの政党が政権に戻るまで待て。そして素晴らしい政略結婚をしろよ！」

カマールのほうは甥に言った。

「君に反対がないなら、すぐ結婚しなさい」

〈この青年の何とハンサムなことよ！　彼は名誉と財産への候補者だ！　アーイダが昔彼を見たら、彼を恋したことだろう。もし彼がブドールに一瞥を与えたら、彼女を夢中にさせたことだろう〉

ところがカマールときたら、全世界が前進しているのに、自分の周囲を堂々巡りし、

「結婚するのか、しないのか」

と相変わらず自分に問いかけている。人生は絶対的な当惑のように見えた。それは絶好の機会でも、失われた機会でもない。愛は難しく、その特徴は対立と苦悩だ。ブドールが結婚してしまいさえすれば、カマールは当惑と苦悩から解放されることだろう！　そのときアブドルムネイムが顎髭を先頭に彼らの中に入ってきて言った。

「立食へどうぞ。今日の祝いは胃袋だけに限定されているんですよ」

注

（1）第二次大戦中獨伊軍がリビアからエジプトに侵攻したが、英軍が迎撃して、一九四二年アレクサンドリア西方約一〇〇キロのアラメインで勝利した。

（2）ワフド党から離脱し、サアディストの名で新党を作ったグループのこと。

47　絶望との再会

カマールはフォアード一世通りをぶらついていた。時間は金曜日の午前一〇時をまわっていた。道は男女の通行人や立ち止まっている者であふれていた。一一月の大部分の日々がそうであるように、気候は快適で、散歩にはもってこいだった。彼は休日に人込みの中に紛れ込むことで情緒的孤立感を和らげる習慣があった。彼は人々や物体を眺めることによって気を紛らせながら、当てもなくうろついた。

途中、彼の小さな生徒たちの何人かに出会い、彼らは手を頭にあげて彼に挨拶し、彼も微笑しながら彼らより丁寧に挨拶を返した。彼の生徒の何と多いことよ！　彼らの中には職についた者や、大学に在学中の者もいたが、大部分は小学校と中学校のあいだにいた。一四年知識と教育に奉仕したのは、生涯の短い時期とは言えなかった。彼の昔からの外観はほとんど変わっていない。優雅な洋服、ぴかぴかの靴、まっすぐのトルコ帽、金縁の眼鏡、ごつい口髭。ワフド党が不遇な集団の待遇を改善するとの噂が流布され

ていたけれども、彼の六等級も一四年間変わらなかった。一つだけ変わったのは、両鬢に白髪が増えた彼の頭である。彼を愛し、尊敬する生徒たちの挨拶で、彼は幸せそうに見えた。それは教師たちの誰もがそのようなものを勝ち得ていない地位であった。彼の頭と鼻にもかかわらず、最近彼の生徒のあいだで流行となった生意気さと不柔順にもかかわらず、彼はそれを勝ち得たのである！

彼のさまよいがエマード・エッディーン通りとフォアード一世通りの交差点に差しかかったとき、ふと気がつくとブドールが自分の真正面にいた。警報のサイレンが彼の胸中で鳴り響いたかのように、彼の胸は騒いだ。彼の視線は数瞬間凍りついた。それから彼は厄介な局面を避けるため微笑を浮かべようとした。ただ彼女は明らかに彼を知らないふりをして、表情を和らげることなく、彼から目をそらせ、彼の脇を通り抜けた。彼はそのときはじめて、彼女が一緒に歩いている青年と腕を組んでいるのを見た！　彼は歩みを止め、それから彼女を目で追った。そうだ、彼女はブドールだ。黒い優雅な外套を着ている。彼女の男友だちも彼女のように優雅であった。たぶん三〇歳には届いていまい。不意打ちに揺さぶられた自分を制御するため、彼は真剣に努力した。それからこの青年は誰だろうと熱心に自分に問いかけた。彼女の兄ではなく、恋人でもなかった。なぜなら恋人たちはフォアード一世通りで、特に金曜日の朝、彼らの愛をおおっぴらに明かさないからだ。もしかしたら？　彼の心は懸念から高鳴りを続けた。それからためらわずに二人のあとを追った。両眼は彼らから離れず、意識は彼らに集中していた。やがて彼の体温が上昇し、血圧が高くなり、心臓の動悸が彼に哀悼を捧げていると感じた。彼は二人がかばんを売る店の陳列場の前で立ち止まるのを見た。彼はゆっくりと、娘の右手のほうを見据えながら二人に近づき、やがて彼の視線は金の指輪に張りついた！　彼は深い苦痛の合成物であるかのように、熱い感情で焼かれた。

イブン・ザイドーンでの出来事から四カ月が経過していた。彼に交代するため、この青年は通りの果てから彼を見張っていたのか？　驚く必要はない。四カ月は長い時であり、そのあいだに世界はひっくり返ることもあろう。二人からさほど遠くない玩具屋の前に立ち、玩具を眺めているふりをして、彼らを観察した。今日彼女は過去のどの日においてよりも一層美しく見える。文字通り花嫁のようだ！しかし彼女の衣服すべてに共通するこの黒い色は何だろう？　外套《がいとう》の黒色はありふれたことで、むしろ豪華であるが、彼女の衣服も黒いのはどうしてか？　流行、それとも服喪か？　彼女の母が亡くなったのか？　新聞の死亡記事の頁をめくるのは彼の習慣ではない。しかしそれが彼にどんな重要性がある！　彼にとって真に重要なのはブドールの頁が彼の人生の書物の中で閉じられたことだ。ブドールは終わった。

「僕は結婚するのか、しないのか」

という当惑させる質問は必然的な答えを知った！　当惑と苦悩のあとの安堵を祝おう！　彼を苦悩から解放するため、彼女が結婚したらよいのにと、どんなに望んだことか。そしてほら、彼女は結婚した。苦悩からの解放を祝おう！もし誰かが虐殺されたら、彼がこの局面で味わっている感情のようなものを味わうように、彼には思われた。人生の扉は彼の面前で閉じられ、彼は塀の外へ放逐された。

それから二人が彼らの場所から離れ、彼のほうに向かい、無事に通り過ぎるのを見た。彼は目で彼らを追い、あとを追おうとしたが、半ばうんざりしたようにそれをやめた。彼は玩具屋の前に留まり、眺めていたが、何も見えなかった。彼は別離の視線を彼女に投げるかのように、二人のほうをもう一度眺めた。彼女は停止することなく遠ざかり、時に通行人の背後に隠れ、時に姿を現した。そして時に彼女の片側が見え、時に彼女の反対側が見えた。彼の心の琴線はすべて「さよなら」とつぶやいていた。

苦悩の感情が新しくはない悲しみの旋律を伴って彼の心底に突き刺さり、過去の似た状況を彼に思い出せた。それは入り組んだ回想を引きずって、彼の心底にうごめいた。それは最も厳かな苦痛を刺激する曖昧な旋律のようであった。同時にそれはひそかで、はっきりしない快楽を欠いていなかった！　夜の縁取りが昼の裾と落ち合う暁《あかつき》のように、苦痛が快楽と落ち合う一つの感情であった。それから彼女は彼の両眼から消えた。たぶん永久に消えたのだ。彼女の姉が以前に消えたように！

彼女の婚約者は一体誰だろう、彼はそう尋ねている自分に気づいた。彼をよく見たいと強く望んだが、そうすることはできなかった。男が――官吏であれば――教師よりも低い階級に属していればよいと、彼は望んだ。しかしこの子どもじみた考えは何なのか！　それは恥ずべきことだ。だが苦痛については、その専門家として安心する資格があった。カマールは経験から彼の行く末が――万物と同様に――死であることを知っていたからである。彼は目の下に繰り広げられた玩具の陳列場にはじめて気づいた。それはよく整頓され、美観を呈していて、汽車、自動車、揺り籠、楽器、住宅、庭園のような幼児たちが夢中になる種々雑多な玩具を含んでいた。彼は苦悩する精神が破裂して生み出した奇妙な力で、目の前の眺めに引きつけられ、やがて彼の両眼がそれらにしがみついた。彼は幼児時代この楽園を楽しむ機会が与えられず、満ち足りない本能を精神に秘めながら成長した。それを満たす時は過ぎてしまった。幼児時代の幸福について話す者のうち、誰がそれを知っているのか？　彼が幸せな幼児であったと、誰が断言できるのか？　それだから、この幻想上の美しい庭園で遊ぶ木製の子どものような子どもに戻してもらいたいと夢見る、この唐突で惨めな願望の何と愚かなことか！　それは愚かで、同時に悲しむべき願望であった。たぶん幼児は本来耐えられない存在なのだ。たぶん職務、それだけが、どのようにして彼らと理解し合い、彼らを指導するのかを彼に教えたのだ。しかし成長する理性とその思い出を保持したままで、もし幼児に戻されたら、人生はどのようなものになるだろう？

アーイダの思い出に満ちた心で屋上の庭での遊戯に戻るのか、それとも一九一四年のアッバーシーヤに行き、庭で遊ぶアーイダに会い、同時に一九二四年とそれ以後に遭遇したことを知っているというのか！　それとも戦争が一九三九年に起こり、父はある空襲ののちに死ぬだろうと、父に片言で話しかけるのか！　何と言う愚かな考えだ。しかし今フォアード通りでぶつかった新たな失望に集中するよりも、どのみちましである。ブドールと彼女の婚約者と彼の立場を考えるよりもましである。たぶん彼が知らないで罪滅ぼしをしている過去の間違いがあったのかも知れない。どのようにして、いつこの間違いは起きたのか？　それはふとした出来事、あるいは口に出された言葉、あるいは彼が苦しんだ状況かも知れない。そのどれかが彼が被る苦悩に責任がある。彼は苦痛から解放されるため、自己を知るべきだ。闘争はまだ終わっていない。降伏はまだ起きていない。また起きてはいけないものだ。ブドールが婚約者と腕を組んで去ったとき、彼に後悔の爪をかませるに至った地獄のような躊躇に、それが第一の責任を有するのだろう！　曖昧な快楽を包んだこの苦悩を二度考えるべきだ。それこそ彼が結婚の宴の部屋の窓から漏れる明かりを見あげながら、アッバーシーヤの砂漠で、昔味わったものではなかったか？　ブドールに対する躊躇は、古い感情を呼び戻し、その苦悩と快楽の双方から酔いしれるため、類似の状況に自分を追いこむ方便であったのか？

アッラーと霊魂と物質について書くため手を動かす前

に、自己を、いや個としての人格を、つまりカマール・エッフェンディー・アフマドを、いやカマールだけを、知ることが適当だ。彼が新たに生まれ変わる機会を得るためにである。過去をよく調べるため、今夜思い出の日記の読み返しをはじめよう。それは睡眠のない夜となろう。しかしその種類の夜としてはじめてのものではない。それについて彼には在庫があり、「眠れない夜」の標題の下に一冊の著作に集めるのが正しい。彼の人生は戯れであったとは言うまい。最後に彼は骨を遺し、来るべき世代がそれから遊びの道具を作るかも知れない！　ブドールのほうは彼の人生から永久に去った。葬送曲のように、何と悲哀に満ちた真実よ。彼女は情愛の思い出一つ、抱擁も、接吻もあとに残さなかった。手触りも、やさしい言葉すらも。

しかし彼はもはや不眠症を恐れない。昔彼は一人でそれに対面した。一方今日は、理性も感情も失わせる多くの手だてがある。それからムハンマド・アリー通りの新しい家にいるアティーヤのところに行き、二人で果てしない話しを続けるのだ。前回彼は酔いに重くなった舌で彼女に言った。

「僕たちはお互いにぴったり調和しているな！」

彼女はあきらめの皮肉を込めて言った。

「酔ったときのあんたはとてもすてきよ」

彼は続けて言った。

「もし僕たちが結婚したら、どんなに幸せな夫婦になるだろう」

彼女は顔をしかめて言った。

「あたしをからかうのはよして。あたしは正真正銘の〝奥さん〟だった」

「うむ、うむ。君は季節の果物よりうまい」

彼女はからかって彼をひねりながら言った。

「それはあんたの言葉。でもあたしがあんたからもらうお金に加え二〇ピアストルをせがんだら、あんたは逃げ出したくせに！」

「僕たちのあいだにあるものは金銭以上に高尚だ！」

彼女は抗議の眼差しで彼を見つめて言った。

「でもあたしたちのあいだにあるものよりも金銭を好む二人の子どもがあたしにはいるのよ！」

彼は酔いと悲しみの頂点に達し、あざ笑いながら言った。

「僕はマダム・ガリーラの真似をして懺悔を考えている。僕がイスラム神秘主義者になったときには、君に僕の財産を遺贈するだろうよ！」

彼女が笑って言った。

「もし懺悔があんたにまでおよんだら、あたしたちの終わりね」

彼は高笑いをして言った。

「君のような者たちに害がある懺悔なら、やらないよ！」

これが不眠症を恐れて、逃げて行くところだ！　それから彼は玩具の陳列場の前に長いことたたずんでいたことを感じ、そこから離れて立ち去った。

48　酒場の夜

ナグマ酒場の主人ハーロウがきいた。

「旦那、彼らが酒場を閉鎖するというのは本当ですかい？」

ヤーシーンは自信と安堵を込めて言った。

「アッラーがお許しなさいませんように、ハーロウよ！　予算審議のときおしゃべりをするのは議員たちの習慣だ。できるだけ早い機会に議員たちの願望の実現を検討すると約束するのは政府の習慣だ。決して近づかないのはこの機会の習慣だ」

ナグマ酒場でのヤーシーンのグループは競ってコメントに加わろうとし、人事課長が言った。

「彼らは一生のあいだ、イギリス人の追放、新しい大学の開設、そしてハリーグ通りの拡大を約束してきた。このうちの何かが完了したかい、ハーロウ？」

年金受領者たちの最古参が言った。

「たぶん提案を出した議員は戦時中の危険な酒を飲み、

提案を出して報復したんだ」

弁護士が言った。

「何事があろうと、外国人が出入りする通りの酒場は害を受けないだろう。もし最悪が起きたら、ハーロウよ、あんたは酒を出す料理屋か何かに投資するしかあるまいな。くっつき合っている建物のように、酒売りたちは互いに支え合うことだ！」

宗教財産省の書記主任が言った。

「イギリス人がナッハースの政権復帰のようなくだらないことで戦車をアーブデイン宮殿に送るんだったら、彼らが酒場の閉鎖を黙って見ていると思うかい？」

部屋には――ヤーシーンのグループに加え――商人たちから成る町内の住民が数人いた。しかしお構いなしに、主任書記が彼らの酔いに何かの歌を混ぜるよう提案して言った。

「さあ、『恋のとりこ』を歌おうや」

ハーロウはすぐテーブルの背後の彼の場所に戻り、仲間たちは「恋のとりこはひどい屈辱に遭うものよ」と歌いはじめた。酔いの旋律が彼らの声の中で最も明瞭な旋律のように見えたが、やがて町内の住人の顔にあざけりの苦笑が現れた。ただ歌は長く続かなかった。ヤーシーンが最初に脱落し、それから他の連中が彼に従い、一曲を歌い終えたのは書記主任だけであった。沈黙があたりを支配し、舌なめずりの音、もぐもぐかむ音、グラスかつまみを注文して打ち鳴らされる手の音が時々それを破った。そのときヤーシーンが言った。

「妊娠に有効な方策はないかな？」

年配の官吏が抗議するように言った。

「君はこの質問をいつも唱え、繰り返している！　アッラーにかけて辛抱したまえ、兄弟よ」

宗務省の主任書記が言った。

「絶望する必要はないよ、ヤーシーン・エッフェンディー。君の娘の行く末は妊娠さ！」

ヤーシーンは間抜けな微笑を浮かべながら言った。

「彼女はバラのような花嫁なんだ。砂糖小路《スッカリーヤ》の飾りだ。だが俺の家族で結婚してから一年がたつのに妊娠しない最初の娘だよ。だから彼女の母親が絶望しているんだ！」

「彼女の父親もそうらしいな！」

ヤーシーンは笑いながら言った。

「女房が絶望すると、亭主も絶望する」

「人間が子どもたちの嫌らしさを思い出したら、妊娠を嫌いになるさ！」

「それでもだ！　人々は普通子孫を生むために結婚する」

「彼らは正しい！　もし子どもたちがいなかったら、夫婦生活は誰にも耐えられないよ」

ヤーシーンはグラスを一杯飲んで言った。

「俺の甥もこの意見の信奉者であることを心配する」

「一部の男たちは女房どもを忙しくさせ、失われた自由を少し回復するために、子どもを欲しがる！」

ヤーシーンは言った。

「とんでもない。女は子どもに乳を与え、もう一人をあやしていても、同時に亭主に目を張りつけているものさ。どこにいたの？　なぜこんな時間まで帰らなかったの？　それでも賢者たちはこの宇宙の制度を変えることができやしない」

「何が彼らの邪魔をしているんだ？」

「彼らの女房たちさ！　彼らにそのことを考える機会を与えないんだ」

「安心しな、ヤーシーン・エッフェンディー。君の婿さんは就職についての君の息子の恩を忘れることはできないよ」

「あらゆることは忘れられるさ」

それから――酒で彼の頭はいかれていた――笑いながら、

「それに〝大事な息子〟自身、今は政権の外にいるんだぜ！」

「ああ！　ワフドは今回長生きしそうだな」

すると弁護士が演説口調で言った。

「もしエジプトで物事が自然に進んだならば、ワフドの支配は永久である」

ヤーシーンが笑って言った。

「息子がワフドを飛び出さなかったら、この言葉は立派なもんだ！」

「カッサーシーンの事故[1]を忘れるなよ！　もし国王が死んだら、ワフドの敵はおしまいさ！」

「国王は大丈夫だよ！」

「ムハンマド・アリー王子が儀式用正装の用意をしているよ！　彼は一貫してワフドと調子が合っている」

「王座に座る人は――名前が何であろうと――彼の地位の性格上ワフドの敵さ。ウイスキーと菓子が合わないようにね！」

ヤーシーンは酔って笑いながら言った。

「たぶんあんたたちは当たっているな。あんたより一日年上の者はあんたより一年以上の物知りだ。あんたたちの中には年齢の最悪の段階に達した者もいるし、そうなりかけている者もいる！」

「君がアッラーの御名で守られますように、四七歳の男よ！」

「どちらにしても俺はあんたたちより若い」

それから酔いと虚栄で体を揺さぶりながら指を鳴らし、言葉を続けた。

「だが本当の年齢は年の数では測れないよ。そうじゃなくて酔いの度合いで測るべきだ。酒は戦争中質も味も低下した。だが酔いはそのままだ。朝目が覚めると、あんたの頭はがんがん痛み、あんたは瞼をペンチでこじ開け、それからげっぷしてアルコールを吐き出す。ただ酔いのためにはどんなことでも平気だとあんたたちに言いたい。兄弟が健康はと尋ねるかも知れない。確かに健康は昔のようではなくなった。四七歳の男は昔の同じ年齢の男のようじゃない。その証拠に戦争ですべての値段があがったが、年齢だけは別で、それは無価値となった。昔は男が六〇歳で結婚したが、われわれの裏切られた時代には四〇歳の男が精力をつける薬の処方を物知りたちにきく。蜜月中の花婿は一すくいの水にも溺れかねない！」

「昔！　世界の全住民が昔を探している！」

ヤーシーンは酔いの旋律を彼の声の調子に響かせながら、再び言った。

「昔はだね、アッラーよ、父にお慈悲を。俺を革命の血生臭い参加から邪魔するため、父は俺をひどくぶったもんだ！　だがイギリス人の爆弾を恐れない者は怒声なぞ恐れはせん！　俺たちはデモを組織し、爆弾を投げるためにアフマド・アブドゥ喫茶店に集まったもんだ」

「そのレコードをまたか！　ヤーシーン・エッフェンディー、闘争の時代君の体重は今日の体重のようだったか、教えてくれ」

「もっと重かった。ただ俺は真剣なときは蜂のように精力的だった。偉大な戦闘の日、俺はデモの先頭に立って歩いた。俺の弟は愛国運動の最初の殉死者だ。俺は耳の側をすり抜けて、弟に当たった銃弾の音を聞いた。ああ、思い出よ！　もし彼の寿命が長く延びていたら、彼は闘士出身の閣僚の列に加わっていたろう！」

「だが君の寿命は長く延びたぜ！」

「うん、だが小学校出で大臣になることはできなかった。それにわれわれは闘争において地位ではなく、死を予期していた。もっともある人々が死に、他の連中が高い地位に就いたのはやむを得ない。弟の葬列でサアド・ザグルールが歩き、学生たちの指導者が俺を彼に紹介した。これはもう一つの偉大な思い出だよ！」

「だが——君が闘争に従事しながら——酔っ払って暴れたり、女遊びしたりする時間をどのようにして見つけたんだい？」

「聞いてくれ、みんな！　路傍で女と寝るあの兵隊たち、彼らこそロンメルを退却させた連中じゃないかね？　闘争は慰安を嫌うものじゃない。酒は騎士道の精神だ、もしあんたたちが知っていればね。闘士と酔っ払いは兄弟なんだ、頭のいい連中よ！」

「サアド・ザグルールは君の弟の葬儀で君に何か言わなかったかい？」

弁護士がヤーシーンに代わって答えた。

「君が殉死者だったらよかったのにと言ったよ！」

彼らは笑った。彼らはこういう状態ではまず笑い、それから理由をきくのであった。ヤーシーンは純粋な度量の大きさを見せて一緒に笑い、それから話しを続けて言った。

「彼はそう言わなかった。アッラーが彼にお慈悲を。彼はあんたと違い礼儀正しかった。陽気でもあった。だから心が広かった。政治家で、闘士で、哲学者で、法律家だった。彼の一言が生殺与奪の威力を持っていた！」

「アッラーが彼にお慈悲を」

「アッラーがみんなにお慈悲を。すべての死者は慈悲に値する。人は生命を失っただけで十分なんだ。売春婦すらも、ポン引きすらも。男友達を息子に連れてこさせた母すらも」

「そんな母があり得るかい？」

「あんたが想像すること、想像しないことのすべてがこの人生にはあるさ！」

「彼女は息子しか使えないのか？」

「誰が息子以上に母を世話するのかね？　それにあんたたちはみんな男女の共寝の産物さ！」

「合法的なものだよ！」

「それは形式の問題だ。一方、真実は一つさ。俺は惨めな売春婦たちを知った。彼女たちのベッドは一週間かそれ以上寝友達を欠いていた。君たちの母の中にこんなに長いあいだ亭主から遠ざかって過ごした母がいたら俺に教えてくれよ」

「俺はエジプト国民ほど母の貞操を話題にするのが好きな国民を知らないよ！」

「われわれは不作法な国民なんだ！」

ヤーシーンが笑って言った。

「時がわれわれを必要以上に教育した。物事は限界を越えると、その反対に転じる。だからわれわれは礼儀深くない！　だがそれにもかかわらず善良さがわれわれを支配した。懺悔が普通われわれの末路さ！」

「このわしは年金受領者だが、まだ懺悔していないぜ！」

「懺悔は官吏の規定には従わない。それにあんたは有害なことは何もしていない。あんたは毎夜数時間酔っ払う。それは別に悪くない。いつの日か病気、医者、あるいはその両方でも同じことだが、それらがあんたが酔うのを妨げるだろう。われわれは生まれつき弱者だ。そうじゃなければ、われわれは酒に慣れなかったろうし、夫婦生活に耐えることもなかったろう。日々の経過につれ、われわれはますます弱くなる。だがわれわれの欲望はある限度で止まらない。とんでもない。われわれは苦悩し、それからまた酔う。われわれは白髪となり、われわれの隠されたことがばれる。すると厚かましいやつが、〝白髪になって女の尻を追いかけるのは恥だ〟と言いながら、あんたの進路に立ちふさがる。アッラーに栄光あれ。俺が青年だろうが、老人だろうが、あるいは女のあとをつけようが、驢馬のあとをつけようが、あんたに何の関係がある！　その結果、人々はあんたの女房と一緒にあんたに対して陰謀を企んでいるとときどき思うようになる。こういうことすべてに加え、媚びを重々しくふりまく女と棍棒をふり回す巡査がいる。女中ですら野菜市場で媚びを売りながらもったいぶって歩く。こんな風にあんたはグラスしか友のいない意地悪な世界に自分がいるのに気づくだろう。それから金で雇われた医者たちの役割が来て、彼らは〝酒を飲むな〟と簡単にあんたに言う！」

「それでもわれわれが心からこの世を好いていることを君は否定するのか？」

「心から！　悪自体が善を欠くものではない。イギリス人ですら善を欠いていない。あるとき俺は彼らを身近に知った。革命の時代彼らの中に俺の友人がいたよ！」

弁護士が叫んだ。

「だが君は彼らと闘っていた。忘れたのかい？」

「そう……そう。すべての状況にはそれに適するものがある。あるとき人々は俺をスパイと思った。もし学生たちの指導者が適当な瞬間に駆けつけてきて、俺の真実を民衆に告げてくれなかったらね。その結果、人々は俺に喝采した。それはフセイン・モスクで起きた！」

「ヤーシーン万歳、ヤーシーン万歳！　だがフセイン・モスクで何をしていたんだい？」

「答えろ。これはとても重要な点だ」

ヤーシーンは笑って、それから言った。

「われわれは金曜日の礼拝をしていた。金曜日の礼拝にわれわれを連れて行くのが父の習慣だった。信じないのかい？　フセインの人々にきいてくれよ」

「君は父さんの機嫌を取るため礼拝したのか？」

「アッラーにかけて、われわれのことを誤解しないでくれ。われわれは宗教的な家族だ。そうだ、われわれはみんな飲んだくれで、助平だ。だが最後には懺悔がわれわれを待っている！」

そのとき弁護士がうめいて言った。

「少し歌をやり直さないか？」

ヤーシーンがさっそく言った。

「昨日酒場を出たとき、俺が歌っていたら、巡査が俺を遮り、

〝エッフェンディー〟

と警告して叫んだ。

〝俺には歌う権利がないのか？〟

と、俺は尋ねた。

〝一二時以後の騒音は禁止されている〟

と、彼は言った。

〝だが歌っているんだ〟

と、俺は抗議した。

〝そういうことすべては法律の前では騒音だ〟

と、彼は鋭く言った。

〝一二時以後破裂する爆弾は騒音とは見なさないのか？〟

と、俺は尋ねた。

〝お前は警察署に泊まりたいようだな〟

と、彼は脅した。

〝いや、家に泊まったほうがいい！〟

と、俺は言いながら遠ざかった。われわれは巡査連中の支配を受けていて、どうしたら文明化した民族になれるんだい？　家であんたは女房が待ち伏せているのを見つける。省にはあんたの上司がいる。墓場ですら二人の天使が棒であんたを迎える」

弁護士が再び言った。

「酒のつまみに少し歌おうや」

年金受領者の最古参が咳払いをして、それから口ずさみはじめた。

「夫が二番目の妻と結婚したの
　結婚式のヘンナがまだあたしの手を染めているのに
夫が彼女と一緒にきた日

皆の衆、あたしが火に焦がされたのよ」

彼らはたちまち歌の出だしを野蛮な情熱で繰り返した。ヤーシーンは目が涙ぐむまで笑いこけた。

注
（1）カイロのカッサーシーン地区でファルーク国王の自動車とイギリスの軍用車が衝突し、ファルークは一命を落としかけた。
（2）一九三六年フォアード国王が死んで、ファルークが王位を継承したとき、彼が未成年であったため摂政会議が設けられ、親戚のムハンマド・アリー王子がその議長となったことがある。

49 新たなコーヒーの座

ハディーガは自分が孤独であるとしばしば感じていた。イブラーヒーム・シャウカトは——特に七〇歳に近付いて以来——冬のあいだじゅう家にこもるようになっていたけれども、彼女は寂しさを追い払うことができなかった。ただそれは彼女は家事の義務を果たすことを怠らなかった。彼女の義務は——彼女の生気と活動を吸収するには足りなくなっていた。四六歳を越したにもかかわらず、まだ頑健で、活発で、ますます大柄になった。それ以上に悪いことは、母としての務めを断ち切られた一方、姑としての役割はまだ始まらず、どうやら決して始まりそうもなかった。嫁の一人は姪であり、もう一人は勤めていて、その嫁とはまれな機会にしか会うこともなかった。

毛織りの上衣をまとった夫とのあいだで交わす話しの中で、彼女は鬱積した胸中を晴らしていた。

「二人の結婚から一年以上過ぎたのに、まだ誕生祝いのろうそくに火をともしていないわ！」

男は軽蔑して両肩を揺すり、コメントしなかった。彼女は再び言った。

「たぶんアブドルムネイムとアフマドは子孫を遺すことを両親への柔順と同様に時代遅れと見なしているんだわ！」

男はうんざりして言った。

「気にするなよ。二人は幸せで、われわれはそれで十分さ！」

彼女は鋭く尋ねた。

「もし花嫁が妊娠せず、出産しなかったら、彼女に何の益があるの？」

「たぶんお前の息子たちはこの意見に逆らうだろうよ！」

「彼らはすべてについてあたしに逆らってきたわ。あたしの苦労と希望は台なしよ」

「祖母になれないことが悲しいのかい？」

彼女は一段と増した鋭さで言った。

「あたしは自分のことではなく、彼らのことで悲しいのよ！」

「アブドルムネイムはカリーマを医者に見せたら、医者は大丈夫だと彼に告げた」

「哀れな息子はたくさん金を使い、これからもたくさん使うだろうね。今日花嫁はトマトや肉のように値段が高くなっている！」

男はコメントせずに笑い、彼女が続けて言った。

「もう一人のほうについては、あたしは聖者のムトワッリー様[1]の助けを借りるわ」

「彼女の舌が蜂蜜のようであることを認めなさい！」

「悪賢くて、抜け目がないのよ。あんたは工場の娘から何を期待するの？」

「アッラーを恐れなさい、シェイハ[2]よ！」

「いったい先生はいつ彼女を医者に連れて行くんだろうね？」

「二人はこの点で欲がないんだ！」

「もちろんよ。彼女は勤めていて、妊娠と出産の時間をどこに見つけられるの？」

「二人は幸せで、この点に疑問はない」

「勤めている女は良妻にはなれないわ。彼は手遅れになってからそれを知るんだわ」

「彼は男だ。それで困りはしまい」

「この全町内にあたしの息子たちみたいな若者はいないよ。本当に残念だわ！」

＊　＊　＊

アブドルムネイムの性格と傾向が明瞭となり、彼は有能な官吏で、活発な「同胞団員」であることを証明した。ガマーリーヤ支部の監督が彼に委ねられ、彼はその法律顧問に任命された。彼は機関誌の編集に参加し、民間のモスクで時々説教をしていた。彼は自分のアパートを同胞団員たちのクラブに仕立て、毎夜彼らはシェイフ・アリー・アルマヌーフィーを筆頭にそこで夜遅くまで集まった。青年はひどく情熱的で、彼が有する勤勉さと金と知能のすべてを教導への奉仕に捧げる十分な用意があった。それは——同胞団の最高指導者の表現によれば——初期イスラムへの回帰を目指す教導であり、イスラム正統派の実践であり、イスラム神秘主義的な真実であり、政治的な組織であり、スポーツ団体であり、科学的、文化的連盟であり、経済的会社であり、社会的思想であるとして、彼が全面的に信じたものであった。

シェイフ・アルマヌーフィーは言った。

「イスラムの教義とその規則はこの世と来世における人々の問題を扱ううえで包括的である。この教義は諸側面の中で霊的、信仰的側面だけを取り扱うものと考える者はこの考えにおいて間違っている。イスラムは信条であり、信仰であり、祖国であり、国籍であり、宗教であり、国家であり、霊性であり、コーランであり、剣である」

集会者の中の一青年が言う。

「それがわれわれの宗教です。だがわれわれは静止しており、何もしていません。背教がその法律と習慣と人間たちでわれわれを支配しています」

シェイフ・アリーが言う。

「宣伝と伝道と戦う味方の組織化が必要じゃ。それから実行の段階が来る」

「いつまで待つのですか？」

「戦争が終わるまで待とう。われわれの教導への地ならしはできている。人々は政党への信頼を捨てた。指導者が適当な時に叫ぶとき、同胞団は皆コーランと武器で武装して立ちあがるのじゃ」

アブドルムネイムは強く、深い声で、

「長い聖戦にわれわれを慣らしましょう。われわれの教導はエジプトにだけではなく、地上の全イスラム教徒に向けられたものです。エジプトとイスラム諸民族がこのコーランに基づく原則に一致するまでは、成功は達成されないでしょう。コーランが全イスラム教徒のための憲法となるのを見るまでは、われわれは武器をさやに収めないでしょう」

シェイフ・アリー・アルマヌーフィーが、

「アッラーのおかげでわれわれの教導があらゆる場所に広まっているとの吉報を諸君に伝える。今日すべての村にその拠点がある。それはアッラーの教導なのじゃ。アッラーはアッラーを助ける者たちを見捨てはしない」

同時に、目標は違っていたが、一階で別の活動が燃えあがっていた。数はそれほど多くはなかった。アフマドとスウサンは種々の宗派や宗教に属する限られた数の友人たちと多くの夜集まっていた。彼らの大部分はジャーナリストの世界に属していた。ある晩アドリー・カリーム先生が彼らを訪ねた。彼はそこで交わされている理論的議論のことを知っていた。彼は言った。

「君たちがマルクス主義を勉強するのは結構です。しかしそれは歴史的必要であるとしても、その必然性は天文学上の必然性の種類とは違うことを覚えておきなさい。それは人類の意志と闘争によってしか存在しないでしょう。われわれの第一の義務はやたらに哲学者ぶることではなく、労働者階級が彼らと全世界を救済するため果たすべき歴史的役割の意味を、彼らの自覚に満たすことです」

アフマドが、

「僕たちは知識人のエリートのためこの哲学の価値ある本を翻訳し、労働者の闘士たちに対し士気を鼓舞する講演を行っています。両方の行動は不可欠な義務です」

先生は言った。

「しかし腐敗した社会は勤労者の手によってしか発展しないでしょう。彼らの自覚が新しい信念で満ちたとき、全人民は一枚岩の意志となるのです。そのとき野蛮な法律も大砲もわれわれの行く手を妨げることはないでしょう」

「僕たちは皆それを信じています。ただ知識人の理性を味方につけることは、指導者と政治家の候補者を擁するグループを支配することを意味します」

そのときアフマドが言った。

「先生、僕の述べたいコメントがあります。宗教が迷信であり、死後の不可思議が麻酔であり、迷妄であると知識人に説得することは困難でありません。僕はそれを経験から知りました。でも人民に向かってこの意見を話すことには危険があります。僕たちの敵が利用する最大の罪科は、僕たちの運動を無神論または背教として非難することです」

「われわれの第一の任務はあきらめと無気力と降伏の精

神と戦うことです。だが宗教については、自由な政治の下でしかそれを根絶することはできないでしょう。この政治はクーデターによってしか実現しないでしょう。概して貧乏は信念より強いものです。人々に対しては彼らの理性に応じて話しかけることが常に賢明です」

先生は微笑しながらスウサンを眺めて言った。

「君は行動を信じていたが、結婚の状況下では議論がよいと納得したのかい？」

彼女は彼がからかっており、本当のことを意味していないことを知っていた。それでも真剣に言った。

「夫は遠方の廃屋で労働者に講演をしています。あたしはビラを自分で配ることをためらっていません」

それからアフマドが憂鬱そうに言った。

「僕たちの運動の欠点は、多くの不真面目なオポチュニスト（日和見主義者《ひよりみ》）を引きつけることです。彼らの中には手間賃が欲しくて行動する者や、党派的利益のために行動する者がいます！」

アドリー・カリーム先生は明らかに軽蔑して、大きな頭をふりながら言った。

「僕はそれをよく知っています。しかし僕はウマイヤ朝(3)がイスラムを信仰していないのに、それを継承し、旧世界の各地に、スペインまでもそれを広めたことも知っています。こういう連中から益を得る権利がわれわれにあります。同時に、われわれは彼らを警戒すべきです。われわれができるだけの努力と犠牲を払うことを条件に、時はわれわれの側にあることを忘れないでください」

「先生、同胞団は？　僕たちは彼らが僕たちの前途にとって重大な障害であると感じるようになりました！」

「僕はそれを否定しません。しかし彼らは君が想像するほど危険ではありません。彼らはわれわれの言葉で理性に話しかけ、イスラム社会主義と言っているのを見ませんか？　反動主義者すらわれわれの術語を借りざるを得ないことに気づいています。もし同胞団が先にクーデターを行ったら、たとえ部分的達成であるとしても、彼らはわれわれの原則の一部を達成するでしょう。しかし彼らは必然的目標へ前進する時の動きを止められないでしょう。それに知識の普及は、光がコウモリを追い払うように、彼らを追い払うことを保証します！」

＊　＊　＊

ハディーガは不快感と憤慨を伴った驚きでこの奇妙な活動の現象を監視していたが、とうとうある日夫に言った。

「あたしはアブドルムネイムとアフマドの家のような家を見たことはないわ。たぶんあたしの知らないうちに、両家は喫茶店になったんだわ。晩が来たと思うと、顎髭の持ち主や異教徒で道がいっぱいになる。以前にはこんなことを少しも聞かなかったわ」

男は頭をふりながら言った。

「お前がそれを聞く時がきたんだ」

彼女は鋭く言った。

「二人の給料は客に出すコーヒーの値段にも足りやしない！」

「彼らは貧乏についてお前にこぼしたかい？」

「世間の人たちは？　大勢の連中がぞろぞろ出入りするのを見て、何と言っていることやら？」

「誰でも自分の家では自由さ」

彼女は息を吐き出しながら言った。

「彼らの果てしない話しの声はときどき高くなって、町内にまで出て行くのよ」

「町内に出て行くなり、天にのぼるなりするがいい」

ハディーガは手の平を打ち合わせながら心底よりため息をついた。

注

（1）イスラム神秘主義を実践し、庶民から尊敬された人物で、カイロのズワイラ門の付近に墓があり、その門はムトワッリー門とも呼ばれた。

（2）シェイハはシェイフの女性形で、老女または信仰の深い女を指す。

（3）ウマイヤ朝は西暦六五一年ダマスカスを首都に創建された最初のアラブ・イスラム王朝。それ以前のムハンマドのあとを継いだ正統カリフ時代に比し、カリフ位がウマイヤ家によって独占され、政治権力がしばしばイスラムの理念と抵触したため、世俗的王朝国家に堕したとの見方がある。

50 巡礼者の見送り

ヘルワーンにあるアブドルラヒーム・パシャのヴィラは、彼が巡礼の義務を果たすためヒジャーズ[1]の土地へ出発する直前、彼を見送りに来た客の最後の群を送り出していた。

「巡礼は古くからの願望だ。政治の上にアッラーの呪いがありますように。政治こそ一年、また一年とわしを巡礼からかまけさせたものだ。だがわしの年齢になると、人間は彼の主に近く会うときの礼儀を考えなければならぬ」

パシャの代理人のアリー・マフラーンが言った。

「政治の上にアッラーの呪いがありますように！」

パシャは思案しながらしぼんだ目をリドワーンとヒルミーのあいだに行き来させ、それから言った。

「政治について好きなように言うがいい。ただ政治にはわしにとって忘れられない恩がある。それはわしを孤独から慰めてくれた。わしのような年老いた独り者は地獄へ行っても慰めてくれる相手を求める！」

アリー・マフラーンは戯れに両眉をあげて言った。

「僕たちは、パシャ、あなたを慰めるための義務を果たしませんでしたか？」

「疑問なしに。だが独り者の一日は冬の夜のように長い。人間には伴侶が必要だ。わしは女が重大な必要であることを認める。この頃どんなに母を思い出すことか！ 女は彼女を愛さない者にとってすら必要なのじゃ！」

リドワーンは別のことを考えていて、そのときパシャに尋ねた。

「ナッハース・パシャが倒れるとしたら、あなたは旅行を取りやめませんか？」

パシャは憤然と手をふって言った。

「わしが少なくとも巡礼から戻るまで、彼は災難とともに権力に留まるがいい！」

それから頭をふって、

「わしらには皆罪がある。巡礼は罪を洗い流してくれる」

ヒルミー・エッザトは笑いながら言った。

「パシャ、あなたは信仰深い。あなたの信仰は多くの人を当惑させていますよ！」

「なぜだ？ 信仰は度量が広い。完全な無実を主張するのは偽善者だけだ。人間は信仰の屍の上にしか罪を犯さないと考えるのは愚かなことじゃ。それにわれわれの罪は無邪気な子どもの戯れにもっとも似ている！」

アリー・マフラーンが安堵の吐息をつきながら言った。

「何と立派な言葉。ところで今は僕に率直に言わせてください。あなたが巡礼を決意していると話したとき、僕は大変悲観し、疑問を感じたんです。一体これは懺悔でしょうか？　僕たちにとって人生の悦楽は終わるのでしょうか？」

パシャは上体が揺れるほど笑って言った。

「君は悪魔から生まれた悪魔だな。もしそれが懺悔だと知ったら、君たちは本当に悲しむのかね？」

ヒルミー・エッザトがうめきながら言った。

「新生児を自分の膝の上で殺された母のように！」

アブドルラヒーム・パシャは再び笑って言った。

「おやまあ、どこの馬の骨だかわからん連中の息子どもよ。わしのような者は本当に懺悔を望んだら、つぶらな瞳とバラ色の頰から遠ざかり、預言者の墓の側にいることに専念すべきなのじゃ。預言者の上に礼拝と平和を」

マフラーンは忌々しそうに叫んだ。

「ヒジャーズ。あなたはヒジャーズがどんなところかご存じですか？　そこを知っている人たちが僕に話しましたが、あぶられた鍋から火中に飛び込むようなもんですってよ！」

ヒルミー・エッザトが抗議するように言った。

「たぶんイギリス人の宣伝みたいに偽りの宣伝でしょう。ところで全ヒジャーズにリドワーンのような顔があるでしょうか？」

アブドルラヒーム・エイサーが叫んだ。

「楽園にすらも！　（それから後退して）だが悪漢の息子たちよ、われわれは懺悔の話しをしているところじゃよ！」

アリー・マフラーンが言った。

「待ってください、パシャ。あなたはあるとき僕に、七〇回懺悔したイスラム神秘主義者の話しをしてくれました。ということは彼は七〇回罪を犯したことにはなりませんか？」

リドワーンが言った。

「あるいは一〇〇回も！」

アリー・マフラーンが言った。

「僕は七〇回で十分です！」

パシャはにこにこしながら尋ねた。

「われわれはそんなに長生きできるかな？」

「主があなたを長生きさせてくださいますように、パシャ。僕たちを安心させてください、そしてそれは最初の懺悔だと言ってください！」

「そして最後の！」

「見栄を張っていますね！　僕に挑戦するのなら、あなたが巡礼から戻るとき、僕はたぐいまれな美男を連れてお迎えしますよ。それからあなたのことがどうなるか見ることにしましょう！」

パシャは微笑しながら言った。

「結果は君の顔のようになるよ、かぎ鼻め。君は悪魔だな、マフラーン。悪魔は人間に欠かせんわい」

「そのことでアッラーに称賛あれ」

リドワーンとヒルミーがおおよそ同時に、

「そのことでアッラーに称賛あれ」

パシャは虚栄と喜びを込めて言った。

「君たちはわしを慰めてくれる友じゃ。好意と友情がなかったら、人生は何なのか？　人生は美しい。美は美しい。歌謡は美しい。容赦は美しい。君たちは青年で、この世を特別な視点から眺める。年齢が君たちに多くのことを教えるだろう。わしは君たちを愛し、この世を愛する。わしがアッラーの家を訪れるのは、感謝と詫びと導きの求めのためじゃ」

リドワーンが微笑しながら言った。

「あなたの姿はとても美しい。清澄さを滴《したた》らせています！」

アリー・マフラーンはずる賢く言った。

「でもちょっとした動作が別のものを滴らせますよ。本当に、パシャ、あなたは当世代の教師です！」

「君は悪魔そのものじゃ、老いぼれ女の息子め！　アッラーよ。もしわしがいつか審問にかけられたら、君のことを指せば、それで十分だろう！」

「僕を！　アッラーにかけて、僕は不当に扱われています。僕は命令によって動く奴隷にしか過ぎません！」

「いや、君は悪魔じゃ」

「でも人間には欠かせないんでしょう？」

パシャは笑いながら言った。

「うむ、悪党め」

「あなたのにぎやかな人生で、僕はかつて楽しい旋律、ハンサムな顔、再生する幸福でしたし、今もそうですよ。最後に僕の青春時代を忘れないでください、裏切り者の閣下！」

パシャは呻きながら言った。

「昔のことじゃ！　ああ、昔！　子どもたちよ、なぜ大きくなるのじゃ？　主よ、あなたの知恵が明らかになり、崇高になりました。詩人は言う。

　わしの槍は中傷者に屈しなかった
　　だが朝晩の経過がそれを鈍らせた」

マフラーンは眉を上下させながら言った。

「中傷する者に？　いや、マフラーンに屈しなかったと言ってください！」

「畜生め、君のたわごとで雰囲気を壊さないでくれ！　よき時代のことを思い出すとき、ふざけてはいかん。涙は時に微笑よりも美しく、もっと人間性に富み、もっと恩を知っている。この詩も聞いてくれ。

彼女は私を見咎めたが、彼女が拒んだのは
　私に生じた出来事のうち白髪と禿頭のみ
君たちは〝出来事〟という言葉をどう思うかな？」

するとマフラーンが新聞売りのやり方で呼んだ。

「出来事、ピラミッド、エジプト人……」

パシャは絶望して、

「君が悪いのではないんだが」

「あなたが悪いんです！」

「わしが！　わしは君のことでは無実だ。わしが君を知ったとき、君は悪魔もうらやむ状態だった。だが思い出の雰囲気からわしを引き出すことを君に許さんぞ。そうだ、この詩も聞いてくれ。

　私はみずみずしかった若さから裸にされた
　　ちょうど茎が葉から裸にされるように」

マフラーンは困惑したようにきいた。

「茎[2]ですって、パシャ？」

パシャは笑いこけているリドワーンとヒルミーを交互に見ながら、

「君たちの友人は詩によって感激しない屍《しかばね》じゃよ！　だが彼は近く嘆きの時期に到達するだろう。すべての美しいものが過去形になったときにな（それからマフラーンのほうをふり向いて）昔の友人たちを忘れたかな、老いぼれ女の息子よ？」

「ああ、アッラーが彼らの健康を保ってくださいますように。彼らは全く美しく、全く粋でした」

「シャーキル・スライマーンについて何を知っているかな？」

「内務次官で、イギリス人のお気に入りでした。そのうちにナッハース第二次内閣だったか、第三次内閣だったか覚えていませんが、時期尚早の退官に追いやられました。今彼はコウム・ハンマーダの農園に引きこもっていると思います」

「彼の時代が懐かしいわい。ハーミド・アンナグディーは？」

「彼はわれわれの好きな連中のうちで一番不運でした！　彼は何もかも失い、今は夜になると公衆便所をうろついています！」

「彼は朗らかで、愉快だった。だが彼は賭け事師で、飲んだくれでもあった。アリー・ラアファトは？」

「彼は〝自分の努力〟でいくつもの会社の取締役になりました。だが人の言うところでは、彼の評判が彼が大臣となる機会をつぶしてしまいました！」

「人の言うことを信じるな。悪評が王国の境界の外まで響いた連中が大臣になったものじゃ。ただわしが何度も君たちに言った意見は、公徳を身に着けることが他の連中以上にわれわれの義務だということじゃ！　もし君たちの誰かにこれが実現すれば、そのあとは君たちが咎められることはない。かつてマムルーク(3)たちがエジプトを長く支配した。彼らの子孫がまだ名誉と富を享受している。マムルークとは何であるか？　彼はそれだけのものだ。わしは君たちに意味深長な物語りを話してあげよう」

パシャは散り散りの考えをまとめるかのように少し沈黙し、それから言った。

「あのときわしは裁判長だった。わしに遺産争いの民事事件があがってきた。事件を審理する前に、ある人がリドワーンの顔とヒルミーの肢体と……（それからマフラーンを指して）この犬めの最盛期の優雅さを持つ美青年をわしに紹介した！　わしは彼の秘密を知らずにしばらく彼とつきあった。さて事件の審理の日が来ると、いつの間にか彼が係争の一方の代理人としてわしの前に立っているのじゃ。君たちはわしが何をしたと思うかな？」

リドワーンはつぶやいた。

「何という局面でしょう！」

「わしはためらわずに事件の審理から退いたのじゃ！」

リドワーンとヒルミーは賛嘆を示したが、マフラーンのほうは抗議するように言った。

「彼の努力を台なしにしてしまったんですか？」

パシャはマフラーンのたわごとを気に留めずに言った。

「それだけじゃない。わしは彼の人柄の悪さを軽蔑して、彼との縁を断った。そうじゃ、道徳のない人間には価値がない。イギリス人は一番賢い連中ではない。フランス人やイタリア人は彼らより賢い。だがイギリス人は道徳の主であり、世界の主じゃ！　だからわしは取るに足らぬ卑しい美をはねつけるのじゃ」

マフラーンが笑いながらきいた。

「あなたが僕を雇い続けているのは、僕に道徳があるからと理解しますが？」

パシャは真剣に彼のほうを指さしながら言った。

「道徳は多様じゃ。裁判官は清廉と公正を要求される。大臣は義務と公的責任感を。友人は純粋さと誠実さを。君は疑いなく飲んだくれで、しばしば悪党だが、正直で、忠実じゃ」

「僕は赤面していると希望します！」

「アッラーは人間にできること以外を課さない。実際わしは君にある美点で満足している。それに君は夫で、父だ。これはもう一つの美徳じゃ。それは家庭の沈黙に悩まされた者しか評価できない幸福じゃ。ただ家の沈黙は老齢の責め苦なのじゃ！」

リドワーンが否認するように言った。

「老齢は静寂を好むものと思っていました！」

「若者が老人について想像することは妄想じゃ。老人が若者について想像することは哀惜じゃ。リドワーンよ、結婚についての君の意見をわしに聞かせてくれんか？」

リドワーンは表情を曇らせながら言った。

「以前に話した意見と同じですよ、パシャ」

「それを変更する希望はないのか？」

「そうは思いません」

「なぜじゃ？」

リドワーンは少しためらい、それから言った。

「不思議なことです。僕はその真実を知りません。でも女は嫌悪感をそそる生き物のように僕には見えます！」

しぼんだ目に悲しい眼差しが浮かんだ。彼は言った。

「残念だな。アリー・マフラーンが夫であり、父であるのを、君の友人のヒルミーが結婚の支持者であるのを見ないのか？　わしは君に対し二倍の哀れみを感じる。それは自分への哀れみでもあるからじゃ。女の美しさについて読んだり、聞いたりしたことが、わしをさんざん当惑させた。ただわしは母の思い出に敬意を表し、わしの個人的意見をわしだけのものに留めてきた。わしは彼女を深く愛していた。母はわしの両腕に抱かれて息を引き取った。わしの涙は彼女の額と頬の上にこぼれ落ちた。君が君のトラブルを克服できたらと、わしはどんなに願っていることか、リドワーンよ」

リドワーンは言った。彼はおびえて、深刻そうに見えた。

「人間は女なしに暮らすことができます。そのことはトラブルではありません！」

「人間は女なしに暮らすことはできる。だがそのことはトラブルじゃ。君は人々の疑問を気にしないかも知れん。だが君の疑問についてはどうなんだ？　君は女が嫌悪感をそそると言うことができる。だがなぜ女は他の人々の嫌悪感をそそらないのかな？　病的感覚が君に取りついている。薬を知らない病じゃ。君はそのために世界から孤立する。それは孤独において最悪の伴侶じゃ。あとでたぶん女を軽蔑すること、女の軽蔑を続けることを恥じることになろう！」

そのときアリー・マフラーンが絶望に似たやり方で鼻を鳴らし、それから言った。

「お別れにふさわしい愉快な夜に恵まれました！」

アブドルラヒーム・パシャは笑って言った。

「だがこれは巡礼の別れじゃ！　君は巡礼者の見送りについて何を知っているかな？」

「僕は祈りであなたをお見送りし、それからバラと頬への口づけでお迎えしますよ。そのときあなたが何をするかわかるでしょう！」

パシャは両手を打ち、笑いながら言った。

「わしは尊厳なるアッラーに自分のことを委ねている」

注

（1）サウジアラビア西部のこと、そこにはメッカがあり、同地への巡礼はイスラム教徒の義務。

（2）茎にはペニスの意味もある。

（3）マムルークは白人系ないしトルコ系の奴隷兵のことで、ここでは一三世紀から一七世紀にかけてエジプトを中心にシリア、ヒジャーズまでを支配したトルコ系奴隷兵出身の将軍たちを指す。

51
親友がもたらす真実

シャリーフ通りとカスル・アンニール通りの交差点のリッツ喫茶店の前で、突然カマールはフセイン・シャッダードの前にいる自分に気づいた。どちらも友人の顔を凝視しながら歩みを止めた。やがてカマールが叫んだ。

「フセイン！」

今度は相手が叫んだ。

「カマール！」

それから二人は熱っぽく握手した。二人は満悦と喜びの笑声をあげた。

「あの長い歴史のあとに、何と幸せな不意打ちだ！」

「何と幸せな不意打ちだ！　すっかり変わったな、カマール。だが待てよ、僕は誇張しているかもな。君の体格はそのままだ。全体としての外観も。だがこの威厳ある口髭は何だい？　この古典的な眼鏡、この杖！　もはや君以外誰もかぶらなくなったこのトルコ帽！」

「君はずいぶん変わったな！　僕が想像していた以上に太ったな。これはパリの風俗と合致するのかい？　昔のフセインはどこだい？」

「昔のパリはどこだい？　僕たちにはどうでもいいさ。僕は紅茶を一杯飲むためリッツへ行くところだ。僕と少し一緒に座ることに不都合はあるかい？」

「大いに喜んで」

二人はリッツへ立ち寄り、それから通りに面したガラス窓の背後のテーブルの前に座った。フセイン・シャッダードは紅茶を注文し、カマールはコーヒーを注文した。それから二人は微笑しながら互いに相手をじろじろ眺めた。フセインは大柄となり、縦横に拡大した。しかし一体彼の人生で何をしたのか？　昔望んでいたように、天空を旅行してまわったのか？　しかし彼の両眼は微笑しているにもかかわらず、人生の少年時代から激変したかのように、粗野な眼差しを映し出していた。カマールがフォアード一世通りでブドールと会ってから一年が過ぎ、そのあいだに彼は愛の挫折から癒され、シャッダード一家は皆忘却の一隅に退いていた。しかしフセインの出現が彼の精神を眠りから覚まし、過去が喜びと悲しみを広げて見せるかのように現れた。

「いつ外国から帰ったのだい？」

「約一年前だ」

フセインは彼に会おうと全然試みなかった！　しかし何で彼を非難するのか？　カマール自身フセインを忘れ、一昔前から彼との友情を終えていた。

「もし君がエジプトへ帰ったことを知っていたら、君に会いにいったのに！」

フセインは当惑とか、うろたえの表情を見せず、あっさりと言った。

「帰ったら、心配事が僕を待っていたのに気づいた。僕たちのことで君は何も聞かなかったかい？」

カマールは渋面を作り、手短に、そして残念そうに言った。

「ああ、われわれの友人のイスマーイール・ラティーフを通じてね」

「彼の母が僕に告げたところでは、彼は二年前にイラクに出発した。すでに言ったように、僕は心配事が待っていたのに気づいた。それから働かねば、日夜働かねばならなかった！」

これは一九四四年版のフセイン・シャッダードだ！　労働を人間の犯罪と見なしていたあいつ。本当にあの過去は存在したのか？　たぶんこの心の鼓動しかその証拠はないだろう。

「僕たちが最後に会ったときのことを覚えているかい？」

「ああ！」

彼の言葉が終わらないうちに給仕が紅茶とコーヒーを持ってきた。だが彼は思い出に熱心そうには見えなかった！

「僕が君にそれを想起させるのを許してくれ。それは一九二六年だった」

「君の記憶力は大したもんだ！（それから気もそぞろに）ヨーロッパに一七年！」

「あちらでの君の生活について話してくれ！」

彼は両鬢しか白くなっていない頭をふって言った。

「それは時が来るまでそっとしておいて、今はこの見出しで満足してくれ。夢のような観光と見物の数年。愛と良家出のパリ娘との結婚。戦争と南部への移住。父の破産。舅の店での仕事。妻に安定した生活を用意するまで妻を連れずにエジプトへの帰国。それ以上に何を望むんだい？」

「子どもを生んだかい？」

「いいや」

彼は話したくないかのようであった。しかしそれを残念がるほど古い友情から何が残っているのか？　それにもかかわらず、カマールは過去の扉を叩きたいとの強い願望を感じて尋ねた。

「君の古い哲学はどうなったかな？」

フセインはしばらく考え、それから皮肉っぽく笑って言った。

「僕は何年も、何年も前から仕事に没頭している。僕は実業家でしかないんだ！」

あのフセイン・シャッダードの精神はどこに行ったのか？　カマールはその心地よい木陰に身を寄せ、精神的な喜びを感じたものだった。それはこの大男の中でなかった。たぶんリヤード・カルダスの中に落ち着いたのだろう。この男ときたら、彼が知らない者で、二人を結ぶ絆は正体不明な過去しかない。冷たい写真のイメージでなく、生きたイメージとして保持していたかったと、彼がこの瞬間願った過去。

「今何をしているんだい？」

「父の友人の一人が僕を検閲局の職務に就けてくれた。僕はそこで真夜中から明け方まで働いている。それに加え、一部の外国新聞のために翻訳をしている」

「いつ仕事から解放されるんだい？」

「滅多にない。僕が苦労を気にしないのは、妻にふさわしい生活を用意するまでは彼女をエジプトに呼ぶまいと考えているからだ。彼女は立派な家族の出なんだ。僕は彼女と結婚したとき、金持ちと見なされていた！」

彼は自分をあざけるかのように笑いながら、そう言った。カマールは彼を激励するかのように微笑した。彼は自分に言い聞かせはじめた。

〈僕は幸運にもずっと以前から君を忘れていたよ。さもなければ、心底から君のために泣いただろう〉

「君は、カマール、何をしている？」

それから言い繕って、

「君は文化に夢中だったと覚えているが？」

彼がこれを思い出してくれたことはすこぶる感謝に値する！　カマールは彼にとり死者で、同様に彼もカマールにとり死者なのだ。

〈われわれは毎日何回も死んだり、生きたりするのだ！〉

カマールは答えた。

「僕は英語の教師だ」

「教師！　そう……そう。今いろいろなことを思い出した。君は著作家になることを希望していたね？」

〈それはひどい失望だった！〉

「僕は『思想』誌に論文を載せている。たぶん近くその一部を本にまとめるかもしれない！」

フセインは憂鬱な微笑を浮かべて言った。

「君は少年時代の夢を実現したのだから幸せだ。だが僕は！」

彼は再び笑った。カマールの耳には、「君は幸せだ」の文章が奇妙に響いた。それを言ったときの羨望を示す口調以外に、もっと奇妙なものはなかった。彼は一度に幸せであり、羨望されている自分を見いだしたのである。誰によって？　シャッダード家の長によってだ！　ただカマールは礼儀として言った。

「君の実際的生活はもっと立派だよ！」

相手は苦笑しながら言った。

「僕には選択の余地がない。唯一の願望は過去の生活水準を少しでも取り戻すことだ」

沈黙がしばらく続いた。カマールはフセインを熱心に注視していた。彼の注視から過去のイメージがよみがえってきた。そのうちいつの間にか彼は尋ねていた。

「家族は元気かい？」

彼は無頓着に言った。

「元気だよ」

カマールは少しためらい、それから尋ねた。

「君には小さい妹がいたな。僕は名を忘れたが、今日彼女はどうなったかな？」

「ブドール！　昨年結婚した」

「何とまあ結構なことだ。われわれの子どもが結婚しているんだ！」

「君は結婚していないのか？」

思い出が彼には戻らないのだろうか？

「いいや」

「急げよ。そうでなければ汽車に乗り遅れるぞ」

彼は笑いながら、

「数マイルも乗り遅れてしまったよ」

「たぶん気づかないうちに結婚するかも知れないぞ。僕を信じてくれ。結婚は僕の計画には入っていなかった。だが僕は一〇年前より結婚しているんだ」

カマールは意に介せずに両肩をふって言った。

「僕に教えてくれ。フランスに長いあいだ住んだあと、ここでの生活はどんな具合かね？」

「ドイツの侵略後フランスでの生活は楽しくなかった。一方ここでは、あそこに比べて生活は楽で、すてきだ。（それから郷愁を込め）だがパリ、パリはどこだ、どこなんだ！」

「なぜフランスに残らなかったんだい？」

彼はなじるように言った。

「舅に頼って暮らすのかい？　いいや。戦争の状況が僕の出発を邪魔したときは言いわけがあったさ。だがそのあとは出発するしかなかったんだ！」

一体それは古い誇りの残り香だろうか？　それから彼は気がつくと、危険であると同時に甘美な冒険に追いやられており、ずる賢くきいた。

「われわれの友人ハサン・サリームのニュースはどうだい？」

「彼のことは何も知らん！」

「どうしてだい？」

彼はガラスを通して道を見やりながら言った。

「約二年前に僕たちと彼との関係は終わったんだ！」

カマールは驚きを隠すことができずに言った。

「ということは？」

彼は言葉を終わらせることができなかった。驚きに打ち負かされたのである。アーイダはアッバーシーヤへ再び戻ったのか？　出戻り女？　これらすべてについての思案を適当な時期まで延期しよう。彼は静かに言った。

「イランへの出発がイスマーイール・ラティーフから聞いた最後の話しだった！」

フセインは鬱陶《うっとう》しく言った。

「姉はその旅行で彼とは一ヵ月しか一緒に過ごさなかった。それから一人で戻った（それから低い声で）アッラーが彼女にお慈悲を垂れますように！」

「ええ？」

カマールから周囲のテーブルまで届く声が漏れた。フセインは驚いたように彼を眺めて言った。

「君は知らなかったんだな！　彼女は一年前に死んだよ！」

「アーイダが！」

相手は肯定して頭をふった。同時にカマールは聞こえる声で名前を声に出したことを恥じた。しかし彼がそう感じたのは一瞬よりも短いあいだであった。言葉はすべて意味がないように見えた。彼は滅亡のめまいが頭をふらつかせるのを感じた。彼は驚きとうろたえの状態にいた。悲しみでも、苦しみでもない。彼はやっと口を利いて言った。

「何と言う悲報。君の長命を祈るよ！」

フセインが言った。

「イランから一人で戻り、母と一ヵ月過ごした。それから英語教育総監のアンワル・ベイ・ザキーと結婚した。だが彼女は彼と二ヵ月しか同棲しなかった。それから病気になり、そしてコプト病院で死んだ」

正気を失ったかのような早さで明かされるこれらの出来事に、彼の頭はどうしたらついて行けようか？　しかしフセインはアンワル・ベイ・ザキーと言う。彼はカマールの教育組織の最高監督官だ。カマールはアーイダの夫たる彼と何回か会う光栄に浴したかも知れない。主よ……カマールは約一年前に最高監督官の妻の葬儀に出たことを今思い出す。彼女がアーイダだったのか？　しかしなぜフセインに会わなかったのか？

「君は彼女の死に立ち会ったかい？」

「いいや、僕がエジプトへ戻る前に死んだ」

彼は驚いて頭をふりながら言った。

「僕は彼女が君の姉さんであることを知らずに、彼女の葬列に参加して歩いたんだ！」

「どうして？」

「あの日学校で教育総監の妻が死んだこと、葬式がイスマーイリーヤ広場で行われることを知り、新聞の死亡欄に目を通さずに仲間の教師たちと一緒に出かけ、葬列に参加してシャルカス・モスクまで歩いたんだ。それは一年前のことだった」

フセインは悲しげな微笑を浮かべながら言った。

「君の行為に感謝する」

この死亡が一九二六年に起きていたら、彼は気が狂ったか、自殺したろう。今日それはニュースの一つとして彼をよぎる。彼が知らずに彼女の葬儀に参列したというのは不思議なことだ。あのときまだ彼はブドールの結婚が残した経験の苦々しさのとりこであった。彼の頭に浮かんだブドールと彼女の家族についての想念の中に、柩の主も現れたかも知れない。アンワル・ベイ・ザキーの前に進み出て、弔意を述べ、それから葬儀参列者のあいだに座った日のことを今でも思い出す。人々が、

「柩が着いた、立ってください」

と言ったとき、彼が視線を伸ばすと、白絹で飾られた美しい柩を見たが、やがて一部の友人が、

「彼女は花嫁だ。総監の第二夫人だ。肺炎の犠牲となって死んだ」

とささやいた。彼は自分の過去を葬送するとも知らずに、柩を葬送した。彼女の夫はどんな人か？　五〇歳を越した男で、妻と子どもがいる。どのようにして往年の天使が彼に満足したのか？

〈お前は彼女が結婚を超越していると考えていた。ところが彼女は離婚を甘受し、それから第二夫人のわけ前に満

足する！　この胸の動揺が静まる前に長い時が過ぎることだろう。その動揺は悲しみや苦しみからでなく、自失と驚きから、世界が夢の華やかさを欠くことから、魅惑的な過去の秘密を永遠に失うことから来るものだ。もし悲しみがあったとしたら、お前がそうあるべきように悲しまなかったことについてだ！〉

「だが何がハサン・サリームを変えたんだい？」

フセインは軽蔑から頭をふって言った。

「畜生はイランにあるベルギー公使館の女事務員を愛した。故人は自尊心を傷つけられて怒り、離縁を求めた」

〈このような局面で人間を慰めてくれることは、ユークリッドの定理すらも絶対的定理ではなくなったことだ！〉

「彼女の子どもたちは？」

「彼らの父方の祖父の元にいる」

〈彼女はどこに、彼女は？　この年何が彼女の上に起きたのだ？　ファフミーやアフマド・アブドルガワードやナイーマが彼女と知り合った可能性はあろうか？〉

そのときフセイン・シャッダードが立ちあがりながら言った。

「僕の去るときが来た。君にまた会いたいな。僕は普通リッツで夕食を取る」

彼も立ちあがり、二人は握手した。彼はつぶやいた。

「アッラーがお許しになれば」

そこで二人は別れた。カマールは彼とは再び会うことはないだろう、彼と再会する必要はなくなったし、相手も同じだろうと感じた。

「僕は悲しい、アーイダよ。僕がそうあるべきようにあなたのために悲しまなかったからだ」

と自分に言い聞かせながら、彼は喫茶店を去った。

52 息子たちの逮捕

深夜、誰かが砂糖小路《スッカリーヤ》のシャウカト家の住居の戸口を叩いた。それから眠っている人たちが目覚めるまでそれが続いた。使用人が扉を開けた途端、激しく響く重い足が続々と押し入って、中庭と階段に散開し、三軒のアパートを包囲した。イブラーヒーム・シャウカトは眠りで重く、高齢で疲れた頭で居間に出てきて、巡査や刑事のグループの中央にいる警察の高級士官を見た。

男は驚き、困惑して言った。

「何があったんですか？　アッラーがわれわれを凶事からお守りくださいますように」

士官は荒っぽく彼にきいた。

「お前はこの家に住んでいるアフマド・イブラーヒームとアブドルムネイム・イブラーヒームの父ではないか？」

男は顔面蒼白になって答えた。

「そうです」

「われわれは家中を捜索せよとの命令を受けている」

「なぜです、警視殿？」

彼は意に介せず、副官たちのほうをふり向いて命令した。

「捜索せよ」

男たちは命令に従い、いくつもの部屋に突進した。一方イブラーヒーム・シャウカトは問い返した。

「なぜ僕のアパートを捜索するんですか？」

しかし警視は彼を無視した。そのときハディーガは寝室――刑事に踏み込まれたのだ――から出てくることを余儀なくされた。彼女は黒いショールで頭を包み、怒って叫んだ。

「女には大事にされる権利がないの！　あたしたちは泥棒なんですか、警視さん！」

彼女は怒って彼の顔をにらみつけた。そのとき彼女は突然この顔を以前見たことが、より正確な意味では、年齢に影響される前の最初の容貌を見たことがあると感じた。いつ、どこで？　主よ、それは疑いもなく彼だ。あまり変わってはいない。彼の名前は？　彼女はためらわずに言った。

「二〇年前か三〇年前、時期を正確には覚えていませんが、あなたはガマーリーヤ署の警察士官だったでしょう」

彼は訝し気な両眼で彼女を見あげた。イブラーヒーム・

シャウカトも彼らのあいだに訝し気な視線を動かした。そのとき彼女が言った。

「お名前はハサン・イブラーヒーム、そうじゃありませんか？」

「あなたは僕を知っているのですな？」

彼女は懇願して言った。

「あたしはアフマド・アブドルガワード旦那の娘で、革命のときイギリス人に殺されたファフミー・アフマドの姉です。彼を覚えていませんか？」

警視の目に驚きが現れた。彼ははじめて丁寧な声でつぶやいた。

「アッラーが彼に広大なお慈悲を」

彼女は一層強く懇願して言った。

「あたしは彼の姉です。あなたはあたしの家がこんなに荒らされることに満足するんですか？」

警視は彼女から顔をそらしながら詫びるように言った。

「われわれは命令を執行しているんです、奥さん！」

「でもなぜです、警視さん？　あたしたちは善良な人間ですよ！」

警視は優しく言った。

「ええ。だがあなたの息子さんたちはそうじゃないんです」

ハディーガは混乱して叫んだ。

「彼らはあなたの旧友の姉の子どもたちですよ！」

警視は二人のほうを眺めずに言った。

「われわれは内務省の命令を執行しているんです」

「彼らは何も有害なことをしていません。彼らは善良な男の子たちです。あたしはあなたに誓いますよ」

巡査と刑事が何も見つけることができずに居間に戻ってきた。警視は彼らにアパートを出るよう命じ、それから彼の前に立つ夫婦のほうをふり返って言った。

「二人のアパートで開かれる不審な集会について通報を受けたんです」

「それは嘘です、警視さん！」

「そうであることを希望します。だが僕は今二人を逮捕せざるを得ません。彼らは取り調べが終わるまで拘置されるでしょう。たぶん結果は問題ないことになるでしょう」

ハディーガはおろおろした涙声で叫んだ。

「本当に彼らを警察署に連行するんですか？　それは……あたしには想像できません。あなたのお子さんたちの命にかけて、彼らを許してください！」

「僕にはそうできません。僕は二人を逮捕せよとのはっきりした命令を受けています。お休みなさい」

男はアパートを出た。まもなくハディーガが、そのあとから年老いた男がアパートを出て、一目散に階段を下りた。カリーマが彼らに出会った。彼女はひどい恐怖の状態でアパートの前に立っていた。彼女は叫んだ。

「彼を連れて行ったの、叔母さん。監獄に連れていったの」

ハディーガは石のように固い眼差しをアパートに投げ、一階のアパートに急いで下りた。そこにはスウサンがやはり扉の前に立ち、暗い顔で中庭のほうを見やっていた。ハディーガは彼女が眺めているところを眺め、巡査の一隊がアブドルムネイムとアフマドを取り囲み、外に向かって連れ出すのを見た。彼女はたまらずに心底から悲鳴をあげ、スウサンの手が彼女を捕まえなかったら、彼らのあとを追って飛び出すところであった。ハディーガは興奮して彼女のほうをふり向いた。だがスウサンは静かな、悲しい声で彼女に言った。

「落ち着いてください。何も不審なものを見付けることはできませんでした。二人に対しては何の証拠も固められないでしょう。アブドルムネイムとアフマドの尊厳を守るため、二人のあとを追って駆け出さないでください」

彼女はスウサンに向かい怒鳴った。

「あんたの落ち着きがうらやましいよ！」

スウサンは優しく、辛抱して言った。

「二人は無事に帰宅しますよ。安心してください」

彼女は鋭くきいた。

「誰があんたにそう知らせたんだい？」

「あたしは自分の言うことに確信を持っています」

彼女はスウサンの言葉を意に介さず、夫のほうをふり向き、それから手と手を打ちながら言った。

「信義はなくなった。あたしはファフミーの姉であると彼に言ったが、彼は命令を受けていると言う。なぜ、主よ、彼らは善良な人々を捕らえ、下劣な連中を放っておくのでしょう！」

スウサンはイブラーヒームのほうをふり向いて言った。

「彼らは宮殿通り《バイナル・カスライン》の本宅を捜索するでしょう。あたしは刑事が宮殿通りにある二人の祖父の家を知っていると警視に言うのを聞きました。命令を執行するために、そして二人がビラをそこに隠したかも知れないので、念のためそこを捜索するようにと、副官が警視に提案していましたよ！」

ハディーガが叫んだ。

「あたしは母さんのところへ行くよ。カマールが何かしてくれるかも知れない。ああ、主よ。あたしはかっかとしてきたわ」

彼女は外套を持ってきて、足早に、乱れた歩調で砂糖小路《スッカリーヤ》を出た。空気は冷たく、闇はまだ濃かった。雄鶏が続けざまに鳴き合っていた。彼女はグーリーヤから飛び出し、ナッハーシーンへとサーガを突っ切った。家の戸口に刑事がいた。中庭には別の刑事がいた。それから彼女はあえぎながら階段をあがった。

家族はベルの響きに混乱しながら目覚めた。それからウンム・ハナフィーが恐ろしそうに「警察」と言いながらやって来た。カマールが中庭に急ぎ、そこで警視と会い、困惑して尋ねた。

「何でしょう？」

警視が彼に尋ねた。

「アブドルムネイム・イブラーヒームとアフマド・イブラーヒームを知っているか？」

「僕は彼らの叔父です！」

「君の職業は？」

「シラフダール学校の教師です」

「われわれは家の捜索の命令を受けている！」

「でもなぜですか？　何の罪科が僕に向けられているのですか？」

「われわれは二人の青年に関係するビラを捜索している。二人はそれらをここに隠したかも知れない」

「あなたに確言致しますが、わが家にビラはありません。どうぞ好きなように捜索してください」

カマールは彼が階段と屋上を占拠するよう部下たちに命じ、一人でカマールに同行するのを見て取った。それは家をひっくり返しての捜索ではなく、警視は部屋から部屋を点検し、書斎と本棚にうわべだけの眼差しを投げるだけで満足していた。カマールは落ち着きを取り戻し、彼に親しみを覚えつつ質問することができた。

「彼らの家を捜索しましたか？」

「もちろん」

それから短い瞬間のあと、

「彼らは今警察署の拘置所にいる！」

カマールは困惑して尋ねた。

「彼らに対し何か証拠が固まったのですか？」

男は彼のような人間には見慣れない優しさで答えた。

「事柄がそこまで達していないことを希望します。ただ取り調べは検察に任されている」

「あなたの好意的感情に感謝します」

警視は微笑しながら静かに言った。

「僕が家を荒らしていないことを忘れないで欲しい！」

「ええ、僕はどのようにあなたに感謝していいか知りません！」

すると彼はカマールのほうにふり向いて尋ねた。

「あなたは故ファフミーの弟ですか？」

カマールは驚きに両眼を丸くして言った。

「ええ、彼をご存じでしたか？」

「われわれは友人だった。アッラーが彼にお慈悲を垂れますように」

カマールは懇願して言った。

「幸せな偶然です（彼に手を差し出し）カマール・アフマド・アブドルガワードです」

男は彼と握手しながら言った。

「ガマーリーヤ署のハサン・イブラーヒーム警視です！僕は同署の少尉として勤務をはじめ、最後に警視として同署に戻りました」

それから頭をふりながら、

「命令ははっきりしていた。二人に罪科が固まらないことを希望します」

そのとき泣きながら母とアーイシャに起きたことを話すハディーガの声が二人に聞こえてきた。彼は言った。

「あれは二人の母です。彼女は驚くべき記憶力で僕を知り、それから故人を僕に思い出させました。だが細かい捜索が終わったあとでした。できるだけ彼女を安心させてください」

それから二人は並んで下りた。二人が二階を通り過ぎたとき、アーイシャが怒りをあらわにして扉から飛び出し、警視を厳しい眼差しでにらみつけて叫んだ。

「なぜ理由もなく人の子どもたちを逮捕するのですか？二人の母の泣き声が聞こえないのですか？」

警視は不意打ちへの反動のように視線を彼女のほうに向け、それから礼儀正しくそれを伏せながら言った。

「近く二人は釈放されるでしょう、アッラーがお許しになれば」

それから二階の入り口から遠ざかったあと、カマールに尋ねた。

「あなたのお母さんですか？」

カマールは悲しく苦笑して言った。

「いや、僕の姉です！　四六歳を越していませんが、破滅させられるほどの不運にあったのです」

警視は驚いたように彼をふり向いた。彼には警視が質問をするかのように見えた。しかし彼は一瞬ためらい、それからしかけたことをやめた。二人は中庭で握手した。男が立ち去る前に、カマールは彼に尋ねた。

「拘置所に二人を訪ねることは可能ですか？」

「ええ」

「ありがとう」

カマールは居間に戻り、母と二人の姉に加わりながら言った。

「明日二人を訪ねるよ。恐れることはない。彼らは取り調べのあと、釈放されるだろう」

ハディーガは泣きやまなかった。アーイシャが神経質になって叫んだ。

「泣かないで。あたしたちにとって泣くのは十分。二人はあんたに戻ってくるわよ、聞こえないの？」

ハディーガがむせび泣きながら言った。

「あたしにはわからない、わからない。監獄にいるんだよ、あたしの息子たちは！」

アミーナは黙っていた。悲しみが彼女を口が利けない人にさせていた。

カマールが安心を誘う口調で言った。

「警視はわれわれを知っている。故ファフミーの友人だった。信じられないほど捜索に手心を加えてくれた。彼が同情から二人に配慮してくれることは疑いない！」

母は問いただすかのように頭をあげた。ハディーガが憤慨して言った。

「ハサン・イブラーヒーム。彼を覚えていない、母さん？あたしはファフミーの姉よと言ってやったの。彼は〝われわれは命令を執行しているんです、奥さん！〟と言っただけだった。命令だなんて、くそ食らえだわ！」

母の目はアーイシャのほうへ向いた。しかし彼女は何も思い出したように見えなかった。

それからアミーナはカマールと脇に退き、ひどく心配そうに言った。

「あたしは何も理解できないんだよ、息子や。なぜ二人は逮捕されたんだい？」

カマールは何を言うべきかを考え、それから言った。

「政府は二人が反政府活動をしていると誤解しているんだよ！」

彼女は当惑して頭をふって言った。

「お前の姉さんはアブドルムネイムがムスリム同胞団員なので、連中が彼を逮捕したと言っている。なぜムスリムを逮捕するんだい？」

「政府は彼らが反政府活動をしていると考えている」

「アフマドは？　ハディーガは言ったよ、彼が……言葉を忘れてしまった、息子や？」

「共産主義者？　政府の考えでは共産主義者は同胞団と同様なんだ！」

「共産主義者？　聖者アリーの党派[1]かい？」

カマールは苦笑を隠して言った。

「共産主義者はシーア派ではないよ。彼らは政府とイギリス人に反対する政党なんだ！」

女は当惑して嘆息して言った。

「いつ彼らは釈放されるんだい？　お前の可哀想な姉さんを見てごらん！　政府とイギリス人。連中は捜索するのに、あたしたちの災難にあった家しか見つけられないのかね？」

注

（1）預言者ムハンマドの従弟で、娘婿のアリーと彼の子孫に忠誠を誓うシイアィー（シーア派）のこと。共産主義者の発音シュウアィーと似ている。

53 取り調べ

ガマーリーヤ署の警視がアブドルムネイムとアフマドを彼の部屋に呼び出したとき、暁の礼拝告知の声があたりを支配する沈黙の中に響いていた。武装した巡査に連れられて、二人は彼の机の前に現れた。警視は巡査に去るよう命じた。彼は二人を熱心に調べ見た。それからアブドルムネイムを眺め、彼に尋問した。

「君の名前と年齢と職業は？」

アブドルムネイムは静かに、毅然として答えた。

「アブドルムネイム・イブラーヒーム・シャウカト。二五歳。教育省調査部調査官です」

「君は法律家なのに、どうして国家の法律を破るのか？」

「僕は法律を破っておりません。われわれは公然と活動し、新聞に書き、モスクで説教しています。アッラーのために唱道する者たちには恐れるものはありません」

「君の家で不審な集会が開かれているではないか？」

「いいえ、意見交換と相談と宗教の理解のため友人たちのあいだで開かれる普通の集会です」

「同盟国への敵対を扇動することはその目的の中に含まれているのか？」

「イギリスのことですか？　イギリスはわれわれを裏切った敵です。戦車でわれわれの尊厳を踏みにじった国は同盟国ではあり得ません」

「君は知識人だ。戦争には禁じられたことを許す状況があることを認識すべきだ！」

「僕はイギリスがこの世に存在する第一の敵であると認識しています！」

警視はアフマドのほうをふり向きながら尋ねた。

「君は？」

アフマドは唇に微笑めいたものを浮かべて答えた。

「アフマド・イブラーヒーム・シャウカト。二四歳。『新しい人間』誌の編集者です」

「君の過激な論文についての重大な報告がある。それに加え、君の雑誌が悪名高いことは周知のことだ」

「僕の論文は社会的正義の原則を擁護すること以上に出ていません」

「君は共産主義者か？」

「僕は社会主義者です。大勢の議員が社会主義への呼びかけを行っています。法律自体が共産主義者を彼の意見の故に非難していません、暴力手段に訴えない限りは」

「君の家で毎晩開かれる集会が暴力を生み出すまで、われわれは待つべきだったのか？」

彼はビラや夜間講義の秘密が知られてしまったかと訝った。そして答えた。

「僕はわが家で親しい友人たちとしか会っていません。来客の数は一日に四、五人を越えていません。われわれの考えは暴力から最も遠いものでした」

警視は二人のあいだに視線を巡らし、それからためらったあとに言った。

「君たちは知識人であり……教養人で、既婚者、そうじゃなかったか？　よろしい。君たちは個人的な事柄を重視し、自分の破滅を避けることが望ましくはないのか？」

アブドルムネイムが強い声で言った。

「僕の従えないあなたの忠告に感謝します」

警視から短い笑いが、彼の意図に反したものであるかのように漏れた。それから言った。

「捜索の最中に君たちが故アフマド・アブドルガワード氏の孫であることを知った。君たちの叔父の故ファフミーは僕の親友だった。君たちは彼が青春時代に生命を失ったことを知っていよう。一方彼の友人たちは生存を続け、そのあげく最高の地位に登った」

アフマドは彼を当惑させた警視の優しさの秘密を悟ったあとに言った。

「僕に質問させてください。叔父や彼のような人たちの犠牲がなかったら、エジプトはどうなっていたかと？」

男は頭をふって言った。

「二人とも理性と熟慮によって僕の忠告を考えなさい。そしてこの破滅的な哲学から足を洗いなさい！」

それから立ちあがり、

「君たちは取り調べに呼ばれるまでわれわれの留置所の客になる。君たちの幸運を希望する」

彼は部屋を去り、巡査部長と二人の巡査が彼らを引き取った。彼らは全員一階に行き、それから暗くて、ひどく湿気の高いホールへと曲がり、そこを少し歩いた。やがて看守が拘置所の扉を示すかのように、懐中電灯で彼らを迎えた。男は扉を開け、二人を中に入れ、それから彼らが茣蓙《ござ》へたどり着けるよう内部に明かりを向けた。電灯は場所を照らしたが、そこは中くらいの広さで、天井が高いように見えた。壁の最上部に小さな窓があり、それを鉄格子がふさいでいた。そこは客でにぎわっていた。彼らの中には学生姿の青年が二人と、素足で嫌らしい外観と醜悪な人相をした男が三人いた。まもなく扉が閉められ、闇が支配した。ただ明かりと新入りの動きが眠っている者たちを目覚めさせていた。アフマドが兄にひそひそと言った。

「僕は座らないよ。そうしなければ湿気に殺されてしまう。立ったまま朝を待とう」

「遅かれ早かれ座らざるを得なくなるぞ。いつこの拘置所を出られるか知ったか？」

すると声が――それが青年の一人のものであることは自明であった――言う。

「座らなければ駄目だ。それは楽しいことじゃないが、何日も立っているよりましだ」

「君たちはここに長くいたのか？」

「三日前からだ！」

沈黙があたりを支配したが、やがて声が再び戻ってきく。

「なぜ逮捕されたんだい？」

アブドルムネイムが手短に答えた。

「政治的理由のようだ」

声が笑いながら言った。

「この拘置所の過半数はようやく政治家のものとなった

よ。われわれは君たちが来てくれるまで少数派だった」

アフマドが尋ねた。

「君たちの罪科は何だい？」

「君たちが先に話してくれ。君たちはぴかぴかの新入りだ！　もっとも君たちの一人に同胞団の顎髭を見た以上、質問の必要はないがね！」

アフマドが闇の中で微笑しながら尋ねた。

「君たちは？」

「どちらも法学部の学生で、いわゆる破壊的なビラを配ったと非難されている」

アフマドが興奮して、彼に尋ねた。

「現行犯で逮捕されたのか？」

「そうだ」

「ビラの内容は何だ？」

「エジプトにおける農業資源の分配に関する声明書だ」

「それは戒厳令下でも新聞が掲載しているものだ！」

「それに少し情熱的な勧誘が付け加えられている！」

アフマドは闇の中で再度微笑した。彼の寂しさがはじめて和らげられたのである。声の主が再び言った。

「われわれは拘留を恐れるほどには法律を恐れていない」

「事柄は全般的な変化の吉兆を示している」

「だがわれわれはあらゆる政権下で狙われ続けよう」

すると野太い声があがって、荒っぽく言った。

「おしゃべりはたくさんだ。俺たちを眠らせてくれ」

しかし彼の声が二人の仲間のもう一人を目覚めさせ、その男はあくびをしながら尋ねた。

「朝になったかい？」

最初の男がからかって答えた。

「いいや、だが我が友人たちはハシーシ飲みの隠れ家にいると思っていやがる」

アブドルムネイムは嘆息し、アフマドにしか聞こえない声でささやいた。

「僕がアッラーを信仰するだけの理由で、連中は僕をこの場所に放り込むのかね？」

アフマドは苦笑しながら彼の耳にささやいた。

「アッラーを信仰しない僕の罪は何だろう？」

誰もそのあとに声をあげることを欲しなかった。アフマドは他の人々が逮捕された理由について思案しはじめた。窃盗か喧嘩、それとも泥酔と大暴れ？　彼はきれいな書斎で外套に包まれながら、人民について何度も書いた。その人民が呪い、あるいは眠りながらいびきをかいている。電灯の明かりで数瞬間見たこれらの絶望的な渋面。頭と脇の下をかいていたあの男、彼のしらみが二人のほうへはい寄っているかも知れない。

〈これこそお前が生涯を捧げようとしている人民だ、どうして彼らと接触する考えに不安を持つのか？〉

人類の救いが掛かっているこの男がいびきを止め、全世界救済のため立ちあがれるように自分の歴史的立場を理解すべきだ！　アフマドは内心で言った。

〈同じ人間的立場こそ、この暗く、湿った場所に、傾向の違うわれわれを集めたのだ。同胞団員も、共産主義者も、酔漢も、泥棒も平等に。抵抗力や運命に相違があるにもかかわらず、われわれは全員同じなのだ〉

彼は内心の話しを再開した。

〈なぜお前の個人的な事柄に留意しないのか、警視はそう言う。僕には大好きな妻がおり、生活の糧には十分恵まれている。実際人間は夫とか、勤め人とか、父とか、子どもとかであることで幸せになれるかも知れない。だが人間は人間であることで、トラブルに、あるいは死自体に出会うよう運命づけられている〉

彼が今回投獄を宣告されようと、あるいは釈放されようと、監獄の分厚くて陰気な扉は彼の人生の地平線に常に見えるものだ。彼は再び思案した。

〈何が僕をこの危険でまばゆい道に追い込むのか？　だがそれは僕の心底に潜む人間なのだ。自己を意識し、自己の人間的、歴史的、普遍的立場を理解する人間。他の生物に勝る人間の長所は、自分の選択と満足によって自分に死を宣告することができることだ〉

彼は湿気が脚に染み渡り、疲労が関節を貫くのを感じた。いびきが途絶えることのないリズムで部屋に響いていた。それから小さな窓の鉄格子を通し、光明の最初の印が弱々しく、繊細に見えてきた。

54
人生と民衆

医者が部屋を去り、カマールが黙然と後《うし》ろに従った。カマールは居間で彼に追いつき、物問いたげな両眼で彼を見つめた。医者が静かに言った。

「遺憾ながら彼女が全身まひの状態にあることをあなたにお知らせします」

カマールの胸はひどく沈み込んだ。彼は医者に尋ねた。

「重態ですか?」

「もちろん! 同時に肺炎にかかっています。それで彼女を楽にさせるため注射が必要です」

「回復の希望はありませんか?」

医者は少し沈黙し、それから言った。

「寿命はアッラーの御手にあります。医者としては、自分の限界の範囲内で、この状態が三日以上続くことはあり得ないと診断します」

カマールは死の警告を忍耐深く受け止め、医者を戸口まで送り、それから部屋に戻った。母は眠っていた。あるいは眠っているようであった。厚いかけ布団からは青ざめた顔と少し歪んで閉じられた口しか見えなかった。アーイシャは寝台の前にたたずんでいたが、彼のほうに近づきながらきいた。

「弟や、どうだったの? 医者は何と言ったの?」

ウンム・ハナフィーが寝台の頭部の場所から言った。

「奥さんは物を言いません、旦那様。一言も言いません」

彼は今後母の声を聞くことはあるまいと、自分に言った。それから姉に答えて言った。

「軽い風邪を伴った高血圧症だよ。注射が母さんを楽にさせるさ!」

アーイシャが自分に話しかけるように言った。

「あたしは怖い。母さんがこのように長く寝ているとすると、どうしたらこの家の生活に耐えられるの?」

彼は目をアーイシャからウンム・ハナフィーにそらし、彼女にきいた。

「みんなに知らせたか?」

「はい、旦那。ハディーガ奥さんとヤーシーン旦那はすぐ来ます。容態はどうなんですか、旦那? 今朝は完全に元気だったんですよ」

だったんですよ! 彼もそれを証言する! 彼は毎朝の

習慣で、シラフダール学校へ出かける前に居間に寄り、母が差し出したコーヒーを一杯飲みながら言った。

「今日は家を出ないでね。空気がとても冷たいよ」

彼女は優しく微笑して言った。

「お前の大事なフセイン様にお参りせずに、どうしたら今日があたしによい日になるの？」

彼は抗議して言った。

「好きなようにしなさい。頑固だな、母さんは！」

彼女はつぶやいた。

「お前の主がお守りくださるよ」

それから彼はその場所を去りながら、

「主が母さんの日々を幸せにしてくださいますように」

これが意識を有している彼女に、彼が最後に会ったときだった。彼女の病気の知らせは、昼に届いた。彼は医者を連れて帰宅し、医者は数分前に彼女の死を予告したばかりである。そうだ、三日しか残っていない！　ところで彼には何日が残っているのだろう？　彼はアーイシャに近づき、彼女に尋ねた。

「いつ、どのように、これが起こったの？」

ウンム・ハナフィーが代わって答えた。

「あたしたちは居間に座っていました。それから大奥さんは外套を着て、外出するため、部屋のほうへ向かって立ちあがりました。〝フセイン様の参詣を済ませたら、ハディーガを訪ねるよ〟と言いながら。大奥さんが部屋に行き、そこへ入った直後、何か倒れた音があたしの耳に聞こえてきました。あたしが急いで中に入ると、大奥さんが寝台と押し入れのあいだの床の上に倒れているのを見つけたんです。あたしはアーイシャ奥さんを呼びながら、大奥さんのほうへ駆け寄りました」

アーイシャが言った。

「急いで来たら、この場所に母さんを見つけ、あたしたちは寝台に運んだの。あたしは何が起きたかきいたけど、母さんは答えてくれないの。話しをしないの。いつ話すんだろうね、弟よ？」

彼は鬱陶しく答えた。

「アッラーがお望みになるときに！」

彼は長椅子に退き、それから腰を下ろし、蒼白の沈黙した顔を悲しく眺めはじめた。そうだ、じっくりと眺めよう。近いうちにこの顔を見る術が彼にはなくなるだろう。この部屋自体その模様が変わり、従って家全体の模様が変わるだろう。ここで誰も、「母さん」と呼ばなくなるだろう。彼は母の死がこの苦痛のすべてを彼の心に担わせるとは想像していなかった。彼はまだ死に慣れていないのか？慣れているとも。彼には恐怖を防ぐに十分な年齢と経験がある。しかし永遠の別離による傷はとても痛い。彼の心がこれまでに悩んだ苦しみにかかわらず、未熟な心のようにまだ苦しんでいることは、たぶん咎められるべきことだろう。彼女は彼をどんなに愛したことか、皆をどんなに愛したことか、存在するすべてをどんなに愛したことか。しかしこの善良な気立ては別離のときにしか人に理解されないものだ。

〈この重大な瞬間、心をその深奥から揺さぶる場所や時間や出来事のイメージで、お前の記憶は込み合う。そこでは明かりが闇と交錯する。その中で暁の青色が屋上庭園と、コーヒーの座の囲炉裏が宗教伝説と、鳩の鳴き声が甘美な歌と混ざり合う。それは素晴らしい愛であった、恩知らずの心よ。死がお前にとり最愛の人を独り占めにしてしまったと、たぶん明日お前は本当に言うであろう。たぶんお前の両眼は、老齢がお前をしかりつけるまで、涙ぐむであろう。悲劇として生を眺めることは子どもっぽいロマンチシズムを欠くものではない。死という大団円を有するドラマとして勇敢にそれを眺めるほうがお前にふさわしい。それからいつまでお前の生を無駄にするのかと自分にきくがよい。母は一つの建物を完成してから死ぬ。お前は何を成し遂げたのか？〉

＊　＊　＊

彼は足音で目覚めた。するとハディーガが恐慌状態で部屋に入り、母を呼び、また母に何が起きたか皆にききながら寝台のほうへ向かった。彼の苦痛が募った。彼はそのうち忍耐力を失うことを心配して、部屋から居間に出た。まもなくヤーシーンとザンヌーバとリドワーンが来て、彼と握手した。彼は母の病気を彼らに知らせたが、詳細には立ち入らなかった。彼らは部屋へ行き、彼は一人となった。やがてヤーシーンが戻り、彼に尋ねた。

「医者は何と言ったんだ？」

彼はむつりとして言った。

「まひと肺炎。すべては三日間のうちに終わるだろうと」

ヤーシーンは唇をかみ、悲しく言った。

「アッラーにしか強さも力もない」

それから彼は座りながらつぶやいた。

「可哀想に。すべてが突然だった！　ここ数日、母さんは疲労についてこぼさなかったかい？」

「いいや、母さんは、兄さんも知っているように、苦情をこぼす習慣を持たなかった。だが彼女はときどき疲れているように見えた」

「もっと前にお前が母さんを医者に見せてくれていたらな?」

「母さんの気持ちにとって医者の話しほど嫌なことはなかったんだ!」

少したってからリドワーンが二人に加わり、カマールに言った。

「病院へ運んだほうがいいと思うよ、叔父さん」

カマールは悲しげに頭をふりながら言った。

「その必要はない。薬剤師が知り合いの看護婦を注射のためよこしてくれる」

彼らは沈黙に陥った。彼らの顔には懸念が現れていた。そのときカマールは儀礼上おろそかにすべきでないことを思い出し、ヤーシーンに尋ねた。

「カリーマの様子はどう?」

「今週中に出産するよ。つまり女医がそう明言している」

カマールはつぶやいた。

「主が彼女の手を取ってくださいますように」

ヤーシーンは言った。

「父が逮捕されているときに、新生児がこの世に出てくる」

ベルが鳴った。来客はリヤード・カルダスであった。カマールは彼を迎え、一緒に書斎に行った。書斎への途中、リヤードが尋ねた。

「学校で君のことを聞いたら、事務員がニュースを僕に知らせてくれた。母親の容態はどうだい?」

「まひに襲われた。医者は三日のあいだに終わるだろうと僕に告げた」

リヤードはむっつりとして尋ねた。

「何か手立てはないのか?」

カマールは絶望して頭をふって言った。

「彼女が意識不明で、何が彼女を待っているか少しもわからないのは、幸運かも知れない」

それから二人が座るとき、皮肉っぽい口調で、

「だがわれわれは何がわれわれを待っているか少しはわかっているのかね?」

リヤードは言葉を発することなく微笑した。相手が再び言った。

「われわれは死から死を考える口実を把握するのが知恵だと、多くの人は考える。実際は、われわれは死から生を考える口実を把握するべきなのだ」

リヤードは微笑しながら言った。

「思うにそのほうがいいな。同様にわれわれは死に際し——どんな死でも——われわれの生で何を成したか自分にきくことだ」

「僕ときたら、僕の生で何も成し遂げていない。それこそ僕が考えていたことだ」

「だが君はまだ道の中途にいる」

〈たぶんイエスであり、たぶんノーだ。ただ人間は彼を誘惑する夢を熟考することが常に望ましい。それによればイスラム神秘主義は逃避だ。同様に科学への消極的信念も逃避だ。故に行動が必要である。信念から来る行動が必要である。問題はわれわれが生に値する信念をどのようにして自分たちのため創造するかだ〉

彼は言った。

「僕が教師としての職業への忠実さによって、また哲学的論文の執筆によって、生に対する義務を果たしたと、君は思うかい？」

リヤードは同情して言った。

「疑いなく君は義務を果たしたよ！」

「だが僕はすべての裏切り者にとってそうあるべきように、良心の責め苦に悩まされながら生きた！」

「裏切り者？」

カマールは嘆息して言った。

「甥のアフマドが拘置所に移される前、僕が彼を署の留置所に訪ねたとき、彼が僕に言ったことを君に告げさせてくれ」

「ところで、二人について新しいことはないかい？」

「彼らは大勢の連中と一緒にシナイ半島のトゥル収容所に旅立った」

リヤードが微笑しながら尋ねた。

「アッラーを崇拝する者と崇拝しない者とが？」

「君が安穏に暮らすためにはまず政府を崇拝すべきなんだ」

「とにかく僕の見るところ拘留は裁判にかけられるより軽いよ！」

「それは一つの見解だ。だがいつこの憂愁が晴れるんだい？　いつ戒厳令が解除されるんだい？　いつ権威が自然の法律と憲法に戻るんだい？　いつエジプト人は人間らしく扱われるんだい？」

リヤードは左手の結婚指輪を弄びはじめ、それから悲しげに言った。

「そうだ、いつ？　仕方ないよ。アフマドは署の留置所で君に何と言ったんだい？」

「そうだ、彼は僕にこう言った。〝生とは行動と結婚と一般的な人間としての義務です。今は職業とか、妻とかに対しての個人的義務について話す機会ではありません。それは最高理想的な人間としての義務は永遠の革命です。それは最高理想へ向けての発展に具現される生の意志の実現のためにたゆまず行動することに外ありません〟と」

リヤードは少し考え、それから言った。

「立派な見解だ。だがあらゆる矛盾に開かれている」

「そうだ、だから彼の兄で、対極の立場にいるアブドルムネイムがこの意見に同意している。だから僕はそれが信念への呼びかけであると理解した。その方位が何であれ、その目的が何であれだ。だから僕は僕の不幸を裏切り者に値する良心の責め苦によって説明する。君が君の利己主義の閉ざされた壺の中で生きることは容易であるように見えよう。だが君が真の人間であれば、それで幸せになることは困難だ」

状況の憂鬱さにもかかわらず、リヤードの顔は輝いた。彼は言った。

「これは起こりかけている重大な激変の吉兆だ！」

カマールは慎重に言った。

「僕をからかわないでくれ。信念の問題はまだ未解決のまま残っている。僕が自分を慰めることができる最大のことは、戦闘がまだ終わっておらず、今後も終わりはしないであろうということだ。たとえ僕の寿命が、母のように、三日しか残っていないとしても」

それから彼は嘆息し、

「彼がまた何を言ったか知っているかい？　彼はこう言った。〝僕は人生と民衆を信じます。僕は彼らの最高理想が真理であると信じている以上、それに従うことを義務付けられていると思います。それから退却することは臆病であり、逃避だからです。また僕は彼らの理想が虚偽であると信じる場合には、これに対し反逆することを義務付けられていると思います。それから退却することは裏切りだからです。これが永遠の革命の意味です〟と」

リヤードは頭をふって相槌を打ちながら傾聴していた。それからカマールに疲労と焦燥の色が現れた。リヤードは言った。

「僕は行かねばならない。どうだい、電車の停留所まで僕についてこないか？　たぶん歩くことは君の神経を休ませてくれるよ」

二人は立ちあがり、部屋を出た。二人は一階のところでヤーシーン――彼はリヤードを少し知っていた――と会った。カマールは彼に同行するよう誘った。だが彼は母を見てくるまで数分待つよう二人の同意を求めた。彼は母の部屋へ行き、そこを去ったときと同様、彼女が意識不明であるのを見つけた。ハディーガが寝台の母の足元に座っていた。泣いたため両眼は赤くなり、政府の手が二人の息子に伸びて以来離れたことのない憂愁が顔に現れていた。一方ザンヌーバとアーイシャとウンム・ハナフィーは長椅子に黙って座っていた。アーイシャは素早く、不安そうに煙草を吸っていたが、両眼は神経質そうな動揺を示しながらあたりを見回しはじめていた。彼は彼女たちに尋ねた。

「どんな状態だい？」

アーイシャが焦燥と抗議を示す高い声で答えた。

「目覚めたくないのよ！」

彼はふとハディーガをふり向き、二人は悲しい理解と共通の絶望を示す長い視線を交わした。彼はたまらず部屋を去り、二人の仲間に追いついた。

彼らはゆっくりと道を歩き、半ば黙々とサーガ通りをグーリーヤのほうへ突っ切った。サナーディキーヤの袋小路に達したとき、杖にすがり、よろめく足取りでそこからグーリーヤへ下がって来るシェイフ・ムトワッリー・アブドルサマドに出くわした。彼の目は見えなくなり、手足は震えていた。彼はあたりをふり向きながら高い声で尋ねていた。

「楽園への道はどこじゃ？」

通行人が笑いながら答えた。

「右側の最初の角を曲がりな」

ヤーシーンがリヤード・カルダスに言った。

「この男が一〇年近く前に百歳を越したことを信じられるかい？」

リヤードは微笑しながら言った。

「どちらにしても彼はもはや男ではなくなっている」

カマールは哀れみを込めてシェイフ・ムトワッリーのほうを眺めていた。彼によって父を思い出していたのである。カマールはシェイフを古いサビールやカラウーン・モスクやキルムズ・トンネルのような界隈の名所の一つと見なしていた。大勢の人がシェイフを哀れんでいるのを見付けたが、シェイフは彼の面前で口笛を吹いたり、彼の動作を真似ながらあとに従う一部の悪童のいたずらから逃れられなかった。

カマールとヤーシーンはリヤードを電車の停留所まで送り、彼が乗るまで待って、一緒にグーリーヤへ戻った。カマールは突然歩みを止め、兄に言った。

「兄さんが喫茶店へ行く時が来たね」

ヤーシーンは鋭く言った。

「いいや、お前と一緒に残るさ」

カマールは兄の気質を誰よりもよく知っていた。彼は言った。

「その必要は全然ないよ」

ヤーシーンは彼を前に押しながら言った。

「彼女はお前の母であると同様に、俺の母だ！」

カマールは突然ヤーシーンに対する懸念の感情に襲われた！　実際彼は駱駝のような大きな体格で生命力にあふれながら歩いている。しかし愛欲で満ちた彼の生活にいつまで耐えられるのか？　彼の心は憂鬱さでいっぱいになった。だが彼の想念は突如トウルへ、収容所へと飛んだ。

「僕は人生と民衆を信じます」

そうアフマドは言った。

「僕は彼らの最高理想が真理であると信じる以上、それに従うことを義務付けられていると思います。それからの退却は臆病であり、逃避であるからです。同様に彼らの理想が虚偽であると信じた場合、僕はそれに反逆するよう義務付けられていると思います。それからの退却は裏切りだからです！」

〈お前は何が真理で、何が虚偽かと尋ねるかも知れない。だがたぶん懐疑はイスラム神秘主義や科学への消極的信念のように逃避の一種なのだ。お前が理想的な教師であり、理想的な夫であり、永遠の革命家であることはできるのか？〉

二人がシャルカーウィー商店を通り過ぎたとき、ヤーシーンが立ち止まりながら言った。

「カリーマから、待望の赤ん坊のために若干の必要品を買い求めるよう頼まれたんだ。ちょっと失敬」

二人は小さな店に入った。ヤーシーンは待望の赤ん坊のための必要品の中から欲しい物として、おしめと帽子と寝間着を選んだ。そのときカマールは父のため喪に服して一年間使用した黒いネクタイがくたびれてしまったこと、悲しい日に直面するために新しい代わりを必要とすることを思い出し、ヤーシーンの相手を済ませた男に言った。

「黒いネクタイをください」

それぞれ包みを受け取り、二人は店を出た。たそがれが静かなセピア色を滴らせていた。二人は並んで家路についた。

〈完〉

解説

一、マフフーズの人と文学

（一）近代アラブ文学の発展

ナギーブ・マフフーズ（一九一一―二〇〇六）は、エジプトのみならずアラブ世界の文壇で最高峰であった文豪で、一九八八年にアラブ人作家として初めてノーベル文学賞の栄冠に輝いた。彼は半世紀以上にわたり精力的に文学活動に励み、三五冊の長編と一九冊の短編集を発表し、他に多数の映画脚本、劇作、随筆などを書いた。

　エジプトの月刊誌『ヒラール（新月の意味）』の編集長であったラガー・アンナッカーシュは、早くも同誌の七〇年二月号で、ディケンズがイギリス人にとって、トルストイがロシア人にとって、またバルザックがフランス人にとって民族的作家であったように、マフフーズこそはアラブ人にとっての民族的作家であると評したことがある。

　ちなみに、古来アラブには詩歌を中心とする豊富な文学的伝統があったが、一九世紀に至り近代化の風潮がアラブ地域に浸透するに伴い、その影響を受けつつ文芸復興の動きが起こった。その過程で、西洋近代小説の形式がエジプトやシリア、レバノンの土壌に移植され、次第に発展して詩歌を圧倒し、文学の主流となるに至った。その先駆者がエジプトのムハンマド・ハイカル（一八八八―一九五六）で、一九一三年[1]に発表した『ザイナブ』はアラブ近代小説の嚆矢と見なされる。

　やがてエジプトを中心に多くの文学者や作家が輩出した。なかでもイブラーヒーム・アブドルカーディル・アルマージニー（一八八九―一九四九）、アッバース・アルアッカード（一八八九―一九六四）、ターハー・フセイン（一八八九―一九七三）、マフムード・タイムール（一八九四―一九七三）、タウフィーク・アルハキーム（一八九八―一九八七）らが有名で、彼らは第一次大戦後活発な文学活動を開始し、エジプト文学の隆盛をもたらした。特にフセインは盲目の大文豪として有名で、文部大臣の顕職にも就き、ハキームは小説のほかにすぐれた劇作を発表した。

　なお、彼らの活動に先立ち、わが国では山田美妙（一八六八―一九一〇）が言文一致体の作品を発表した外、森鷗外（一八六二―一九二二）や夏目漱石（一八六七―一九一六）をはじめとする多数の作家が近代小説の先達として活躍した。

（1）通説は一九一四年であるが、Hamdi Sakkut, The Egyptian Novel and its Main Trends from 1913 to 1952. Cairo,1971,p.vii は、書評が一三年の新聞と雑誌に出たとして、同年刊行説を取ってる。

（二）マフフーズの人生行路

前述のエジプト人作家に続く世代を代表する文豪がマフフーズである。彼は一九一一年一二月一一日に下級官吏の末子として、カイロ旧市街のガマーリーヤに生まれた。二四年に家族と共に新興の住宅地アッバーシーヤに移転し、やがて五四年に結婚してナイル河西岸のアグーザに住み、一生をカイロで過ごした。国内ではアレクサンドリアにしばしば滞在したが、他にはカイロ南西約一〇〇キロのオアシス地帯ファユームと地中海岸東部のダミエッタに近い避暑地ラアス・アルバッルしか訪れていない。海外留学の経験もなく、公務でイエメンとユーゴスラビアに出張し、心臓の手術のためロンドンに一回短期滞在しただけで、ノーベル文学賞の授賞式にも友人が代理出席している。徹底したカイロっ子で、旧市街を中心にカイロが作品の主要な舞台となっている。

小学校時代から大の読書家で、翻訳物の探偵小説や冒険小説などに始まり、その後エジプト人作家の作品やアラブ文学の古典に親しむ一方、高校在学中の二八年に短編を書き始めた。[1] 父は息子が大学の法学部か医学部に入ることを望んだものの、彼は哲学者タイプの文人アッカードなどの影響を受け、三〇年フォアード一世大学（現在のカイロ大学）の哲学科に入学した。

大学入学の前からコプト（エジプト土着のキリスト教徒）で進歩的知識人のサラーマ・ムーサーに私淑し、ムーサーが発行した「新雑誌」に種々の論文や文学作品の試作を寄稿する一方、古代エジプトに関する英語本をアラビア語に翻訳し、それがムーサーによって三一年に出版された。

三四年卒業後大学事務局を皮切りに官吏の生活に入ったが、その後も哲学の研究と文学の修行を続けた。三六年最終的に文学の道を選び、欧米文学の名作を系統的に読むとともに、旺盛な創作活動に従事したが、七一年定年退職するまでは、勤務を続けながらであった。

彼の作品は三九年から刊行され、八八年にはノーベル文学賞を受けた。他方五九年に発表された「我が町内の子どもたち」が反イスラム的として宗教界の反発を受け、下って九四年イスラム過激派の青年に襲われて負傷した。彼はその後も超短編とも言うべき作品の執筆を続け、二〇〇六年八月三〇日に永眠した。

マフフーズは西洋的教養を身につけたリベラリストで、哲学ではアッカードやベルグソンに触発され、人間存在の意味を追求し、また科学の発展にも強い関心を寄せた。

また本来熱心な愛国者であり、エジプト民族主義者で、ザグルールの率いた反英独立運動と彼が創設したワフド党を強く支持していた。ちなみに、同党はイスラム教徒とコプトを差別せず、同じ国民として扱っていた。

マフフーズは政治については民主主義を支持した。ナセルの五二年革命やサダトが七九年に実現した対イスラエル和平には一定の評価を与えたが、両者の独裁には批判的であった。

またフェビアン的社会主義者であるムーサーの感化もあり、社会主義に共感を抱いた。マルキシズムにもある程度の興味を示していた。

彼は開かれたイスラム教徒で、原理主義や過激派には反発していた。他方、スーフィズム(2)に惹かれ、大学時代スーフィーの詩を多読した。ただ政治や社会の現実に無関心なスーフィズムのあり方には批判的で、六〇年には社会主義的スーフィズムの考え方を明らかにした(3)。

(1) エジプト文化省作成「ナギーブ・マフフーズ　一九八八ノーベル」末尾の年表。
(2) イスラム神秘主義とも称され、形式主義や律法主義を排し、禁欲、瞑想、修行などによって現世を超越し、神との合一体験を求める一派。これを実践する人はスーフィーと称される。
(3) 一九六〇年一月二日のエジプト新聞ジュムフーリーヤ紙上の対談。詳しくは八木久美子著「マフフーズ・文学・イスラムエジプト知性の閃き」二三七〜二三八頁を参照。

(三) 旺盛な創作活動と多彩な作品

1 長編小説

マフフーズの作家歴は三九年の『運命の悪戯』で始まった。古代エジプトを題材とし、続く二冊とともに、歴史的ロマンのシリーズを構成する。『運命の悪戯』に先立つ古代エジプト史の翻訳とともに、当時彼が一種の祖国愛を感じていたことが窺える。

その後四五年から現代物に移り、カイロを舞台に中間層や下層の人々が直面した悲劇の諸相をリアリズムの手法により社会的作品に仕上げた。この時期の代表作が『ミダック横丁』（四七年）である。ただ次の『蜃気楼』（四八年）はエディプス・コンプレックスを取り上げた心理的小説であった。社会的作品の総決算が五六、五七年に出版された『カイロ三部作』で、この大河小説は五二年に完成したが、直後にナセルの率いるエジプト革命が起きて、政治社会情勢が一変すると、彼は五七年まで執筆を停止した。

その後、五九年に至り、人間と宗教との関係史を寓意的、象徴的に取り上げた『我が町内の子供たち』がアフラム紙に連載されたが、コーランと同じ一一四章より成り、神らしき存在やアダム、モーゼ、イエス、ムハンマドといった預言者に擬せられた人物が登場するなどしたため、反イスラム的として宗教界の反発を受け、国内出版が困難となり、六七年ベイルートで出版された。七七年刊の『ハラーフィシュの詩』[1]もこの系列の大作であるが、『我が町内の子どもたち』がユダヤ教、キリスト教、イスラムからなる一神教との関わりを扱っているのに比し、『ハラーフィシュの詩』はイスラムの中でもスーフィズムに焦点を当て、社会主義的スーフィズムとの関連に触れていると見られる。[2]

ちなみに、『我が町内の子供たち』から『泥棒と犬』（六一年）を経て『ナイル河でのお喋り』（六六年）に至るまでの作品は人間の内面的諸問題や心理的葛藤に重点を置くもので、哲学的段階と総称された。そのうち『泥棒と犬』は五二年革命後の社会から疎外された義賊気取りの泥棒の悲劇を描いている。またその中にスーフィズムの老師とおぼしき人物が登場するが、他の作品にも類似の人物像が現れるようになる。

この段階を経て、彼は特定の型にとらわれず内容的にも技法的にも、多種多様な作品群を次々と発表し、それらを通じ種々の傾向を大胆に発展させた。たとえばエピソード的な形式を多用したが、『鏡』（七二年）は一人の語り手が話す五五人のスケッチであり、『我が町内の話』（七五年）は町内に住む男児が語る七八のエピソードから成っている。下って『朝と晩の物語』（八七年）は三家族六世代の六七人のスケッチとなっている。

その間、七五年には車夫の倅が官吏として出世するため愛と幸福を犠牲にし、念願の目的に達したとき病気に倒れる『局長殿』に始まる三冊が相次いで発表された。二冊目が前述の「我が町内の話」で、舞台はマフフーズの生まれたガマーリーヤ地区に限定されている。

他に時代を遡ってアラブ中世への回帰とも称すべき作品として、『千夜の夜々』（八二年）がある。これはアラビアン・ナイトの後日談で、罪のない処女や臣民を血祭りに上げたシャハリヤール王の苦悩と放浪を取り上げている。次の『イブン・ファットーマの旅』（八三年）は一四世紀に実在したイブン・バットウタの旅行記のいわばパロディーで、イブン・ファットーマが理想的社会を求めて各地への旅を続ける作品である。

時代を更に遡り、古代エジプトへの再訪とでも見なし得る作品には、『玉座の前』（八三年）や『真実に生きる人』（八五年）があり、前者は古代エジプトに始まる諸時代の指導者に対する審判を取り扱い、後者は古代エジプト時代に宗教改革を試みたアクナトンの理想と悲劇を描いている。

マフフーズは政治や社会のあり方に関心が深く、種々の作品で政権の暗部に触れており、特に『カルナック神殿』（七四年）はナセル体制の警察国家的体制を指摘し、『指導者が殺された日』（八五年）はサダトの経済政策への批判も含んでいる。

以上は長編の概略であるが、最後の作品は『クシュトムル喫茶店』（八八年）である。これは老境に達した親友四名が毎日のように喫茶店で落ち合い、四方山《よもやま》話に耽る有様が枯淡の筆致で描かれており、静かな諦念が滲み出ている。

なお、全体を通じ一般的に文章は簡潔となる一方、時間的に極めて長い期間の作品や場所的に非常に限定された範囲の作品が増える。

2　短編小説

一方、彼は二〇〇編の短編を書いたと言われ[3]、一七冊の短編集を出版した。その第一集が『狂気のささやき』（四八年頃出版）で、タイトルの作品は突然気の触れた若い男が、食堂で一組の男女が食べていた贅沢なチキン料理をつかみ、道端にいる飢えた浮浪児に投げ与える出来事で始まる。次に出たのが『アッラーの世界』（六三年）で、その中に含まれている『ザアバラーウィー』は一部民衆から聖者視されていた人物として登場する。難病にかかった男が聖者の奇跡による治癒を願うが、神出鬼没のザバラーウィーに会うことができないという筋立てである。

六七年エジプトがイスラエルとの戦いで大敗すると、マフフーズは二度目の執筆休止を行ったが、とりあえず長編だけの休筆で、六九年以降短編集の出版が相次いだ。そのうち二冊目の『バス停のひさしの下にて』（六九年）にはマフフーズのイエメン出張の経験に基づく「イエメンの三日間」が含まれている。これは外国を舞台とした唯一の作品である。他方表題の短編は不条理なノンセンス物で、六七年の戦争敗北後に書かれたと見られる。

短編においても主題や形式はすこぶる多様で、分量的にも中編クラスがあるかと思えば、数頁の掌編がある。更に『自伝のこだま』(九四年)は主に数行程度の超短編から成り、最晩年にも夢想集とでも称すべき「回復期の夢」を雑誌に発表し続け、最後の三編を死の四八時間前に編集者に送った由である。[4] ただエルエナーニーは『自伝のこだま』と「回復期の夢」を短編でなく、その他の作品として分類している。[5]

なお、長編、短編を通じ、マフフーズは民衆の言葉で国や地方により発音の異なる口語よりも、正則アラビア語を重視し、格調が高いが一般に分かりやすい文語体を発展させた。

（1）ハラーフィシュは現在は使われていない言葉で庶民や賤民の意味合いがある。
（2）前記（二）注（3）の八木久美子著「マフフーズ・文学・イスラム」三五一頁。
（3）Rasheed El-Enany,NAGUIB MAHFOUZ　THE PURSUIT OF MEANING,London,1993, p.195
（4）二〇〇六年九月三日付「ニスフ・エルドニア誌」五頁。
（5）Rasheed El-Enany,NAGUIB MAHFOUZ　HIS LIFE AND TIMES, Cairo,2007,p.183

（四）カイロ三部作について

三部作は『宮殿通り《バイナル・カスライン》』、『慕情の館横丁《カスル・アッシャウク》』、『砂糖小路《スッカリーヤ》』から成るが、タイトルはいずれもカイロ旧市街の地名である。カイロはファーティマ朝の首都として一〇世紀に創建された町で、城下町を南北に貫通する通りの東側に大宮殿が、西側に小宮殿が営まれた。『バイナル・カスライン』とは二つの宮殿の間を意味し、まさに当時の都大路であったが、今は両宮殿の跡形もない。旧市街はモスクの尖塔が立ち並び、イスラム地区とも呼ばれ、中世的雰囲気を留めていて、七九年に世界遺産に登録された

ただ本書では、タイトルにつき各部の内容を勘案しながら、第一部は『張り出し窓の街』、第二部は『欲望の裏通り』、第三部は『夜明け』と意訳した。

第一次大戦中の一七年から第二次大戦末期の四四年に至る激動の時代の物語である。第一次大戦が勃発すると、英国はエジプトを保護領と宣言したが、大戦後エジプトでは愛国政治家サアド・ザグルールを指導者とする激しい独立運動が燃え上がった。その後、エジプトは独立への道を歩み、憲法と議会政治のプロセスも進む。一方、この時期エジプトでは近代化の歩みと西欧文明の浸透が続き、イスラム的伝統との葛藤も増してゆく。

主な登場人物は中産階級の商人アフマド・アブドルガワードの一家三代の人々。アフマドは善良なイスラム教徒だが、家の外では飲酒と情事を楽しみ、家庭内では厳格な独裁者。後妻のアミーナは従順な籠の鳥。長男のヤーシーンはアフマドの先妻の子で、女に目のないプレイボーイ。次男ファフミーは真面目で、優秀な大学生。三男カマールはやんちゃな小学生。長女ハディーガは器量に恵まれず、勝ち気で口が悪い。次女アーイシャはほっそりした美少女。その後、子供たちの多くは結婚し、孫も生まれて、新しいタイプの若者に成長する。マフフーズは彼らに際だった個性を与え、生き生きとした人物群像を創造した。

ちなみに、哲学的な思索に耽る一方、年上の美女に片思いをして失恋し、独身を通すカマールには、アッバーシーヤー時代年長の美人に慕情を抱き、大学では哲学科に進み、また四三歳まで結婚しなかったマフフーズ自身の投影が見られる。

（1）第一部『張り出し窓の街』（張り出し窓は格子がはめ込まれ、女性は中から外をのぞき見ることができるが、外からは見られず、古い社会習慣を代弁するもので、旧市街の民家に多い）

宮殿通り《バイナル・カスライン》に住む一家の家長アフマドの壮年期の物語。アミーナは夫の留守の間に禁じられた外出をしたことがばれて、一時実家に帰される。アーイシャは資産家シャウカト家の次男ハリールに嫁ぎ、それが縁でハディーガも同家の長男で男やもめのイブラーヒームと結婚。身持ちの悪いヤーシーンは父の親友の娘のザイナブと結婚させられるが、性的醜聞が原因で身重の妻が家出をし離婚。時代は一九一七年から一九年で、独立運動が活発となり、ザグルールがマルタに追放されると、エジプトはデモで騒然となり、愛国主義者のファフミーは親に内緒で活動。やがてザグルールが釈放され、民衆が平和的デモを行って喜びを表現したが、突如英軍が発砲し、一家の希望の星ファフミーはあたら一九歳で落命。これと前後して、アーイシャが難産の末、女児ナイーマを出産。

（2）第二部『欲望の裏通り』（この第二部では純愛や赤裸々な愛欲が錯綜するが、欲望の裏通りには女好きなヤーシーンが浮気や結婚・離婚の場とした家のある所）

慕情の館横丁《カスル・アッシャウク》はアフマドの前妻でヤーシーンの母ハニーヤが残した家のある場所。時代は一九二四年から二七年にかけてで、二二年名目的な独立を得たエジプトは、二三年憲法を制定し、二四年の選挙で愛国的なワフド党が大勝、指導者のザグルールが首相に就任。アフマドは老境に差しかかり、若いザンヌーバに惚れて、彼女を愛人とする。ヤーシーンはファフミーの恋人であったマルヤムと再婚したが、ザンヌーバとの浮気が原因で離婚し、後にザンヌーバを妻に迎える。カマールは親友の姉アーイダに熱愛を捧げるが、彼女はカマールの友人で上流階級の若者と結婚。カマールは絶望的な懐疑者として、哲学的放浪を続けるが、そのうち酒と女を知る。やがてザグルールの訃報が伝えられた夜、アーイシャの夫と息子二人がチフスで一度に死ぬ。その頃ザンヌーバがヤーシンの娘カリーマを出産。

（3）第三部『夜明け』（ここでは家長アフマドの孫たちが大きな役割を演じ、新時代の幕開けを予感させる）

砂糖小路《スッカリーヤ》はシャウカト家のある町角。時代は一九三五年から四四年まで、その間に第二次大戦が勃発し、イタリアがカイロを爆撃。その直後老衰したアフマド・アブドルガワードが世を去る。孫たちが成人し、ヤーシーンがザイナブに生ませたリドワーンは美青年で、男色趣味の政治家に可愛がられ、栄達の道を歩み始めるが、政権交代で運命が狂う。ハディーガの長男アブドルムネイムはイスラム原理主義団体のムスリム同胞団に入り、次男のアフマドは左翼の活動家となり、労働者の娘サウサンと結婚。二人は危険分子として摘発され、シナイ半島の収容所に送られた。懐疑と無為のうちに生きたカマールは、二人の信念と行動力、特にアフマドが人生と民衆を信じ、人間としての義務に邁進する姿に感銘を受ける。その頃アミーナは死の床にあり、アブドルムネイムの妻カリーマから曾孫が生まれようとしている。

マフフーズはカイロという都市を描いた大作家であるが、特に三部作はカイロ旧市街の佇まいとアフマド・アブドルガワード一家の人々の人生模様を、愛国運動の高まりと独立とその後の民主化への動きを含む時代の発展に即しながら、生活感のにじみ出たリアリスティックな筆致で克明に描いている。すこぶるローカル色の濃い作品であるが、読み進むうちに人間生活に共通の生き様や喜怒哀楽を身近に感ずることができる。またモノローグなどを通ずる心理描写にもすぐれ、会話は駄洒落やユーモアに富んでいる。全体として読み応えのある内容となっており、エジプトの現代小説を世界的レベルに引き上げた記念碑的大作で、マフフーズがノーベル文学賞を受ける際の重要な根拠となった。

ちなみに、同賞授与の趣意書は、歴史的作品に触れた後、『ミダック横丁』、『カイロ三部作』、『我が町内の子供たち』に言及している。(1)

（1）八八年エジプト文化省広報庁発行のガーリー・シュクリー著「ナギーブ・マフフーズ　ガマーリーヤからノーベルへ」一六五頁。

二、三部作の歴史的背景

ところで、この作品については、エジプトの現地事情になじみのうすい読者の場合、十分に理解できない点もあると思われるので、次の通り簡単な解説を試みたい。

(一) イスラムについて

イスラムは西暦五七〇年メッカに生まれたムハンマドにより創始された。聖徳太子とほぼ同時代の人。四〇歳の頃よりアッラーの啓示を受けたが、啓示集がコーラン。イスラムはユダヤ教、キリスト教の系譜に属する一神教。イスラムには教の意味も含まれているので、学界ではイスラム教とは言わない。根本原理はアッラーの他に神はなしで、次にムハンマドはアッラーの使徒であること、わが国の八百万の神とは大違い。

基本的信仰箇条（六信）は、神（アッラー）・天使・啓典（コーラン）・預言者（ムハンマドは最後の預言者）・来世・定命であり、義務的実践箇条（五行）は、信仰告白・礼拝（一日五回）・喜捨・断食・巡礼である。

主な禁止条項は、殺人、窃盗、姦通、飲酒（具体的には諸説がある）、死肉や豚肉を食べること、利子を取ることなどである（ただしイスラム諸国でも現在は近代法が普及）。

男女関係では、男は四人まで結婚できるが、これは元来イスラム以前の一夫多妻の慣習を改善し、戦死者や孤児を救済する意味合いもあったとされ、また複数の妻を娶る場合は公平に扱うことが条件。

ムスリム（イスラム教徒）には種々の派が現れたが、大別すると九割が預言者ムハンマドの範例や慣行を重視するスンナ派、一割がムハンマドの従弟で娘婿のアリーの子孫をイスラム共同体の正統な最高指導者と見なすシーア派。ただ後者の場合、アリーの血統を正式に継ぐ後継者をもはや見いだせない問題があり、イランでは革命指導者ホメイニーが提起した法学者の統治が行われている。

なお、イスラムがエジプトに伝わったのは、六三九年ビザンティン帝国支配下のエジプトにアラブ軍が進攻してからである。下って、北アフリカに興ったファーティマ朝が九六九年エジプトを征服したとき、首都として創設したのがカイロで、現在では旧市街（イスラム地区）と呼ばれ、前述のように世界遺産に登録されている。

（二）エジプトの君主制度

一七九八年エジプトはナポレオンの率いる仏軍に征服されたが、それ以前エジプトに勢力を有していたオスマン帝国とフランスの進出を嫌う英国の軍事介入により仏軍はやがて撤退。その後の混乱の中で台頭したのが、オスマン軍のアルバニア人将校ムハンマド・アリーで、一八〇五年オスマン帝国の総督として事実上エジプトの支配者となり、エジプトの近代化の幕を開け、領土の拡大もはかった。ちなみに、カイロとアレキサンドリア間に鉄道が敷設されたのは一八五五年、わが国で新橋と横浜間に鉄道が開通したのは一八七二年である。

彼は世襲のムハンマド・アリー朝を創設、同朝は一一代にわたって続き、一九五二年のナセルらによる革命後の五三年に滅びた。その時期の大部分、エジプトは形の上でオスマン帝国の主権に属し、君主の称号は総督、ついで副王であったが、第一次大戦後英国の保護領となった後スルタンと変えられ、二二年エジプトが名目的な独立を得たとき王となった。

ちなみに、五代目の君主イスマーイールは最初の副王で、スエズ運河を開通させたことで知られる。しかしそのため膨大な資金を西洋諸国の外債に頼った結果、エジプトの財政破綻と債権国である西洋列強の内政干渉を招いた。

七代目のアッバース・ヒルミーは反英的であったため、英国がエジプトを保護領としたとき、トルコ滞在中のアッバースを退位させ、彼の帰国を禁じた。

（三）愛国主義と反英感情

一八六九年スエズ運河が開通し、エジプトの戦略的価値が増大すると、英国政府は運河会社の株式を大量に買い付けた。その後エジプトが外債の償還を停止すると、英国などの債権国はエジプトの財政をはじめ内政への干渉を始めた。

そのような状況の中で、愛国主義者アフマド・オラービー大佐の率いる軍が八二年に時の副王で、外国勢力に対し弱腰のタウフィークに対し反乱を起こした。しかし英国が軍事介入し、エジプトを占領した。オラービーはセイロンに追放された。

その後、若き愛国主義者ムスタファー・カーミルがオスマン帝国との紐帯を維持しつつ英国からの独立を求め、一九〇七年に国民党を創設したが、翌年三四歳で夭折し、ムハンマド・ファリードが後継者となった。ちなみにカーミルは一九〇四年『アッシャムス・アルムシュリカ（旭日）』と題する本を出し、明治維新を契機に驚異的進歩を遂げた日本を賞賛し、その原因を日本人の愛国心に帰している。

一九一四年第一次大戦が勃発、英国はドイツやオスマン帝国と交戦し、エジプトを保護領として大軍を進駐させた。エジプトでは反英感情が高まり、一部に親独感情も生まれた。

（四）一九年革命とエジプトの独立

大戦後、愛国指導者として登場したのがサアド・ザグルールである。彼は同志とともにワフド（代表団）を結成して、ロンドンに赴き、次いでベルサイユ講和会議に出席することを望んだが、英国によって拒否された。ザグルールたちはワフドへの支持を表明する署名を国民から求める運動を展開したが、一九年三月英国によってマルタに追放された。これはカイロで大規模なデモを誘発し、英側が弾圧を加えるや、宗教、階級、職業の別を超え、婦人も含む愛国的闘争として、エジプト全土に広まった。いわゆる一九年革命である。

二二年に至り英国はエジプトに限定的な独立を認めた。二三年憲法が制定され、その後の選挙で代表団から発展したワフド党が大勝した。

二七年ザグルールの死後、ナッハースが同党の指導者になり、三六年ナッハース内閣が英国と交渉し、エジプトは実質的な独立を達成した。他方、同年即位したファルーク国王の宮廷とワフド党の間に摩擦が生じた外、同党内の勢力争いで一部領袖が離党した。三九年第二次大戦勃発後、エジプトは独伊と外交関係を断絶したが、英国はそれ以上の協力を求めて、四二年二月軍隊を王宮に差し向け、対英条約に貢献したナッハースの首相就任を要求した。ナッハースは政権に復帰したが、国民の一部や軍部の間で不満が生じた。

（五）左翼運動とムスリム同胞団

労働者の増大とロシア革命の影響もあって、一九二〇年アレクサンドリア在住の外国人の労働運動家が中心となり、社会党を組織し、翌二一年左翼的なエジプト人とともにエジプト社会党に発展させ、本部をカイロに移した。その後、同党は分裂し、急進派がアレクサンドリアを地盤に実権を掌握、二三年エジプト共産党と改称し、コミンテルンにも参加。しかし政府の弾圧を受け、また労働者を含む国民の団結を目指すワフド党の妨害もあり、結局同党は破綻する。

他方、イスラム活動家ハサン・アルバンナは現代社会におけるイスラムの徹底化を目指し、二九年スエズ運河沿いのイスマーリーヤでムスリム同胞団を結成し、三〇年代から四〇年代にかけ巨大な動員力を持つ大衆的基盤を作り上げた。しかし五二年革命の指導者ナセルと対立、五四年に非合法化されたが、サダト時代に事実上の復活を遂げ、次第に穏健化、急進派が武装路線に走った。その後、同胞団は他の一部アラブ諸国でも活動する。

三、私とマフフーズ文学

(一)マフフーズ文学との出会い

私は五〇年代外務省のアラビア語研修生としてカイロでアラビア語を学び、それが縁でマフフーズ文学と出合い、七〇年代再びエジプトに勤務したとき彼の作品の翻訳を開始した。

折から七四年に作家の野間宏先生がカイロを訪問し、帰国後アラブ文学を本邦に紹介するため尽力された結果、まず同年六月創樹社より『現代アラブ文学選』が刊行され、それに私が訳していた「狂気の独白(狂気のささやきの意訳)」が収録された。次いで河出書房新社が七八年から八〇年にかけて『現代アラブ小説全集』を出版したが、その中に私が訳したカイロ三部作第一部の『バイナル・カスライン』が上下に分けて含まれた。上巻は七八年の一一月八日に刊行されたが、たまたまこの月日は私の誕生日に当たっていた。私は上巻の末尾に三部作に関する解説を載せたが、「この緻密にして、重厚な作品は、これまでアラビア語で書かれた小説が上り詰めた一つの頂点であり、アラブ文学史上の記念碑的大作としての地位を確立している。現代アラブ文学のなかから世界文学の殿堂に仲間入りを許される作品が選ばれるとすれば、この三部作がそのなかに含まれることは疑いのないところである」という言葉で締め括っている。思えば、マフフーズがノーベル文学賞を受ける一〇年前のことであった。

七〇年代にはそのほか、『泥棒と犬』と『渡り鳥と秋』を訳していたが、後者はアジア経済研究所の中東総合研究資料の一部として七六年に印刷された。

（二）マフフーズとの四回の面会

ところで、私は七〇年代マフフーズに三回お会いした。最初は七三年五月ナイル河の岸辺にあるカジノ・カスル・アンニールで、主に私が翻訳中の短編小説についてお尋ねした。二回目は七四年一二月市内のリッツ喫茶店で、大阪外国語大学の池田教授と一緒であった。三回目はその数日後アフラーム新聞社で、池田教授と慶応大学の黒田助教授と三人でお会いした。

下って八九年六月勤務先のカタルからカイロに飛び、彼がノーベル文学賞を受けたことに祝意を述べた。アポイントは六月一六日八時、彼の行きつけのアリババ喫茶店となっていたが、几帳面で知られたマフフーズは八時ぴったりに到着した。痩せて老いは争われなかったが、健康そうであり、軽い足取りで二階のタハリール広場を見下ろす席に私を案内してくれた。以前からの眼疾で黒眼鏡を掛けていたが、今回は左耳に補聴器を付けていた。私も耳が遠いので、努めて顔を近づけ、少し声を張り上げて話し、彼の作品の翻訳について説明すると、彼は私による翻訳を歓迎し、私の熱意に感謝してくれた。

（三）三部作の完訳と見果てぬ夢

私は九四年に退官したが、それまでに最後の任地オマーンでカイロ三部作の第二部と第三部をほぼ訳し終えていた。その後、『バイナル・カスライン』の改訳も行い、三部作全体の出版に努力したが、何分大長編であることもあって頓挫した。『バイナル・カスライン』下巻に訳稿の読後感を書いてくださった加賀乙彦先生も出版社探しに協力してくださったが、エジプト文学は日本の読者の関心をひかない、という理由で断られた。以来、出版は私の見果てぬ夢となった。

そこでそれまでのつなぎとして、読みやすく、面白そうな作品を選び、次のような訳書の出版を行ったが、そのうち短編の一部と『泥棒と犬』は古い訳稿に手を加えたものである。

『ナギーブ・マフフーズ短編集』近代文芸社、二〇〇四年

『シェヘラザードの憂愁（千夜の夜々の意訳）』河出書房新社、二〇〇九年二月

『泥棒と犬』近代文芸社、二〇〇九年一一月

なお、マフフーズ作品の翻訳に当たったのは私だけではない。一九九〇年高野晃弘氏が第三書館から『蜃気楼』を、

二〇〇二年青柳伸子さんが文芸社から『渡り鳥と秋』(英語からの重訳)をそれぞれ出版した。

(四) 夢の実現と感謝

ところが事態は二〇一〇年に急展開した。同年一月日本アラブ協会の新年会で、気鋭の歴史家で旧友の水谷周氏と再会し、同氏の紹介で国書刊行会の佐藤今朝夫社長にお会いできた。やがて一〇月同社は三部作全体の刊行に同意したが、そのとき私は人の縁の不思議さ、あるいは絆の有り難さを痛感した。

この名作の第一部はマフフーズ生誕百周年目に当たる昨年一二月一一日に無事刊行された。続いて本年二月に第二部、五月に第三部と続き、ここに日本における三部作全体の紹介が実現した。この機会に、刊行の英断を下された佐藤社長に深甚の謝意を捧げるとともに、同社長のご健勝と社業の益々のご発展をお祈りする。

この大長編の編集を担当した国書サービスの割田剛雄氏と屋良啓介氏、そしてこの困難な作業をサポートし、すばらしい装幀や挿画や記念講演会等の関連イベントの実施などの全体を統括した国書刊行会の中川原徹氏と、営業担当の永島成郎部長をはじめとする社員の方々にも心からお礼を申し上げる。

更に、私の翻訳につき種々の助言を惜しまなかったエジプト大使館文化・教育・科学局のミセルフィー・ラガブ文化参事官や同局でアラビア語を教えているファトヒィー・ダウード先生にシュクラン・ガジーラン(大変ありがとう)と述べたい。

またこのたびの出版に当たり、折り込み用小冊子に、ミセルヒィー文化参事官に加え、池田修、八木久美子、鷲見朗子、水谷周、福田義昭、加賀乙彦、師岡カリーマ・エルサムニーの諸先生が作品紹介などの文章を寄稿してくださったことをありがたく思っている。特に高名な作家の加賀乙彦先生より作品への高い評価と訳文に対するお褒めを頂戴し、この上ない喜びと恩義を覚えた次第である。

最後に、以前『バイナル・カスライン』を刊行した河出書房新社から、その新訳を国書刊行会から出版することに了解を得ていることを付言し、同社のご厚意に感謝したい。

二〇一二年五月

塙 治夫

著者紹介

ナギーブ・マフフーズ（一九一一―二〇〇六）

　一九一一年下級官吏の末子として、エジプトの首都カイロに生まれる。カイロ大学哲学科を卒業後、創作活動に従事し、三五冊の長編、一七冊の短編集、二冊の掌編集を発表。

　アラブ社会の代表的作家として、一九八八年にノーベル文学賞に輝く。今もってアラブ唯一の受賞者である。

訳者紹介

塙　治夫（はなわ・はるお）

　翻訳家。一九五三年外務省による戦後最初のアラビア語研修生としてカイロに学ぶ。アラビア語の習得が進むとともにマフフーズの文学に傾倒。アラブ七ヵ国に勤務。

　主な翻訳本『バイナル・カスライン（上・下）』（河出書房新社、一九七八・一九七九）、短編『狂気のささやき』、『ナギーブ・マフフーズ短編集』、『シェヘラザードの憂愁』、『泥棒と犬』、他に『アブーヌワース　アラブ飲酒詩選』。

カイロ三部作3

夜《よ》明《あ》け

二〇一二年五月一五日　初版第一刷発行

著　者　ナギーブ・マフフーズ
訳　者　塙　治夫
発行者　佐藤今朝夫
発行所　株式会社　国書刊行会
〒一七四―〇〇五六
東京都板橋区志村一―一三―一五
TEL 〇三（五九七〇）七四二一
FAX 〇三（五九七〇）七四二七
http://www.kokusho.co.jp
印　刷　株式会社エーヴィスシステムズ
製　本　株式会社ブックアート

ISBN 978-4-336-05379-4